그 젊은이와 함께
고해성사를 하고 싶다

김영훈 칼럼집

## 그 젊은이와 함께
## 고해성사를 하고 싶다

**초판인쇄** | 2020년 9월 11일
**초판발행** | 2020년 9월 15일

**지은이** | 김영훈
**펴낸이** | 김명수
**펴낸곳** | 시아북(詩芽Book)

**출판등록일** | 2018년 3월 30일
**주소** | 대전광역시 동구 대전로839번길 18
**전화** | (042) 254-9966, 226-9966
**팩스** | (042) 255-5006
**E-mail** | daegyo9966@hanmail.net

값 16,000원

ISBN 979-11-91108-00-2

김영훈 칼럼집

# 그 젊은이와 함께
# 고해성사를 하고 싶다

나는 순수문학인 동화나 소설을 쓸 때와는 색깔이 조금은 다른 소망을 띄워본다.
우선 내가 쓰는 칼럼을 읽으며 독자들의 마음이 정화되었으면 하는 바램을 담아본다.
이 나라가 더 이상 정치적 현상이나 사회문제로 혼란스럽지 않기를 바라는 기도도 한다.
아울러 내 칼럼을 읽는 독자들이 현대화·첨단화 되는 세상을 살아가면서
더 이상 인간애를 상실하지 말고 따뜻해지기를 바라는 마음이 간절하다.
우리가 살고 있는 이 나라, 이 땅은 아주 소중한 우리의 삶의 터전이다.
이 터전에 사는 우리는, 거기다 남북이 분단된 채
서로 갈라진 상황에서 사는 우리는, 서로 헐뜯고 편을 가르면서
살아서는 안 된다. 서로 사랑하고 아껴 주어야 한다.

시아북
시아BOOK

# 칼럼집을
# 발간하면서 드리는 변명 한 마디

나는 80년대 초에 문단에 나온 이래 지금까지 40여년 가까이 순수문학을 표방하며 창작 활동을 해온 작가이다. 주로 동화와 소설을 써 왔다. 언제인가부터 평론 장르에도 관심을 가지고 다른 이의 작품에 잣대를 대고, 공감대가 넓게 형성되고 있는 작품을 찾는 서툰 작업도 하고 있는 중이다.

그랬던 나였는데 뜬금없이 지난 7년 전부터는 「금강일보」를 통해 칼럼이라는 글로 신문의 고정지면을 채우는 일도 함께 하고 있다. 아니다. 그전에도 「대전일보」 지면과, 계간지 〈한국문학시대〉, 반 연간지 〈호서문학〉, 3·8민주의거 기념사업회가 발행하는 계간 〈3·6민주의거〉 등에 칼럼을 써왔다. 문학인으로서 창작활동을 통해 문화·예술의 발전에 공헌함은 물론 나아가서 시사적인 현안에 대해 그 방향성을 제시하게 하는데 이바지한다는, 자기변명을 하면서 칼럼쓰기 쪽에도 발을 들여놓았다.

물론 나는 그동안 순수 문학에 내 삶을 몽땅 얹으며 살아온 사람이다. 경험을 방탕으로 한 소재를 찾고, 제제로 확정한 후에 향기가 나는 작품을 만들기 위한 작업을 꾸준히 해왔다. 창작 활동을 통해 빚어낸 내

작품으로 독자들의 영혼이 뜨거워지고, 순수해지며, 아름다워지기를 바라는 마음으로 살아왔다. 그런 면에서 보면, 칼럼쓰기는 본업에서 이탈해 외도를 한 것이 아닌가 하는 마음도 든다. 스스로 자성을 한 바도 있다. 나의 창작 작품을 읽는 이들에게 조금쯤 미안한 마음이 들기도 한다.

왜냐하면 칼럼 쓰기에 관심을 갖게 되면, 본래 내가 꿈꾸고 의도한대로 문학을 통해 접근해왔던, 즉 감성을 자극하고 감동으로 이어지는 쪽의 문화 및 예술 영역이 아닌 정치·경제·종교·사회·노동은 물론 이념에 대해서도 포괄적인 접근을 하게 된다는 걸 느꼈기 때문이다. 그런 측면에서 나는 스스로에게 회초리를 들어왔다. 그러면서도 이 칼럼 쓰기에 매력을 느끼니 그게 걱정이다. 칼럼쓰기는 중독성이 있다. 하고 싶은 말을 직설적으로 할 수 있고, 그 울림도 생각보다는 크다.

돌이켜보니 나의 칼럼쓰기의 역사가, 생각보다 깊은 편임을 발견한다. 나는 80년대 후반 그러니까 34년 전, 대전 MBC 라디오 문화 방송국의 인기 시사프로였던 〈양반도 한 마디〉의 필진으로 참여한 경력을 갖고 있다. 그 후, 대전일보의 「한밭춘추」, 독서 평설, 중도일보의 「교단일기」 등의 시사성을 다룬 지면을 통해 세상을 바라보는 눈을 키워온 바도 있었으니 말이다. 그리고도 충청투데이, 대전예술 등에도 칼럼을 선보여 왔다. 그 바탕 위에서 나는 지금도 금강일보와 인연을 맺고 있는 것이다.

이제 그동안 써온 한 편, 한 편의 칼럼을 모아 책으로 묶는다. 이 칼럼집을 편집하며 나는, 창작집을 발간할 때나 마찬가지로 가슴이 더워짐을 느낀다. 그러면서 순수문학인 동화나 소설을 쓸 때와는 색깔이 조금은 다른 소망을 떠어본다. 우선 내가 쓰는 칼럼을 읽으며 독자들의 마음이 정화되었으면 하는 바램을 담아본다. 이 나라가 더 이상 정치적 현상이나 사회문제로 혼란스럽지 않기를 바라는 기도도 한다. 아울러 내 칼럼을 읽는 독자들이 현대화 · 첨단화 되는 세상을 살아가면서 더 이상 인간애를 상실하지 말고 따뜻해지기를 바라는 마음도 간절하다. 우리가 살고 있는 이 나라, 이 땅은 아주 소중한 우리의 삶의 터전이다. 이 터전에 사는 우리는, 거기다 남북이 분단된 채 서로 갈라진 상황에서 사는 우리는, 서로 헐뜯고 편을 가르면서 살아서는 안 된다. 서로 사랑하고 아껴 주어야 한다. 그래야 행복해지고, 통일도 다가올 수 있을 것이다.

우리는 지금 단군 이래 최대의 부를 쌓았고, 민주화도 나름 이룩했다고 우쭐대고 있다. 하지만 아직도 갈 길은 멀다. 부의 편중, 이념의 왜곡 현상 속에서 그런데도 우리는 조선시대 사색당쟁을 할 때처럼 서로 반목하며 편을 가르고 있다. 그것도 아주 심하다. 역사는 전철을 밟는다고 하지만 이제 멈추어야 한다. 자기 스스로를 성찰하면서 정치적으로 성숙되고, 경제적으로 안정되며, 문화적으로 융성을 이룩하는 나라가 되어야 한다. 나는 그날이 오기를 두 손을 모아 간절히 빌고 있다.

끝으로 칼럼집이 나올 수 있도록 도와주신 모든 분들에게 고마운 마음을 전한다. 가족들에게 감사하고, 이 책을 만들어준 도서출판 「시아북」에게도 고마운 뜻을 전한다.

– 경자년 7월, 성하의 계절에 「솔뫼마을」에서

김영훈 *김영훈* 씀

제2부

# 문화융성 강국, 그 허상을 바라보며

제3부
# '스토리웨이'에 들러 커피를 마시며 사색하다

제4부

# 시詩는 혁명의 자양분이었다

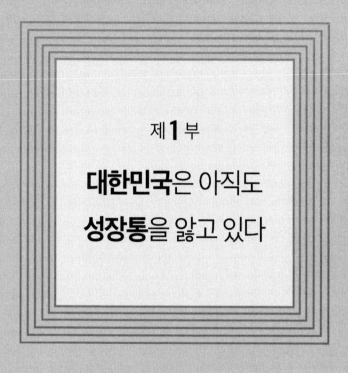

제1부

# 대한민국은 아직도 성장통을 앓고 있다

인간은 행복을 추구한다. 경제적으로 넉넉하고, 안정된 정치 상황에서
여가를 즐기며 살고 싶어 한다. 기본적으로 생존의 욕구를 충족하면서
가정과 직장, 나아가서 사회적인 조직에 소속하고, 그 속에서 사랑과
존경을 받고 싶은 욕구가 충족될 때 행복해진다. 더 나아가
자아실현을 통해 문화와 예술을 누리고, 창조하면서 살고 싶어 한다.
그런데도 우리는 지금 경제 도약을 꿈꾸던 70년대 말이나 80년대에
비해서 덜 희망적이고 덜 행복하다. 우리에게 비전을 제시해 주지
못하고 있기 때문이다. 젊은이들은 더 우울하다.

# 역사는
# 전철을 밟는다

요즈음 KBS TV에서 역사 드라마 징비록이 높은 시청률로, 인기리에 방영되다가 마침내 대단원의 막을 내렸다. 유성룡의 원작인 국보 제132호 '징비록' 을 방송작가가 재구성해 낸 대하드라마이다. 원래 TV 방송극은 극적인 효과를 높이기 위해 원작을 방송에 맞게 개작하는 과정에서 많은 손질이 되기 마련이다. 또한 극의 흐름의 자연스러움이나 재미를 더하게 하기 위해 허구적인 에피소드가 삽입되기도 한다. 그래서 엉뚱하게도 원작의 내용이나 기본 정신이 훼손될 수도 있다.

그러함에도 불구하고 이 드라마가 많은 시청자들의 눈길을 끌고 있는 이유를 생각해 본다. 역사를 알면 현실을 직시하게 되고, 현실을 바로 알면 미래를 예견할 수 있어 잘못된 역사를 되풀이하지 않는다고 한다. 지나간 역사를 배우고 학습하는 이유가 바로 여기에 있다. 그렇다. 민족이나 국가의 역사를 배우고, 인식함으로서 자국민으로서의 정체성 확립함은 물론 다시는 그 잘못된 역사의 전철을 밟지 않으려는 결의를 다지려는 의지가 숨어 있다.

우리는 이미 학교에서 조선 역사를 배운 바 있지만 드라마 속의 왜倭가 일으킨 임진·정유재란을 다시 영상으로 보면서 뼈를 깎는 듯한 아픔과 깊은 슬픔에 빠진다. 수없이 많은 백성들이 무참하게 죽어가고, 갖은 약탈과 비인간적 수모에다가 포로들은 굴비두릅에 엮이듯이 끈에 꿰어서 대한 해협 너머로 끌려간다. 그 처참한 모습들은 우리를 자괴감에 빠지게 한다. 왜는 당시 신무기인 조총을 들고 조직적으로 조선 땅을 짓밟으면서도, 우리를 겨냥하지 않고, 명나라를 치러 갈 것이니 길을 비켜달라는 전쟁에 대한 명분을 세운다.

TV로 보는 드라마 차원이지만 이 임진·정유재란의 모습을 영상으로 바라보면서 참담한 느낌이 드는 것은 필자만이 아닐 것이다. 덜 깨인 나라로만 얕잡아 보던 왜가 서양과 교류하면서 과학문명을 받아들이고, 도요토미 히데요시는 나라를 통일해 강국으로 만든 후에 대륙인 명明을 치겠다고 한다. 그런데도 우리네 양반들은 당시의 국제정세에 눈을 돌리기는커녕 정쟁을 일삼다가 무참하게 짓밟힌다. 한양을 버리고 의주로 도망가는 선조를 따라가면서도 정쟁은 계속된다. 일본은 명과 조선을 이분하여 한강 이남의 땅을 베어 달라는 논의를 하는데도 무력한 조선은 이에 대처할 능력이 없다.

그러나 그보다 더 큰 문제는 임진·정유재란 이후 우리의 역사가 바로 정립되기는커녕 잘못된 전철을 밟았다는 사실이다. 운이 다한 명나라에 기대며 명분만을 내세우는 외교를 펼치다가 신흥국인 청淸에 의해 남한산성에서의 수모를 당한다. 그런 어려움 속에서도 이전투구의 정쟁이 지속되면서 대두된 외척 세력에 의한 세도정치는 극도로 강화되었고, 결국 조선의 역사는 비운의 막을 내리게 된다. 대륙세력과 해양세력이 충돌하는 틈에 짓눌리다가 일본에 의해 강점되는 비통한 종말을 맞게 되는 것이다. 그렇게 전철을 밟으며 오욕의 역사는 되풀이되어 왔다.

언제 우리가 한 번 나라다운 나라로 폼을 잡으며 위세를 떤 적이 있는가? 독립 이후에도 강국들에 의해 나라는 마침내 남북으로 양분되었고, 이데올르기의 최첨단에 서서 6·25라는 이름의 한국 전쟁을 동서 냉전 속에서 대리전으로 치른다. 하지만 지금도 통일의 길은 손에 잡히지 않고 있다. 그런 중에도 참으로 다행인 것은 우리 대한민국이 건국 이후 70년 동안 기적을 이루었다는 사실이다. 단군 이래 최대의 부富를 쌓으며 그나마 우리는 위세를 떨 수 있었다. 조공만 바쳐오던 중국에 으스대기도 했고, 일본에 의존하기만 했던 우리가 제한적이기는 하지만 그 기술을 누르고 IT강국이 되어 스마트폰 판매 세계 1위라는 신화를 낳았다. 싸이의 '강남스타일'은 세계인을 춤추게 했고, 지금도 한류는 동남아를 넘어 유럽과 미주로 뻗어나가고 있다.

그런데도 여전히 꽁꽁 갇혀 있는 이들이 있으니 그것이 문제이다. 임진왜란을 겪으면서도 사색당쟁을 일삼던 무리들처럼 우리 정치인들은 지금도 친박비박·친노비노로 나뉘어 자기 입신양명과 정쟁에만 매달리고 있다. 중국이 G2 경제 대국에서 머지않아 G1이 된다는데, 일본의 아베 정권은 군국주의의 음모를 꾸미며 헌법을 개정하려 하고 있는데, 정치인들의 의식은 아직도 '징비록' 속의 양반네들처럼 꽉 막힌 채 자기 틀에 갇혀 수천 년 동안 되풀이 해온 이전투구의 정쟁을 되풀이 하고 있다. 우리의 역사가 지금도 그렇게 전철을 밟아가고 있다는 것이 안타깝기만 하다.

# 대한민국은
# 지금도 성장통을 앓고 있다

지상 보도에 따르면, 우리나라는 10년째 국민 소득이 2만 7천 불에 머물고 있다고 한다. 선진국이냐 아니냐를 가늠하는 잣대가 되는 3만 불 진입 시도가 또 무산되었다는 것이다. 답답하다. 우리는 이 벽을 허물 수는 없는 것일까? 이 늪을 건널 수는 없는 걸까? 국민 모두가 어서 빨리 이 장벽을 넘어 선진국 진입을 열망하고 있는데도 이 징검다리를 통과하지 못하고 있으니 걱정이다.

인간은 행복을 추구한다. 경제적으로 넉넉하고, 안정된 정치 상황에서 여가를 즐기며 살고 싶어 한다. 기본적으로 생존의 욕구를 충족하면서 가정과 직장, 나아가서 사회적인 조직에 소속하고, 그 속에서 사랑과 존경을 받고 싶은 욕구가 충족될 때 행복해진다. 더 나아가 자아실현을 통해 문화와 예술을 누리고, 창조하면서 살고 싶어 한다. 그런데도 우리는 지금 경제 도약을 꿈꾸던 70년대 말이나 80년대에 비해서 덜 희망적이고 덜 행복하다. 우리에게 비전을 제시해 주지 못하고 있기 때문이다. 젊은이들은 더 우울하다.

지금 우리는 우리가 겪고 있는 이 걸림돌들을 어서 걷어내야 한다. 냉정한 이성으로 스스로를 성찰하면서 그 이유를 근원적으로 캐내야 한다. 일제저항기를 벗어난 이후 신생국가로서 우린 그동안 참으로 많은 역경을 헤쳐가면서 민주화도 성취하고 경제도 발전한 롤모델 국으로서의 위상을 자랑해왔다. 가능성이 있는 민족으로서 개발도상국 중에 가장 앞서가는 나라로서 세계의 주목을 받은 바도 있다. 그런데 지금 그 모든 것이 일시에 허물어지고 있는 것 같아 안타깝기만 하다.

헌데 둔한 필자의 눈으로 보는 거지만 3만 불 시대에 진입을 못하는 이유를 쉽게 알 것만 같다. 지금 국가적으로나 사회적으로 돌아가는 사태를 둘러보면 금방 알 수 있다. 곰곰이 따지면서 분석할 필요도 없다. 남북 대립, 극한적인 좌우 이념 갈등, 태극기와 촛불의 투쟁, 평행선만 달리고 있는 노사 관계, 세월호 사태의 정치쟁점화, 투쟁만 일삼고 있는 전교조, 과다한 복지 정책으로 일은 하지 않고 정부만 바라보고 있는 서민 계층들의 한심한 모습, 고학력 정책으로 잡일은 하지 않고 화이트 칼라만 고집하고 있는 산업인구의 불균형 그밖에도 우리가 선진국 진입을 못하고 있는 이유는 많다. 열심히 일하지는 않고 기회만 있으면 샴페인만을 터트리고 싶어 하는 이들의 허세, 이런 상황에서 선진국 진입이 된다면 그게 오히려 비정상이다. 그렇게 우리는 벌써 오랜 세월을 계층, 이념, 가치관의 대립과 갈등이 팽배하는 속에서 불신과 반목의 세월을 살아 왔다.

우리 대한민국은 지금 정치나 경제에 걸쳐 큰 성장통에 시달리고 있는 중이다. 동족 간에 벌인 전쟁인 6·25의 비극, 4·19민주 혁명, 5·16 쿠데타, 5·18광주 의거, 6·29선언 등의 시대적인 아픈 흔적들을 싸매면서 이룩한 민주화와 그동안 새마을 운동, 독일 광부·간호사 파견, 월남 파병, 중동 근로자들의 헌신 등을 기반으로 한 비약적인 경제 성장이 지금 와서 과부하에 걸려 있다. 유럽에서는 수 세기에 이룩한 데 비해 우린 100년도 안된 압축 성장, 졸속한 민주화를 하는 동안 겉으로 모두가 스스로는 완벽하게 이뤄낸 척하고 있지만 사실은 모두 뼈 속 깊은 곳에선 성장통을 앓고 있는 환자가 된 것이다.

전통적인 유교사회에서 다져진 도덕관이나 윤리관이 허물어지고 핵가족화 되면서 팽배한 개인주의 속에서 서로 협조하고 양보하고 배려하는 덕목이 사라진 것도 그 이유 중의 하나이다. 우리는 이 성장통을 어서 치유시켜야 한다. 국가의 이익보다 자신의 이익을 추구하면서 누리려고만 하지 말고 상생해야 한다. 극한적인 남북 대치 상태에서 해방 직후의 좌우 대립이 아직도 통합되지 않고 있고, 부정부패와 비리가 사회 구석구석에서 독버섯이 되어 깊숙이 배어들고 있는 상황에서 경제가 무너지고 정치는 불안하기만 한데 어떻게 3만불 시대로 진입할 수 있겠는가?

우리는 지금 5년 임기를 채우지 못하고 물러난 대통령이 구속된 불행한 상황에서 대선을 치르고 있는 중이다 그러나 군웅할거하고 있는 대선 후보들이 자신들의 입신양명만 추구할 뿐 국민들에게 비전을 주지 못하고 있다. 진정한 민주화와 경제 선진국으로 가는 길목에서 앓고 있는 이 성장통이 언제까지 지속될지 그게 걱정스럽기만 하다.

# 역사의 전철을
# 밟아서는 안 된다

19세기 후반 일본은, 에도 막부를 무너뜨리고 국왕을 중심으로 한 중앙 집권 통일 국가를 이루면서 자본주의 형성의 기점이 된 변혁의 과정인 메이지유신明治維新을 진행한다. 그런데 바로 옆 나라 조선은 잠을 자고 있었다. 일본이 유럽과 미국에 눈을 돌리며 무섭게 일어나고 있는 데 조선은 국제정세를 바로 바라보는 혜안을 갖기는커녕 외척 세력과 당쟁 속에서 몰락의 길을 걷고 있었다.

임진·정유 왜란 때도 마찬가지였다, 당시 조총이라는 신무기를 개발하여 중국을 치겠다며 길을 열어달라던 일본에게 7년 동안 우리 국토는 쑥대밭이 된다. 국제 정세에 어둡던 조선은, 일본에 생각이 다른 두 세력이 추천한 사신을 파견했지만 일본을 아직도 '왜구'로만 보기로 결론을 내리면서 가볍게 여겼다. 무능한 선조는 사색당쟁에 휘말린 채 분열된 국론을 수습하지 못한 채 멈칫거리다가 한양을 내주고 의주로 파천하는 치욕의 역사를 후세에게 보여줬다.

그런 수모는 병자호란 때도 되풀이됐었다. 조선은 명과 청의 세력이 교체되는 과정을 냉철하게 판단하지 못했다. 척화파와 주화파의 다툼 속에서 인조는 결국 남한산성에서 항복을 하게 된다. 주변 상황이 급변해가고 있는 국제정세가, 힘의 향방이 달라지고 있는데도 당시 조선은 꽁꽁 갇힌 채 안에서만 피터지게 싸우다가 치욕의 역사를 맞는다.

그런데 요즈음 세상 돌아가는 판세를 바라보면 또다시 우리 역사가 여전히 잘못된 전철을 밟고 있는 것만 같아 가슴이 섬뜩하다. 역사는 현재를 비추어 주는 거울이라는 말이 실감이 난다. 부국강병 하는 정책을 펴면서 국제정세를 정확히 파악하고 그때마다 위기에 대처해야 함에도 불구하고, 당쟁만 일삼다가 나라를 송두리 채 잃는 수난의 역사를 되풀이한 우리 민족이다.

필자는 지금 심각하게 돌아가고 있는 국제 정세를 깨닫지 못한 채 그 아픈 역사가 또다시 되풀이 될까봐 가슴이 무너지고 있다. 연개소문 아들들의 싸움으로 인해 결국 대륙을 향해 포효했던 고구려의 기상이 무너졌다. 나·당 간에 연합 전선을 펴고 있다는 사실을 간과한 채 분열하다가 결국 대륙을 송두리째 내주는 패망의 역사를 자초했지 않은가! 고려가 원나라에 짓밟혔고, 또 무신집권으로 이전투구 하다가 왕권이 약해지면서 쇄락의 길을 걸은 것도 그렇다.

이미 모두冒頭에서 언급한 것처럼 조선시대에 오면 이 분열의 역사는 최고조에 달한다. 건국 초 태종이 다져놓은 절대왕권이 붕괴되고, 조선 500년 내내 외척의 대두와 당파싸움에만 눈에 어둔 조선이었다. 동학혁명이란 절호의 개혁 기회를 놓치고 오히려 청과 일본의 세력을 끌어들이는 우를 범하다가 조선은 몰락의 길을 걷는다. 외세를 끌어들일 수밖에 없었던 위급한 상황 속에서도 강대국에 기대는 기회주의자들이 오히려 판을 쳤고, 종국에 가서는 국토를 내주는 치욕의 역사 속으로 함몰되고 만다.

지금 우리 주변의 강대국들의 기류가 심상치 않다. 시진핑의 중국이, 무섭게 패권주의를 부르짖으며 팽창하고 있다. 잠시 멈칫했던 일본의 아베 정권도 북의 핵 개발에 긴장하면서 다시 기회를 얻었다. 그들은 중의원 선거에 압승하면서 군국주의 부활을 다시 꿈꾸고 있다. 그런 판에 미국의 트럼프는 가늠할 수 없는 정책의 혼선을 빚고 있고, 러시아는 러시아대로 음흉한 음모를 꾸미고 있다. 이런 판국에 북한은 핵실험에 미사일 발사라는 최대의 악수를 멈추지 않고 있다. 하룻강아지 범 무서운 줄 모르는 짓이다. 이런 어릿광대짓이 또 어느 날 갑자기 조선말처럼 외세를 끌어들이는 빌미를 줄 수도 있다.

그런데도 우리정부는 지금 이 상황에서 적폐 청산에만 혈안이 되어 보복 정치를 하고 있다. 지금은 국제정세를 주시하면서 미래지향적인 정책을 제시해야 할 때이다. 과거에 갇힌 채 박근혜정부와 이명박 정부의 먼지 털기에 골몰하고 있는 현 정권을 바라보면서 국민들은 불안하다. 박근혜 전 대통령 구속의 장기화와 함께 4대강 사업을 들쑤시고 있다. 또 언제까지 세월호에 매달려 노란 리본을 달고 있을지 앞이 전혀 보이지 않는다. 거기다가 적폐 청산을 한다며 KBS · MBC 사태의 장기화 속에서 국민들은 채널 권을 잃고 있다. 시청료 납부 거부운동이라도 펴야 할 판이다.

국민들은 지금 대통령이 국민들에게 비전을 주는 정치를 해주기길 원한다. 이 심상치 않은 국제 정세 속에서 우리가 살아남을 수 있는 길을 모색해야 하고, 북한에게도 무모한 핵개발이 또다시 외세를 끌어들이는 짓임을 인식시켜주어야 한다. 그리고 분열의 역사를 되풀이 하지 말고 얼른 국민 소득 3만 불 시대를 훌쩍 뛰어넘어 4만 불시대로 진입 할 수 있는 길을 모색해야 한다. 우리는 지금 과거에 얽매어 분열을 일삼았던 역사의 전철을 밟아서는 안 된다.

# 우리에겐 존경 받을 수 있는
# 원로가 필요하다

꽃보다 아름다운 신록의 계절 5월이 왔다. 경로 효친의 계절 5월이 다가왔다. 청소년의 계절 5월이다. 아니 가정의 달 5월이 왔다. 5월은, 이렇듯 수식되어지는 화두가 넘치는 계절의 여왕이다. 올해는 '코로나19' 대유행으로 봄이 어떻게 와서 어떻게 갔는지, 그리고 언제 5월이 왔는지를 실감할 수 없을 만큼 어려운 상황을 맞고 있는 중이다. 하지만 지구의 자전축이 23.5도 기울어진 채 공전을 하면서 만들어내는 자연의 순환 법칙은 우리에게 어김없이 올해도 이 싱그러운 5월을 맞게 해주고 있다. 우리가 사는 세상이 아무리 어지럽고 험해도 또 악조건 속에서 곤고한 삶이 펼쳐진다 해도 이렇게 대자연의 법칙은 거스를 수가 없다. 자연은 우리 인간에게 선물해 줄 것은 확실하게 선물해 준다.

마찬가지로 인간이 아무리 어려운 상황을 맞는다 해도 인간만이 가지고 있는 휴머니티를 바탕으로 한 인간애를 소중히 하는 삶의 본질은 변할 수 없다. 첨단과학의 발달과 함께 기계화, 자동화 된 세상 속에서 보여 할 사람의 본 모습이 보이지 않게 된지는 이미 오래 되었다. 오로

지 권력 지향적인 삶이나 부富의 가치만을 쫓고 있는 사람들이 너무나 많고, 확중편향적인 이념에 사로잡혀 볼 것을 제대로 보지 못하고 있기 때문이다. 그래서 요즘처럼 사람냄새가 사라지고 있는 세상을 맞아 황량하게 살아가고 있는 것이 아닌가 한다.

우리는 오랜 동안 전통적인 유교적 가치와 전통 속에서 이리저리 혈연관계를 맺으며 촌락을 형성해 왔고, 또 이웃사랑 속에서 법 없이도 살아온 아름답고도 순박한 민족이었다. 서로가 서로를 사랑해주고, 아끼고 보듬어주면서 사람냄새가 풍기는 넉넉한 삶을 살아온 민족이다. 선조들은 잘 살지 못하고, 많이 배우지 않았어도 또 크게 직함이 높지 않아도 사람이 가지고 있는 인간으로서의 품격을 잃지 않으며 살아왔다. 서로 신뢰하고 존경하며 좋은 관계를 맺어온 삶을 향유해 온 것이다. 그래서 연륜이 들고 경험이 많이 쌓이는 동안 삶의 지혜를 넓혀가며 어른이 되었고, 젊은이들은 그 어른들을 원로로 존경하며 따랐다. 그랬던 민족이었는데 현대화 과정을 거치는 동안 허물어진 것이 너무나 많다.

산업화·도시화되는 과정에서 인간성이 상실되었고, 민주화 과정을 거치는 동안에 권력이 다수에게 재분배되는 정책을 펴기는커녕 소수에게 편중되면서 자기편을 만들기에만 급급했다. 그러는 동안 좌우 대립만 첨예화 되었고, 갈등만 조장해왔다. 지속적인 경제개발로 국민소득 5만 불쯤 되는, 정말 잘 사는 나라를 만들 수도 있었는데 지금은 오히려 노사갈등만 키우고 있고, 그러는 동안 가진 자와 못가진 자 사이에 불화만 생긴 게 아닌가 한다. 이렇게 된 데에는 누군가 이를 중재해주거나 화합하게 하는 원로가 없어서가 아닐까. 그 원로들이 필요한

데 눈 씻고 보려고 해도 찾아볼 수가 없다.

우리에게 정치·경제·사회·문화·교육적인 문제가 생길 때, 수습 방향을 제시해주고 조정해줄만한 원로가 있었으면 얼마나 좋을까? 현대를 살아가는 사람들의 욕구가 다양하고 가치도 제 각기 다른 데, 조선시대처럼 단순한 세상도 아닌데 과한 욕심을 부리는 걸까? 아니다. 오히려 이런 때 국가나 사회에 어려운 문제가 생기면 이를 해결하기 위한 비전을 제시해주고, 리드해 줄만한 원로가 있어야 한다. 그동안 우리는 전후좌우를 살피지 않고 민주화와 경제선진화만 바라보며 줄기차게 살아왔다. 그러느라 존경받을 수 있는, 품격 높은 원로들을 만들어내지 못했다. 하지만 이제는 잠시 멈추고, 자성하면서 지내온 삶을 성찰할 필요가 있다. 존경할만한 분들을 많이 만들어 구심점을 세워야 한다.

5월은 웃어른을 공경하고 가정의 소중함을 생각하는 계절이 아닌가! 자라나는 청소년들이 바르게 자랄 수 있도록 깊은 관심과 애정을 쏟아부어주는 계절이 아닌가! 휴머니즘을 상실한 상황에서 민주화는 무엇이고, 경제 선진화는 또한 무엇인가? 눈길을 돌려 최고의 존경을 받아야할 우리의 대통령들만 보면 이내 답이 나온다. 역대 대통령은, 그동안 민주세력에게 쫓겨나지 않으면 총 맞아 참담하게 생애를 마쳤다. 퇴임 후 존경을 받기는커녕 줄줄이 감옥에 가지 않으면 자살을 할 상황에 직면했다. 탄핵 상황도 맞았다. 이렇게 정치적 후진성이 되풀이 되고 있는 중이다. 이게 우리의 자화상이다, 이런 상황에서 다른 어느 분야에서 존경받는 원로가 나오기를 바랄 수 있겠는가? 이제는 앞으로 국민에게 대통령은 물론 존경받을 수 있는 이들이 여러 분야에서 많이

나와야 한다. 존경받을 수 있는 원로가 절실하다. 그래서 인간이 인간을 따뜻하게 보듬어 줄 수 있는 세상이 될 수 있도록 그 역할을 증대시켜 주어야 하며 우리 스스로도 함께 사랑하고, 서로가 서로를 포용할 수 있는 따뜻한 인간성을 회복해야 한다.

# 남북정상회담에
# 거는 우리의 기대는 …

제3차 남북정상회담이 27일로 바짝 다가왔다. 이제 불과 4일이 남았다. 국민들은 지금 긴장을 하고 있다. 기대와 불안의 두 시각으로 바라보고 있는, 좌우 진영에서의 입장은, 그 어느 때보다 예민하다. 언론도 촉각을 곤두세우고 있다. 그러나 남북정상회담의 결과가 어떻게 나타날 지 우리는 아무도 쉽게 예측할 수는 없다. 경직되어 있던 박근혜 정부에서의 남북관계가 문정부 들어서면서부터 물꼬가 터질 걸로 다들 예상은 하고 있었다. 하지만 이 터진 물꼬 때문에 세계정세는 소용돌이 치고 있다. 평창 올림픽을 계기로 회담이 급물살을 타게는 되었지만 이 번 남북정상회담은, 비단 남북문제만은 아니다. 동북아 정세를 넘어 한반도를 둘러싼 주변국들의 문제일 뿐만 아니라 핵의 폐기가 전제이고, 세계 평화를 위한 방향타이다.

그동안 남북정상회담 확정 후, 문정부는 미·일·중국·러시아에 특사를 파견해 정상회담에 대한 배경을 설명한 바 있다. 그 틈을 타 북한과 중국은 재빠르게도 비밀리에 정상회담을 갖고 사후에 공개했다. 이를 계기로 냉기류를 타고 있던 북·중관계가 언제 그랬느냐는 식으로 혈맹으로서의 우의를 다지고 있다. 게다가 북미정상회담을 위한 상호 간의 물밑 작업으로 미국도 폼페이오 국무장관후보자를 평양에 파견하는 등 서로 밀고 당기는 외교가 지금 우리를 숨 가쁘게 하고 있다. 한중일 정상회담도 예정되어 있다. 미일정상회담은 이미 진행된 바 있다.

이렇게 주목을 받고 있는 남북정상회담이지만 그 결과가 마냥 긍정적일 수만은 없다. 핵이 폐기되고, 남북관계가 정상화되어 전쟁의 위험으로부터 벗어나 양측이 행복을 추구할 수 있어야 한다. 그렇다. 세계 평화에 이바지 할 수 있어야 하는 회담이다. 그러나 북한은 그리 만만한 존재가 아니다. 그들은 지금 핵개발을 완성했다고 떵떵대고 있다. 그 뿐만 아니다. 6·25전쟁 시 맺은 휴전협약 위반하기를 손바닥 뒤집기 식으로 거듭해 왔다. 북한 공산당이 어떤 자세로 또 이번 남북회담에 임할지가 걱정이다. 저들을 신뢰할 수는 없다. 워낙 다급하니까 회담에 응하고는 있지만 맺은 약속 파기를 일삼는 자들이기 때문이다.

미국의 한 인사는, 북한이 유엔의 각종 제제로 엄청난 정치적 압박과 함께 경제적인 타격으로 숨을 쉴 수 없게 되자 잠시 시간을 벌기 위해 모종의 전략을 구사하고 있는 것이 아니냐는 우려를 한다. 맞다. 북한은, 이미 한국전쟁 당시 미국을 상대로 한 휴전 협상에서 승기를 잡았었던 경험이 있다. 그들은 애당초 원산 앞바다 미 함정 위에서 휴전 협상을 하려 했던 미국을 자기들 속셈을 감추면서 끝내 뭍으로 끌어냈다. 그 후, 협상 테이블에서의 막후 전략을 구사해 마침내 개성 일대 광활한 지역을 자기 영토로 확보하면서 지금의 판문점에 휴전선을 긋는 성과를 얻어냈다. 1953년 7월 27일, 그 정전협정일을 소위 '승전일(?)'

로 만들어냈다. 그래서 전쟁에 졌음에도 불구하고 협상에는 이기는 성과를 거둔 그들이다.

그랬던 그들이 이번에도 남북정상회담을 앞두고 또 한 가지 전략을 이미 구사했다. 바로 남북 예술단의 교류이다. 우리 국민들은 지금 남북 예술단의 교류로 고무되고 있는 중이다. 같은 민족으로서 같은 언어로 된 노래를 통해 동질성을 회복하고 있다고 믿고 있다. 언론에서도 과잉보도로 국민을 들뜨게 한 바 있다. 그러나 우린 이를 경계해야 한다. 김정은 스스로도 '노래는 대포보다 무섭다.'라고 말한 바 있지만 예술 위에 김여정, 현송월까지 얹어 우리를 현혹했다. 공산당의 예술행위를 통한 선전선동은, 우리의 예상을 뛰어넘는다. 국민의 대북 정서를 친화적으로 끌어들이면서 지금 그들은 물밑에서 엄청난 일을 벌이고 있는 것이 분명하다. 다시 우리에게 많은 돈을 얻어내 핵보유를 더욱 공고히 하려는 전략을 구사할 지도 모를 일이다. 미군을 철수시킬 음모, 그리고 그 이후를 생각하고 있을지도 모른다.

북한의 전략은 무섭다. 우리 국민들은 저들이 과거에 땅위에서는 평화공존을 위한 회담을 하면서 땅 밑에서는 땅굴을 팠었던 행위를 기억해내야 한다. 우리가 방심하고 있는 사이에 야금야금 다가와 목을 조를 수 있다는 사실을 결코 잊어서는 안 된다. 역사의 기록은 승자가 쓴다. 해방 이후 70여 년 간에 걸쳐 세계 그 어떤 민족도 이루어내지 못한 이 기적적인 자유 민주주의와 경제 개발 성과를 순간적으로 소멸시키지 않으려면 정신을 바짝 차려야 한다.

그런데도 지금 이 순간에 우리는 사사건건 좌우로 국론이 분열되어 남남갈등을 야기하고 있다. 더구나 지금 현 정부는 학생들을 북한에 수학여행을 보낼 수도 있는 좌파 정부이다. 좌든 우든 국민의 안위를 지켜주고 자유와 평화를 누리며 행복하게 해준다면 번갈아가며 정권이 교체 되는 것은 흠이 아니다. 오히려 이상적이다, 그러나 절대로 자유와 평화 수호를 위해서 회담을 종북좌파가 주도하게 해서는 안 된다. 그게 문제이다. 때문에 이번 남북 정상회담에 거는 기대가 결코 긍정적일 수만은 없다.

# 남북 회담,
# 주변국의 영향권에서 벗어나고 싶다

휴전협정 위반을 일삼는 북한이 지난달 4일 무모하게도 비무장지대에서의 목함 지뢰 도발을 또 해왔다. 그러나 이에 굴하지 않고 11년 만에 재개한 우리 측의 강력한 대북 방송 심리대응전은, 김정은 체제에 커다란 타격을 주었다. 극도로 촉각을 곤두세우게 된 북한이 포격을 다시 가해왔고, 우리 또한 지지 않고 북한을 향해 포문을 열어 수 십 발을 쏘며 응사했다.

마침 한미 합동훈련을 하고 있는 중이었으며, 박대통령의 참석이 예정되어 있는 중국의 전승절(?) 행사를 코앞에 두고 있는 상황에서 벌어진 이 남북 사태는 6·25 이후 최대의 긴장을 고조시킬 수밖에 없었다. 남북관계의 대치상황은 극도로 악화되었고, 피아간에 준準 전시상황 속에서 내내 8월을 어렵게 보내야 했다.

궁지에 몰린 북은 마침내 우리 남측에 고위층 회담을 제의했고, 몇 번의 수정 제의를 거쳐 우리 측은 김관진, 홍용표를 북측에서는 황병서, 김양곤을 내세워 나흘 동안 마라톤회담을 했다. 양측은 전 국민의 긴장과 위기의식, 인접지역 주민의 대피 상황 속에서 드디어 극적인 합의를 도출해냈다. 지뢰 사태의 유감 표명 및 재발 방지와 대북 심리전의 중단이라는 선에서 그리고 앞으로의 남북관계 미래지향적인 개선을 전제한다는 총 6개 항목을 발표하며 회담을 마무리했다. 그러나 북으로 돌아간 황병서의 엉뚱한 발언은 우리를 참으로 황당하게 만들었다. 이러한 북의 화전和戰 전술의 양면성 문제는 앞으로도 김정은의 화해 제스처에도 불구하고 많은 문제를 제기하게 되겠지만 그나마 국민들 입장에서 보면 다행스럽다 할 수 있겠다.

그러나 필자는 이번 이 남북 사태를 바라보며 우리 민족이 이 비극적인 현실을 살아가야하는 상황에 대해 곡哭할 수밖에 없다. 일단은 박대통령의 초지일관하는 강경 자세가 북측을 협상 테이블로 나오게 했다는 것은 큰 다행이다. 그리고 회담결과에 대한 평가는 서로 다르겠지만 이번 남북 회담은 나름대로 북에 비해 우위를 점할 수 있었다고 본다.

하지만 복잡한 주변 국제 정세 속에서 미국과 중국의 입김이 크게 작용해 양자兩者는 회담장에 나올 수밖에 없었다는 뒷소문이 우리를 씁쓸하게 한다. 특히 중국의 물밑작업에 의해 남북회담이 이루어지게 되었다는 것이다. 거기다 속상한 것은 과거의 잘못을 뉘우치기는커녕 이번 사태를 관망하면서 왜倭는 여유를 부리며 이 상황을 즐기고 있고, 결국 우리 남북만이 회담의 성과를 서로 아전인수 격으로 해석하면서 다른 평가를 내리는 꼴이 되었다. 제나라 제 민족이 스스로 서지 못하고 늘 이렇게 주변국에 의해 국가 운명이 좌우되는 삶을 살아온 아픈 역사를 가지고 있는, 우리 자신이 그저 슬플 뿐이다.

삼국 시대에 신라가 외세를 끌어들여 통일과업이랍시고 이루어낸 잘못된 통일에서부터 오늘날의 남북 대치 상황에서의 국가분단에 이르기까지, 우린 참으로 오랜 세월을 주변국의 눈치를 보았고, 힘의 논리에 의해 좌우되는 삶을 살아왔다. 나당 연합 이후 당이 고구려와 백제를 홀딱 삼키려는 동북 공정의 역사와 일본이 광개토대왕비의 비문을 짓뭉개면서까지 조작해 만들어낸 일본의 임나설任那說을 시작으로 해서 몽고 침입, 임진·정유재란, 병자호란 등 참으로 오랫동안을 끊임없는 대륙세력과 해양 세력의 상충 지대 안에서 살아온 아픈 역사를 가지고 있다.

임진왜란 당시 명·일간의 국토 양분협상이 있더니 조선말 근·현대사로 넘어서는 와중에서 러일전쟁과 청일전쟁 이후 일본의 대륙 진출이 현실화되었다. 결국 35년간 치욕의 식민 역사를 맞는다. 그나마 상해임시정부를 구심점으로 한 독립운동, 몸을 던진 선열들의 피의 대가와 그보다 더 확실한 연합군의 승리로 우린 1945년 어렵게 독립을 선물로 받았다. 그러나 이를 제대로 간수하지 못하고 미·소에 의해 국토가 양분되는 서러운 역사를 맞는다. 하지만 그 분단의 중심에는 단결을 하지 못하고, 사색당쟁의 DNA를 가지고 살아왔던 조상들처럼 우리 스스로가 남북으로의 분열을 자초했다는 사실이다.

따라서 박대통령의 중국의 전승절 참석이라는 시점에서 벌어졌던 이번 남북 사태를 바라보면서 우린 그 안에서 다시 가르침을 받아야 한다. 통일을 의식한 화중和中정책이지만 한미 동맹보다 우위를 점할 수 없다는 사실이다. 또한 중국은 북한이 일시에 붕괴되도록 마냥 방치할 수 없는 지정학적 위치에서 눈을 부릅뜨고 있고, 미국 역시 자국의 국익 범위 안에서 한반도 정책을 편다는 점이다.

　우리는 단결하고 화합하는 힘이 부족해서 광복이 되던 해 통일 국가를 세울 천재일우의 기회를 스스로 잃었다. 그래서 우린 지금도 주변국의 영향권 안에서 남북분단이라는 이 슬픈 상황을 떠안고 살 수밖에 없다. 그 현실이 그저 막막할 뿐이다.

# 우리에겐
# 정말 분열의 DNA가 잠재해 있는가?

필자가 초등학교를 다니던 시절 5학년 담임선생님이 하신 말씀이 기억난다. '조선인은 셋이 모이면 혼자일 때보다 오히려 힘이 약해지고, 일본인은 셋이 모이면 혼자일 때보다 더욱 강해진다.' 이승만 대통령의 치하에서 당시 그 분이 한 말씀인 '뭉치면 살고, 흩어지면 죽는다.' 에서 우러나온 말인지 담임선생님의 독자적인 말씀인지는 잘 모르지만 필자는 아직까지도 그 말씀을 간직하고 있다.

사람 '人' 자가 두 사람, 즉 힘이 있는 어깨 넓은 남자와 후사를 생산할 수 있는, 엉덩이가 큰 여자의 기댐을 뜻하는 상형 문자임을 우리는 잘 알고 있다. 게다가 '人間' 이란 글자를 보아도 독립된 한 개인이 아니라 개인과 개인이 상호 관계되어야 하고, 서로 부추겨 주어야 그 사이가 어울려 완성된다는 의미를 함유하고 있다.

사람은 혼자서는 결코 살아갈 수 없는 존재이다. 두 사람, 세 사람 그보다 더 훨씬 많은 사람이 모이고, 어울려 지혜를 나누면서 협동하면 혼자일 때보다 강력한 힘이 솟는다. 실제로도 우리 인간은 언제인지는 몰라도 지구상에서 수십만 년 전에 출현하여 지금까지 살아오는 동안 서로 그렇게 어울려 살면서 오늘날과 같은 찬란한 인류 문화를 창출해왔다.

필자는, 당시에 왜 스승이 우리 어린 제자들에게 스스로 우리 민족을 비하하는 듯한, 그 말씀을 했는지를 잘 몰랐다. 그러나 차츰 성장하면서 주위를 살피고, 또 학습을 통해 우리 민족이 이 한반도에서 어떻게 살아왔는지를 인지하고부터 그 말씀이 조금씩 이해되었다. 삼국의 역사, 그 중에서도 백제, 고구려의 패망의 원인이 그렇고, 또 다른 역사 속에서도 지속적인 분열로 인해 쪼개지고 갈라져 국토가 축소될 수밖에 없었다는 사실을 알았다.

그렇다. 중원을 호령하던 기개는 다 사라지고, 분열로 인해 나라꼴이 점점 왜소해졌다. 우린 국제 정세를 바로 보지 못한 채 사색당쟁만 일삼다가 참담한 임진왜란과 병자호란을 맞아 온갖 수모를 당한 역사를 가지고 있다. 근대사에서도 똑같은 전철을 밟다가 청일전쟁과 노일전쟁을 불러들여 일제의 지배를 받으며 굴욕의 역사를 맞았고, 해방 이후에도 또 똑같은 이유로 인해 남북이 갈라지는 아픔 속에서 지금도 살고 있다.

그런 지경인데도 우리의 현대 정치는 지금 뭐냐? 또다시 우리는 그 전철을 밟고 있는 중이다. 친노는 뭐고, 비노는 뭐냐? 친박은 뭐고 비박은 뭐냐? 게다가 진박은 뭐고? 철수하지 않으려는 철수에게 지속적으로 철수를 강요하는 정치 현실은 또 뭐냐? 어지럽다. 지금 우리는 진흙투성이 속에서 민주주의 꽃이라 불리는 선거를 치르고 있는 중이고, 이제 13일이면 20대 국회의 모습이 드러난다. 하지만 이 순간에도 우리 국민들은 막막한 정치현실을 안고 살 수밖에 없는 참담함 속에서 가슴을 졸이고 있다.

제2차 세계대전의 패망국인 일본이 1945년 이후, 70년이 지나는 동안 부국강병의 틀을 확실히 했고, 지금은 초일류국가가 되었다. 이제는 전쟁이 가능한 국가로 헌법을 바꾸는 기반이 완성 되었다는 사실을 모르는 국민은 없다. 독도가 제 땅이라고 생떼를 부려도 국제적으로 불리하지 않을 상황을 만들어 가고 있다. 중국 또한 공산국가로서 자본경제를 이끌어내어 일본을 제치고 미국에 이어 넘버 2로 급부상하는 경제대국이 되었다. 지형적인 위치나 힘의 논리에서 우리는 예나 지금이나 그들의 영향권에서 벗어날 수 없는 지경이다.

우리를 둘러싸고 있는 주변국의 상황은 이런데 정작 우린 70년이 넘게 남북이 갈라져 아직도 정치적으로나 군사적으로 막다른 길을 가고 있다. '참수론', '서울 불바다' 라는 엄청난 말들이 보통명사화 되어서 세상을 흔들고 있는데도 아직 정신을 못 차리고 있다.

지금은 친노, 비노·친박, 비박을 찾으며 사색당쟁을 할 때가 아니다. 현대사가 어떻게 전개되고 있는지를 직시해야 한다. 이 비좁은 한반도에서나마 독자생존을 하기 위해서 남북이 서로 화합해야 하고, 동서분열을 막아야 한다. 그 안에서는 당리당략에 의한 잠룡이니, 대선주자만을 따지지 말고, 국제 정세를 바로 보며 그에 대처해나가면서 우리 민족이 나아가야할 진로를 모색할 수 있는 리더십 있는 지도자를 찾아 내세워야 한다. 우리의 몸속에는 정말 분열의 DNA가 잠재하고 있는가? 총선을 이틀 앞둔 오늘, 어린 시절 제자들을 향해 던지던 스승의 그 말씀이, 문득 필자의 가슴속을 비집고 들어온다. 주변국은 우리를 향해 무섭게 파고들고 있는데 정작 우리는 분열만 거듭하고 있는 이 정치현실을 바라보며, 필자는 그저 막막해 할 뿐이다.

# 호국보훈의 달
# 유월에 나라를 생각한다.

　유월이다. 다시 또 호국 보훈의 달 유월이 왔다. 누구든 해마다 이 유월을 맞으면 옷깃을 여미고 마음을 가다듬으며 한 번쯤 나라를 생각하게 된다. 그런데 날이 갈수록 개인주의가 팽배해지고 지나친 자유와 인권을 부르짖는 요즈음에 '나라를 생각해야 한다.' 는 화두를 들고 나서면 눈총을 받을 지도 모른다. 보수이거나 전근대적인 사고를 가진 사람으로 치부될 수도 있다. 하지만 이 유월을 맞으며 누구든 나라를 한 번쯤은 생각해야 한다는 것이 필자의 생각이다

　우리는 지금 자유주의가 판을 치고 있고, 개인의 복지나 인권, 아니 민주화가 극에 달한 세상에서 살고 있다. 단숨에 민주화와 경제발전이라는 두 마리의 토끼를 잡아낸 민족이라고들 스스로 기고만장하고 있다. 하지만 지금 우리의 사정을 살펴보면 미래가 밝은 것만도 아니다. 이제 국민소득도 3만 불이 넘고, 국가에서는 갖가지의 보편적 복지를 누리도록 베풀고 있어서 행복한지 몰라도 요즘 세상은 나라를 고맙게 생각하기는커녕 점점 더 개인 중심 세상이 되어가고 있는 중이다. 학

교 선생이 사생활 보호 차원에서 일기 검사도 제대로 못하고 있다. 그 정도로 개인주의가 지배적이다. 정작 나라를 고맙게 생각하는 사람들은 별로 많지 않다는 말이다.

그렇다면 나라가 없어도 개인이 행복한 삶을 누릴 수 있을까? 그건 아니다. 지켜주는 울타리가 너무 커서, 너무 안정적이어서 나라의 소중함을 모르고 물과 공기처럼 그냥 마시고, 그냥 누리기만 하면 되는 걸로 착각을 하고 있을 뿐이다. 지극히 상식적인 이야기이지만 나라가 없으면 결코 개인의 삶은 존재할 수 없다. 누가 우리를 지켜주고, 어떤 조직적인 권력이 개인을 행복하게 할 수 있을까? 아메리카 대륙의 인디언들이 바다를 건너온 유럽인들에게 정복당한 걸 보면 알 수 있다. 개인을 보호하는 것은 순전히 국가의 힘이다. 인디언들에게는 강력한 힘을 가진 국가권력이 없었다. 조직력이 없었다.

우리의 역사를 뒤돌아보면 그걸 더 잘 알 수 있다. 매주 수요일이 되면 지금도 일본대사관 앞에서 집회를 열고 있다. 가슴 아프다. 방방곡곡에 서 있는 소녀상을 바라보며, 위안부 할머니들을 떠올리면 더욱 애잔하다. 나라의 소중함을 생각하지 않을 수 없다. 힘이 없는 나라의 국민은 위안부로 끌려가고, 징용을 당해 전쟁터에 내몰리고, 지하막장에서 탄광 노동에 시달릴 수밖에 없었다. 그래도 말려줄 이가 없다.

조선조를 뒤돌아보면 더욱 확실해진다. 명분싸움에 국론이 분열되었고, 척화파와 주화파 간의 대책 없었던 논쟁에 휘말렸던 인조가 남한산성에서 항복을 한다. 그 후에 수없이 끌려간 포로는 처참하게 죽어갔고, 그중에서도 여인들을 떠올려보면 더욱 참담해진다. 상인商人은 물론 여염집 규슈나 양반집 여인까지 끌어다가 성노예로 전락했었던 아픈 역사를 가지고 있다. 그런 치욕을 당한 후에 천신만고 끝에 겨우 다시 살아 돌아온 여인네들을 우리는 어떻게 대했는가? 환향녀還鄕女라는 이름을 붙여 그들을 멸시했던 기억까지도 가지고 있다. 더 거슬러 올라가면 몽고족이 세운 원元에게 짓밟힌 후 처녀 공출을 당한 기억도 있다. 조혼早婚의 풍속도 그때부터라고 한다. 그 역사를 잘 알면서도 지금 이 순간도 여전히 나라의 소중함을 모른 채 지나치게 개인주의에만 빠져 있다.

과거와는 달리 현재는 영토전쟁이 없기에 그런 아픈 역사의 전철을 밟지 않을 거라는 말을 할지도 모른다. 하지만 천만의 말씀이다. 우리를 둘러싸고 있는 국제적인 상황이나 지금 돌아가는 계층 간의 갈등 그리고 정치적 현실을 바라보면 다시 또 그런 역사의 전철을 밟을 수도 있다는 생각을 떨쳐버릴 수가 없다. 반만년을 살아오는 동안 그때마다 강력한 나라를 가지지 못한 채 국론을 분열시키다가, 국방을 소홀히 하다가, 국력을 탕진하다가 당한 아픔이 다시 재현되지 않는다는 보장은 없다.

유월 호국보훈의 달을 맞으며 우리는 나라를 다시 한 번 생각해야 한다. 자신의 몸을 돌보지 않고 국가에 헌신하다가 산화한 호국영령을 기억해야 한다. 몸 바쳐 독립운동을 했던 거룩한 희생 없이 우리가 일본의 압박을 벗어나 해방될 수 있었을까를 다시 한 번 생각해야 한다. 6·25전쟁 때 국토가 붉게 물들 수밖에 없는 상황에서 자기를 돌보지 않고 나라 위해 목숨을 던진 거룩한 희생이 있었기에 우리는 지금 개국開國 이래 최고의 부富를 축적하며 살고 있다. 우리가 자유니, 환경이니 개인의 인권까지를 주장하며 행복을 추구하며 살게 된 것도 다 나라를 위해 몸 바치신 이들의 값진 희생이 있었기에 가능하다. 나라가 탄탄해야 역시 개인의 자유는 보장된다. 개인의 삶과 나라의 번영을 함께 생각하는 유월이 되었으면 한다. 필자는 우리 국민이, 아니 그중에서도 젊은이들이 이 유월에 삼가 옷깃을 여미고 겨레와 나라를 위해 목숨을 바치신 임들을 떠올려주기를 바라는 마음 간절할 뿐이다.

# 박대통령
# 탄핵 사태를 바라보면서

　대부분의 국민들은 요즈음 박대통령 탄핵 사태를 바라보면서 가슴이 무너져 내려앉고 있다. 탁월한 국가 원수의 리더십 아래서 행복을 누려야 할 권리를 잃은 채 가슴을 도려내는 듯한 아픔을 느끼고 있다. 아니, 가슴이 아픈 정도를 넘어 짙은 슬픔에 갇힌 채로 이제는 국운의 향방이 어떻게 될까하며 큰 걱정에 싸여 있는 중이다. 어쩌다 이런 상황을 맞게 되었는지 참으로 답답하기만 하다. 대통령의 딸이었던 그녀를, 국민이 대를 이어 대통령으로 세웠을 때인 4년 전만 해도 우리는 기대에 차 있었다. 경제 부흥의 기틀을 다지고도 독재자라는 오명으로 흠을 남긴 아버지의 허물을 덮어줄 수 있는 치적을 쌓을 거라고 믿었다.

　그 대통령이 지금 국회의 탄핵 결정으로 헌재의 판결을 기다리고 있다. 그 뿐만이 아니다. 국회의 탄핵 결정에 앞서 '최순실 게이트의 공범자' 로서의 죄목으로 특검 조사를 받을 수밖에 없게 된 처지이다. 북에 퍼주기만 한 햇빛 정책을 펴다가 오히려 핵 국가의 지위를 부여하는데 기여한 과거 좌파 정권에 맞서 신뢰를 바탕으로 한 맞대응을 하겠다는,

대통령의 의지에 박수를 쳤던 국민들의 심정은, 그저 참담하기만 하다. 그동안 이 땅에서 베트남 식 통일이 되어서는, 그런 통일이 되어서는 절대로 안 된다는 정서를 가지고 있는 대다수의 국민들은 박대통령의 통치 방법을 지지하며 박수를 쳤었다.

실제로도 3대 세습의 독재자로서 자신의 정치적 입지를 세우기 위해서 최측근의 공개처형도 서슴지 않으면서 지속적으로 공포 정치를 하는 북에 비해, 우리는 경제도 민주화도 성공했다는 확신을 가지고, 국민소득 4만 불 시대를 열기 위해 매진해왔다. 그런 국민들에게 박대통령은 비전을 주기는커녕 최순실의 치마폭에 싸인 채로 국정 농단의 상황을 초래하게 해 절망을 던져주었다. 그 탓에 '박근혜 대통령은 즉시 하야를 해야 한다.' 는 촛불집회가 주말마다 인산인해를 이루더니 결국 여당 일부 의원들까지 합세해 대통령을 탄핵해 헌재에 넘겨버렸다.

이제 특검 조사와 함께 헌법재판소 판결을 피할 수 없게 된 박대통령이다. 그 모습을 바라보며 우리는 대통령 개인보다 나라의 운명을 생각해야 할 때임을 인식하고 있다. 개인적인 자격으로서의 대통령에 대한 질책보다는 우리 국운을 생각해야 하는 절박한 상황을 맞게 된 것이다. 남북분단 이후, 북은 다양한 경로를 통해 남으로 침투해 와 지금까지 경제 분야를 비롯해 여러모로 위세를 떨치며 발전하고 있는 대한민국을 마구 흔들어 왔다. 국론분열을 획책하면서 연방공화국이라는 북한식 통일 방법으로, 마지막에는 전 국토를 공산화 하겠다는 전략을 펴왔다. 우리는 그 속셈에 휘말려서는 결코 안 된다.

해양세력과 대륙세력이 끊임없이 상충하는 지정학적 위치에서 늘 주변 강국에 시달려 왔던 우리이다. 그동안 백성이 함께 힘을 합치지 못하고, 강대국을 바라보는 기회주의와 국론 분열만을 일삼다가 결국은, 국토를 잃고 주권을 빼앗기는 역사를 되풀이 해 온 우리 민족이다. 다시 또 이런 전철을 밟아서는 안 된다. 그런 역사적인 아픔을 모를 리 없는 박근혜대통령이 최소한의 의사소통도 외면한 채, 아예 귀를 막는 정치를 한다는 평을 받더니 결국은 최순실의 농단에 빠져 이렇게 나라를 벼랑으로 추락하게 하고 말았다. 이제 특검 조사를 받고 있으니 박대통령이 죄가 있다면 당연히 벌을 받아야 한다. 또한 이를 헌법재판소의 아홉 명 법관들이 법과 양심에 따라 탄핵을 결정하면 어쩔 수 없는 일이다. 법 앞에서는 만인이 평등하기 때문이다. 그러나 지금까지의 죄목이 우리를 분노하게는 했지만 법리적으로 탄핵에까지는 미치지 않는다고, 헌재가 결정한다면 국민은 그 결정 역시 순순히 따라야 한다.

더 이상의 소요 사태는 없어야 한다. 오히려 이 엄청난 사태를 잘 수습하고, 이를 교훈 삼아 민주화와 함께 선진사회 건설을 위한 계기로 삼을 수 있어야 한다. 지금 일부 개인이나 집단 또는 정당에서는, '기회는 바로 이때다.' 라고 생각하면서 정권 창출에만 몰두하고 있다. 국가를 상징하는 태극기를 멀리하고, 대신에 '양심수 이석기를 석방하라.' 는 피켓을 들고도 있다. 있을 수 없는 일이다. 물론 지금 국민의 감정이 박대통령에 이반되어 있는 것은 사실이다. 그러나 이럴 때일수록 냉철한 이성을 되찾아야 한다. 우리는 형제간에 정권 투쟁을 하다가 '고구려'를 통째로 '당'에게 내주고 만 역사를 가지고 있다. 국론 분열을 일삼다가 국토가 초토화된 임진왜란을 겪은 적도 있다. 이런 전철을 밟아서는 안 된다. 이럴 때일수록 우리는 나라만을 생각하며 국운을 긍정적인 쪽으로 돌려 안정을 취하면서 부국강병의 길을 모색해야 한다.

# 젊은 그들이 열어나갈
# 미래를 밝혀주는 어른이 되고 싶은데…

　요즈음 우리 집 손자를 바라보노라면 민망해진다, 거리를 걷는 청소년들이나 놀이터에서 뛰어노는 어린이들을 바라보아도 별로 할 말이 없다. 미래를 열어갈 이들인데도 얼른 다가가서 그들을 보듬어주고 얼러주면서 '너희는 다음 세상을 열어갈 희망이란다. 우리의 소망스런 존재니 알차게 성장해야 한다.' 고 말하고 싶은데 망설여진다. 그들이 앞으로 열어나갈 세상이 어떻게 다가올지 불확실하기 때문이다. 비전을 보여주지 못하고 과거에 발목이 잡혀 있는 세상이라 앞이 잘 보이지 않기 때문이다. 50년대 말, 60년대 초에 비해 비교할 수 없을 만큼 풍요로운 삶을 살고 있는 데도 왜 그들이 안 돼 보이는 걸까? 잘 입고, 잘 먹으면서 부족함 없이 쑥쑥 자라고 있는 그들이지만, 성장한 후에 이 세상을 어떻게 열어갈지 그게 걱정스럽기만 하다. 노파심일까?

　예전에 우리가 자랄 때는 못 먹고 못살았어도, 나름 미래가 있었다. 꿈과 희망이 있었다. 어른이면 누구나 어린이의 성장을 관심 있게 지켜보아줬었다. 피붙이가 아닌 이웃 어른도 다가와 관심을 보이며 '너희는 우리의 미래란다. 꿈과 희망을 가지고 몸과 마을을 닦으면서 열심히 공부하면 이 세상을 이끌어가는 훌륭한 사람이 될 수 있는 거야.' 라고 말하며 북돋아 주었다. 그만큼 우리는 어른들에게는 희망적인 존재였다. 그런데 지금은 정말 열심히 근면 성실하게 산 덕에 무역수지가 세계에서 10번째를 넘나들 만큼 잘사는 나라를 만들어 놓았다고 자부했는데 막상 어른으로서 그들에게 할 말이 없다,

너희는 커서 자당 대통령을 탄핵해 나라를 쑥대밭으로 만들면서 자신도 폭삭 망하는 사람이 되라고 말할 수도 없고, 누구처럼 학교 급식 등 일상적인 시정市政 문제로 시장 직을 걸다가 쫓겨나는 사람이 되라고 할 수도 없다. 선거에 당선된 지자체장이 그 직을 헌신짝처럼 내던지고, 말을 자주 갈아타야 출세하는 거라고 말할 수도 없다. 또 누구처럼 높은 자리에 오르거나 대학교수가 되더라도 제 자식을 위해서는 온갖 수단 방법을 가리지 않고 별별 짓 다하는 사람이 되라고 할 수도 없다. 위안부할머니들을 앞세워 개인명의 통장에까지 입금하도록 모금해서 자기 삶을 챙기는 술수를 부리는 사람이 되라고 말할 수도 없다. 정치적인 욕심 없이 순수한 NGO단체를 만들어 정부나 공공단체가 하는 일을 감시하면서 국민을 대신해 몸을 던지는 줄 알게 해놓곤 마지막에는 정계로, 관계로 슬금슬금 기어들어가는 사람이 되라고 말할 수도 없다. 열심히 공부하고, 인격을 닦으며 훌륭하게 자라나면서 타고난 적성에 맞게 자기 꿈을 이룬 후엔, 어려운 이웃을 사랑하고 남을 배려하면서 이 세상을 밝게 열어 가는 사람이 되라고도 말할 수 없는 세상이 되었으니 참 걱정이다. 그렇다고 '좌' 든 '우' 든 확실하게 편을 갈라 자기편을 만들면 되고, 옳고 그름 따지지 말고 제 진영만을 굳게 지

키는 사람이 최고라고 말할 수는 없지 않은가.

우리 겨레는 우수한 문화민족이다. 우리만의 사상과 정서를 바탕으로 부처님의 자비 정신과 공자님의 유교사상을 접목시켜 왔다. 근대에 들어서는 예수님의 박애 정신과도 하모니를 이루면서 외래 종교를 무리 없이 받아들였고, 동서 문화를 융합시켜온 민족이다. 뿌리 깊은 가난도 물리치면서 짧은 기간 동안에 민주화를 이룩해온 민족이라고 스스로 자부하며 살아왔다. 그런데 지금은 심각한 위기에 처해 있다. 과속 성장, 졸속한 민주화 때문인지 대한민국은 성장통을 크게 앓고 있는 중이다. 천문학적인 돈을 풀어 복지라는 이름으로 그 진의眞意는 감추고, 마구 퍼붓는 바람에 너나없이 국민들은 다들 이성을 잃고 있다. 그 근면했던 국민들이 미쳐 있다. 정부만 바라보며 목을 길게 늘이고 있다. 옳고 그름은 없고 진중陣中 논리만 펼치며 서로 투쟁을 일삼고 있으면 된다.

그런 와중에, 그 틈바구니에 서 있는 우리 젊은이들까지 어른들의 부질없는 욕심과 헛된 망상에 그 순수성이 짓밟힐까 걱정이다. 정의감이 훼손될까 걱정이다. 아니, 이미 어른들의 잘못된 논리에 희생을 당하고 있다. 그들의 미래가 심히 염려스럽다. 예전에는 거리에서 만나는 어린이나 젊은 청소년들을 바라보면 부러웠다. 그런데 요즘 들어서는 그들이 안 돼 보인다. 무슨 말을 어떻게 해주어야 할지 민망스러울 뿐이다.

이 세상에 태어나 한 번 뿐인 인생을 살기 위해 성장하는 어린 그들이, 젊은 그들이 자기 성취를 하도록 지켜주어야 할 책무가 어른들에게 있다. 모두가 에디슨이나 링컨, 슈바이처나 이태석 신부처럼은 아니더라도 부모에게 효도하고 형제자매와 어울려 우애 있게 성장하면서 이웃을 사랑하는 법을 배우고, 국가에 충성하면서 마지막에는 인류공영에 이바지 하는 모습을 바라보고 싶다. 그런데 그들의 미래가 불확실하다. 우리 같은 늙은이들은 이제 삶만큼 살았고, 젊은이들은 자기 선택이라 어쩔 수 없다지만, 저 어린이들은 어찌할거나? 젊은이에게 열어갈 미래를 분명하게 말할 수 있어야 하는데 그렇질 못하니 이걸 어찌할거나?

# 우리 시대의
# 진정한 원로는 누구인가

우리나라는 고려시대부터 기로소耆老所가 있어 노인들을 우대했다는 기록이 남아 있다. 조선시대에 와서는 더욱 유교중심 사회 속에서 장유유서의 개념이 분명한 전통을 이어왔음을 잘 알고 있다. 어른은 오랜 인생 경험이 풍부해서 젊은이들에게 삶의 지혜를 가르쳐주었고, 그 경험 한 바를 후진들에게 삶의 방향으로 분명히 제시할 수 있었기에 젊은이는 어른을 스승으로 모셨고 원로로 존경해온 것이다.

동서양을 막론하고 사람들은 이 세상에 태어나서 성장하고 양육을 받는 동안 부모·친척은 물론 마을의 나이 많은 어른 그리고 스승을 찾아 큰 가르침을 받으며 살아간다. 그 중에서도 유독 우리나라는 경로효친 사상이 강했다. 유교가 발생한 중국보다 오히려 우리는 어른을 공경하고 아랫사람을 사랑하면서 사는 도덕적 규범을 중히 여겨온 역사적 배경을 가지고 있다는 것이다. 그러나 요즈음 들어 세상이 급속하게 산업화·도시화 되면서 이 가치관이 많이 무너져 내리고 있다.

하지만 초현대를 살아가는 지금도 여전히 젊은이들이 뜻을 세우고 자기를 실현해나가기 위해서는 인생의 좌표로 삼을 스승을 모시고 싶어 한다. 그건 예나 지금이 다를 바 없다. 지식정보화 사회를 맞아 많은 젊은이들은 컴퓨터나 스마트 폰에서 필요한 정보를 얻고는 있다. 그러나 타고난 본연의 인간성을 유지하며 성취하는 삶을 살기 위해서는 멘토가 되어 줄 스승이 있어야 한다.

그러나 이 시대의 진정한 스승이나 원로를 찾기가 그리 쉽지는 않다. 사람은 누구나 자기를 실현하기 위해 뜻을 세우고 그 목표를 향해 노력한다. 하지만 혼자만의 힘으로 그 목표를 결코 이루어낼 수는 없다. 반드시 선배와 스승, 즉 그 분야에 혜안을 가진 원로의 보살핌이 필요하다. 이때는 결코 세상 나이가 아니다. 자기 분야에서 일가를 먼저 이룬 이가 스승이고 원로이다. 그의 도움을 받을 필요가 있다.

필자가 몸담고 있는 문단文壇만 보아도 창작과정이 전혀 개인적인 작업임에도 습작을 하는 동안 자기를 이끌어줄 원로 문인을 찾는다. 그래서 문학에 뜻을 둔 젊은이들은 그 원로를 찾아 스승으로 모시고 습작기를 보내고 있다. 물론 작가는 스승을 동시대 사람이 아닌 시나 소설 또는 철학서를 저술한 이나 철학자를 멘토로 삼을 수도 있다. 하지만 함께 살아가며 방향을 제시하고, 스킨십을 나누며 창작 기법을 학습할 수 있게 도와주는 원로문인이 현실적으로는 필요하다.

이럴 때 먼저 문단에 나와 문학적인 역량이 있고, 자기 작품 세계를 가지며, 이론을 줄기로 세울 수 있는 스승을 만날 수 있다면 그건 참으로 행운이다. 이러한 스승 찾기는 문학뿐만 아니라 정치계나 경제계, 체육, 문화·예술계 등 모든 분야에서 요구되는 일이다. 그러니까 사회 각 영역이나 분야에서 자기 경지를 이루어낸 원로를 멘토로 얻을 수 있다면 그건 천군만마를 얻는 일이다.

　로마 제정 시대 때부터 원로의 개념이 도입되고 있지만 세상에는 세상 나이가 있듯이 이렇게 자기 영역이나 분야에도 제 각기 경력이 있고, 다른 이들이 범접할 수 없는 경륜이 있는 것이다. 그런 차원에서 보면 먼저 그 분야에 나와 일가를 이루고, 후진을 위해 방향을 제시해주어야 하는 것은 국가와 사회와 예술문화를 발전시킬 수 있는 원로서의 막중한 임무라고 본다. 그래서 우리는 그들을 존경하며 따르고 있는 것이다.

　한데도 역시 이 세상에는 스승이 되어줄 진정한 원로를 모시기가 그리 쉽지는 않다. 유교 사회의 전통에서 살아와서인지 세상 나이만 내세우거나 자기의 사회적 지위를 내세워 늦게 뛰어든 분야에서 오히려 원로인체 하는 사이비가 판을 치기도 한다. 이는 정치사회계나 문화예술계 등 모든 분야에서 지양되어야 한다. 우리는, 예로부터 향리에서는 나이가 많은 이가 존장이지만 관에 나가 애민사상으로 나라를 다스리는 데는 세상 나이를 따지지 않아왔다.

　필자가 젊었을 때 모신 직장 상사 한분은 늦게 서예를 공부했는데 자신보다 세상 나이가 많이 젊은 스승을 지나칠 만큼 깍듯이 모시며 공부하는 모습을 목격한 일이 있다. 그에 비해 요즈음은 각 분야에서 뒤늦게 나온 이가 일가를 이루지도 못한 채 세상 나이만을 앞세워 원로인체 하는 경우가 있어 참으로 안타깝다. 경로효친의 달 5월을 맞으며 이 시대의 각 분야에서 후진들을 이끌어갈 진정한 스승은 누구이며, 원로는 누구일까를 생각해본다.

# 나라 위해 몸 바치신
# 호국영령 앞에서

JP는 얼마 전에 회고록 대신에 자신의 삶을 정리하는 사진첩을 출판하면서 정치를 허업虛業이라고 말한 적이 있다. 90에 접어든 노정치인이 나름대로 정치적인 역경을 넘으며 살아온 소회를 피력한 거로 알고 있다. 그러나 인간의 삶이 어디 정치만이 허업이랴! '모든 게 헛되고 헛되니 헛되도다.' 라고 전도서에도 기술되고 있지만, 그러나 JP의 '허업' 이라는 말은 호국의 달인 이 유월에 우리 마음을 쓸쓸하게 하고 있다.

JP는 청년 장교로서 구국의 기치를 들고 박정희 장군과 함께 1961년 5월 혁명을 주도해 성공한다. 그 이후 한평생을 다양한 정치 역정과 우여곡절을 겪으며 나름대로 일생동안 질곡의 삶을 살아온 분이다. 그가 자신의 삶을 회고하는 마당에서 어찌 느낀 바가 없겠는가! 그러나 필자는 JP가 구국의지로 다져진 세상을 바꾸겠다는 혁명의 뜻을 품고 정치를 시작한 이후, 정말 그분은 일생을 초심으로만 살아왔을까 하고 생각해본다.

JP는 말년에 대통령이라는 자신의 꿈을 접고 DJ와 연정聯政을 펴 마침내 이 땅에 좌파정부를 만들어낸 분이다. 역사는 의도한 본뜻과는 달리 종종 아이러니한 결과를 낳고 있지만 DJ 이후 노무현 정부까지 10년 동안 아니, 지금도 종북 세력이 판을 치는 세상을 만들어버리는 데 일조를 한 분이 JP이다. 필자는, JP가 국가번영에 공헌할 수 있다고 믿고, 또한 통일조국을 앞당긴다는 신념과 의지를 공고히 하면서 위국충정만으로 DJ와 연정을 폈었는지 그 심중을 헤아릴 수는 없다.

그러나 이 유월에 호국영령들 앞에서 JP와 DJ에 의해 실현되었던 그 좌파 성향 연정을 다시 되돌아본다. 그 뿐이 아니다. 얼마 전 세상을 소용돌이 속에 빠지게 한 경남 기업의 성완종 전 회장의 자살까지를 돌이켜보면서 필자는 JP를 생각하지 않을 수 없다. 정경유착을 시도하면서 한 기업인이 정치에 기생을 하도록 말미를 주고, 숙주 역할을 한 이가 바로 JP이다. 그렇다. 당시 성완종 전 회장이 JP가 주도하는 정당에서 비례대표 2번을 꿰찬 것이 아무래도 찜찜하기만 하다. 게다가 노무현 정부에서는 두 번이나 사면을 받으며 나라를 위한 헌신은 어디로 가고, 오르지 자신의 정치적 행보만으로 세상을 무모하게 할거한 성완종 의원 그러나 안타깝게 세상을 뜬 성완종, 그 틈을 제공해준 정치인들에게 우린 공분을 느낄 수밖에 없다.

물론 정치를 하려면 고도의 권모술수가 판을 치고, 막대한 자금을 동원해야 한다고들 한다. 그러나 정치의 근본은 국민을 복되게 하는 것이다. 국가의 안위를 지키고 국민을 정말 행복하게 하는 것이 정치의 궁극적인 목적이다. 그러나 우리 주변에서 정치를 하는 이들이 모두다 나라를 위해 일한다고 하지만 그렇지 못함을 잘 알고 있다. 지금 이 유월은, 삼가 옷깃을 여미고 순국하신 호국영령을 추모하며 가신 분들 앞에 엄숙하게 서서, 그분들에게 부끄럽지 않은 삶을 살지는 않았는가를 반성해 보아야 할 계절이다.

필자는 결코 JP의 '허업'이라는 말을 폄하할 마음은 없다. 그러나 중동 메르스 감염의 총체적 위기 속에서도 정치계가 혼란만 거듭하고 있음을 바라보노라니 참으로 염려스럽고 막막하기만 하다. 그동안 세월호 사건을 정치화해 나라를 내내 혼란에 빠지게 하더니 요즈음도 여전히 4.29보선 이후 새정치연합의 뿌리 깊은 계파간의 갈등 재현, 노무현 전 대통령의 제6주기 추모식 파장, 집권정부의 당·청간의 소통 부재 등으로 후유증을 고질병으로 앓고 있다. 군인들까지 엄청난 비리를 저지르며 사욕을 채우고 있다. 겉으로는 나라를 위한다는 이들이 사실은 구조적인 모순을 스스로 만들며 권력과 부를 탐한다. 그들이 참으로 밉다.

지정학적 요인 때문에 늘 강대국의 틈바구니 속에서 역사적으로 약소국의 설움을 받아온 우리이다. 지금도 미·일관계의 유착과 중·러관계의 새로운 협력으로 신냉전 시대의 기미가 엿보이고 있다. 이런 시점에서 통일된 대한민국을 꿈꾸는 것보다 자신이 속해 있는 당의 당리당략이나 한 개인의 정치적 삶의 구현에만 치중한다면 우리 민족에게 결코 미래는 있을 수 없다.

박근혜대통령도 냉엄한 국제 상황에서 새 질서 구축을 위한 방미를 앞두고 있다. 이런 마당에 정치가 결코 '허업'이 되어서는 아니 된다. HC(이회창)는 한 술 더 떠 정치를 남가지몽南柯之夢이라했다는데 이건 아니다. 국민을 행복하게 해야 하며, 진정으로 백성을 근본으로 삼는, 보다 실체가 확실한 '정치'이어야 한다. 그렇게 말한 데는 나름대로 숨겨진 이유가 있겠지만 더 이상 '허업', '남가지몽'이라며 자괴감에 빠지는 말을 하는 정치인들이 나와서는 안 된다고 본다. 그런 삶을 자초한 정치인 밑에서 국민은 결코 행복할 수 없다.

# 퇴임 후 존경받을 수 있는
# 대통령상像을 그려본다.

오는 2월 25일로 박근혜대통령은 취임, 만 두 돌을 맞는다. 이제 취임 3년차로 접어들면서 박근혜대통령은, 임기 5년의 한가운데에서 큰 치적을 쌓아 후일에 긍정적 평가를 받아야하는 아주 중요한 시점에 서 있다. 박대통령은 남북 분쟁과 이념 논쟁, 동서 · 계층 · 빈부 간의 갈등 속에서 대통합을 부르짖으며 헌정 사상 최초의 여성 대통령으로서 2년 전 임기를 시작했다. 그러나 박대통령은 국정에 임하는 동안 많은 우여곡절을 겪으면서 점점 인기가 하락되고 있다.

소통 부재라는 비판과 신비 · 비밀주의에 입각한 수첩 인사라는 여론으로 큰 어려움을 겪었던 박대통령은, 이제 정말 국정운영에 전환점을 맞아야하는 중요한 결단을 해야 한다. 취임이후 박대통령은 미국 방문 시 윤창중 비서관의 어처구니없는 돌출행동으로 빚어진 인사 참극을 필두로 해서, 국무총리 지명자의 계속적인 낙마, 세월호 참사 등 많은 어려움을 겪었다. 그 상황 속에서도 개성 공단의 협상에서 끌려 다니지 않고 남북외교상 선점을 차지했고, 건국 70년 · 분단 70년을 맞아 통일을 향해 신기원을 이루자는 좌표를 설정했다. 또한 대미·대중 외교에 성과를 거두는 등 치적을 쌓은 바 있다. 하지만 여전히 녹록치 않은 여러 현안 속에서 청와대 문건 유출 사건까지 터졌고, 지금은 이완구 정치총리 지명으로 어려움을 수습하려는 카드를 내놓고 있는데도 비판적인 여론에 휩싸인 채 지지율이 30%를 밑돌기까지 했었다.

우리는 그동안 역대 대통령들에게 강력한 리더십을 발휘해 국가의 위상을 높이고, 첨예한 국제 관계 속에서 외교적 우위를 점하며, 경제적으로 안정된 가운데 남북통일을 앞당길 수 있는 기반을 닦아나가는 지도자가 되어주기를 기대했다. 그러나 그 많은 대통령들은 한결같이 국민의 기대에 부응하지 못했다. 독재로 얼룩지거나, 아니면 IMF라는 경제 파탄 상황으로 몰아가거나, 친인척의 비리로 물의를 일으켜 여론의 질타를 받았다. 그 결과 현직에서 유고有故 사태도 맞았고, 퇴임 후에 법적인 심판을 받지 않으면, 수 조원의 비자금이 지금도 유령처럼 떠돌고 있다거나, 무리한 치적 중심의 졸속한 4대강 개발에만 매달리는 대통령, 심지어는 자살로 생生을 마감하는 통치자도 있었다. 참으로 불행한 현대 정치사의 편린을 보는 것 같아 안타깝기만 하다.

국민들은 임기를 끝마치고 퇴임 후에 대통령들이 국민의 존경을 받으며 여생을 보낼 수 있기를 바란다. 그러기 위해서는 대통령은 국민을 끌어안으며 사심 없이 몸과 마음을 받쳐 헌신하는 자세로 지도력을 발휘해야 한다. 5년 단임의 임기로는 통치의 기간이 짧아 확실한 치적을 쌓기에는 제도적으로 뒷받침을 할 수 없다고들 말한다. 물론 박근혜대통령도 남북 분단 상황에서, 통합하기 정말로 어려운 국민들을 대상으로 리더십을 발휘하기란 그리 쉽지 않다고 본다. 그 기간도 짧기만 할 것이다.

하지만 우리 국민이 2년 전 취임했던 박근혜대통령에게 거는 기대는 다른 역대 대통령에 비해 남달랐다. 자의自意는 아니겠지만 박대통령은 아버지의 후광을 업고 임기를 시작했다. 비록 독재자라는 이름으로 현직에서 유명을 달리하는 비극적 종말을 맞았지만 박정희 대통령은 역대 대통령 중에 가장 존경을 받는 분이다. 그의 치적은 우리 현대사에 한 획을 긋기에 충분하다. 국가의 경제와 국방의 초석을 다진 대통령으로서 인정받고 있다. 생각보다 많은 이들이 '아버지 박대통령'을 흠모한다. 그래서 지금도 국민들은 아버지가 다 이루지 못한 뜻을, '딸 대통령'이 강력한 리더십을 발휘해 마침표를 찍어 주기를 바라고 있다.

국민들은 독신으로 질척거리는 가족도 없어 온몸으로 나라사랑에 헌신할 분이라 굳게 믿었었다. 우리는 아직도 박근혜 대통령에게 그 기대를 하고 있다. 믿음을 저버리지 않기를 바라는 마음 간절하다. 대통령의 임기는 아직 3년이나 남았다. 이제부터는 보수도 진보도 다 아우를 수 있는 어머니 같은 리더십으로 여與는 물론 야野까지도 확실히 품어 안아야 한다. 아버지 대통령에게 불이익을 입었던 이들도 품어 안아야 한다. 특정지역 중심의 인사에서 벗어나야 하고, 북측을 이롭게 하는 세력은 엄하게 단죄하면서 이념 갈등을 씻어내야 한다. 대일관계도 개선해야하는 과제도 안고 있다. 이 현안들을 타개하기 위해서는 이제 더 이상 불통이 아닌 소통의 장을 만들어 국민들을 한 마당으로 끌어 모아 화합하도록 해야 한다.

조금쯤 실망했지만 국민들은 박대통령이 경제를 일으켜 국민소득 4만 불로 가는 바탕을 다지고, 남북통일의 디딤돌을 놓을 수 있기를 여전히 바라고 있다. 박대통령이 공감대를 형성할 수 있는 철학과 국가관으로서 비전을 분명하게 제시만 한다면, 착한 국민들은 모두 그의 품 안에 들어갈 것이다. 박근혜대통령은 이 골든타임을 놓치지 말고 강력한 리더십을 발휘해 '아버지 대통령'이 마감하지 못했던 민주화라는 치적을, 성공적으로 마무리해야 한다. '존경받는 대통령'으로 남기를 바라는 국민의 뜻을, 지금 분명히 인식해야 한다.

# 청양사람 셋,
# 그들을 위한 동향인으로서의 기도

필자의 고향은 청양이다. 청양은 지금도 농촌 이농 현상으로 인구가 점점 줄어들어 군세가 점점 약해지고 있다. 그러나 예전에도 타군에 비해 교육 여건이나 산업의 취약성, 교통의 불편 등으로 인해 늘 한적함이 깃든 시골 중에 시골이었다. 중앙에 칠갑산이란 큰 산이 자리하고 있어 같은 군인데도 동서남북 간에 소통이 잘 안 되는 문제점도 있었다. 동쪽은 공주권, 서쪽은 홍성권, 남쪽은 부여권, 북쪽은 예산권으로 인근 도시에 빨려 들어가는 블랙홀 현상까지 있어 충남에서 가장 열악한 군중에 하나였다.

그러나 청양은 인심이 후하고 언행이 순박하며 어진 사람들만이 모여 사는 지역이었다. 충남의 알프스라 칭해지고 있는 칠갑산의 기운으로 인해 청정한 지역으로도 이름이 높았다. 근래에 들어서는 구기자 산업으로 각광을 받더니 요즘은 청양 고추가 대세를 이루며 청양 산업을 주도하고 있다. 교통도 당진고속도로와 공주·서천간고속도로가 뚫려 이제는 사통팔달하는 지역으로 변모했다.

그러나 필자가 어렸을 때만 해도 청양은 여러 가지로 소외된 지역이었다. 인물도 가난한 편이라 구한말의 충신인 최익현 선생을 대표적인 위인으로 추앙할 정도였다. 그리고는 화성 쪽에서 지게 목발을 부러뜨려 던지곤 군에 입대해 혁명정부 내각수반까지 올랐던 전설적인 인물 송요찬 장군과 민주당 간사장을 지낸 이상철 의원 외에 별다른 정치인의 이야기를 듣지 못한 채 필자는 성장했다. 군세가 열악해 개화하면서도 시대를 주도할 인물을 만들어내지 못한 탓이었다.

그러더니 언제부터인가 칠갑산이 도립공원으로 개발되었고, 게다가 주병선의 대중가요 '칠갑산' 이 크게 히트를 치면서 이름을 드러냈다. 자자체가 활성화되면서 칠갑산 주변의 천장호수 등 세 저수지를 중심으로 한 관광 산업이 활성화되면서는 아예 전국적인 명소가 되었다. 뿐만 아니라 고추축제, 구기자 축제, 장승 축제, 칠갑산 알프스 마을 눈꽃 축제 등으로 이제는 우리나라에서 각광 받는 곳으로 거듭나고 있다. 그러함에도 인물난은 여전했었는데 언제부터인가 주목받는 정치인이 한꺼번에 셋이나 기적처럼 나타났다.

그 첫번째 인물이 청양 읍내 출신인 이해찬 의원이다. 김대중·노무현 정부에서 일약 스타덤에 오른 그는, 우리에게 긍정보다는 부정적 이미지로 회자되는 인물이다. 국무총리에 올랐으며, 그는 지금도 세종시민이 뽑아준 다선 의원이다. 당의 추천을 받지 못하고 무소속으로 나왔는데도 살아나 국회에 입성했다. 풍문인지는 몰라도 자신의 부친을 '춘부장' 으로 호칭하였다 하여 말도 많았는데, 교육부장관으로서 교육을 바로 세우지 못했다는 교육계의 비난에다가 골프 접대 파문과 함께 '버락 해찬' 으로 닉네임이 붙을 만큼 성질을 부리는 이로 알려졌다.

또 한 사람이 이완구 전 총리이다. 청양 비봉 출신으로 고시 패스 후 충청도 쪽에서 최연소 지방경찰청장을 지냈고, 국회의원과 충청남도 지사를 지낸 그는, 한 때 국무총리로서 잠룡의 반열에 올랐었다. 지금은 성완종 스캔들에 휘말리는 동안 부적절한 이 일, 저 일로 인해 추락한 상태이다. 아직은 재판 과정이 남아 있지만 그의 언행이 국민에게, 그 중에서도 동향인 청양사람들에게 큰 실망감을 안겨준 것은 사실이었다.

다른 한 사람이 더 있다. 바로 청양 청남 출신인 윤상현 의원이다. 현직 대통령을 누님이라 부를 만큼 넉살이 좋은 그는, 한 때 전 대통령의 사위였을 만큼 잘 나가는 사람임을, 전 국민들이 알고 있다. 말과 몸가짐은 정치인이 갖추어야할 첫 번째 덕목이다. 그러함에도 국민의 눈살을 찌푸리게 하는 그의 언행에 대해 같은 지역을 출생지로 둔 사람으로서 필자는 안타까움을 표할 수밖에 없었다. 결국 설화舌禍를 입은 후에 쫓겨났다가, 선거에서 승리하고 당에 복귀했는데, 최근에 다시 그 '말' 때문에 입방아에 오르고 있다.

이해찬, 이완구, 윤상현 이 세 사람은 군세가 약한 청양에서 혜성 같이 나타나서 군민에게 희망을 주었던 정치인들이다. 청양의 자존심이었다. 그들이 정말 참 지도자로서 국민에게 희망을 주는 큰사람들로 중생해 줄 것을 바란다. 비상과 추락을 거듭하고 있는 그들이, 덕 있는 정치인으로서 다시 추앙을 받았으면 참 좋겠다. 필자는 산 좋고 물 맑은 칠갑산의 정기를 받고 태어나 역시 다르다는 말을 들을 수 있는 큰 정치인으로서 그들이 존경받기를 간절히 기도드린다.

# 화합과 상생,
# 역사에게 그 길을 묻다.

우리는 신라가 주도한 삼국통일 과정에서 두 가지 교훈을 얻는다. 원시사회에서 씨족사회로 거기서 다시 부족 국가로 발전하는 과정에서 정립된 것이 이른 바 고구려, 백제, 신라로 지칭되는 삼국시대이다. 이 삼국이, 신라에 의해 통일 시대를 열고 있다고 보는 것이 정설이지만 삼국이 통일 되는 과정을 자세히 들여다보면 큰 시사점을 얻을 수 있다.

고구려나 백제보다 후발 주자인 신라가 당나라의 힘을 빌려 삼국을 통일한다. 그러나 냉정한 눈으로 보면 통일이 아니다. 대부분의 국토를 잃는 손실의 역사요, 슬픔을 안고 살게 되는 질곡의 역사가 시작되는 기점이다. 신라가 삼국을 통일하는 대업을 이루었다는 이 역사관이, 바로 일본 학자에 의해 만들어진 식민지사관에 의해 기술되었다는 사실을 우리는 익히 잘 알고 있다. 그런데 우린 이 삼국 통일 과정에서 아래와 같은 두 가지 잘못이 있음을 인정해야 한다.

첫째로는, 분열해서는 안 된다는 교훈을 우리는 얻는다. 고구려가,

나당 연합군에 망한 것은 물론 대항할 힘의 부재 때문이었다. 왜 엄청나게 넓은 중원 땅을 차지하며 호령하던 대국 고구려가, 수나라를 궁지로 몰아넣었던 그 강한 나라가, 순식간에 무너졌을까? 그것은 분열 때문이었다. 연개소문의 아들들과 각각 그들을 좇던 무리들이 힘을 한데 모으지 못하고 제각기 자기 욕심만을 좇다가 순식간에 쇠락해졌다. 아들 중 하나는 당나라에 투항을 한다. 결국 고구려는 망했다. 힘은 전쟁에서 곧 정의이다.

둘째로는, 잘못된 판단으로 이異 민족을 우리 땅에 함부로 끌어들이지 말아야 한다는 교훈을 얻는다. 힘이 약한 신라가 당시로서는 부득이하게 선택한 외교 전략이었겠지만 그들은 당의 힘을 과소평가해도 너무 과소평가했다. 당은 결코 신라와 동맹을 맺은 것이 아니었다. 신라 혼자만이 동맹을 맺었다고 착각했을 뿐, 결국 당에게 이용당한 것이다. 평화가 양국의 힘이 대등해야 유지되듯이 동맹도 힘이 대등한 상태에서 맺어야 한다. 그러나 당시 신라의 힘은 당에 비해 너무 왜소했다. 이와 같은 동맹은 반드시 대가를 치르게 되어 있다.

그런데도 우리는 이후의 역사에서도 똑같은 잘못을 되풀이한다. 조선 선조시대 일본 침략 직전에 파견되었던 두 특사의 분열된 논쟁이 그걸 잘 시사해주고 있다. 결과는 임진왜란 · 정유재란이라는 끔찍한 대가였다. 그런데도 동인 · 서인, 남인 · 북인, 노론 · 소론으로 나뉘어 분열하고, 주변국의 정세나 동향을 파악하지 못한 채 명분만 찾는 역사를 되풀이 하다가 병자호란의 치욕을 당했으며, 조선말에 이르러서는 절대 왕권의 몰락과 함께 둘러싸고 있는 강국들에 의해 국토가 초토화된다. 결국 청일전쟁이후, 일본은 국토병합을 전제하면서 철도부설권 등을 차지했고, 중국에게는 우리 땅에서의 종주권을 포기시키면서 간도 지방을 내주어 국토를 축소시킨다.

그런데도 우린 늘 이런 현실을 직시하지 못했다. 대원군과 민비가 나뉘어 싸웠고, 보수파와 개혁파가 분열 대립하며 갈등했다. 결국 일본에게 국권까지를 빼앗기고 만다. 그뿐이 아니다. 해방 이후에 통일 조국을 가질 수 있는 절호의 기회가 있었는데도, 패전국 일본은 오히려 멀쩡한데 분열과 외세를 등에 업는 과욕, 이 두 원인으로 인해 분단국가로 전락하고 만다. 통탄할 일이다. 여기서 북한은 한국 전쟁 시에 중공군이라는 외세를 끌어들이는 잘못을 다시 한 번 더 범한다. 북은, 정전에 성공하지만 이 과정에서 북한과 중국의 국경이 새로 확정된다. 백두산이 둘로 나뉘어졌고, 천지의 한 가운데로 국경선이 그어진다. 이렇게 역사가 잘못된 전철을 밟으며 되풀이하는 동안 나라가 점점 축소되었다. 이게 다 분열과 주변국과의 외교 전략 부재에서 비롯된 결과였다.

그래도 깨닫지 못하는 이들이 바로 우리 민족이다. 요즈음은 영남과 호남으로 나뉘어 피터지게 싸우고 있다. 그뿐이 아니다. 세대 간의 갈등, 가진 자와 못가진자의 갈등, 노사 간의 갈등 등 온통 세상은 분열뿐이다. 우리는, 분열이라는 DNA를 몸에 지니고 있는가? 한심하다. 이웃한 왜족과 1:1로 싸우면 백전백승인데, 3:3으로 싸우면 백전백패라는 말을 스스로 한다. 그냥 흘려서는 안 될 말이다.

박근혜 정부가 출범한 지 어느덧 일 년이 가까워가고 있다. 이 시점에서도 늘 그랬듯이 화합하지 못하고 곳곳에서 우린 분열과 투쟁을 거듭하고 있다. 대통령을 구심점으로 하여 뭉치고 화합하고, 여야 간에 상충되는 의견을 슬기롭게 조율해가면서 현명하게 외세에 대처를 해도 지정학적으로 사다리국가(Passage station)인 우린 험난한 길을 걸을 수밖에 없는데, 돌아가는 작금의 현실을 바라보노라면 울화가 터진다.

일본은 급진적으로 우경화되면서 독도가 제 땅이라며 억지를 부리고 있고, 중국 또한 동북아공정을 펼치며 이어도까지를 탐한다. 미국은 미국대로 한국을 포함한 동북아 정책을 수정하려고 하는 이 때, 남북은 해방 이후 지금까지 여전히 대립하면서 총부리를 겨누고 있다. 국내적으로도 자기 이익이나 출세욕에만 편승하여 국가내란 음모, 국정원 문제, 대선불복, 철도 파업 등 스스로 국가의 목줄을 죄는 일들을 지속적으로 자행하고 있다. 그들에게 국민 화합과 남북 상생의 길을 역사에게 물어보라고 권하고 싶다. 대륙과 해양의 세력이 이 순간에도 상충하고 있는데 이대로 분열만 한다면 우리는 공멸이다. 그 말로가 어떻게 될지, 민족의 나아갈 바를 역사에게 정말 물어봐야 할 때이다.

# 영화 '변호인'이
# 불러일으키는 논쟁

영화 '변호인'이 한국영화 사상 아홉 번째로 1000만 관객을 돌파하는 흥행에 성공했다. 이제는 2000만 관객을 향해 가고 있다고 한다. 일단은 우리 영화산업 진흥을 위해 반가운 일이다. 그러나 이 영화 '변호인'은 또 다른 논의를 불러일으키게 하고 있다는 데 주목해야 한다. 여야는 물론 보수·진보 간에 갈등을 빚고 있는 것이다.

영화 '변호인'은 자살로 생을 마감한 (전)노대통령을 모델로 한 작품이다. 대전지방법원 판사를 사직하고 부산에 내려가 세무전문 변호사의 기치를 내걸고 개업을 한 (전)노대통령이, 당시 세상을 떠들썩하게 했던 부림 사건을 맡게 되는 것을 계기로 인권 변호사로서 자리 메김을 하게 된다는 내용이다. 이 영화는, 상고 출신의 보잘 것 없는 변호사가 부동산 등기를 대행하면서 개업을 하는 데서부터 출발하고 있지만, 졸지에 부림 사건을 맡아 인간 노무현이, 인권변호사로 일약 스타덤에 오르는 과정을 디테일하게 그리고 있다. 어찌 보면 훗날 북쪽의 김정일 정권을 변호하는, 대한민국의 좌파 대통령이 될 수 있었던 밑그림이 되어주는 일련의 과정들이 허구를 가미해 드라마틱하게 극화되고 있었다.

그런데 보수 측에서는 작년 12월 19일에 개봉된 이 영화가 정치적 의도가 분명하다는 것이다. 전 대통령후보였던 문재인 의원의 저서 「1219, 끝이 시작이다」의 출판기념회가 있었던 바로 그 날을 기하여 관객에게 첫선을 보였다는 점은 매우 의도적이라는 것이다. 사자死者인 (전)노대통령을 영화 속에서 영웅으로 살려 내어, 살아있는 친 노 세력들을 다시 결집하려 한다는 것이다. 그러한 관점에서 본다면 이 영화는 대단한 성공을 거둔 셈이다. 주연 배우 송광호의 탄탄한 연기를 바탕으로 하여 1000만 명, 그 이상의 관객을 이끌어냈으니 그 관객들이 다 그런 것은 아니겠지만 유권자의 1/4이상을 자연스럽게 친노 세력으로 묶을 수 있었다고 볼 수도 있다. 그러나 보수진영은 그들을 영화 '변호인'에 선동당해 노무현을 미화하고 조국을 미워하게 된 사람들이라 몰아붙이고 있다. 하지만 진보 측에서는 12월 19일의 개봉이, 문재인 의원의 출판기념회와 무관하다는 것이다. 영화 흥행을 위해 관심을 집중시키는데 초점을 두었을 뿐, 정치적 의도와 아무런 관계가 없다는 것이다. 영화의 내용도 (전)노대통령을 영웅화 한 것이 아니라 작품의 완성도를 높이려 했을 뿐이라는 변명과 함께 허구라는 점을 강조하고 있다. 그러함에도 불구하고 이 변명은, 손바닥으로 하늘을 가리려 한다는 오해를 불러일으킬 수 있는 소지가 있기는 하다.

물론 양자 간의 논쟁의 관점을 보면 나름대로 근거가 있다. 그러나 현재 우리 문화계가 좌편향이고, 그들이 영화계를 꽉 장악하고 있다는 것은 이미 다 알려진 사실이다. 또한 영화의 내용을 분석해 볼 때 신군부가 당시 죄 없는 청년들의 순수한 독서서클 모임을, 포악하게 짓밟고 있다는 사실만을 100% 강조할 뿐 그들이 검거되고, 재판을 하는 일련의 과정에서 1%의 용공 세력의 개입을 원천적으로 봉쇄하고 있다. 일방적인 신군부의 탄압만으로 몰아가고 있는데다 걸러지지 않은 잔혹한 고문 장면은, 관객의 분노를 일으키기는커녕 영화가 주는 예술적 감동을 약화시키고 있다는 점을 간과해서는 안 된다.

보수 측에서 볼 때도 (전)노대통령을 모델로 하기는 했지만 어디까지나 허구로 재구성했다는 의도를 분명히 밝혔다는 점을 감안한 후에 이 영화를 감상해야 한다는 관용적 자세를 놓치고 있다. 영화를 제작하는 입장에서 작품을 다큐멘터리가 아닌 종합예술 작품으로서의 완성도를 감안한 허구라는 점을 애써 강조하고 있는데도 보수 세력은 정치적 관점으로만 해석하려 한다. 형상화된 작품으로 평가할 수 있는 예술적 안목을 갖춰야 할 필요가 있는 것도 사실이다.

결론적으로 영화를 영화로만 감상하는 차원 높은 예술적 수준도 필요하고, 다른 한편으로는 예술적 행위를 수단이나 이슈로 삼아 정치적으로 이용을 하면, 이건 예술작품이 아니라 우리 사회를 멍들게 하는 흉기가 되어 돌아온다는 점도 인식해야 한다. 이 한 편의 영화가, 우리의 상처인 현대사에서 민주화 과정을 냉철하게 되돌아보게는 하되 주인공을 영웅화 하려는 편향된 시각이나 흩어진 자기 편대를 재조합하려는 관점에서 만들어져서는 결코 안 된다고 본다. 영화 '변호인' 이 한 인간의 예술적 삶을 향유하려는 데 좀 더 질을 높이고, 나아가서 우리 사회를 성숙하게 하는데 밑거름이 될지언정, 서로 다른 생각을 가지고 대립하는 양자 상호 간에 정치적으로 도구화되어서는 안 된다는 점을 강조하고 싶다.

# 현행 지방 선거제도
# 이대로 좋은가

바야흐로 지방 선거의 계절이 다가왔다. 지금은 금지 되었지만 며칠 전까지만 해도 자신을 알리고, 선거자금을 확보하기 위한 출판기념회가 성황을 이뤘었다. 선거일이 이제 석 달도 채 남지 않았다. 두해 전, 총선과 대선을 같은 해에 치루면서 세대, 정파, 빈부, 보수와 진보 등 계층 간에 갈등을 낳았다. 지금까지도 정계는 그 선거 결과로 인해 서로 반목하고 있다. 많은 혼란을 빚어내면서 대선 불복·특검요청 등 후유증을 낳은 바 있는데, 올해 또 지방 광역단체와 기초단체 수장, 광역의원, 기초의원 그리고 교육감 선거까지 치른다.

우리는 선거를 민주주의 꽃이라 한다. 국민이 모두 정치에 나설 수 없으니 차선책으로 선거라는 제도를 택해 대표자에게 권력을 위탁할 수밖에 없다. 그러나 이 선거 제도는 긍정적인 면만 있는 게 아니다. 줄서기, 편 가르기와 함께 또 다른 음모와 야합 등 부정적인 요소도 있다. 어떤 제도이던 최선은 없다. 긍정적인 면이 있는가 하면 부정적인 면도 있다. 당연히 선거도 이 양면성을 가질 수밖에 없다.

다만 우리가 바라는 것은, 민주주의의 꽃인 선거가 좀 더 확실하게 실시되어야 한다는 것이다. 방법 면에서도 그야말로 분명한 절차를 밟을 수 있어야 한다. 그리하여 양식이 있고, 덕망이 있는 지도자를 가려내고, 뽑힌 그들은 민주주의 발전은 물론 국민(주민)들이 행복을 추구할 수 있게 최선을 다해야 한다. 권모술수가 판을 치면서 부정한 방법으로 뽑힌 자들이 선거 후 내내 권력을 남용하게 해서는 안 된다.

물론 지금까지도 이 지방선거 제도의 개선에 대해서는 꾸준히 논의해온 것은 사실이다. 일테면 기초 단체장과 기초의원 선거까지 굳이 실시해야 하느냐 하는 문제도 거론 된 적이 있었다. 지방행정의 효율성 면이나 자치 단체의 재정적 적자, 이권 개입 등 여러 측면에서 부정정적으로 보는 시각이 컸다. 또 굳이 이들에게까지 공천을 주어 중앙정치를 하는 이들에게, 또 중앙당에게 절대 충성케 하면서 나라 전체를 정치의 소용돌이로 모는 병폐를 낳게 해야 하느냐 하는 게 문제였다. 대선공약이었던 이 정책은 야권의 통합신당 발표 이후, 지금은 더욱 여야 간에 각을 세우고 다른 입장을 보이고 중이다.

다음으로는 현직 국회의원들의 광역단체장 출마가 허용되는 제도이다. 이에 관해 연중기획으로 실시한 '100인에게 묻다' 여론 조사(본지 2월 11일자 1면)에서도 57%가 부정적인 것으로 대답하고 있지만, 이 제도는 개선되어야 한다. 부여된 국회의원 임기를 마친 후, 다른 직에 나서는 것이 합리적이다. 그러잖아도 잦은 선거인데, 막중한 국회의원직을 뿌리치고 중진 차출론 이라는 명분을 내건다. 하지만 국회의원직을 징검다리 삼아 지역구를 벗어나 광역단체장으로 나가려는 이 욕심은, 해당 선거구민에게 실망을 안기는 일이다. 이런 현상은 현직 광역시장·도

지사가 자리를 박차고 나와 대선에 뛰어드는 것과 맥을 같이하고 있는데 유권자 입장에서 보면 황당하다. 이쯤해서 이 제도를 과감하게 개선할 의지는 없는가? 사망의 경우는 다르겠지만 유권자에 의해 위탁된 권력을 중도에 포기하는 자들이나, 부정한 방법으로 당선되었다가 법원의 판결에 의해 그 지위를 잃는 자리는 재선거를 하지 말고, 경선에서 차점자로 낙선된 이가 승계를 하도록 법을 고칠 수는 없을까? 이권을 좇아 그 직위를 유지한 채, 철새가 되어 당을 바꾸는 자도 신분을 박탈해야 한다. 정치는 신의이기 때문이다. 이렇게 제도를 고치면 선거구민을 버리고 중도 사퇴를 하거나 변심할 수 없을 것이다. 뿐만 아니라 선거를 치르는 동안에도 부정한 방법으로 엉뚱한 짓을 할 수 없을 것이고, 재선거에 따르는 국가 재정의 낭비도 막을 것이다.

직전의 교육위원 선거 제도에서는 이와 같은 방법이 법제화되어 있었다. 또한 조금은 다르지만 전국구 의원에게 유고가 있을 때는 지금도 차 순위자가 그 직을 승계하고 있다. 이를 참고해 법적으로 제도를 수정 보안해 입법화한다면 잦은 선거로 인한 혼란과 국가재정의 손실을 줄일 수 있을 것이다. 대립된 상대 당의 차점자가 자리를 잇게 되기 때문에 중도 하차를 근원적으로 막을 수도 있다.

어떤 제도도 완벽할 수는 없다. 선거도 마찬가지이다. 하지만 이런 병폐를 최소화하면서, 국민은 양심적으로 투표한 후에 행복을 추구할 수 있고, 선거에서 뽑혀 권력을 위임 받은 자는 안정된 위치에서 국민에게 헌신 봉사하게 할 수 있는 방법을 모색해야 할 때이다. 하지만 삼자 대결 구도에서 양자 대결로 지방선거가 더욱 긴박해진 이 마당에 이런 논의는 아예 안중에도 없는 것 같아 안타깝다.

# 통합진보당
# 해산 판결을 바라보며

지난 19일 헌법재판소는, 헌재 재판관 9명중에 8명이라는 절대다수의 찬성으로 통합진보당 해산 결정을 내렸다. 헌정사상 초유의 일이다. 당 소속 의원 5명도 국회의원 직이 상실되었다. 통합진보당의 당규와 강령 그리고 지금까지의 행적들이 헌법에 위배된다는 결론이며 북쪽을 이롭게 해왔다는 것이다. 이 판결에 대해 보수 측은 지지를 보내고 있다. 그러나 통합진보당은 승복하지 않고 유사 정당을 다시 만들 예정이라면서, 시민단체와도 연계하겠다는 의사를 표명하고 있다. 과거 진보당의 경우와 비교하기도 한다. 앞으로 적지 않은 파장이 예상되고 있다.

이번 판결은 국민들 머릿속에 통합진보당이 종북 정당으로 인식이 되어 왔고, 이석기를 비롯한 동부연합파들을 중심으로 한 일군의 세력들이 국가 내란 음모죄로 기소되어 재판에 계류되어 있는 상태에서 이루어진 결과이다. 그러나 이 중대한 결정에 대해 국민들 중 일부는 나름대로 조금은 다른 입장 차이를 보이고 있다. 하지만 일단은 이정희

전 통합진보당 대표를 정점으로 한 종북 세력들이 자기들의 이론과 행위들을 계속 합리화하면서 벌여온 저항에 마침표를 마침내 찍은 헌재의 결정이었다는 것은 분명하다.

대한민국 헌정 질서의 입장에서 보면 남북대치 상황에서 끝없는 이념 투쟁과 함께 북쪽의 대남전략에 의한 남남갈등에 휘말리고 있던 상황이었는데, 이 번 판결은 헌재의 냉철하고도 단호한 결단이었다. 그러나 통진당이나 진보 측은 '민주주의는 죽었다.' 고 외쳐댄다. 그러나 대다수 국민의 견해로 보아도 남북이 첨예하게 대치하고 있는 상황에서 헌법에 위배되는 판결임을 부인할 수는 없다. 역사는 늘 승자의 편에서 기록되어 왔다는 걸 우린 잘 알고 있다. 민주주의라는 미명으로 인해 오히려 적을 이롭게 하다가 종국에 가서 패자가 된다면 그 때 역사가 어떻게 기록될지를 생각하면 아찔하다.

지금 대한민국 국민들이 한 마음, 한 뜻으로 뭉쳐 핵을 보유(?)하고 있는 북과 대결을 한다 해도 버겁기만 하다. 그러한 상태에서 자유민주주의만을 표방하면서 분열과 갈등으로 국력이 소진 된다면 우리의 끝이 훤히 보일 수밖에 없다는 말이다. 그래서 논쟁의 종지부를 찍은 이번 결정은 국가를 위해서나 사회 안정을 위해서 그리고 국민들의 마음을 혼란스러움에서 벗어나게 한다는 면에서도 당위성이 있다. 문제는 위헌이냐, 합헌이냐에 있다. 여론에 의해 진실이 왜곡되어서는 안될 일이다.

우리는 수천 년의 역사와 문화를 이루며 줄기차게 살아 온 민족이다. 강력한 외세 속에서도 자기 정체성을 지키면서 나라를 존속시켜왔고, 대륙과 해양 세력이 상충되는 사다리국가로서 패시지 스테이션의 위치에 있으면서도 꺾이지 않고 살아왔다. 그런 가운데에서도 늘 자중지란이 문제가 되어온 것도 또한 숨길 수 없는 사실이었다. 통합보다는 분열·분쟁으로 내홍을 겪다가 국토의 대부분을 상실하는 삼국통일을 했고, 고려 때는 몽고에게 당했다. 임진왜란과 병자호란도 맞았다. 다시 일본에게 35년간의 수모를 겪기도 했다.

 그렇게 된 데는 이유가 많았었겠지만 오늘날 보수와 진보가 대결 국면을 보이며 정의 쪽으로 힘을 합치지 못하는 것처럼 당시에도 집권층이 사분오열되었기 때문이라는 점이 가장 큰 원인이었다. 맞다. 대의大義 쪽으로 뭉치지 못하고 서로 헐뜯고 분열한 탓으로, 힘을 축적하지 못한 결과였다. 역사는 전철을 밟는다고는 하지만 우리는 지금도 외세로 인해 남북이 서로 대치되고 있는 상황인데도 지도층이라 자처하는 그들은 여전히 통합하지 못하고 있다.

 우리는 이번 헌재의 판결을 끝으로 더 이상의 분열과 분쟁으로 국력이 낭비되는 것을 스스로 최소화해야 한다고 생각한다. 그러잖아도 동서 갈등, 이념 분쟁, 빈부 격차, 계층 간 소통부재 속에서 아픔과 상처를 입고 있는 우리인데, 민주주의 체제를 직접 위협하는 세력은 우선적으로 척결시켜야 한다. 해산된 통합진보당의 행보가 앞으로 어떻게 전개될지 아직은 미지수이지만 그들이 믿고 있는 신념인 '통일을 위한 열사로서의 행보(?)'가 얼마나 어리석은 미몽迷夢이었는지를 깨달을 수 있기를 바란다.

 아울러 이번 헌재의 통합진보당 해산 결정이 대결 구조 속에 있는 어느 한편을 돕기 위한 것이 아니고, 먼 훗날에도 우리를 한 데 묶을 수 있는 고뇌에 찬 결정이며, 통일을 성취해 굶주림과 상실된 인권 속에서 신음하고 있는 북한 동포들을 구하는데 일조를 할 수 있는 통큰 결단이기를 빈다. 즉, 헌재의 판결이 더 이상의 국력 낭비와 소모전 속에서 벗어나 통일로 가는 길에 일조할 수 있기를 소원할 뿐이다. 그렇게 되기를 바라면서도 이번 헌재의 결정이 보수와 진보 간에 더 깊은 갈등, 더 큰 분열의 새로운 시작이 될까봐 다시 걱정이 된다.

# 브렉시트 이후의 영국,
# 그리고 한국 경제

주지하다시피 지난 6월 23일 EU에 잔존하느냐 탈퇴하느냐를 묻는 영국의 국민투표의 결과가 현실로 드러났다. 브렉시트 즉, EU 탈퇴 쪽으로 결판이 났다. 51.9%의 찬성을 얻은 탈퇴 쪽이 48.1%의 잔류 쪽을 3.8% 차이로 이긴 것이다. 그 결과를 바라보던 세계는 경악을 금치 못했다. 그동안의 여론 조사에서 근소하게나마 잔류 쪽이 승리하리라는 예상을 하게 했었는데 결과는 정 반대로 나타났다. 잔류파는 고개를 떨궜고, 탈퇴파는 축배를 들었다. 여론 조사가 신빙성을 잃은 것이다. 여론 조사가 신뢰성을 잃은 게 문제가 아니다. 영국은 유럽과 결별하고 스스로 고립주의를 선택했다.

그러나 이 투표 결과는 영국만의 문제가 아니다. 이미 세계가 한 울타리 안에 있고, 경제나 정치 현안이 세계 각국에 미치는 영향이 지대한 세상이 된지는 오래였다. 그리스 국가 위기가 그랬고, 이란 핵 등 중동문제가 그랬다. 세계 어느 나라이든 이제는 이웃 나라 일이 자국自國과 깊이 엉켜 있는 상황에서 영국의 일을 강 건너 불 불구경할 수는 없다. 향후 영국 경제에 어떤 폭풍이 닥쳐 올 것인지가 문제이다. 또 세계 경제에 어떤 영향을 미칠 것인가에 있다. 아무도 앞날을 예측할 수 없다고 한다. 현재로선 영국 자신도 축복이 될지 저주가 될지를 점칠 수 없을 뿐만 아니라 유럽은 물론 세계 경제가 휘청거리고 있다는 것이 문제이다.

국민투표가 끝나고 탈퇴가 확정된 지 벌써 10일이 지나고 있지만 향후 영국은 어떤 길을 걸어야 할지, EU는 이를 어떻게 수습이 될지 아직 경황이 없는 상태이다. 앞으로 적게 잡아도 2년 그렇지 않으면 그보다 오랫동안 혼란을 거듭할 수밖에 없다고 한다. 그러니 자연 세계 경제의 향방에도 방향키를 잡기 어렵게 되었다. 향후 영국의 EU 탈퇴는 유럽국가에 도미노 현상을 초래하게 할 수도 있다.

이러한 상황 속에서 한국 경제가 맞게 될 어려움 또한 클 수밖에 없다. 영국과의 FTA 협상을 다시 맺어야 하고, 수출 전략도 다시 짜야 한다. 우리나라의 중시가 영국 참여 자본이 36조원으로 미국 다음으로 크다. 원화의 영미와의 환율관계가 개선되어야 하고, 경제 말고도 영국이나 유럽과의 정치 문제도 재고할 수밖에 없겠다. 현실적으로 유로화와 파운드화의 폭락 상태가 언제까지 지속될지 모른다. 그러잖아도 세계 경제가 장기적인 저성장의 침체 속에서 헤매고 있는데 영국의 이 돌출 변수는 앞으로 우리에게 큰 과제를 던져주고 있다. 정말 지혜롭게 대처해야 하겠다.

이런 충격적인 사태가 올 것이 예견되었는데도 영국민은 왜 이러한 선택을 했을까? 필자는 그게 궁금하다. 결과적으로 EU에 가입한지 43년만의 탈퇴 쪽으로 기울자 데이비드 케머런 영국총리는 총리직을 사임한다고 천명했다. 그는 해가 지지 않는 대영 제국의 자존심을 지키면서도 정치 현안이나 이민자 문제로 몸살을 앓던 영국민을 향해 함께 강한 영국을 만들기 위해 주사위를 던지는 모험을 감행했는지도 모른다. 그 결과는 돌이킬 수 없는 정치적 미숙을 들어내버렸으며 마침내 부메랑이 되어 돌아왔다. 영국 잉글랜드, 스코틀랜드, 아일랜드, 웨일스 등 네 자치국에서도 잔류냐 탈퇴냐 하는 문제는 아주 첨예하게 끝까지 맞서는 상황을 보여 줬지만 결국 고립이라는 또 하나의 과제를 남기고 말았을 뿐이다.

한 때 세계의 맹주로서 유럽의 역사뿐만 아니라 세계 역사를 주름잡던 나라가 영국이다. 그러나 세계사의 흐름 속에서 미국에게 맹주 자리를 내주었지만 그들은 윈스턴 처칠의 대 유럽 통합론과 마가릿 대처 수상의 유럽 탈퇴론을 역사적 배경으로 함께 공유하면서 위대한 국가를 재건하기 위해 혼신을 다해왔다. 그들은 높은 자존심을 가지고 살아왔다. 그 영국 국민은 결국 국민투표를 통해 EU에서 마침내 탈퇴하면서 고립을 선택했다. 그 결과가 어떻게 전개될 지는 아무도 모른다. 그러나 역사의 흐름을 막을 수는 없었다.

다만 문제는 우리 대한민국이다. 세계 10위권의 경제력을 자랑하고 있는 우리나라로서는 이 현실을 어떻게 받아들여야 하느냐가 문제이다. 남북 대치 상황에서 통일문제를 고민하면서 국민 소득 4만불 시대를 열어야 하고, 국민 복지문제를 해결해야 할 당면 과제를 우리는 안고 있다. 이번 영국의 EU 탈퇴를 타산지석으로 삼아 한민족의 정치적 웅비나 한반도의 경제적 비상을 위해서 우리는 어떻게 대처해야 할지를 골똘하게 생각해야 하겠다.

# '갤럭시 노트 7' 사태,
# 그 이후의 삼성

 우리는 요즈음 〈삼성〉이라는 한 기업의 비상사태로 인해 큰 우려를 하고 있는 중이다. 바로 '갤럭시 노트 7'의 폭발 사태이다. 어쩌다 이런 상황이 우리 앞에 닥쳐왔는가 하고 생각하면 생각할수록 그 안타까움은 커진다. 그러나 이번 사태를 그냥 안타까워만 할 수는 없다. 지금 세계 곳곳에서 쏟아지는 정보가 손안의 스마트폰에 다 들어있는 세상에서 우리는 살고 있다. 크고 작은 정보가 작으마한 스마튼 폰에서 쏟아져 나오고 있다. 이 상용화 되고 있는 필수 기기에서 정말 일어나서는 안 될 일이 터졌다. 그런 뜻에서 우리는 폭발을 한 스마트폰을 출시한 삼성을 염려하고, 걱정해주어야 할 수밖에 없다. 삼성이 예뻐서가 아니다.

 다행이도 삼성 쪽의 사람들이 아니더라도 대한민국 국민이라면 누구나가 이 사태에 대해 가슴 아파하고는 있다. 이번 사태는 결코 한 기업의 명운이 걸려 있는 정도가 아니라는 점을 인식하고는 있다. 그렇다. '갤럭시 노트 7' 폭발에 대해 강 건너 불구경하듯 하지 말고 우리 모두가 함께 걱정을 헤 주자. 민족 기업으로 성장해 온 삼성이 이제는 세계 초 인류 기업으로 커진 이 마당에서 입을 상처를 생각하면서 함께 치유하는 지혜를 보여주어야 한다. 땅이 꺼질 만큼 걱정만하지 말고, 질타만 하지 말고 말이다.

그러나 뒤돌아보면 아직 걱정스러운 것은 사실이다. 삼성 '갤럭시 노트 7'의 최초 폭발 사태 이후 스마트폰을 전량 회수하고, 새 폰으로 교환해준다는 삼성의 발 빠른 대처에 우리는 잠시 안도했었다. 그런데 리콜 해 나간 스마트폰이 다시 폭발하자 정신이 아득해졌다. 미국에서는 이 삼성 '갤럭시 노트 7' 소지자의 비행기 탑승을 아예 금하는 엄격한 규제를 가했다. 규제는 미국 쪽만이 아니었다. 세계가 다 우려를 할 수 밖에 없는 사태에 이르렀다. 이에 삼성 측에서는 결국 '갤럭시 노트 7' 생산을 중단하고 말았다. 정말 뼈아픈 일이다. 다시 생각해도 일어나서는 안 될 일이 벌어진 것이다.

필자는 이 사태로 인해 삼성이 당장 넘어지지는 않으리라고는 생각한다. 입은 상처는 크겠지만 다시 의연하게 일어나리라는 것을 믿는다. 그러나 이 시점에서 '갤럭시 노트 7' 폭발이라는 사태가 왜 왔는지를 곰곰이 따져는 봐야 한다. 우연일까? 이점을 깊이 아니, 곰곰이 따져 봐야 한다.

삼성은 주지하다시피 우리가 세계에 내놓아도 손색이 없는 기업이다. 섬유업인 제일모직을 기반으로 한 창업주 이병철 회장의 투철한 기업 정신에 힘입어 민족기업으로 성장해 왔는데 이를 '이건희' 라는 걸출한 후계자가 세계 초일류 기업으로 키웠다. "마누라와 자식만 말고 다 바꿔라." 라는 이건희 회장의 혁신 경영으로 삼성은 일취월장하는 신장세를 과시하면서 마침내 초일류 기업이 되었다. 이제는 삼성이라는 기업은 단순히 우리만의 것이 아니다. 세계의 기업들과 어깨를 나란히 하며 웅비하고 있는 우리의 자랑이다. 그런데 왜 하필 이건희 회장이 오랜 지병으로 사경을 헤매고 있는 비상사태에서 '이재용' 이라는 제3세대 후계자가 기업을 인수할 거라는 소문이 파다한 이 마당에 '갤럭시 노트 7' 의 폭발 사태가 왔느냐 하는 것이다.

지금 재계에서는 아니, 증권가의 찌라시나 일반 시민들까지도 삼성의 승계과정이 여의치 못한 것이 아니냐는 소문이 나돌고 있다고 한다. 근거는 없지만 수군대는 가십 거리는 입에서 입으로 퍼져가고 있다는데 사실이 아니기를 바란다. 삼성 '갤럭시 노트 7' 의 사태가 기술력 부재가 아니라 이재용 부회장이 승계과정에서 삼성의 각 파벌을 장악하지 못하는 리더십 부재에서 온 것이 아니냐는 소문이 아무래도 마음에 걸린다.

삼성은 노조가 없는 기업, 파업이 없는 기업으로 널리 알려져 있다. 그만큼 기업 경영이 투명하고, 함께 일하는 임직원들의 화합적 측면이나 보수 면에서도 만족할만하다는 평을 들어온 기업이다. 그래서 젊은 이들은 삼성에 입사하기를 간절히 희망해왔다. 이런 모범적인 대 기업에서 일어난 '갤럭시 노트 7' 의 사태는 실로 엄청난 일일 수밖에 없다. 빨리 수습해 봉합하고 이미지를 개선해야 삼성이 산다. 삼성이 살아야 대한민국도 살고, 국민이 행복할 수 있다. 이제는 정말 삼성은 삼성 것만이 아니다. 온 국민이 이 어려운 경제 불안을 극복하기 위해서라도 삼성은 살아야 한다. 그래서 '갤럭시 노트 7' 사태 이후의 삼성이 더욱 주목된다.

# 기업공개와
# 주식공모가價의 산정算定

　현대는 자본주의 사회이다. 그 자본주의를 대표하는 것이 기업이다. 따라서 기업이 건전하게 발전해야 국가와 사회가 탄탄해지며 경제가 잘 순환되어 국민의 삶이 윤택해진다. 그러나 현대 사회가 극도로 자본주의화 하면서 부익부 빈익빈의 연쇄 고리가 아주 단단해져 부富는 계속 상속되며 승계될 수밖에 없다고들 말한다. 그런 잣대로 보면 상대적으로 가난貧도 세습될 수밖에 없다.

　과거에는 대지주 밑에서 소작을 붙이고 농노農奴로 살았었는데, 현대의 소시민은 대기업에 예속되는 처지가 될 수밖에 없다는 데서 자본주의의 한계점에 와 있다. 이를 개선하기 위해 수정자본주의 이론이 대두된 것은 벌써 오래전의 일이지만 기업 경영을 합리화 하고 분명하게 한다는 차원에서 국가는 회사가 일정 수준에 오르면 일단 기업을 공개하도록 허락한다. 기업 공개는, 회사를 투명하게 운영한다는 전제가 깔려 있으며 이때부터의 기업 경영은 상장 이전의 주먹구구식의 운영이 아니고, 지금까지의 개인 기업에서 국가의 완벽한 경제 시스템 안으로, 국민의 품으로 확실하게 들어오겠다는 약속이라고 보아도 좋다.

우리나라도 이미 이 상장기업의 수가 코스피와 코스닥을 합쳐 수 천에 이르고 있다. 그 기업들이 지속적으로 성장하여 오늘날 우리 국가의 경제 규모가 세계 10위 안팎을 넘나들 만큼 부를 축적했다. 국민들의 개인 소득도 3만 불을 넘어서고 있다. 이는 다 기업을 운영하는 기업가들의 뼈를 깎는 듯한 노력과 피나는 수고, 그리고 국민들의 헌신적인 참여로 이루어진 성과이다. 이미 우리나라의 삼성, 현대. LG를 비롯해 몇몇 기업들은 국가적 차원에서 벗어나 세계적으로도 손색이 없는 초 일류기업으로 성장했다.

그런 의미로 볼 때 기업을 공개해 상장기업으로 도약한다는 것은 매우 중요한 일이다. 회사가 기업다운 기업으로서 탄생되어 우리 경제, 아니 세계 경제를 향해 새로운 출발을 하는 시점이 바로 그 기업을 공개하는 순간부터 시작된다고 보기 때문이다. 즉, 이 기업 공개는 지금까지의 경영에서 거듭나 공개 후에는 더욱 건전한 회사 운영과 새롭게 경영을 합리화 하겠다는 약속이다. 따라서 회사가 국가와 사회, 그리고 국민으로부터 상장할 수 있는 기업으로서 신뢰를 얻는 것은 천군만마를 얻는 일이다. 그러함에도 불구하고 지난해 기업 공개를 한 몇몇 회사들은 국민에게 큰 실망을 주었다.

기업을 공개하려면 기업의 재정 상태나 경영 상황, 재정 상태를 분명하게 점검하고 검증해 신중하게 공모가를 산정해서 국민에게 공시해야 한다. 처음부터 속임수를 쓴다는 오해를 받아서는 안 된다. 재정 규모가 크지 않은 기업의 공모가를 지나치게 부풀려서 수많은 투자자들에게 실망감과 함께 큰 경제적 손실을 입게 해서는 안 된다. 이는 국민들을 우롱하는 처사이다. 상장되자마자 하한가로 고꾸라지면서 연일 주가가 내리꽂는 상황이 지속되어서는 안 된다는 말이다. 반대로 저평가로 공개해서 연일 치솟는 주가로 사주社主에게는 엄청난 부富를, 투자자에게는 불로소득을 주어서도 안 된다.

국가는, 일단 기업의 형편을 잘 모르는 투자자에게는 정확한 정보를 주어야 하며 기업 공개 시에 적정한 공모주 가격을 산정해 국민에게 알릴 의무가 있다. 개인 투자자인 본인의 판단 하에 맡겨 투자에 대한 득과 실은, 전혀 당사자에게 있다는 식의 기업 공개는 많은 투자자를 함정에 빠뜨리는 일이거나 한 몫에 거금을 쥐게 하는 사행심을 조장하는 일이다. 어차피 주식 시장에 뛰어들려면 기업의 재정 상태나 그리고 미래가치가 창출될 수 있는 신기술이 있는지, 경영에 남다른 노하우가 있는지에 대하여 치밀한 분석과 정확한 판단력, 게다가 치고 빠지는 순발력과 결단이 있어야 성공한다지만 기업 공개 시의 첫 시작은 그게 아니라고 본다.

거듭 말하지만 기업을 공개하기 전에는 책임 있는 당국과 기업 그리고 이를 주관하고 있는 증권사들의 확실한 배려와 안내를 촉구한다. 아울러 이제 막 상장되는 기업이 건전하게 출발해야 언젠가는 세계 경제를 주도할 수 있는 초 일류기업으로 성장할 수 있다는 사실을 마음속 깊이 되새기기를 바란다. 그런 뜻에서도 상장회사로서의 첫 출발은, 국민의 신뢰를 얻는 가운데 확실하게 그 첫발을 내딛어야 하겠다. 아울러 새해를 맞아 많은 투자자들의 기업공개 회사에 바라는 소망이라는 것을 차제에 알리는 바이다.

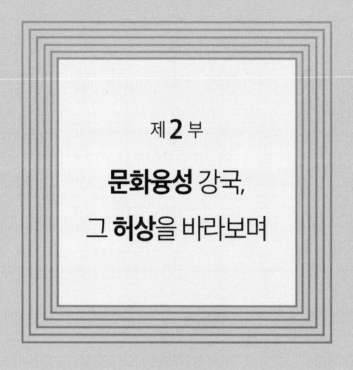

제 **2** 부

## **문화융성** 강국,
## 그 **허상**을 바라보며

세계 저개발국인 신생 독립국으로서 우리나라는 경제 개발과
민주화를 동시에 성취한 나라로 지칭되고는 있지만, 지나치게 압축
성장한 탓에 문제점이 한 둘이 아닌 걸 인식을 하고는 있었다.
정신적 성숙이나 문화적 수준에서 그리고 특히 정치적 역량이
경제 성장을 따라오지 못해 파생된 문제점이 많이 있었던 것은 사실이었다.
게다가 이념의 대립, 빈부의 차이, 지역 간 대립, 계층 간의 갈등 등
사회적 통합이 잘 안된 상태에서 누구라도 대통령의 업무를 수행하기는
어려운 처지였다. 그러나 많은 혼란과 격동을 겪었으니 이제는 이 시점에서
박근혜 대통령이 통 큰 리더십을 발휘해 주면 한 단계 도약할 수 있는
나라가 될 거라고 믿었었다.

# 문화융성 강국,
# 그 허상을 바라보며

가슴이 허탈하다. 가슴이 아리다. 낙엽이 지는 가을, 고뇌하고 사색하는 가을을 맞아서가 아니다. 박근혜, 박근혜 대통령까지 역대 대통령들의 전철을 밟고 있는 이 엄청난 사태를 겪다니! 지금 우리의 가슴은 참담하기만 하다. 아니, 가슴이 수천 길 낭떠러지로 떨어지고 있다. 원칙을 존중하는 대통령으로서 자기 소신을 펴는 지라 소통이 좀 잘 안 되는 줄 알았지, 한 여자의 치마폭에 감싸여 국정을 농락하고 있는 줄은 정말 몰랐다. 국민들은 박근혜 대통령이 사심 없이 국정을 펼쳐 당신의 선친이 못다 한 과업을 성취하고 존경받는 대통령으로 물러나리라고 믿었다. 남동생, 여동생과도 절연하다시피하면서 깨끗한 정치를 할 줄로만 알았다.

필자 역시도 4년 전에 확신에 가까울 만큼 그걸 믿었다. 퇴임 후에 추앙 받는 대통령이 될 것이라고 말이다. 그래서 지난 대선 때 큰 기대를 걸고 가슴까지 설레면서 '그녀'에게 한 표를 던졌다. 문화예술에 종사하는 사람으로서, 그리고 이 나라 보통 교육의 한 축을 담당했던 사람으로서 우리나라를 한 단계 성숙한 모습으로 변모시켜 줄 것을 믿어 마지않았다. 문화도 교육도 전과 달라질 줄로만 알았다.

세계 저개발국인 신생 독립국으로서 우리나라는 경제 개발과 민주화를 동시에 성취한 나라로 지칭되고는 있지만, 지나치게 압축 성장한 탓에 문제점이 한 둘이 아닌 걸 인식을 하고는 있었다. 정신적 성숙이나 문화적 수준에서 그리고 특히 정치적 역량이 경제 성장을 따라오지 못해 파생된 문제점이 많이 있었던 것은 사실이었다. 게다가 이념의 대립, 빈부의 차이, 지역 간 대립, 계층 간의 갈등 등 사회적 통합이 잘 안 된 상태에서 누구라도 대통령의 업무를 수행하기는 어려운 처지였다. 그러나 많은 혼란과 격동을 겪었으니 이제는 이 시점에서 박근혜 대통령이 통 큰 리더십을 발휘해 주면 한 단계 도약할 수 있는 나라가 될 거라고 믿었었다.

그 기대에 맞게 박대통령은 창조 경제와 문화 육성을 부르짖었다. 그래서 우리 문화예술계는 그 정책을 환영했다. 문화가 정치나 경제에 걸맞은 대우를 받을 줄 알았다. 시집이나 소설집 한 권을 펴내기 위해 그리고 문단 활동을 위한 회지 한 권을 출간하기 위해, 시각 예술인 미술전시회를 하거나 또한 공연 활동을 하기 위해 지방자지단체나 문화재단을 기웃거리며 자금 3, 4백만 원을 확보하기 위해 안간 힘을 써야 하는 것이 문화계의 현실이다. 그런 문화 예술인에게 '문화 융성'이라는 화두는 그야말로 매력적으로만 들려왔다.

그 막후에 대통령을 정점으로 한 엄청난 비리와 사유화 전략이 꿈틀거리는 줄은 몰랐다. 문화계를 장악하려는 음모 속에서 대통령은 재벌 총수를 만나고, 특정인에게 수십억, 수백 억 원의 수혜를 주려는 속셈이 있는 줄은 꿈에도 몰랐다. 필자는 최근에 이 땅의 청소년에게 꿈과 희망을 주기 위해, 그리고 이 땅에서 정의가 힘에 의해 짓밟혀서는 안 된다는 주제를 젊은이들에게 심어주기 위해, 장편 소설집『장군님의 말씀』을 출간했다. 이 책을 전국의 문인과 도서관에 배포하던 중, 평소 잘 아는 공무원 한 분에게 기증을 했다. 그러나 그는 '김영란 법'을 말하며 감사한 마음만 받겠다고 했다. 또한 판사님 한 분에게 이 책을 기증했더니 같은 이유로 전화를 주면서 책을 반송해왔다.

일반 국민들은 이렇게 상식적인 선에서 아름답게 살고 있는데 '문화 융성'이라는 가면을 쓰고 국민을 농락해도 되는가? 참으로 참담한 심정이다. 필자는 지금 박대통령에게 걸었던 기대가 무너져 울고 싶은 심정이다. 그러나 일각에서 펼쳐지고 있는 '대통령 하야'에까지는 동참할 마음은 없다. 대통령의 하야는 또 다른 대 혼란이 올 수밖에 없기 때문이다. 대통령은, 내란 또는 내란에 버금가는 행위 말고는 그 책임을 물을 수 없도록 헌법이 보장하고 있는 자리이다. 나라를 위하기보다는 자신들의 집권을 위해 벌이는 일체의 행동은 삼가야 한다. 군중을 부추기며 또 다른 야욕과 음모를 꾸민다면 그건 현재 박대통령의 실책에 못지않은 정치적 혼란만 불러올 뿐이다. 대통령에게 잘못이 있다면 엄하게 질책하고 퇴임 후에 그 책임을 물으면 된다. 지금은 이 사태를 끌어안고 참담한 심정을 삭이며, 이성을 냉철하게 회복하고, 진정 나라만을 생각해야 할 때이다. 대통령이 밉지만 나라가 더 우선이다. '문화 융성'에 속기는 했지만 더 이상 나라를 나락으로 떨어뜨릴 수는 없다.

# 저무는
# 한 해를 뒤돌아보며

2019년 한해도 저물어가고 있다. 이제 올해도 며칠 남지 않았다. 마음이 숙연해진다. 가는 세월을 잡을 수는 없잖은가! 그저 삼가 옷깃을 여밀 수밖에 없다. 그러나 돌이켜보면 가슴 들떴던 날보다는 마음 아픈 일들이 참 많이도 일어났던 한해였다. 국내외에 걸친 정치적인 현실 때문에 분노도 했고, 경제적으로나 사회적으로 가슴이 철렁하는 일도 있었다, 충격을 주는 문화적인 현상 때문에 상실감을 느낀 적도 있었다. 헌데도 이 가슴 아픈 일들이 사라지기는커녕 세밑이 다가오고 있는 지금도 점점 더 우리 국민의 마음을 불안하게 하고 있다. 착한 백성들이기 때문에 웬만하면 순응하고, 참으며 살아왔던지라 하룻밤 잠을 자고 나면 좀 나아지겠지 하면서 인내하고 있지만 내일이 보이지 않는다.

북한은 하루가 멀다 하고 중요한 실험을 한다며 우리를 위협하고 있고, 종잡을 수 없는 미국 대통령 트럼프의 발언은 국민들을 불안하게 하고 있다. 조국 사태는 해결의 실마리를 보이기는커녕 안개 속으로

덮이며 울산, 부산 사태 등 더 큰 정치게이트로 번지고 있다. 연일 신문은 대서특필하고 있으며, TV 매체는 채널을 돌릴 때마다 크게 다루고 있다. 이 현안이 어떻게 마무리가 될지 우리의 마음을 조마조마하게할 뿐이다. 한미 간의 주한미군 주둔 방위비 분담 문제 또한 국민들을답답하게 하고 있다. 또 일본의 우리를 향한 백색국가 제외와 그에 따른 대일 감정악화 및 지속적인 수출 감소는 큰 충격을 주고 있다. 게다가 하루가 멀다 하고 상장기업이 공개되고 있지만 개장일開場日에 투자자는 허탈감에 빠지고 만다. 첫날부터 공모가 밑으로 고꾸라져 큰 손실을 주고 있기 때문이다.

문화 예술계 현상 역시 마찬가지이다. 국민들이 너나할 것 없이 스마트 폰에만 매달려 있는 탓인지 책이 안 팔려 작가나 시인은 우울해 하고 있고, 그만큼 출판업계도 어렵다고 한다. 대중음악이나 일부 종목의 영화와 인기 스포츠 이외는 거개의 예술문화 단체들도 한해를 보내는 마음이 착잡하기는 마찬가지이다. 게다가 상상을 초월하는 아파트값만 천정부지로 오르고 있어 상대적 박탈감으로 집 없는 서민들은 절망 속에서 울고 있다. 수도권과 지방의 아파트 값 격차는 더 커져 지방에서는 똑 같은 평형의 아파트 한 채가 2억 조금 넘는데 비해 서울은20억, 30억 하는 예가 수두룩하단다. 살맛이 나지 않는 세상이다.

정말 총체적인 난국이다. 정치인은 나라를 발전시키고, 국민을 행복하게 해준다면서 선거라는 절차를 거쳐 국민에게 있던 권력을 위임받아 갔다. 그랬으면 제대로 정치를 잘해 국민의 마음을 안정시키고 사회를 밝게 하면서 일자리를 늘려가야 한다. 국제관계도 분명하게 정립해서 국민에게 비전을 줘야 한다. 그런데 오히려 국민이 직접 거리로 뛰어나와서 그것도 편을 갈라 나라걱정들을 하고 있다. 오히려 정치인을 염려하고 있는 것이다. 그느느라 세상은 참으로 어지럽기만 하다. 이런 상황 속에서 지금 우리는 한해를 보내고 있는 중이다.

필자는 이 시점에서 나라를 위해 간절히 기도하는 마음으로 합장을 한다. 정부수립 이후, 아니다. 삼국시대 이후부터 우리는 지금처럼 국론 분열 속에서 살았다. 나라를 튼튼하게 해 영토를 넓히지는 못할망정 당나라에게 침략 당해 나라 땅을 반에 반도 못되게 만들더니, 몽고에 당하고, 일본에게 당했다. 남한산성에서의 치욕전인 역사를 만들고도 또 왜놈들에게 나라를 몽땅 내주었다. 결국은 35년간 주권을 빼앗긴 가슴 아픈 역사를 가지고 있다. 하지만 우리는 소멸되지는 않았다. 그 시련을 딛고 일어선 민족이다. 편을 갈러 사색당쟁을 하는 위정자가 아닌 우국충정 하는 백성들이 있었기 때문이다.

지금도 남북으로 갈라져 하나 되지 못하고, 70년 넘게 분단된 채로 미국과 중국 등 열강의 절대적인 영향력을 받으며 아픈 역사를 만들고 있는 중이다. 앞으로도 얼마를 더 이런 어려움을 겪을지 모른다. 지정학적으로 대륙과 해양 세력이 교차할 수밖에 없는 위치에 있기에 시련을 겪는 건 분명하다. 하지만 국민들이 결속하고 화합하면서 하나 되는 조국을 만든다는 각오를 한다면 우린, 이 어려움을 다시 이겨낼 수 있다. 탁월한 지도자가 있었기에 찢어지게 가난한 국면을 새마을 운동으로 이겨내게 했고, 한강의 기적을 낳았다. 세계에 유래를 찾아볼 수 없는 경제 강국을 만들었다. 그래서 이 번 아세안 10개국 회의에서 문 대통령이 이를 강조하며 메콩강의 기적을 이루자고 연설할 수 있었다.

그렇다. 우리는 끈질긴 민족이다. 쓰러질 듯 하다가고 다시 일어섰다. 우리 주변에서 창궐하던 민족들이 거개가 다 사라졌는데도 우리 겨레의 존재는 뚜렷하다. 돌궐족이나 흉노족, 거란족, 선비족, 여진족의 자취를 찾기는 어렵다. 268년간 중국 본토를 지배했던 만주족까지도 지금은 흔적을 찾아볼 수 없는데 비해 우리 배달민족은 끈질긴 생명력을 발휘해왔다.

한류가 세계를 이끌고 있고, 마침내 세계 10대 경제 강국이 되었다. 국민의 권력을 위임 받은 일부 정치인들만 조금 더 제 정신을 차려준다면 이 어려운 국면을 벗어나 혼돈을 잠재울 수 있다. 지금은 분명 막막한 상황이다. 그러나 우리 선조들이 그래왔듯이 이쯤에서 정신 바짝 차리면서 분열하지 말고 마음을 합친다면 다가오는 경자년 쥐띠 해를 밝게 맞이할 수 있을 것이다, 그게 우리 국민의 저력이다.

# 문단이 살아야
# 문인의 창작이 활성화 된다

일반적으로 거개의 문화 예술인의 창작 활동은 개인적이다. 같은 맥락에서 문인의 문학창작도 한 개인의 경험을 통해 우러나오는 사상과 감정을 언어로 표현하는 언어 예술이기 때문에 지극히 개인적인 작업이다. 물론 이때 작가의 상상력에 의해 작품의 창의성이 발현되고, 문학성이 확장되고는 있지만 궁극적으로는 혼자 해내는 고독한 작업이다. 그러함에도 불구하고 문인들에게 문단은 아주 중요한 의미를 갖는다.

문단뿐만이 아니다. 그림을 그리는 이들도 화단畫壇을 이루면서 활동을 한다. 그밖에 다른 문화 예술인들도 모두 마찬가지이다. 서로 이끌어 주며, 신인을 양성하기도 하고, 다른 이의 활동을 바라보며 내적 동기를 불러 일으켜 창작을 강화시키는 구실도 한다. 그런 뜻에서 우리나라에는 한국예술총연합회 라는 조직 속에 문학을 비롯한 10개 단체가 전국적인 조직망을 가지고 있다. 예술분야마다 포괄적으로 범 장르를 다루는 단체가 있고, 하위 장르들끼리 뭉치는 조직도 있으며 그 활동들은 매우 다양하다.

그런 차원에서 글 쓰는 이들도 모든 장르를 아우르는 한국문인협회, 국제펜문학한국본부, 한국작가회의 등의 조직을 가지고 있으며, 시, 소설, 수필, 시조, 아동문학, 평론 등 하위 장르별로도 전국적인 조직을 가진 단체들이 문학정보를 공유하며, 문학이론에 대한 줄기를 세우고 있는 것이다. 나아가서 회원 간의 결속과 화합을 꾀하면서 문단이라는 이름으로 서로 상호작용을 하고 있다.

그렇다고 이 땅에서의 문단 형성의 뿌리가 깊은 것은 아니다. 우리의 정치 · 경제 · 사회 · 과학 · 문화가 다 그렇듯이 문학도 근대화하는 과정에서 조선말에 신문학이라는 이름으로 태동을 하긴 했으나, 그 후 일제 강점이라는 뼈아픈 역사적 배경으로 인해 그 시원이 깊다거나 확실지도 못한 편이다. 그 무렵에는 실상 문단이라기보다는 잡지 중심의 '동인'이라는 이름으로 몇 작가나 시인들끼리 창작을 했고, 문학 정신을 이어나갔으며, 문학사조를 접하였다. 일테면 1936년에 창간한 〈문장〉지를 중심으로 활동한 청록파 시인들이 있었는데 이 때의 박목월, 조지훈, 박두진 시인이 대표적인 예이다.

이들 동인 중심의 문학 활동은, 해방 이후에 규모가 큰 문단으로 확대된다. 우리 대전의 경우는 머들령 등의 소수 동인 중심 활동에서 마침내 1952년 한국 문단 최초라고 지칭되고 있는 '호서문학회'가 창립된다. 전국적인 조직으로는 1954년에 한국아동문학회와 국제펜 한국본부가 설립되었으며, 그 후에 한국문인협회를 비롯한 문학 단체들이 시도별 지회 형태를 갖추며 창립되면서 본격적으로 문단이 형성된다.

모두冒頭에서 지적했듯이 이 문학단체가 하는 일은 많은 편이다. 하지만 가장 중요한 역할은 역시 문인들에게 작품을 발표하는 지면을 확보해 주는 일이다. 우리 대전의 경우를 보면 호서문학회가 발간하는 반연간지 「호서문학」, 대전문인총연합회가 발간하는 계간 「한국문학시대」, 한국문협대전지회가 발간하는 계간 「대전문학」이 있다. 또한 국제펜 한국본부 대전위원회가 발간하는 반연간지 「대전 PEN문학」, 한국작가회의 대전지회가 발간하는 반연간지 「작가마당」, 문학사랑협의가가 발간하는 계간 「문학사랑」, 대전아동문학회가 발간하는 연간지 「푸른 메아리」 등 70여 단체가 해마다 문학잡지를 발간하고 있다. 이 지면들은 대전 문인들이 발표하는 시, 시조, 소설, 수필, 아동문학, 평론, 외국문학 등 다양한 창작 작품들이 게재되는 아주 중요한 장場이 된다. 이런 잡지의 발간을 통한 작품 발표는, 대전뿐만 아니라 전국적인 현상이다.

이렇게 작가는 작품 발표를 통해 문학 활동을 하기 마련이다. 따라서 문인들이 작품을 발표할 수 있는 지면이 확보되지 않는다면 창작은 어려워진다. 그래서 한국문인협회나 한국소설가협회의 경우엔 계간 수준을 넘어 매월 발행하는 '월간' 문예지를 통해 회원들에게 발표 지면을 제공해주고 있는 것이다. 이런 잡지를 발간하려면 필요 경비가 수반된다. 최소한 재정이 확보되지 않으면 문예지 발간은 불가능하다. 문인들이 왕성한 창작의욕이 있다한들 작품을 발표할 장을 잃게 될 수밖에 없는 것이다. 때문에 거개의 단체들은 이 발간비를 회원이 내는 회비로 충당하고 있다. 하지만 절대부족이다. 다행이도 나라에서는 '예술위원회' 또는 '문화재단'이라는 기관을 통해 그 경비의 일부를 제공해 잡지를 발간하도록 지원하는 시스템이 있다. 참으로 다행스러운 일이다.

물론 대전에도 〈대전문화재단〉에서 이 역할을 하고 있다. 하지만 워낙 재정이 열악해 문인들은 성이 차질 않는다. 그것도 어느 때인가부터 예산의 확보가 충분하지 않은 상태에서 단체가 아닌 개인에게 창작지원금을 주고 있기 때문에 더욱 갈증이 난다. 물론 개인에게 주는 지원금도 중요하다. 하지만 문단을 살려내는 재정지원 정책이 좀 더 확실해질 수 있었으면 하는 게 문인들의 바람이다. 문단이 살아야 개인의 창작 활동이 활성화 될 수 있기 때문이다. 마침 1월 말, 창작 예술 지원금의 수혜가 결정되는 중요한 타이밍을 맞고 있다. 지원금의 확대로 문단을 활성화시켜 문인들이 작품을 마음껏 발표할 수 있는 지면이 확보되었으면 하는 것이 필자의 간절한 마음이다.

# 효는 인류의 바탕이요,
# 사랑의 완성이다
## - 대전 효월드의 효사랑 · 효축제 이야기

생태학적인 생로병사의 순환과정으로만 보면 인간은 동물이다. 누구도 부인할 수 없다. 하지만 인간은 스스로가 여타 동물의 범주에 들어가고 싶어 하지 않는다. 인류의 삶이 시작되면서부터 인간은, 스스로 만물의 영장이라 자위하면서 유아독존 해 왔다. 그만큼 다른 동물과 구별이 될 수 있는 능력도 가지고 있다. 그렇다면 다른 동물과 구별되는 우월성은 무엇일까? 우선 직립 보행하는 신체적 조건을 갖추고 있다. 즉, 시야가 넓어 방어 능력이 있다. 또 엄청난 상상력과 함께 뛰어난 사고력이 있어 창조의 힘을 발휘할 수 있다. 게다가 언어를 구사할 수 있어 소리말과 글말로 의사소통하면서 사상과 감정을, 기록으로 남겨 시공을 초월한 문화를 축적할 수도 있었다. 신이 이런 탁월한 능력을 인간에게 부여해주었기에, 인류는 창세기 이후 정신문화와 물질문명을 향유하면서 신의 영역을 넘볼 만큼의 첨단과학을 일구었고, 오늘날과 같은 풍요로운 삶을 누리고 있다.

그런데 인간의 삶을 뒤돌아보면, 과연 그 능력만으로 이렇게 찬란한 문화를 창출해 냈겠는가 하는 의문이 든다. 설 수 있는 힘이 있고, 언어를 구사하며, 창의력으로서 만물을 지배해온 것은 사실이다 그러나 오히려 그 힘을 무기삼아 결국은 같은 인간끼리도 투쟁의 역사를 만들었던, 그래서 몰락의 길로 접어들 번했던 때가 종종 있었음을 우린 잘 알고 있다. 그렇다면 이를 용하게도 극복하고, 인류가 서로 돕고, 번영하면서 공존을 할 수 있었던 데는 또 다른 그 무엇이 있었지 않았을까?

그게 무엇일까? 신이 준 다른 한 가지, 그건 바로 사랑이다. 신이 인간에게 서로가 서로를 배려하고 아끼며 살아갈 수 있는 아름다운 심성을 '사랑' 이라는 이름으로 하나 더 부여해주지 않았다면 벌써 오래 전, 인류는 지구상에서 사라졌을 지도 모른다. 때문에 인간에게 있어서 함께 어울려 살 수 있게 하는 사랑의 힘은 위대하다. 사랑으로서 서로 돕고 감싸면서 공존하는 역사를 만들어 낼 수 있었음을 그 누구도 부정할 수는 없다. 인간은 역시 이 사랑으로서 다른 동물들처럼 약육강식하다가 자멸하는 덫에 걸리지 않고 마침내 번영을 이룩해 낸 것이다.

그렇다면 그 위대한 '사랑' 의 근본이 되는 바탕을 신은 어디다 숨겨 놓았다가 꺼내 쓰게 했을까? 그건 두 말할 필요도 없다. 그 첫 시작은 부모와 자식 간에 핏줄로 이어진 사랑이다. 신은 부모와 자식 사이를 탯줄이란 끈으로 잇게 해주었다. 모태에서 열 달을 보냈던 그 때부터 자식은 부모에게서 이 탯줄을 통해 사랑을 배웠다. 이 세상에 태어난 후에는 자신을 낳아주신 부모의 은혜를 잊지 않고 섬기는 보은의 길도 알려주었다. 인류란 이름으로 …. 그러기에 핏줄로 이어진 부모와 자식 간의 사랑은 끊을 수 없다. 우리는 이 사랑의 끈을 효孝라 지칭한다. 그 효가 성장해 후일에 이웃사랑으로 이어지고, 나라사랑을 할 수 있게 하며, 더 나아가서는 인류애로 연결된다. 상호공존을 가능하게 하는 '사랑 배우기'가 바로 효라는 이름으로 시작된 것이다. 그래서 인간에게 효는 절대가치를 부여받을 만하다.

요즈음 들어 이 세상이 급속도로 산업화 · 도시화되면서 현대화의 길을 걷는 동안 차츰 이 효에 대한 생각이 엷어진 것은 사실이다. 하지만 효에 대한 가치는 결코 변할 수 없는 덕목이다. 우리나라는 해방 후, 짧은 기간에 민주화되는 과정에서의 잘못된 평등사상과 졸속한 경제 성장의 과부하에 걸려 전통적인 가치인 효가 많이 허물어져버린 상태이다. 부모와 자식관계도 붕괴되고, 부부간의 관계도 소원해지는 바람에 자식이 버려지는 상황도 종종 맞았다. 핵가족화 되는 과정에서 지나친 이기주의와 개인주의가 팽배되어온 것도 사실이다. 그 바람에 우리 사회는 그동안 많은 문제에 직면하게 된다. 이를 안타깝게 생각하면서 대한민국 국회는 〈효문화진흥법〉을 제정했고, 그에 따라 허물어진 효를 복원하고, 진흥시키기 위해 바로 대전에 「한국효문화진흥원」을 설립해서 효를 널리 선양하게 함은 물론 연구하고, 국민에게 홍보하는 국가적 사업을 해왔다. 올해로 4년째이다.

그런데 여기서 크게 주목해야 할 점이 있다. 한국 효 문화를 계승 발전하고 진흥하기 위한 국회입법이나 이를 수행할 「한국효문화진흥원」 설립을 할 수 있게 초석을 다지는 역할을 우리 대전에서 해왔다는 사실이다. 바로 중구청(청장박용갑)의 효 사업이다. 중구청은 벌써 오래전에 안영동에 「효문화마을」을 설립했고, 한국의 김, 이, 박, 최 씨 등 성씨 중 244개 문중이 참여해 만든 유래비를 세운 〈뿌리공원〉도 조성했다. 한국 최초로 족보박물관도 세웠다. 족보의 체제연구, 간행 및 내력 알기 등에 대한 분야 즉 조상의 뿌리에 대한 '그리움' 을 전시해 놓는 등 효 인프라를 크게 구축했다. 효문화관리원에선 노인공경 숙박시설도 갖췄고, 평생교육 차원의 프로그램을 만들어 운영도 하면서 효 세상을 만든 것이다. 그 뿐만이 아니다. 벌써 올해로 제12회 째로 효 문화 뿌리축제를 준비하고 있는 중이다. 이 효 축제는 이미 전국의 775개 축제를 대상으로 한 평가에서 5위를 차지한 바 있고, 지역 축제 브랜드 대상을 수상하기도 했다.

사랑의 근원이 되는 효를 주제로 한 대전 효 문화 테마공원은, 〈효월드〉라는 이름으로 대전은 물론 전국적인 명성을 떨치고 있는 중이다. 이미 인근에 〈제2효월드〉 설립을 위한 국가 차원의 기본 설계도가 끝난 상태이다. 대전시 중구 의회가 이번 추경에서 부지 매입비 60억 원을 확보해주면 바로 공사가 착공될 예정이란다. 기초단체인 구청 단위인 중구청이 국가적인 대 사업을 하게 되는 셈이다. 이 사업은 인류의 바탕이요 사랑을 완성하는 효로서 사람을 사람답게 하고, 나아가 한국 전통문화의 가치를 되살릴 수 있는 계기를 만들 것이다. 이미 효의 메카로서 자리매김을 하고 있는 〈효 월드〉가 다시 한 번 대전의 자부심으로 우뚝 설 수 있는 계기를 만든 셈이다. 해마다 열리는 뿌리 축제도 이젠 그저 단순히 먹고 마시는 축제에 비해, 대전을 뛰어넘어 한국을 대표하는 최고의 효 축제로 거듭날 수 있으리라 믿는다. 대전시 중구 안영리에 자리한 〈효 월드〉가 자랑스럽다.

# 효·충·의
# 그리고 사도의 길을 바로 세우자는 다짐

지난 7월 7일 대전시청 3층 강당에서는 의미 있는 행사가 열렸다. 바로 〈대한효충의연합회〉 창단식이다. 대전효도회, 국제라이온스협회, 대전교원시니어직능클럽, 대전서구재향군인회가 함께 부모 공경·나라사랑·어른 공경의 3대 강령을 내걸고 연합발대식을 개최한 것이다.

이 나라 이 땅에서 전통적으로 지켜져 왔던 유교 문화가 허물어진지는 이미 오래되었다고들 개탄하고 있지만, 이 세상은 참 너무 많이도 변했다. 과거 1세기에 걸쳐 서양의 정신문화와 물질문명이 한꺼번에 쏟아져 들어오면서 과학기술 발달과 국민경제가 상상을 초월할 만큼 좋아진 것은 사실이다. 그 덕에 지금 우리는 현재 단군 이래 최대의 국력과 부를 축적하고 있고, 양질의 삶을 구가하고 있다.

그러나 수세기 동안에 농익혀 가면서 변화·발달되어야 할 것들이 압축 성장을 하는 과정에서 파생된 부작용은 너무나 컸다. 우선 농경사회와 산업사회 그리고 정보화 사회의 뒤섞임 속에서 전통적인 가치관이 크게 무너졌다. 또한 이념갈등, 지역갈등, 빈부갈등, 세대 갈등으로 인한 의사소통의 부재로 국가적 혼란을 야기하기도 했다. 그 틈새를 노린 삼류 정치인이나 한 몫에 돈을 챙긴 기업인들의 이합집산과 권모술수로 인해 비정상이 오히려 정상화의 길을 밟는 듯한 잘못됨 때문에 요동을 쳤던 때가 한 두 번이 아니었다. 이에 편승한 국민들도 책임을 면할 수는 없다.

그 와중에서 특히 우리의 가슴을 아프게 한 것은, 올곧게 커야 할 이 땅의 유소년 그리고 청소년들이 좌표를 잃고 방황하기도 했고, 역으로는 그들이 벌이는 일탈 현상이 또 어른들을 걱정에 빠지게도 했다. 바른 윤리를 바탕으로 한, 인간으로서 지켜야 할 도리를 잃어가고 있는 모습은 어제 오늘의 일은 아니다. 게다가 최근에는 어린이도, 청소년도, 어른도 첨단 과학 기기나 영상문화에 흠뻑 빠져서, 그 문명의 이기에 종속되면서부터 사고하며 상상하고, 그 상상을 바탕으로 하여 창의력을 길러야 한다는 분위기는 사라지고 있다. 지나치게 발달하는 첨단 과학이 낳은 비인간성 그리고 허물어진 윤리 문제로 우리는 지금 모두들 걱정하고 있다. 점점 불확실한 세상으로 치달아 가고 있고, 그 안에서 일어나는 갖가지 세태 또한 두렵기만 하다.

이런 때에 만시지탄의 감은 있으나 우리 중부권 충절의 고장 대전에서 뜻있는 네 단체들이 부모 공경 · 나라사랑 · 어른 공경의 기치를 내걸고 어린이와 청소년들에게는 인간 교육에 관한 도덕과 윤리의 방향을 제시하고, 어른들 스스로에게는 자신의 삶을 뒤돌아보며 성찰할 수 있게 하는 운동을 펼쳐나가겠다는 의지를 접하니 반갑기만 하다. 퇴직 교원도 나서서 여생을 청소년들의 효와 충 그리고 의를 실천하게 하기 위해 봉사하고 헌신하겠다는 사도 실천의 의지를 보이니 흐뭇하다.

과학의 발달로 인해 이제는 신의 영역까지를 넘보는 인간들의 오만에 가득 찬 행동들이 횡횡하고 있지만, 더 이상 인간이 인간다움을 잃고, 제 모습을 상실한다면 그 종말은 뻔하다. 인간은 강한 듯 하지만 자연의 섭리나 신의 영역에서 결코 벗어날 수 없다. 이제부터라도 인간 본래의 모습으로 돌아가는 일이 시급하다. 지금, 우리는 도덕적으로 좀 더 무장하고, 따뜻한 시선과 함께 사려 깊은 마음으로 서로가 서로를 바라보는 마음을 다져야할 시점에 서 있는 것이다.

# "터치" 시대,
# 그러나 터치는 창의력이 아니다

현대는 "터치"의 시대이다. 웬만한 일이, 아니 거의 모든 일상이 누르거나 콕 찍으면 신통하게도 해결되는 세상이다. 고도의 과학문명 발달로 인하여 원터치로 즐길 수 있는 문명의 이기利器는 우리 주위에 얼마든지 깔려 있다. 그래서 혹자는 현대를 "원터치의 시대"라고 한다. 한 번의 터치로 모든 게 해결되는 세상이라는 것이다.

우리는 참 좋은 세상, 참으로 편리한 세상에서 살고 있다. 전기밥솥에 쌀과 물을 알맞게 넣고 원 터치 하면 맛있는 밥이 된다. 세탁기를 원터치하면 물이 적당하게 나오며 동시에 모터가 작동해 세탁은 물론 말끔하게 건조까지 되어 나온다. 잠겨있는 현관문도 비밀 번호를 원터치하면 문이 활짝 열린다. 열쇠를 구멍에 넣고 돌릴 필요가 없다.

그 뿐이 아니다. TV수상기를 향해 리모컨으로 원터치하면 즐거운 장면이나 정보가 우리 앞에 다가든다. 다른 프로그램을 보고 싶은 때 다시 원터치하면 화면이 즉시 바뀐다. 에어커너의 작동이나 오디오 시스템도 그렇고, 컴퓨터도 다 원터치로 해결된다. 빔 프로젝트를 작동해

브리핑을 하거나 강의를 할 때도 리모컨으로 원터치하면 된다. 전깃불을 켤 때도 원터치이다. 이 전깃불은 원터치가 아니라 이제는 센서가 있어 사람이 지나가는 걸 인식해 저절로 켜지기도 한다. 아니, 스마트폰 안에서는 원터치를 하면 세상이 다 보인다.

과학은 이렇게 모든 걸 가능하게 했다. 이러한 원터치는 의식주에 필요한 소소한 가전제품으로부터 시작해 자동차 시동을 거는 원격시스템, 의학 분야의 기기들, 그리고 그 밖의 첨단기기가 활용되는 모든 정밀 제품, 우주과학을 발달시키는 항공 산업까지도 원터치로 조정이 되거나 조작을 할 수 있도록 되어 있음을 보면서 깜짝깜짝 놀랄 때가 있다.

그러나 이 '원터치' 라는 조작적 행위는 개인의 창의력 발달과는 큰 상관이 없다. 누군가에 의해 발명된 제품을, 그저 보통사람으로서 즐기는 행위일 뿐이다. 그래도 원시 농경 · 산업사회에서는 누구나 궁리하고, 만지고 조작하면서 무슨 일인가를 이룩해냈다. 불편했지만 노력하면서 꿈을 키우며 상상했고, 뭔가를 만들어 보려는 반복적 조작을 했다. 그러는 동안에 인간의 창의력은 점점 신장되었다. 그 때는 미래에 대한 비전이 분명했다. 그 도전과 노력이 오늘날과 같은 편리한 세상, 발달된 문화와 물질문명을 이룩하게 했다.

그러나 아날로그시대를 거치고 이제는 디지털시대로 들어오면서 고도의 신기술이 발달되면 될수록 대부분의 사람들은, 고민해 해결하려는 경향이 점점 사라지고 있다는 사실이다. 쉽게 한 번의 터치로 해결하려 한다. 그냥 즐기면 된다. 그저 나타난 현상이나 편리한 이기를 원터치로 해결하려고만 한다. 미래학자들은 이런 추세로 나간다면 우리 인간이 점점 무기력해지다가 현대 문명에 의해 마침내 사육되어질 것이며, 결국 과학의 발달도 한계점이 다다를 것이라는 우려를 표명하고 있다. 비관적인 그 종말이 무섭다.

오늘날처럼 편리하고 살기 좋은 세상은 그저 굴러온 것은 아니다. 인간의 상상력과 창의력, 게다가 피나는 노력 때문이었다. 어쩌면 중세의 신본주의에서 벗어나 유럽의 르네상스와 산업 혁명이후 인본주의 사상이 확고해졌던 결과이기도 하다. 이제는 첨단 과학의 힘으로 신의 영역을 침범하고 있다고들 말할 정도로 인간의 두뇌는 발달했고, 창의력이 확장되어 만능 시대에 살고 있다. 예전에는 신비롭게 생각해 인간이 도저히 풀 수 없는 일들이었는데, 문명의 발달로 얻게 된 이 이기들을 지금 우리는 그저 별 생각 없이 '원터치'로 즐기면 되는 세상이 되었다. 하지만 이것이 다 인간의 무한한 상상력의 결과이고, 사고력을 바탕으로 한 '창조의 힘' 때문에 가능했다는 걸 결코, 결코 잊어서는 안 된다.

그런데도 이런 경향은 기계뿐만 아니라 사람과 사람의 관계에서도 쉽게 그저 한 번의 만남으로 즐기려 한다는 데 더욱 문제가 있다. 상대를 존중하고 진중하게 인격적으로 만나기보다는 그저 사람을 물건대 하듯이 쉽게 생각하며 경시하는 경향도 만연되고 있다. 상대가 어떤 사람이며 뭘 생각하고 어떤 가치관을 가지 있는 사람인지를 촘촘히 살펴보지 않고 한 번의 만남 '한 번의 터치'로 서로를 이용하고 즐기려고만 한다. 이게 다 문명의 이기를 쉽게 접하면서 원터치로 해결하는 세상에서 살고 있는 탓에 생긴 결과가 아닌가 생각하니 씁쓰름하기만 하다. 우리의 또 다른 새 미래를 위해서는, 누군가에 만들어진 문명의 이기를 고민하지 않고 그저 쉽게 '원터치'로 즐기려 하는 생각에서 어서 빨리 벗어나야 한다. 과학의 달인 이 4월을 맞아 되새겨 볼 일이다.

# 잘 키운 영재 하나,
# 나라를 살릴 수 있다.

요즈음 시선을 끌고 있는 관심사 중 하나가 자율형 사립고(이하 자사고)의 존폐에 관한 문제이다. 남북관계나 한일무역 분쟁, 북미회담 등 국제 정세가 워낙 긴박하게 돌아가고 있어 관심 밖에 있는 듯하지만, 현시점에서 국내적으로 우리가 함께 걱정하고 고민해야 할, 그래서 함께 풀어야 할 현안 중 하나가 자사고 문제가 아닌가 한다. 정부는 전주 상산고의 존립에 가닥을 잡았지만 지난 주 금요일엔 서울 경희고를 비롯한 8개교와 부산 해운대고까지 9곳의 자사고 지정취소에 동의해 향후 법적 투쟁 등 파란을 예고하고 있는 상황이다. 내년에도 12곳이 재지정 평가대상이라고 한다. 예나 지금이나 국가의 백년지대계를 좌우할 수 있고, 개인적으로도 자기실현을 가능하게 할 수 있게 하는 교육은, 우리에게 실로 중차대할 수밖에 없다.

그동안 대한민국은 정부 수립 이후 정치, 군사, 외교, 경제, 교육, 사회, 문화 현상 등에 걸쳐 많은 문제들이 일어났고, 그때마다 진통을 겪었지만 이를 잘 극복해왔다. 그러나 그 중에서 교육문제는 늘 민감한 사안으로 대두되어 온 게 사실이다. 우리나라의 교육열은 그 어느 나라보다 강한 것으로 알려져 있다. 실제로도 자원빈국인 우리가 교육입국을 통해 근대화의 발판을 마련한 것은 사실이다. 경제 성장의 원천도 다 교육성과 때문이었다. 그러니 교육을 중시할 수밖에 없었지만 그동안 그로 인한 부작용도 만만치 않았다.

특히 학교의 서열화로 인한 일류학교, 이류학교, 삼류학교라는 등급을 피할 수가 없었는데 이 문제는 우리에게 많은 상실감을 주었다. 인간이 일찍부터 차별화 되고, 능력보다는 일류 학교 졸업이라는 학벌 때문에 그 사람의 직업까지도 일찌감치 기득권을 얻게 된다는 면에서 상대적 박탈감을 느낄 수밖에 없었다. 그로 인해 나온 정부의 교육 정책 중의 하나가 바로 학교 평준화였다. 입시 제도를 없애고 추첨에 의한 학교 배정이라는 사태를 낳게 된 것이다. 박정희 대통령 시대인 1974년에 시행된 제도이니 벌써 46년이나 지난 셈이다.

그러나 이 교육평준화가 최선의 방법이 아니라는 것은 시행 초부터 드러났다. 물론 긍정적인 면도 있었고, 게다가 워낙 정부의 강한 의지로 밀어붙이는 바람에 차츰 일반화 되는 과정을 거치기는 했지만 그렇다고 이 제도가 이내 정착된 것은 아니었다. 그 중에서도 대학 진학이냐, 그렇지 않으면 바로 취업 전선으로 나가느냐 하는 고등학교 교육은, 특히 정책적으로 여러 차례 손질을 해 왔다. 지금의 현행 수능고사도 정부가 바뀔 때마다 수정을 하면서 진화과정을 거듭해온 제도이다. 그런 맥락에서 영재들을 길러내야 하겠다는 명분을 가지고 만든 학교가 자사고가 아닌가 한다.

외국어고등학교, 과학고등학교, 국제고등학교 등의 학교 설립이 바로 하향평준화 때문에 설립된 자구책의 일환이었다. 이들 특성화 학교 말고도 색깔의 차이는 좀 있지만 강원도 횡성의 민족사관학교, 전주의 상산고등학교, 충남 공주에 있는 한일고등학교 등으로 대변되는 자사고 들도 출현했다. 그러나 이 정도로는 교육의 다양성을 추구하는 수요자의 기대에 부응할 수 없었다. 학부모의 교육열이나 학생들의 향학열을 충족시킬 수도 없었다. 그런 이유로, 교육감 책임 하에 각 시·도별로 몇 학교씩 자사고 지정을 한 후에 시설 기준을 대폭 강화해서 학교를 운영해온 것이다.

일반적으로 평준화 된 학교에서의 공교육, 그것도 다인수를 대상으로 한다는 점에서 본다면 타고난 재주에 맞게 맞춤식 창의성 교육을 하기는 어려운 실정이다. 그런 차원에서 보면 하향평준화는 몰개성적인 교육을 할 수밖에 없었다. 즉, 영재를 키우는데 한계가 있었다. 이런 식의 교육만으로는, 우리 인류의 문화나 물질문명을 획기적으로 변화시킨 뉴턴이나, 에디슨 같은 그리고 최근의 빌게이츠 같은 영재들을 길러낼 수 있겠느냐는 하는 질문에 봉착하게 된다. 영재일수록 그들이 타고난 천재성을 바탕으로 교육돼야 한다. 그래야 자기 능력을 발휘할 수 있게 되고, 국가사회에도 크게 공헌하게 된다. 시대를 초월해 엘리트로서 교육된 이 비범한 영재들이 대중을 이끌어가며 물질문명과 정신문화를 이끌어 왔다. 경험 중심의 농경사회나, 자본 중심의 산업 사회에서도 세상을 이끌어갈 엘리트는 절대적으로 필요했다. 하물며 지식·정보화 사회로 들어서면서 제4차 산업혁명을 꿈꾸고 있는 이 시점에서는 더욱 영재가 필요하다.

그런데도 지금 교육 평준화 실현이라는 안일한 생각이 사회 일각에서 만연하고 있는 듯하다. 자칫 영재 교육을 소홀하게 할 수밖에 없게 하는 이 자사고의 축소 정책은 국가 장래를 위해서 보면 반드시 바람직하다고 볼 수만은 없다. 자사고 존폐문제는 성급하게 결정할 일이 아니다. 여럿이 함께 세상을 이끌어가기도 하지만 잘 키워진 영재 한 사람이 수백만 수천 만 명을 먹여 살릴 수 있고, 또 나라를 빛낼 수 있다는, 아니 역사를 바꿀 수도 있다는 사실을 깊이 인지했으면 한다. 이런 점을 감안하면서 향후에는 자사고의 존폐문제를 좀 더 신중하게 결정해주기 바란다.

# 삶의 질을
# 향상하는 평생교육

　학교 교육이 인간 교육의 시작이자 마지막을 차지했던 시대는 갔다. 물론 지금도 만 6세가 되면 초등학교에 입학하여 대학교육까지 16년간에 걸쳐 학교 교육이 이루어진다. 그만큼 학교교육은 중요하다. 게다가 보통 유치원부터 시작하는 것이 첫 교육에 입문하는 과정으로서 일반화 되어 있고, 웬만하면 대학원 교육의 석사 과정이나 또 뜻이 있어 학문을 계속하고 싶은 이들은 박사과정까지 공부하고들 있어 배움의 길은 멀고도 길다.

　그러나 이런 교육은 제도권 교육이다. 하지만 요즈음은 공교육 차원에서 정규과정의 교육과 함께 각종 사교육이 만연이 되고 있어 자기의 특기나 적성에 맞게 공부들을 하고 있다. 그 뿐이 아니다. 국가에서 평생교육에 관한 제도나 법적 장치에다가 사회적인 수준과 문화적 배경이 높아지면서 '평생교육' 또한 일반화되었다. 정말 말 그대로 요람에서 무덤에 이르기까지 생애의 전 과정을 배움 속에서 꾸준히 자기를 연마하고, 계발하면서 그 배움 속에서 필요한 지식이나 정보를 얻을 뿐만 아니라 스스로 즐거움을 찾고 있는 것이다.

그런 차원에서 우리 대전광역시 평생교육문화센터에서의 학습프로그램도 운영되고 있는 것으로 안다. 평생교육문화센터에는 삶에 기쁨과 즐거움을 주는 교육과정이 아주 많이 개설이 되고 있다. 수강생들은 그 과정들을 잘 살펴 본 후에 자기 취향이나 특기 적성에 따라 많은 평생교육문화센터를 찾아 공부하고 있다. 필자가 맡고 있는 NIE글쓰기지도사반도 그 중에 한 과정이다.

필자는 글쓰기 공부를 하고 싶은 이들이 모인 강의실 중심에 서 있다. 그리고는 자기 생각과 느낌을 글로 쓰고 싶은 이들이나, 자녀들 또는 이웃에서 사는 어린 학생들에게 글쓰기 지도를 하고 싶은 이들을 맞이하고 있다. 그들에게 글쓰기나 지도사의 길을 걷게 하여 자기 삶을 복되게 실현하게 하기 위해서이다.

글은 말과 함께 인간이 상호 의사소통을 하는 언어 수단이다. 언어는 음성언어와 문자 언어로 구별되는데 그 기능은 다르지 않다. 의사소통을 한다는 면에서 동일하다. 그러나 글은 말에 비해 공시성이 매우 강하다. 말은 화자가 발성하는 동시에 사라지고 멀리 전해질 수도 없지만 글은 기호화된 문자로 써 지기 때문에 비교적 영속성을 가진다. 대신에 글은 작가(지은이)와 독자가 함께하지 않고 '글'이라는 매체를 통해 양자가 서로 만나기 때문에 작성할 때 매우 논리적이고 조직적으로 써야 한다. 그래야 의사소통이 가능해진다.

그래서 글쓰기는 말하기에 비하여 좀 어렵다. 자연스럽게 습득하는 말(모국어)에 비하여 글은 문자를 익혀야 한다는 전제 조건이 있을 뿐만 아니라 글을 쓸 때 그 글의 유형에 따라 특성에 맞게 써야 한다는 어려움이 있다. 따라서 글쓰기는 학습을 통해 습득되는 것이 보통이다. 물론 말하기도 학습해야 하는 것은 틀림없지만 글이 좀 더 의도적일 필요가 있다는 말이다.

필자는 강사로서 글쓰기 공부를 하기 위하여 강의실로 오는 수강생들을 향하여 이점을 강조하여 가르친다. 그리고 방법적인 측면에서는 이 글쓰기 학습을 쉽게 하기 위하여, 과정중심 글쓰기 학습법을 제시하면서 차근차근 자기 경험을 통해 얻어진 글감으로 내용을 생성하고, 이를 일관성 있게 조직하여 글로 쓰게 한다. 쉬운 말로 바꾸어 말하면 각자의 생활 경험에서 생각을 꺼내고, 그 생각들을 묶어 다발을 지은 후에 초고를 쓰게 한다. 마인드맵으로 생각을 벌려나가기도 하고 협의 과정도 거치도록 지도한다.

그러면서 보통의 글쓰기와 NIE글쓰기학습법이 어떻게 연계되는지를 익히도록 한다. 글쓰기의 기초를 다진 후에 살아있는 교과서인 신문 기사의 내용을 읽고 요약하고 다듬으면서 자신의 생각을 접목하도록 한다. 본인이 쓰고자하는 글의 유형과 신문기사의 내용을 잘 접목해보면 신문에서 글을 쓸 거리는 무한정으로 많다.

일반적으로 글쓰기지도사가 되기 위해서는 지도 방법과 함께 실제로 자신이 글을 쓸 수 있는 능력을 갖추는 것이 필요하다. 다행인 것은 평생교육 차원에서 자신을 연마하고 닦으면서 자신이 습득한 글쓰기 능력을 십분 활용하여 후세를 위해 가르치는 것으로 즐거움과 보람을 느끼고 싶어 하는 수강생들의 열정이 대단하다는 사실이다. 그래서 수강생들의 눈망울은 초롱초롱하다. 나는 평생교육 차원에서 NIE글쓰기 학습으로 자기를 연마하고 나아가서 지도사로서의 길을 걷고자 하는 수강생들에게 짝짝짝 박수를 쳐주고 싶다. 부디 삶의 질을 향상하는데 기여하는 평생교육 차원의 NIE글쓰기 학습이 이루어지기를 바란다.

그동안 정체된 사회에서는 선인들의 지식이나 경험을 전수 받으며 살아 왔다. 그러나 이제는 삶의 방식이 날로 패러다임을 달리하고 있어 늘 개척하고 또한 새로움에 대한 꿈을 향해 도전해야 하는 시점에 서 있다. 따라서 정말 요람에서 무덤에 이르기까지 학교 교육에만 의존하지 말고, 평생 동안 날로 배우고 익히면서 자기를 행복하게 실현하는 기쁨과 보람을 찾아야 할 때가 아닌가 한다.

# 신모권사회로
# 가는 길목에 서서

얼마 전 필자는, 우리 조선 시대에 엄처시하로 살았던 양반가 남정네들이 70%에 이르렀다는 자료를 접한 적이 있다. 유교중심의 가부장제도하에서 그게 웬 말이냐고 할지 모르나 사실이라고 한다. 또한 그 당시에 양반사회는 자기 부인에게 예의를 다해 존댓말을 썼지 결코 하대하지 않았다는 것이다. 하긴 우리나라처럼 여자가 결혼해 출가를 해도 자기 친정 성姓을 그대로 유지하는 나라가 많지 않은 걸 보면 틀린 말은 아닌 것 같다. 그러함에도 불구하고 조선 시대는 남존여비의 극치로 상징되고 있는 사회이기도 하다. 철저한 남성 중심이었다. 그랬던 세상이 현대로 접어들면서 아주 급격하게 변화하고 있다. 모두들 신모권사회로 가고 있다고 한다. 실제로도 그 징후들이 곳곳에서 나타나고 있다.

우리 인류의 첫 시작은 여성중심 사회였다. 원시사회에서는 수렵채취라는 산업구조로 생계를 유지해 왔다. 옷은 동물의 가죽이나 나뭇잎으로 엮은 것이 고작이었다. 살집은 동굴이었다. 이 무렵에는 가족 개념이 없었다. 남자는 수컷으로서 여자를 만나 짝짓기를 통해 아이를 출산했다. 그러나 남자가 가족을 부양할 수는 없었다. 자기 목구멍을 연명하기 위해 산판이나 들판을 헤매야 했다. 따라서 아내나 자식을 돌볼 여력이 없었다. 도처에 사나운 짐승들이 도사리고 있어 자기보호를 하는데 만도 힘겨웠다. 당연히 육아를 책임 짓는 것은 여자였다. 강력한 모성애가 이를 가능하게 했다. 이 시대를 우리는 모권 사회라고 지칭한다.

남성 중심의 부권사회가 형성된 것은 그 뒤 오랜 후였다. 물을 찾아 들에서 정착하고, 농사를 짓는 농경사회가 정착되면서부터이다. 구조적으로 키가 크고 체력이 왕성한 힘의 소유자인 남자들 중심으로 산업구조가 재편되며 농경사회를 이룬다. 이때부터 씨족개념이 형성되고 가족이라는 이름의 혈족 중심으로 페러다임이 바뀐다.

산업 사회로 들어와서도 이 부권 중심의 가족제도는 유지된다. 그 무렵도 초기에는 여전히 힘을 위주로 한 사회로서 자본과 기술 그리고 권력 중심의 사회가 농경사회와 같은 맥락을 이루며 강화된다. 힘이 약한 여자, 경제력이 없는 여자에 비해 남자는 모든 면에서 우월한 위치를 점유하면서 여자를 지배하게 된다. 그것은 동서양이 다를 바가 없었다.

이러한 현상이 전도되기 시작한 것은 역사가 그리 길지 않다. 그러나 그 속도는 아주 빠르게 가속화 되고 있다. 아직도 중동지역을 비롯해 일부국가는 여자의 신분을 극히 제한하고 있지만 우리나라는 이전의 상황과는 전혀 다른 양상을 보이고 있다. 조선말 아니 얼마 전 경제 근대화가 되던 그 시절까지도 얼마쯤은 군림했던 남성들이 이제는 여자 앞에서 '간이 큰 남자', '삼식이' 와 같은 자조 섞인 비아냥을 듣게 되어버린 세상이 되었다. 요즘에는 더욱 우리 사회 곳곳에서 여권이 강화되고 있으며, 학문이나 기술면에서 또 경제 분야에서 오히려 남성보다 우위를 점하는 영역이 생기고 있다. 공무원 시험 등 각종 시험 합격자도 여자들이 차지하는 비율이 남자보다 오히려 높아지고 있다. 그밖에도 남성 쇠락의 현상들을 곳곳에서 볼 수 있다.

부부중심으로 핵가족화 되어 가정 경제권이 여자에게로 넘어가면서부터 여성의 위치가 더욱 공고화되었는데, 이제는 시가媤家보다 처가 중심의 가정행사가 일반화 되고 있는 현상이다. 남자들은 점점 주도권을 잃으면서 쑥맥이 되어가고 있다. 물론 교육의 기회가 균등한 상태에서 타고난 적성을 계발하여 그 능력을 사회나 국가 발전에 기여하게 하는데 남녀가 따로 있을 수는 없다. 그러나 양성평등이 아니라 지나치게 여女 편향 사회가 되어 가고 있다.

더구나 지식정보화 시대가 보편화된 세상에 살게 되면서부터 우리 사회는 생각보다 더 빠르게 부부 중심이라는 명분아래 모권이 강화되고 있는 중이다. 게다가 과정중심의 교육과정 개편은, 인성이 형성되고 적성이 개발되는 유년기에서부터 여성들에게 아주 유리하게 작용해 학력의 우위를 점할 수 있게 되었다. 여성은 성실성이나 섬세함 거기다 자기 제어력, 끈기 면에서 남성을 뛰어넘는다. 이런 여건들이 성숙해지면서 결과보다 오히려 과정이 중시되는 이 사회에서, 점점 여성 중심으로 속력을 더해 가는 페달을 밟고 있는 중이다. 그러면서도 여러 면에서 너무 똑똑한 여자들이 많아져서인지 싱글로 남는 독신녀 과잉 현상을 보이는 것은 급격한 가치관 변화, 저 출산, 왜곡된 다문화 현상 등 우리의 장래에 여러 가지로 아주 큰 문제들을 만들어낼 것 같아 걱정스럽기만 하다.

# 대전문학관에게
# 당부한다

대전문학관이 문을 연지 어느 덧 햇수로 3년이 되었다. 그러나 2012년 12월 말에 문을 열었으니 한 돌을 겨우 지난 셈이다. 아직은 첫걸음마를 시작하는 단계에 불과하다. 하지만 대전문학관이 나름대로 문학관으로서의 역할을 하고 있어 반갑다. 상설관에 정훈, 한성기, 박용래, 권선근, 최상규 등 대전을 대표하는 시인과 소설가 다섯 분의 문학 업적에 대한 기록들이 소상하게 전시되어 있고, 그동안 작고 문인전을 비롯한 생존한 원로문인전 등 크고 작은 전시회를 갖은 바 있다.

장르별 또는 범 장르에 걸쳐 문인들에게 모임 기회를 제공했으며, 각종 시상식이나 다양한 주제의 세미나와 심포지엄을 개최할 수 있도록 배려하기도 했다. 전국문학관장과 학예사들이 대전문학관에 함께 모여 문학관의 역할과 기능에 대해 진지한 주제 발표를 하면서 발전 방향에 대해 논의를 하기도 했다. 뿐만 아니라 매주 토요일을 '문학과 놀자'라는 캐치프레이즈를 내걸고 문학을 심도 있게 접할 수 있도록 교육 프로그램을 짜 운영하고도 있다.

문학관의 사명은 문학사를 정립하여 문학적 전통을 계승하고, 문인들의 작품과 역사적 사료를 보존 관리하는 일이 일차적인 소임이라 할 수 있다. 그리고 찾아오는 시민들에게 문학을 향유할 기회를 만끽하게 하며, 문인들과의 만남을 주선해서 문학적 정취에 젖게 하는 동시에 문학예술을 통하여 스스로의 삶의 질을 향상시키고, 나아가서 작품을 창작 또는 감상할 수 있는 능력을 높여나갈 수도 있도록 하는 곳이라 할 수 있다.

  그러나 차제에 필자는 이제 마악 자리를 잡아가고 있는 대전문학관을 향해 '달리는 말에 채찍을 드는' 심정으로 당부하고 싶은 말이 있다. 대전문학관은 설립 태동기부터 많은 우여곡절을 겪었다. 돌이켜보면 대전문학관을 갖는 것은 그동안 대전 시민, 특히 문인들의 한결 같은 소망이었다. 그러나 오랜 세월 미루어지다가 현 동구 국회의원이며, 당시에는 동구청장이었던 분의 배려로 구체화 되었다. 그러나 대전문학관의 설립과정을 돌아보면 진통도 컸다. 선거라는 정치적 상황이나 재정상의 압박을 받으면서 궁지에 몰렸었다. 다행히 뜻있는 대전문인들의 간절한 의지를 현 대전 시장께서 받아들여 동구라는 지역적인 틀에서 벗어났고, 마침내 시립 문학관이라는 이름으로 개관할 수 있게 되었다.

  다행인 것은 때를 맞추어 대전의 모든 문인들은 자신이 가지고 있는 저서나 문학적 기록들을 아낌없이 기증하는데 발 벗고 나섰다는 점이다. 상설전시관에 전시된 작고 문인 다섯 분의 유족들은 말할 것도 없고, 생존문인 중에는 희귀본을 포함한 13,000권 이상의 자료를 아낌없이 기증한 분도 있다. 이렇게 여러 문인들에 의해 모아진 각종 자료가 지금 수장고에는 엄청나게 확보되어 있다. 그럼에도 불구하고 대전문학관이 현재 운영상 안고 있는 문제점이 없는 것은 아니다.

첫째로 대전문학관의 홍보 부재와 공간의 협소성이다. 대전에 거주하고 있거나 대전 출신의 출향 작가 그리고 뿌리를 같이 하고 있는 충청권 문인 중에는 대전문학관의 개관은 물론 위치나 그 규모를 아는 이들이 많지 않다. 하물며 일반 시민들은 더 말할 것도 없다. 원래 동구에서 시작한 사업이라서인지 좁은 공간에 접근성까지 떨어지고 있는데다가 홍보부재로 인해 '대전시 동구 송천남로 11번 길 116(용전동)번지'에 위치한 대전문학관을 알고 있는 이들은 극소수이다. 경부고속도로 대전 나들목 인근에 위치하고 있어 적극적으로 홍보만 한다면 쉽게 찾을 수 있을 텐데도 대전문학관은 시민들에게는 물론 문인들에게 조차 여전히 낯설기만 하다. 관계당국은 주위 인근 대지를 좀 더 확보하는 장기 계획과 함께 적극적인 홍보 전략 의지를 보여야 한다.

둘째로, 대전문학관은 문을 활짝 열고 문인과 시민 모두에게 과감히 참여 기회를 넓혀 주어야 한다. 그런데 문인 몇 사람에 의해 대전문학관이 장악된 듯한 인상을 주고 있다는 느낌이 드는 것은 비단 필자뿐일까? 문학관 운영이 중심축에 선 몇 사람들에 의해 좌지우지되거나, 특정인 중심으로만 자료가 전시되어서는 안 된다. 문학관은 박물관이 아니다. '시립' 이라는 점을 감안한다면, 몇 문인의 자료를 전시하거나 문학사를 정리하는 사업도 중요하지만 문인들이 모두 함께 동참할 수 있는 공간이어야 한다. 또 대전 시민이라면 누구나 찾아가 문학을 향유할 수 있어야 한다.

아직은 신생문학관이라서 운영상 시행착오가 따르겠지만 이 두 가지부터 우선적으로 해결해 주었으면 하고 당부한다.

# 대전 문단의
# 화합과 상생·발전을 위한 기원

사람은 어떤 분야에서 활동하든지 모두가 공동체를 형성하면서 살아가고 있다. 누구든지 독자 생존할 수는 없다. 문인들도 사람이다. 따라서 문인 역시 다른 분야에 종사하는 이들과 마찬가지로 함께 어울려 창작 활동을 한다. 물론 작가는 경험을 바탕으로 하되, 상상력을 동원하여 있을 수 있는 가능성의 세계까지를 형상화하는 창작 활동을, 문자文字를 빌어 글로 쓰는 사람이다.

일반적으로 작가는 소재를 선택하고, 일관성 있게 조직을 한 후에 알맞은 표현 기법을 동원해 글을 쓴다. 이 때 사상과 감정을 이입시켜 적절한 주제로 담아 작품을 빚어내기 마련이다. 이러한 일련의 과정을 거쳐 완성되는 창작 행위는 극히 개인적이다. 그럼에도 불구하고 문학 작품을 창작하는 문인들은 문단을 형성하고 있다.

문단의 기능은 창작 활동을 상호 부추길 수 있는 마당을 마련하기 위한 장의 역할을 하는데 있다. 하지만 친교를 도모하고 권익을 찾는 일도 하고 있다. 또한 문학 작품을 통해 개인의 삶의 질을 제고할 수 있게 정보를 독자에게 주는 역할도 한다. 더 나아가서는 정신문화를 발전시키고 문학을 크게 융성하게 하기해서 노력도 한다. 이러한 이유 때문에 우리 대전서에서도 오래 전부터 문단이 형성되어 왔다.

그러나 문단 구성원간의 갈등이 끊임없이 제기되고 있는 것이 문제이다. 문단의 불협화음이 현실로 드러나고 있는 것이다. 십 수 년 전부터 대전문단을 선도해야 할 전국 규모의 지회 형태로 활동하고 있는 문학 단체 중 하나가 갈등 사태를 빚으면서 소용돌이 속에 휘말려 왔다. 회장단 선거 때마다 잡음이 일어났고, 승복이 되지 않는 사태가 되풀이 되었다.

이런 현상으로 인해 그동안 정관을 고쳐 장기집권을 꾀하던 한 사람의 지회장이 임기 중에 중도사퇴를 할 수밖에 없었고, 최근에는 대전문단을 걱정하는 모임이 결성되기도 했으나 단결과 화합의 길은 아직도 요원하기만 하다. 더욱 안타까운 것은 지난 해 말에는 서로의 갈등 때문인데도, 이를 회비를 납부하지 않았다는 이유를 내세워 대규모로 회원을 제명하는 사태까지 벌어졌다. 직전 지회장인 모씨는 대전문단사에 씻을 수 없는 오점을 남겼다. 이렇게 누가 문단의 주도권을 장악하느냐 하는 문제로 정치화되면서 회원은 물론 대전문단이 불행해지고 있는데도 여전히 상생과 화합의 길을 찾지 못하고 있다는 것은 참으로 불행한 일이다.

이런 사고방식으로 처신하면 문학이라는 본질이 훼손될 수밖에 없고 남는 것은 문단 황폐화뿐이다. 이 상황에 와 있기 때문에 우리 대전문단의 화합과 결속은 꼭 이루어야 할 절실한 과제이다. 먼 훗날 우리 문단의 후배들에게 부끄러운 선배 문인이 되지 않기 위해서도 크게 자각해야 한다.

지금 우리 대전문단은 과거 그 어느 때보다 가장 왕성한 문학 활동을 보이고는 있다. 따라서 문단 인구도 최고점에 달하고 있다. 그렇게 비대해진 가장 큰 이유 중의 하나가 과거 신춘문예 공모나 순수문학 잡지의 추천 제도를 통해 극히 제한적으로 배출되던 문인들이 지금은 각종 문예지의 범람으로 신인들이 양산되고 있기 때문이다. 게다가 각 문학 단체들이 발간하고 있는 동인지 형태의 잡지들이 문인을 배출하는데 혈안이 되고 있다. 이러한 문인의 양산은 문인의 질을 떨어뜨렸고, 결과적으로 작품의 질도 하락했다.

문인이라는 이름을 닭 벼슬처럼 이마에 달고 있는 이들이 작품의 창작보다는 왜곡된 문단 정치를 하면서 자기 세력을 과시하는 현상이 계속되어진다면 앞으로도 대전문단은 계속 혼탁해질 수밖에 없다. 중이 염불에는 정신이 없고 잿밥에만 마음이 가 있는 결과가 초래될 것이다.

문단에서의 문인의 위치는 정치력에 있는 것이 아니다. 개인의 창작력에 달려 있다. 가작을 생산할 수 있는 작품성에 있다. 대전문학관에 모셔진 문인 정훈, 박용래, 한성기, 권선근, 최상규를 우리가 존경하는 이유는 그들의 정치력이 아니라 작품 때문이다, 좋은 작품을 쓰면 독자에게 사랑과 존경을 받으며 문단에서의 자신의 위치도 견고해진다.

# 창작 과정에서의 표절,
# 그 문제성

지난여름 모 작가의 소설 표절 시비가 독서계를 뜨겁게 달구면서 우리를 크게 실망시켰던 적이 있었다. 그는 우리 문단에서 몇 안 되는 인기 작가로서 세계적인 명성을 얻고 있는, 유명세가 대단한 작가이다. 이 표절 사태가 지금은 언론의 화살에서 빗겨 간 듯하지만 문인들이나 독자가 받은 상처가 치유된 것은 아니다. 아직도 내홍이 계속되고 있다. 표절에 휘말린 작가는 개인적으로 일생동안 씻을 수 없는 부담을 안고 살 수 밖에 없겠지만 문단이 안고 있는 부끄러운 자화상의 일면을 보는 것 같아 가슴이 아프다.

작품에서의 표절은 학위 취득 과정에서 빚어지는 논문 베끼기와 함께 작가의 양심 부재와 도덕적 해이가 가져다주는 아픔이라 할 수 있다. 대형출판사의 호도를 받으며 그 인기 작가는 혹시라도 안주한 상태에서 독자들에게 다시 다가들려고 할지 모르지만 지난 번 파장은 그대로 끝날 수 없는, 아니 끝내서는 안 되는 중차대한 사건이었다. 신문의 신춘문예의 공모나 문예지의 추천·신인상 제도에서도 표절은 엄격하다. 표절이 발각되면 즉각 당선이 취소된다. 문단에서 도태되며 그는 치명적인 상흔을 가슴 속에 떠안고 평생을 살아야 하며 이후에는 문단을 넘볼 수도 없다.

학문이나 예술이나 마찬가지이지만 타인의 작품을 표절하는 행위는 분명하게 지적 소유권을 침범하는 도적질이다. 물건을 몰래 훔치다가 들키면 법에 의해 구속되고, 재판 과정을 거쳐 엄한 벌을 받는다. 그것은 상식이다. 그런데도 지난 번 같은 작품 표절 행위가 혹시라도 출판사의 엄호아래 관용이 베풀어지고 있지 않은가 하는 느낌을 주니 이는 있을 수 없는 일이라 할 수 있다. 독자들도 지난 번 표절 시비에 대하여 결코 용납하지 않을 것이다. 그동안 출판사는 표절 시비에 휘말린 그 소설집을 다 거두어들였지만 이 정도에서 그칠 문제가 아니다. 해당 작가는 물론 대한민국 문단에서 활동하는 작가와 시인까지도 창작에 대한 신뢰가 엷어지고, 종국에는 독자까지도 잃고 마는 엄청난 사태에 직면했었다는 사실을 우리는 기억해야 한다.

'모방은 창조의 어머니이다.' 라는 말은 있다. 그 말이 틀리지는 않다. 문학 말고도 여타 예술 창작 행위는 모방에서부터 비롯된다. 그러나 습작기에 있는 문학청년이 한 번 쯤 거쳐야 하는 학습과정으로 허용될 때는, 타인의 작품을 베낄 수 있을지 몰라도 창작이라는 이름으로 새로운 세계를 창조하는 과정에서의 표절은 절대로 허용될 수 없다. 참신한 소재를 선택해 치밀한 조직을 통한 구성과 가슴을 울릴 수 있는 의미를 담아 문자로 감동적인 표현을 해 완성되는 것이 문학 작품이다. 그 작품은, 하나의 창작물이며 세상에 나오는 순간 생명력을 가진다.

이러한 창작 과정에서 남의 것을 베끼는 일은 결코 있을 수 없다. 따라서 엄한 벌로 다스려져야 한다. 물론 작가에게 독자를 잃는 것만큼 엄청난 형벌은 없다. 하지만 그 이상의 물리적 제제도 따라야 한다. 대한민국의 수많은 작가와 시인들은 뼈를 깎는 듯한 노력으로 작품을 창작하고 있다. 독자에게 문학적 쾌락과 교훈으로서 진한 '감동'을 안겨줄 수 있는 가작을 생산하기 위해 그들은 지금도 구슬땀을 흘리고 있다. 표절 시비를 낳게 한 이 작가는, 이 수많은 작가에 대한 배신행위를 한 것이다.

지난 번 문제가 된 작가는 습작기에 사표師表가 될 만한 기성작자의 작품을 필사筆寫하면서 문학 수업 과정을 거쳤다고 한다. 그리고 그의 그런 습작 방법은 흔히 습작기에 있을 수 있는, 문체를 익히는 학습으로 허용되어 온 것도 사실이다. 그렇지만 문제가 되었던 이 작가는 전에도 표절 시비에 휘말렸었던 적이 있었다니 참 어이가 없다.

사람은 밥만 먹고 살 수 있는 존재가 아니다. 정신세계가 풍요로울 수 있어야 한다. 또한 상대를 사랑하고 배려할 수 있는 세상에서 인간적인 따뜻함이 배어있는 삶을 향유해야 진정 행복할 수 있다. 그런 뜻에서 우리는 이상향을 그리며 넉넉한 품성을 가지고, 지적으로나 정신적으로 충족하는 세계를 추구하기 위한 독서를 통해 학습한다. 그러기에 많은 독자들은 깊은 철학과 함께 예술적 감흥을 줄 수 있는 작품을 간절히 원하고 있다.

요즘은 독서의 계절이다. 이 높푸른 가을 하늘이 청명하기만 한 독서의 계절 10월에, 지난여름의 기억을 다 지우고, 독자들이 정말 신선하고 상큼한 작품을 만나 영혼이 맑아짐은 물론 문학적 감흥에 젖는 기쁨으로 몸과 맘이 충만해 질 수 있기를 빌어본다.

# 민초民草로서
# 드리는 한 마디 진언

요즈음 한창 역사교과서 국정화 문제로 정가가 시끌시끌하다. 한 치의 양보도 없이 여야가 첨예하게 대립각을 세우고 있다. 이로 인해, 해결해야 할 민생 법안은 첩첩이 쌓여 있는데 정치는 겉돌고 있다. 대통령과 여·야 대표가 모인 5자 회담을 하고도 이 문제는 출구가 보이지 않는다. 문재인 야당 대표의 대구 발언 이후 오히려 심화되고 있는 중이다. 이에 박대통령은 얼마 전 국회 시정연설에서 이 국정교과서 편찬 문제에 대해 확실하게 선을 그은 바 있다.

그러나 한 번 좌경화 된 교과서를 바로잡는 일이 그리 쉬워 보이지는 않는다. 이제는 유신 체제 속에서 공부한 세대들이나 그 후 운동권에서 성장한 이들이 정치뿐만 아니라 역사학계를 주도하고 있는 세상이 되었다. 게다가 김대중·노무현 좌파 10년 정권이 이들을 비호에 주는 바람에 역사 교과서 8종 중에 7종이 좌경화 경향을 보이고 있으며, 현재 그 교과서들이 채택되어 교육 현장에 투입되고 있다고 한다. 그러고 보면 지금까지 검인정 교과서를 인증해준 이명박·박근혜 정부의 교육부도 그 책임을 면할 길은 없다.

따라서 그만큼 역사교과서가 국정화로 가는 길은 험난해 보이기만 한다. 사고의 다양화가 학문을 하는 기본자세라는 생각이 대세를 이루고 있기 때문이다. 게다가 OECD 국가를 비롯한 세계적인 선진국들의 입장이나 사관史觀이, 역사교과서를 검인정 쪽으로 부추기고 있는 것 또한 사실이다. 그러나 우리는 지금 분단의 벽에 부딪혀 있다. 북한의 역사를 우리 역사의 일부로 보고, 다양하게 해석하며 가르쳐야 하는 것보다는 통일 대업이라는 명제가 우선이다.

만약에 북한 사관에 의해 기술된 교과서로 학습된 학생들이, 북측의 생각을 가지고 그에 공조하며 성장한다면, 국가의 장래는 불을 보듯 뻔하다. 역사에 대한 다양한 입장이나 생각, 그에 따른 학문의 다양성을 모르는 바는 아니지만 국가의 존립이 위태로워지는데도 섶을 지고 불속으로 뛰어 들어가게 할 수는 없다. 어쩌다 우리나라가 이렇게 어지러운 세상이 되었는지 참으로 걱정스럽다.

물론 현재 많은 이들이 자유 민주주의 체제 속에서 학문에 대한 다양한 견해를 요구하고는 있다. 그러나 대한민국의 신성한 교실 현장에서 '위대한 수령'을 함께 학습하게 한다니 경악할 수밖에 없다. 당시 유엔이 승인한 유일한 합법 정부인 '이승만 정부'는 태어나지 말았어야 할 정부라며 '김일성의 북한 정부'를 정당화 하겠다는 입장이 좌경화 교과서라고 한다. 좌파 정부 때 이들은 인천의 맥아더 동상을 철거해야 한다고까지 했다. 김대중 대통령은 연평해전이라는 국난 사태를 맞으면서도, 이를 수수방관하고 한일 월드컵 결승전을 관전하러 일본에 건너갔다.

이러한 좌파 성향 문제 등 지금 논의 되고 있는 여타 사실史實에 대해서는, 자유 민주 통일이 된 훗날에 냉철하게 재해석하고 의미를 다시 부여해야 한다. 주적主敵인 북한과 휴전선을 맞바라보며 대치하고 있는 이 상황에서 학생들에게 현대사를 좌파 성향의 내용이 담긴 교과서로 더 이상 가르칠 수는 없다. 그러기에 일부에서이지만 그런 사람들이라면 대한민국을 떠나 차라리 북으로 가서 살아야 한다는 주장이 나오고도 있는 것이다.

학생에게 역사를 바르게 가르쳐야 한다. 야측에서는, 여측이나 정부가 친일·독재를 미화하는 교과서를 만들려고 한다는 주장을 하고 있다. 그게 사실이라면 이도 확실하게 바로 잡아야 한다. 좌우 사관을 가진 역사학자들이 모여 진지하게 논의하고 토론하면서 양측에서 기술하고 있는 역사적 사실에 대해 오류가 있다면 과감하게 처치를 해 바로 된 역사교과서를 만들어야 한다.

역사 교과서 문제가 더 이상 정쟁으로 치달아서는 안 된다. 어떤 문제에 대한 본질을 바로 인식하지 못하고, 그저 늘 여와 야가 나뉘어 정쟁만을 일삼는 정치적 후진성을 버려야 한다. 제주 강정마을 군항 문제나, 세월호 사건 등 문제가 터질 때마다 그에 대한 인식이나 논의를 통한 합의점을 찾기 보다는 일단 피 터지게 싸우고 있다. 그런데도 장작 조희팔 사기극에 대해 정가에서는 입을 다물고 있다. 그 이유는 뭘까?

일본의 군국주의 부활, 중국의 동북 공략 정책, 미국의 일본 열도를 배수진으로 활용하는 역할 분담론이라는 전략이 점점 더 심상치 않다. 이런 상황에서 국정교과서 문제 하나도 제대로 풀지 못한다면, 어떻게 한반도가 독자 생존할 수 있겠는가? 지금이야 말로 역사적 굴욕을 불러온 전철을 밟지 않기 위해서라도 함께 지혜를 모아야 할 때이다. 가능하다면 남북이 함께…. 주변국은 호시탐탐 우리를 어렵게 하고 있는데, 외교 전략은 부재인 채, 여야가 나뉘어 싸우지 않을 싸움만 하고 있으니 걱정이다. 한심하기만 정치인들의 행태를 보며, 민초로서 한 마디를 던진다.

# 새해를 맞아 쓰는
# 희망편지

2016년 새해가 밝아왔다. 일 년을 다시 여는 이맘때쯤은 새해에 대한 기대 속에서 마음을 설레며 희망을 설계해야 할 때이다. 우리는 이 시점에서 희망 편지를 써야 한다. 그러나 새해를 맞았는데도 우리의 마음이 밝지 못하니 그게 걱정이다. 저유가 속에서의 저성장으로 세계 경제가 불투명하고, 새해 벽두에 몰아 부친 중국의 증시 폭락사태가 우리를 우울하게 한다. IS테러리즘으로 유럽은 물론 세계가 불안하다, 거기다가 국내적으로는 총선을 앞둔 정국의 혼미 속에서 이합집산하고 있는 야권의 행태, 나라를 생각하기보다 자신들의 공천을 전제로 한 속내를 감추고 이전투구를 일삼는 여야 정치인, 용납할 수 없는 핵실험을 포함해 전혀 가늠할 수 없는 남북문제, 청년고용, 새로운 일자리 창출, 노동개혁, 시장 경제의 허탈감 등 누적된 현안들이 우리 앞에 펼쳐지고 있다. 그래서 희망 편지를 쓰기가 두렵다.

역사는 전진해야 한다. 국민소득 4만 달러 시대도 어서 빨리 맞아야 한다. 그러함에도 불구하고 발목을 잡고 있는 이런 문제들이 우리를 불안하게 하고만 있다. 새해를 맞아도 희망을 말할 수 없다. 비전을 제시할 수 있는 상황이 아니다. 문득, 그 시절이 그리워진다. 까마득하지만 한마음 한 뜻으로 잘 살아보겠다는 일념만으로 '국민소득 1000달러, 수출 100억 달라'를 외치던 그때가 그립다. 가난에서 벗어나기 위해 똘똘 뭉쳐 일했고, 새마을 사업으로 녹색혁명을 일으켰던 그 시절이 그리워진다. 치산치수·전기·도로·교통 등 기간산업을 정비하면서, 제조업을 성장시켜 수출입국하면 개발도상국을 지나고, 바로 선진국 대열에 동참할 수도 있겠다는 기대 속에서 활화산처럼 일어나면서 희망편지를 썼던, 그 때가 그립다. 그러나 지금은 연간 무역 교역량이 연간 1조 달러를 넘나들고 있는데도 사회적, 경제적, 정치적 문제들은 오히려 그 당시보다 더 걱정스럽다.

이 땅에서 찢어질 듯한 가난을 물리치고 부를 창출했으며, 머지않아 복지국가로 가는 문턱에 와 있는데도 마음은 예전 그 때만 못하다. 지역·세대 간의 갈등, 계층 간의 불협화음, 게다가 절대 빈곤보다 상대적 박탈감 등으로 상처를 입는 사람이 많은데도 치유할 수 없는 지경에 까지 와 있다. 좋은 주택에 고급 승용차를 몰면서 명품 가방을 폼 나게 들고 다니는데도 늘 허기를 느끼고 있으니 그게 또한 걱정이다.

게다가 우리가 안고 있는 더 큰 문제가 또 있다. 남북이 대치되고 있는 중에서도 종북 좌파가 활개 치고 있는 이 상황, 그런데도 이를 제지할 수 없는 아이러니한 사태, 대통령 알기를 제 동네 통반장이나 초·중등학교 줄반장만도 못하게 여기는 존경심의 부재 현상, 동서 분할도 모자라 야野 핵심 지역까지도 갉아먹겠다는 식의 신新패권주의 등장, 1억원에 가까운 연봉을 받고 있는 귀족 노조의 불법 투쟁, 참교육을 하겠다던 전교조의 좌파성향 극한투쟁, 개천에서 용이 나서는 안 된다는 식의 사법시험 폐지 문제, 가진 자들의 기득권 과시 등 헤아릴 수 없는 현안들이 우리의 발목을 잡고 있다. 그러나 우리는 여기서 멈춰서는 안 된다. 재도약을 해야 한다. 선진국의 반열에 당당하게 들어서야 한다. 주저앉아서는 안 된다. 한반도는 '패시지 스테이션(passage station)'이라는 지정학적 위치로 인해 예나 지금이나 강대국의 영향력 속에 살 수밖에 없는 형편이다. 때문에 우리는 당차게 기를 펴고 화려하게 산 기억을 별로 많이 가지고 있질 못하다. 지금도 우리는 분단 상황에서 스스로, 남북문제를 해결할 수 있는 입장이 아니다. 주변국에 의존할 수밖에 없는 형편이다. 그렇게 어려운 중에도 제 정신을 차리지 못하고, 여전히 좌충우돌하며 그릇된 전철을 다시 밟으려 하고 있는 이들이 적지 않다. 그중에서도 특히 노동계와 3류 정치인들이 걱정이다. 이러다가는 지금까지 쌓아놓은 모든 것이 물거품이 될 판이다.

우리는 다시 일어서야 한다. 이 어려운 형편 속에서도 1인당 국민소득 4만 달러를 위한 희망 편지를 써야 한다. 좌절해서는 안 된다. 새해를 맞는 이 시점에서 계층 간의 갈등을 해소하고 국민이 화합하도록 희망 편지를 써야 한다. 어려운 형편을 극복하기 위해서는 자신의 입신 양명을 위한 정치보다는 국익을 위한 정치철학을 펼칠 수 있게 해야 한다. 아니, 국민 위에서 군림하지 말고 봉사하고 헌신하는 지도자가 될 수 있도록 채찍을 들어가면서라도 희망편지를 써야 한다. 북을 설득하고, 서로 화합하여 통일의 길을 앞당길 수 있도록 해야 한다. 새해를 맞아 한마음으로 통일의 그날, 선진 복지국가의 그날을 위해 우리 모두 함께 희망 편지를 쓰자.

# 종편방송에 바란다

종편방송국이 개국해 방송을 시작을 한지 벌써 여러 해가 되었다. 지난 2009년 '신문사가 방송사를 함께 가질 수 있도록' 한 방송법 개정이 국회를 통과한 이후 이명박 정부의 전폭적인 지원 아래, 2011년 12월에 첫 방송을 시작했으니 말이다. 그러나 신문이라는 저널리즘과 TV 채널이라는 미디어를 송두리째 장악한다는 점에서, 시작부터 특혜 논란에 휩싸여 온 것 또한 사실이었다.

그보다 더 큰 문제는 방송국 개국 이후, 종편 채널을 돌리다보면 금방이라도 세상이 무너지는 듯한 느낌이 든다는 점이다. 같은 사건인데도 전혀 관점을 달리해 방송을 진행하기 때문에 시청자는 종편 방송에 채널을 맞출 때마다 늘 긴장을 할 수밖에 없다. 물론 다른 한 편으론 뭔가 숨통이 트일 것 같은 시사적 논평에 고무될 때도 있다. 그동안 탁월한 진행 방법을 구사하는 사회자, 해박한 지식과 정보를 가지고 있는 전문가들의 논의와 토론은 시청자를 혹하게 해왔다. 그래서 필자를 비롯한 일부 시청자들은, 하루에 수 시간동안 종편 채널에 고정시키고 시청을 하고 있는 것 또한 사실이다.

이점은 종편방송의 공功이라 할 수 있다. 그런 차원에서 보면 종편 방송은, 분명 언론문화 창달에 기여해온 셈이다. 우선 지상파 공영 TV 수준에서 벗어나 시청자들에게 다양한 채널권을 확보하게 해주었고, 기발한 프로그램의 다양한 편성으로 유익한 정보와 재미를 주어왔기 때문이다. 특히 종편 방송은 시사프로그람 말고도 흥미 위주의 연예가 소식이나 의학정보, 또 쉐이프의 다양한 레시피로 시청자들의 채널을 고정시키게 하고도 있다.

그러나 사실은, 따지고 보면 이런 데는 속사정이 있다 한다. 바로 시청률이다. 국민의 알 권리를 부르짖지만 3~4%대인 시청률을 조금이라도 더 높여 광고주를 영입하려는 의도를 배제할 수 없다는 것이다. 적자 전환을 위해 쇼킹한 프로그람이 편성되고 있다 하니 안타깝다. 방송도 사업이니 이를 피할 수는 없다. 그러나 방송의 본질에 충실 하는 것이 미디어 매체의 생명력이다. 금방 무너지는 것 같은데 지나고 보면 아무렇지도 않고, 책임을 져야 할 발언인데 그냥 유야무야인 경우가 있으니 그게 문제이다. 그런 탓인지 젊은, 그 중에도 좌편향의 시청자들이 외면을 한단다.

종편방송에서 이러한 사례는 흔한 편이다. 시시각각으로 터지는 뉴스와 새로운 정보를 전하기 위해 사운社運을 거는 듯한 무한 경쟁이 펼쳐진다. 이는 다른 지상파 방송 매체와 다를 바 없다. 그러함에도 지나치다 싶은 쪽이 역시 종편 방송이다. 그동안 시청자들은 놀란 가슴을 매만진 적이 한 두 번이 아니다. 시시때때로의 정치 현안은 물론, 신정아 파문, 채모 검사장의 혼외자 문제, 세월호 사건, 성모 회장의 자살

파문, 메르스 사태, 연평도 폭격, 목함 지뢰 사건, 북 핵실험, 최근 그때마다 시청자들은, 종편 TV 앞에서 눈을 떼지 않았고, 충격적인 정보를 수용하기도 했고 북측의 미사일 발사까지 우리의 눈길을 끌게 했던 종편 방송 프로들은 헤아릴 수없이 많았다. 그러나 도를 넘은 편성에 불안과 초조의 연속선상에 있었던 것도 사실이다. 물론 종편 방송의 영향으로 인해 커다란 미제사건의 실마리를 잡는 듯한 적도 있었다. 그러나 그 때마다 폭로와 고발들이 난무하는 바람에 황당할 때가 많았다. 더러는 도를 넘는 듯한 단정적 발언으로 문제의 심각성을 배가시킬 때도 있다.

더욱 문제가 되는 것은 사건의 유형에 따라 전문가를 초빙하여 심도 있게 진단하고, 해결 방법을 제시했어야 함에도, 더러는 비전문가를 테이블에 앉혀 놓고 발언을 하게 해 당황스러운 적도 있었다. 게다가 같은 얼굴들이 이 방송사 저 방송사의 화면에 겹치기 출연을 하면서 비슷한 말을 되풀이함으로써 시청자를 식상하게 하고 있다는 점 또한 지양되어야 하겠다. 또한 사적인 인물의 '비하인드 스토리'를 미주알고주알 파헤치거나 흥미 위주로 연출되는 듯한 탈북자들의 발언, 연예인의 사생활에 대한 가십성 폭로전은 늘 아슬아슬하기만 하다. 얼굴이 화끈거려지는 이야기들이 걸러지지 않은 채 방영되어 오히려 TV 앞에 앉아 있는 시청자의 얼굴이 붉어지는 때도 있다.

이제 종편 방송은 기존 틀에서 벗어나 새로운 방향으로 편성되었으면 한다. 시청률을 확보하기 위한 자구책이 따로 있는 것이 아니다. 공익성을 확보하면서 신뢰를 주는 방송으로서, 시청자들의 의식이나 수준보다 몇 수는 위에 있는 전문가들을 초청해 사건을 진단하고 그 사건을 해결할 수 있는 실마리를 확실히 풀도록 하면 된다. 지나친 오락성이나 폭로에서 벗어나 진실을 추구하는 방송 편성은, 새로운 정보를 주면서도 자연스럽게 시청률을 높일 수 있지 않을까 한다.

# 독자는,
# 감동 받을 수 있는 문학작품을 기다린다

　문학의 장르 즉, 갈래는 서정, 서사, 극 세 유형이다. 이 전통적인 갈래에서 다시 수필이라는 글의 유형을 더해 문학의 상위 장르는 일반적으로 네 유형으로 나눈다. 이 네 갈래의 글 유형은 같은 문학적인 글이지만 성격을 전혀 달리하고 있다. 보통 서정을 짧은글 문학 형식의 운율과 상징성을 중히 여기는 시詩로, 서사를 글의 조직에 방점을 두어 스토리가 분명하게 드러나도록 집필하는 소설小說로, 극을 지문과 대사로 구분해 작성되어 연극 공연을 할 수 있는 회곡戲曲으로 칭하고도 있으며, 수필은 에세이와 칼럼으로 구분된다.

　이 상위 장르의 유형에서 시는, 다시 자유시 · 정형시 · 동시 · 동요 · 시조 · 산문시 · 민조시 등 하위 장르로 분화하고 있다. 소설은, 길이나 구성에 따라 단편 · 중편 · 장편 · 대하소설로 분화하기도 하고, 독자 대상에 따라 유년동화 · 동화 · 소년소설 · 청소년소설 그리고 성인을 대상으로 한 일반소설로 분화하기도 한다. 같은 맥락에서 극도 연극대본 · 시나리오 · 방송대본 · 아동극 등으로 구분하며, 수필은 에세이나 칼럼뿐만 아니라 기행 수필이 있고, 동수필 또는 성장기의 학습자를 대상으로 한 글쓰기 바탕이 되는 습작과정에서는 '생활문'이라는 이름으로 작성되기도 한다.

필자가 새삼스럽게 문학의 갈래를 들고 나오는 데는 이유가 있다. 다른 것은 아니지만 그동안 오래도록 글쓰기에서 장르에 대해 분명한 경계가 있었다. 작가와 시인은 자기 장르에 대한 자존감이 강했을 뿐만 아니라 상대방의 장르에 범접하지 않으려 했다. 그중에 황순원 소설가 같은 분은 일생을 소설과 시로만 일관했고, 평생 동안 그 외의 잡글(?)을 쓰지 않은 문인으로 널리 알려져 있다. 그만큼 장르의 벽은 엄격했다. 그러나 요즈음에는 장르에 대한 경계가 허물어지고 있다.

시인이 소설을 쓰고, 소설가가 시를 쓴다. 전통적인 등단 절차를 거쳐 평론가가 되는 것이 일반적이지만 요즈음엔 시인이 시를 평하고, 소설가가 소설을 평하기도 한다. 같은 맥락에서 수필은 수필가가 평을 한다. 이론적인 골격이나 자로 재는 듯한 기준, 또는 문학사조를 염두에 두고 하는 작품 평보다는 같은 글을 쓰는 작가나 시인이, 해당 작품을 보는 눈이 더 예리하고 분명하며 피부에 닿는 평을 할 수 있다는 것이다. 또 어느 장르에 속한 문인이라도 수필집 한두 권은 가지고 있을 정도이며, 시인이 쓰는 동화, 동화작가가 쓴 소설, 거기다가 수필가가 중수필이라는 이름으로 쓴 수필은 평론보다 더 오히려 평론답기도 하다.

'현대'라는 이름의 세태가 모든 분야에서 무한 도전을 하도록 인간을 달구고 있고, 멀티미디어적 능력을 요구하고 있다. 문학을 평생 업으로 하는 문인들 사이에서도 이제는 그만큼 장르파괴가 일상화되고 있는 실정이다. 게다가 독자는, 문학의 전숲 장르에 걸쳐 서사문학이냐, 서정문학이냐, 극문학 거기다가 에세이 문학이냐에 크게 마음을 쓰지는 않는다. 다만 깊은 감동 받을 수 있는 문학 작품을 원할 뿐이다.

글을 쓰는 일은 고독한 작업이다. 그리고 뼈를 깎는 듯한 노력이 수반된다. 체험을 바탕으로 하되 상상력을 동원하고, 그 내면에 인간의 의미 있는 삶과 철학을 담아내야 비로소 완성되는 것이 문학 작품이다. 이 작품을 통해 재미와 함께 깊은 감동을 받을 수 있고, 정서를 순기능적으로 촉발시킬 수 있는 경지에 이르는데, 독자 입장에서 보면 어찌 문학의 장르가 따로 있을 수가 있으랴! 어떤 그릇에 담겨져 독자를 만나냐 하는 것은, 전적으로 그 작품을 창작하는 시인·작가의 문학적 역량에 달려 있다. 그러나 그건 독자의 몫은 아니고 작가·시인의 몫이다. 다만 필자는, 글을 쓰는 사람으로서 독자들의 정신세계를 충족시켜주고, 쾌락을 더해 주며, 가치를 내면화 시키면서도 정서를 안정시킬 수 있는 작품들 드라이하기만 한 이 시대에 많이 창작되기를 바랄 뿐이다.

영상문화에 익숙한 현대인들이 문학 작품을 읽으려고 하는 태도가 예전에 비해 못한 것은 사실이다. 그럴수록 독자에게 특히, 성장기에 있는 유·소년과 청년들에게 무한한 상상력을 키우고, 따뜻한 인성을 형성시킬 수 있는, 또한 그 속에 담겨진 진정한 진리와 정신적 쾌락을 향유할 수 있게 하는 작품이, 장르를 가리지 말고 많이 나와야 한다. 영상문화에 빠져있다 하지만 독자는, 감동 받을 수 있는 문학작품을 기다린다. 오늘따라 필자는 유·소년 그리고 청소년들의 영혼을 살찌우게 하는데 기여할 수 있는 걸출한 문학 작품을 만나고 싶다.

# 칭찬 운동의 확산

대전광역시는 현재 매주 월요일을 '칭찬의 날'로 정하여 시민에게 캠페인을 전개하고 있다. 상호 칭찬을 통하여 개인적으로 서로의 삶을 추켜 세워주고 나아가서는 밝은 사회를 건설하기 위한 시민운동으로 확산시키려는 노력의 일환이라 하겠다. 그러나 대전 시민이 이 칭찬 운동에 얼마나 참여하며 호응을 하고 있는지 아직은 알 수도 없고, 그 결과 또한 미미한 형편이다. 실제로도 그 효과가 가시적으로 들어나고 있지는 못하다.

칭찬은 '고래도 춤을 추게 한다'는 말이 있다. 칭찬만큼 행동을 긍정적으로 부양시켜주고 삶을 풍성하게 해주는 것도 없다. 내적 동기유발을 하게 해 무한한 가능성의 세계로 내달릴 수 있는 기점이 되는 것이 칭찬이다. 칭찬은 한 마디로 우리 인간에게 돈이 안 드는 보약이다. 그런데 이 칭찬은 사람에게만 유효한 것이 아니라고 한다. 칭찬을 듣고 자란 꽃은 더 예쁜 꽃을 피운다고 한다. 칭찬을 받은 소는 양질의 우유를 생산하고, 칭찬을 받은 밥은 꾸중을 들은 밥보다 예쁜 곰팡이를 피우면서 더디게 썩고, 칭찬 받은 물은 육각수 상태를 계속 유지한다고 한다. 이 모두가 다 검증이 된 결과이다. 언론 매체에서도 이미 소개된 바 있다. 그만큼 칭찬은 목숨이 붙어 있는 동식물은 물론 무생물에게까지 긍정적 변화를 일으키게 하는 촉매제이다.

그 중에서도 칭찬은 우리 사람들에게 특효약이다. 메슬로우의 학설에 의하면 우리 인간에게는 서로 인정하고 사랑을 받고 싶어 하는 강한 욕구가 있다. 서로 인정받고 인정하며 사랑하고픈 욕구의 시작은 상호간 한 마디의 칭찬으로부터 비롯된다. 사람을 바람직한 방향으로 변화시키는 것이 교육이라면 이 교육 역시 칭찬으로부터 시작된다 하겠다. 그러나 우리들은 살아가면서 칭찬보다는 꾸중이나 질책이 앞선다. 엄하게 훈육하고 체벌을 가하는 등 강한 자극을 주어야 교육의 효과가 있다고 착각하는 사람들이 많은 편이다. 하지만 정작 사람들의 행동을 변하게 하는 것은 질책보다 칭찬이 열배, 아니 스무 배 더 효과가 있다.

세계적으로 우뚝 선 위인들의 삶을 들여다보면 그들의 유년 시절에 들었던 한 마디의 칭찬으로 인해 전환적인 진로를 모색하는 계기가 되었음을 알 수 있다. 그러함에도 불구하고 칭찬보다 질책이 앞서는 것은 왤까? 상대에 대한 기대수준이 높기 때문이다. 어린 손·자녀에게 또 어린 제자에게 눈높이를 맞추고 그들이 하고 있는 행동이나 가지고 있는 재주가 어떤 것인지 또 타고 난 천재는 무엇인지를 자세히 살펴보면서 그들이 자신감을 가질 수 있도록 아낌없는 칭찬을 주는 일이 우리가 할 일이다. 이 칭찬은 비단 어린이에게만 유효한 것은 아니다. 어른들에게도 칭찬은 특효약이다.

그런데 이 칭찬운동이 바로 우리 대전에서부터 비롯되고 있음을 아는 이는 드물 것이다. 대전효교육지도원은 직접 양파 실험을 하고 칭찬 받은 양파의 발아나 성장 속도가 꾸중을 들은 양파에 비해 어떻게 다른가를 검증해내어 그 결과를 토대로 해서 교육부에서 칭찬 인증서를 받아 왔다. 또한 '현대의 효는 칭찬이다.' 라는 캐치프레이즈를 내걸고 있는 중이다. 전국적으로도 유일무이한 칭찬운동이다. 바로 대전시에서 매주 월요일을 칭찬의 날로 정한 것도 대전효교육지도원의 이와 같은 기여와 무관하지 않다. 이 칭찬운동이 전국적으로 확산되기를 바란다.

지금 대전효교육지도원에서는 칭찬지도사를 양성하는 지도자를 기르는 일을 수행하고 있다. 또한 한일 양국이 협력하기 위하여 일본칭찬달인협회 니시무라 다카요시 회장을 초청해 칭찬문화협력협약도 맺었다. 그리고 이번 방학에는 이 칭찬 운동을 교육 현장에 뿌리를 박게 하기 위하여 교육청의 인가를 얻어 대전, 충남 등 전국 유·초·중·고등학교 교원을 대상으로 연수를 실시하도록 계획도 되어 있다.

세상이 현대화되면서 점점 인간의 본모습이 점점 더 사라져 가고 있다. 인간성 상실로 인하여 순수하고 아름다운 마음과 착하고 올곧은 인성이 메말라가고 있는 이 시점에서 서로가 서로를 인정해주고 칭찬을 해야 할 필요가 더욱 요구되고 있다. 남이 잘하는 일에 시기를 하거나 배 아파하지 말고 아낌없이 칭찬을 함으로써 밝고 건전한 사회가 될 수 있도록 노력해야 하겠다. 대전에서부터 시작된 이 칭찬운동이 전 사회적, 국가적으로 확산되기를 기대해본다.

# 연금 수혜자에 대한
# 여론재판

　해마다 정부가 신년도 예산을 세우기 위한 작업이 개시되고, 연금제도 개선에 대해 심도 있게 논의될 때마다 여론의 화살을 맞는 이들이 있다. 바로 공무원과 군인 연금 수혜자들이다. 그들은 일생을 국민의 공복으로서 자기를 희생하며 살아온 이들이다. 33년 동안 부담금을 꼬박꼬박 낸 후에 퇴직하고 나서 그것도 이제는 연금법이 바뀌어 수년을 기다리다가 연금을 받는 이도 있다. 그런데 올해 역시 그들이 받는 연금은 여전히 여론의 초점이 되고 있다.

　공무원이나 군인, 교사는 법으로 겸직이 금지 되어 있고, 오르지 맡은 바 임무만을 천직으로 알며 성실히 수행하면서 일생을 박봉으로 살아온 이들이다. 지금은 덜하지만 연금제도가 처음 시작되던 1960년대 초에는 말할 것도 없고, 그 후 상당기간을 그들은 참으로 가난해야 했다. 정부에서는 대기업 회사원의 60% 수준도 훨씬 못 미치는 박봉 상황에서 어떻게 하면 복리 후생비를 지원하고 자녀들을 교육시킬 수 있겠는가를 골똘히 생각하면서, 국가를 위해 헌신하는 공복들이 사기를 진작할 수는 방안에 대하여 고민을 해왔다. 그래서 선진국에 비해 늦게나마 만든 것이 연금제도이다.

우리나라가 한창 근대화의 기치를 내걸고 경제 성장이 급속도로 될 때는 쳐다보지도 않던 것이 공무원이나 군인이었다. 실제로 교직에 있던 교사 몇 사람은 박봉에 시달리는 것보다 차라리 건설 현장에서 한 몫을 잡아야겠다고 뛰쳐나간 사례도 있다. 그러다가 어느 날인가부터 성장이 멈추고, IMF가 찾아 왔다. 국민 소득은 자꾸 높아지지만, 일단 상향된 국민 생활수준에는 미치지 못하는 월봉이나 연봉에 만족할 수 없는 상황에서 할일 없으면 "면서기나 시키지" 할 일 없으면 "선생질이나 하지" 하던 그 공무원과 교원이라는 직업이 갑자기 하늘의 별이 되었다. 거기다가 그들이 받는 연금수혜까지가 더해져, 해마다 이때만 되면 교원을 포함한 공무원과 군인은 마치 죄인이 된 것처럼 여론의 포커스에 눌려 몸이 움츠러든다. 헌신과 봉사로서 일신을 불태운 죄밖에 없는데 이런 눈총을 받는다는 것은 참으로 아이러니컬하다.

물론 이렇게 여론이 이는 데는 이유가 있다. 첫째로 그들의 연금 손실금을 보전해주기 위해서 국민의 혈세가 낭비된다는 것이다. 둘째로 국민연금에 비해 많은 돈을 받는다는 것이다. 물론 연금법에 의해 국가로부터 일정액의 보전을 받는 것은 사실이다. 그러나 그것이 국민연금에 비해 연금 부담 액수 가 많고, 불입 기간이 길다는 사실과 겸직을 엄격히 금한 데 대한 보상(?)이라는 것에 대해서는 누구도 입을 열지 않는다. "불입 기간이 길고, 또 일반 국민들이 매달 내는 국민연금은 월평균 10만 원이지만 공무원연금은 30만 원인데 비해 월평균 국민연금 지급액은 84만 원, 공무원연금 지급액은 202만 원으로 상대적으로는 오히려 적은 실정" 이라고 공무원 노조 관계자가 밝히고 있지만, 여론은 군인이나 공무원·교사들이 일반 회사원에 비해 퇴직연금이나 퇴직금이 전무하다는 사실도 말하지 않는다. 회사원은 퇴직 시에 직위나 근무 기간에 비례해서 2억 내지 10억을 받는다고 한다. 하지만 공무원과 군인은 이런 제도가 없으니 퇴직 시에 그런 수혜를 누릴 수가 없다.

그보다 더 분명하게 알려야 할 사실에 대해서도 여론은 입을 꼭 다물고 있다. 그동안 정부의 연기금 운용에 관한 사항이다. 군인과 공무원들 한 사람 한 사람이 부담한 소중한 돈을 '조자룡이 큰칼을 쓰듯이' 운용했다는 사실이다. 일테면 회복할 수도 없는 주식 시장에 연기금을 덜어내다가 투자해 다 날렸고, 어떤 정부에서는 연기금을 '자기 주머니 돈' 쓰듯이 유용했다는 소문이 파다할 정도로 연기금 운용을 소홀히 해왔다. 그에 대한 책임은 누구에게 있는가? 마땅히 정부가 져야 한다. 이 어려운 상황에서 '국민의 혈세를 공무원 연금에 쏟아 붓는다.' 는 말은 공무원 연금수혜자들에게도 부담스럽다. 그러나 잘만 운용했으면 흑자를 내어 세금에 손대는 걸 최소화 할 수 있는 길은 분명히 있었다. 그런 사례를 든다면, 같은 연금이라는 맥락에서 운용되는 사립학교의 사학연금은 손실금이 거의 없었다는 사실이다.

각설하고 현재 몸살을 앓고는 있지만 공무원 연금과 군인 연금제도는 기초연금과 국민연금과 함께 대한민국 4대 연금제도로 분명하게 자리를 잡아가야 한다. 그 과정에서 야기되는 군인·공무원 연금제도가 정착하기 위해서는 조금은 더 공감대가 형성되어야 할 것으로 예상된다. 그러나 현재 시행되는 공무원·군인의 연금 때문에 그들이 더 이

상 이웃의 눈총이나 여론의 화살을 받는 것은 부담스런 일이다. 우리
는 국민 혈세도 줄이고, 노후 생활도 안정될 수 있는 연금제도를 바란
다. 하지만 공무원이나 군인 역시 '나는 떳떳한 국민의 공복이었다.' 라
고 말하며 자신의 연금에 대해 자긍심을 느끼게 하는 분위기도 창출되
어야 한다.

# 그는
# 세상 밖으로 나와야 한다

세월호 참사가 일어난 지 두 달을 넘어 이제는 석 달째 접어들고 있다. 국민들은 그동안 세월호 조난 때문에 참담한 세월을 보냈다. 처음에는 채 피어나보지도 못하고 세상을 떠난 젊은 영혼들이 가엾고 안쓰러웠다. 내 자식을 잃는 것 같은 슬픔에 싸여 가슴을 저미는 심정으로 말도 크게 못하고, 웃음도 잃은 채 한동안을 지내며 그들의 명복을 빌었다.

그러나 이제 세월호 참사는 우리에게 슬픔 못지않은 커다란 분노를 느끼게 한다. 세월호 참사를 수습하는 일련의 과정을 바라보며 이 분노는 풀 수 없는 우리 사회의 난맥상을 드러내며 의혹으로 바뀌었다. 또한 조난당한 이들을 애도하며 하루라도 빨리 사고를 수습해야 하는 이 마당에서, 세월호의 실질적인 소유주로 지목되고 있는 유병언의 도피 행각을 바라보면서 국민은 그를 어떻게라도 찾아내 응징해야 한다고 외치고 있다.

유병언은 도의적인 책임이 있다면 얼른 나와 사죄를 하고, 법적인 책임이 있다면 응당 벌을 받아야 하는 것이 상식이고 도리이다. 그러나 그는 여전히 도피만 하고 있다. 당국에서는 5억의 현상금을 내걸고 있지만 의문의 잠적은 아직도 계속되고 있다.

그의 도피를 돕고 있는 구원파 신도들의 교란 작전이 계속되고 있고, 게다가 그동안 검경의 이해할 수 없는 수사과정은 국민들을 여전히 납득시키지 못하고 있다. 초기에 해경들이 대처했던 모습이나 조난 구조 상황도 이해할 수 없었다. 지금 국민들 사이에는 유병언을 못잡는 것이 아니라 아예 처음부터 안 잡고 있고, 도처에서 그의 도피를 돕고 있기에 이런 상황에 이르렀다고들 수군거리고 있다. 경찰이고, 검찰이고, 관료고, 국회에서까지 그 내부에 협조자가 있어 내통이 되고 있다는 말들이 공공연하게 떠돌고 있다. 누구는 이미 제3국으로 밀항에 성공을 했다고 단정 짓기도 한다.

대한민국은 근대화 되는 과정에서 압축 성장을 한 나라이다. 과학 물질문명의 발달과정과 함께 지금은 첨단 기술면에서 정보화 사회로 가속을 받으며 내달리고 있지만 그동안 우여곡절과 함께 내홍을 겪었던 것도 숨길 수 없는 사실이다. 그 중에는 구한말을 전후한 기독교의 전파가 근대화에 끼친 실과 득도 있었다. 그 사이에 더러는 사이비 종교가 판을 치기도 했다. 이웃나라에게 35년 간 국권을 찬탈당하는 상처도 입었었고, 6 · 25라는 동족상쟁의 한국전쟁을 겪기도 했다. 좌우 대립과 운동권의 민주화 운동이나 정치적인 상황이 시시각각 변하는 사태를 맞기도 했지만 다행히 경제적으로는 기적적으로 선진국의 문턱에까지 올 수 있었다.

그러나 그 틈을 용하게도 비집고 '얼렁뚱땅' 하는 이들이 판을 치는 세상이 허용된 것은 또한 사실이다. 권모술수를 잘 부리는 사람이, 돈과 백그라운드가 있는 사람이, 사이비 교주가 비정상적인 방법으로 득세를 하며 실세가 되어 더러는 세상을 휘둘러 온 것도 부인할 수 없다. 과학기술과 경제 발달로 부가 축적되는데 정신적인 가치관은 그에 따르지 못하고 혼돈을 거듭해왔기 때문이다. 전통적인 도덕률이나 인간의 본 모습도 상실되었다. 바로 유병언과 같은 사람이 대표적이다.

지금 국회에서는 세월호 사태에 대한 국정 조사를 시작한다면서도 마음은 7·30 재보선에 가 있다고 한다. 조난당한 유가족의 마음을 보듬고, 근본적으로 세월호 사태를 파헤쳐 유족이 당한 상처를 치유하기보다는 자기 쪽에 튀길 불똥을 염려하고 있는 듯하다. 그동안 유병언의 검은 돈이 정치권으로까지는 흘러들어가지 않았기를 바라고 있지만 웬일인지 여나 야가 모두 꿀 먹은 벙어리가 됐다.

지금 야당 내부에서 세월호 참사 수습과정에서 정부가 무능력·무책임을 보여주는 바람에 6·4지방선거에서 절반의 승리를 거머쥐었다면서 말로는 변화된 모습을 국민에게 보여줘야 한다고 말하고 있다. 물론 여당은 여당대로 세월호 사태 해결이나 재보선 선거 대책을 짜 내고 있을 것이다. 그러나 국민들은 지금 국회나 검경과 관료들을 여전히 의혹의 눈으로 바라보고 있다. 지금이라도 세월호 조난 사건이, 그리고 그 배후가 분명하게 밝혀져야 한다. 유병언은 잠적을 그만 끝내고, 세상 밖으로 나와 유가족은 물론 모든 국민들에게 사죄를 해야 하며 마땅히 책임도 져야 한다. 혹시라도 그와 연루된 비호·배후 세력이 있다면 그들 역시 백일하에 밝혀져야 한다. 그게 대한민국이 정상화로 가는 길이며, 국민의 뜻이다.

# 나는
# 선진국민이 되고 싶다

정부는 얼마 전 하강곡선을 긋고 있는 메르스 사태에 대해 이제는 한 풀 꺾였다고 안심하라는 대국민 담화를 발표하려던 결정을 유보했었다. 그동안 제2차 감염, 제3차 감염으로 국민들을 내내 걱정스럽게 하더니 감염 경로가 확실하지 않는 발병으로 인해 다시 곤혹스러워 진다고 했다. 게다가 의료진의 확진자가 끊이지 않고 있더니 며칠 전엔 간호사 두 명이 다시 발병해 이 또한 걱정이다. 다행이 요즈음 들어 일반 새 환자는 발생되지 않아 그나마 다행이다.

필자는 이 사태를 바라보면서 안타까운 마음을 금할 수 없다. 당국의 초기 메르스 대응 실패가 감염 확산이라는 큰 소용돌이를 몰고 왔음은 국민 모두가 알고 있다. 누가 보아도 정부쪽의 책임이 크다. 그래서 박 대통령의 지지율도 20%대로 곤두박질쳤었다. 그보다도 문제는 당국의 메르스에 대한 인식 부족 또는 감염을 축소 은폐하려는 몇 사람의 모자란 생각 때문에 우리나라가 의료 후진국으로 전락해버렸다는 사실이다. 하지만 그동안 메르스에 대처했든 국민의 태도도 걱정스럽기는 마찬가지였다. 정보를 주지 않은 정부의 책임이 크지만, 발병한 상태에서 이 병원 저 병원 의료쇼핑을 다닌 환자의 진료과정은 물론이고, 격리자로 지정된 상태에서 골프를 치러 가는 등 시민의식 부재가 우리를 어렵게 했었다.

우리나라는 해방 이후 70년 만에 기적을 이루었다. 일제하에서 독립하자마자 동족상쟁이라는 전쟁을 겪는 참혹함과 갖은 악조건 속에서도 지도자를 중심으로 꿈을 키우면서 비전 있는 국가로 성장했다. 그 결과 이제는 마침내 세계 10위권을 넘나드는 경제대국으로 성장했다. 배고픔과 헐벗은 상태에서 분연히 일어나 개발도상국이라는 이름으로 밤낮없이 일했고, 교육입국이라 이름이 붙여질 만큼의 교육열로 인하여 무지에서 벗어났으며, 절약과 저축으로 허리띠를 졸라맨 인고의 세월을 보냈다.

그런 노력으로 단군 이래 최대의 국부國富를 축적했다. 하지만 년 소득 3만 불을 바라보고 있는 지금도 아직까지 선진국에 진입하고 있다는 말을 듣지 못하고 있다. '나는 선진국민이다.'라고 외치고 싶은데 세계 어느 나라도 그걸 인정하지 않는다. 뿐만이 아니다. 스스로 생각해 보아도 아직 선진국민이라 자부하기에는 좀 찜찜하다. 걸리는 게 너무 많이 있다. 압축 성장을 하는 바람에 과학이나 기술 그리고 경제는 좀 나아져 아프리카나 동남아 일부 국가, 그리고 (구)소련에서 독립된 나라들 앞에서 우쭐거릴 수 있는지는 몰라도 선진국과는 비교가 되지 못할 만큼 국민수준이 한참이나 모자란다.

길거리에는 아직도 담배공초와 쓰레기가 널려 있고, 경기장 질서나 교통문화도 한참이나 뒤지고 있다. 자연을 보호하여 후손에게 온전하게 물려주려는 시민의식도 모자란다. 어떤 행사를 할 때 이벤트성으로 '우리 이렇게 하자.' 하고 외치면 신바람 난 듯이 참여 하며, 마치 일등국민 인체 하지만 평상으로 돌아가면 그냥 도루묵이다. 국토 개발이 준 불로소득, 부동산 투기, 부당이득의 창출, 개천에서 용이 난 듯한 입신출세 등으로 어느 날 졸부가 되었고, 자기 입지가 확실해졌는데 그가 가지고 있는 가치관이나 도덕성은 한걸음도 진보하지 못했다. 그런 상황에서 세월호 사건과 같은 참담한 일들이 끊이지 않고 일어났던 것이다.

정치계를 보면 더욱 후진성이 드러난다. 성완종 전 경남기업 회장과 같이 자기실현(?)이 활개를 치게 빌미를 주는 정치 행태, 초대정부 때부터의 정경 유착, 대통령 친족들의 정치 개입, 남북대치 속에서 통일이라는 미명아래 활개를 치는 종북 좌파들. 인터넷 문화와 함께 파생된 막말 파동, 집단 이기주의, 노사 갈등, 세월호 사건과 관련된 유병언의 의문사疑問死 등 그 예를 들면 한이 없다. 겉으로는 서로들 잘난 체하고 떠들지만 일등 선진 시민은커녕 후진성으로 치면 여전히 꼴찌 수준이다.

우리는 선진 국민이 되어야 한다. 이제 조만간 메르스의 공포는 사라지겠지만 메르스가 문제가 아니다. 그 뒤에 숨어 있는 후진적 현상들이 문제이다. 경제가 좀 나아져 등 따습다 큰소리 칠 만큼 되었다고 해서 선진국민이 되는 것은 결코 아니다. 메르스와 같은 역병이 와도 이를 슬기롭게 대처해 물리칠 수 있는 수준에 와 있어야 한다. 문화와 예술을 사랑할 줄 알고, 상대를 존중하며 예의를 지킬 수 있어야 한다. 스마트 폰이나 컴퓨터 오락게임에 지나치게 매달리지 않으며, 독서의 일상화로 미래를 펼쳐나갈 수 있게 창의력을 키우고, 남을 배려할 줄 아는 따뜻한 인성을 가질 수 있어야 한다. 그래야 비로소 우리는 선진국민이 될 수 있다.

# 내 자신을 명품화하라

'80년대 초부터였던가? '70년대의 경제 개발 효과가 확실하게 성과로 나타나자, 우리나라는 여기저기에서 졸부가 출현한다. 바로 부동산 투기, 제조업 성장, 수출입 증대, 건축 경기 부양 등 개발도상국에서 흔히 일어날 수 있는 호재들이 연이어 나타나면서 그들로서는 예상하지 못한 경제적인 부富를 한 몫에 거머쥐게 된다. 부가 축적되자, 그들은 호사를 누리기 시작한다. 제일 먼저 살집을 멋있게 짓고 사치스러운 가구들을 사들인다. 뿐만이 아니다. 호화롭게 서재를 꾸미고, 읽지도 않을 문학·철학·예술에 관한 서적들을 전집으로 구입해 방을 치장하기 시작한다. 스스로의 지적知的인 결손이나 정신적 빈곤을 보완하기 위해 외화外華를 추구한 것이다.

그에 힘입어 일부 가구회사나 출판사들이 돈을 긁어모으며 큰 호황을 누리기도 했는데, 이런 현상들은 전국적으로 상당 기간 지속되면서 사치 생활을 부추겼다. 그들은 좋은 옷을 구입하며 양질의 구두를 신고, 명품 핸드백을 들었다. 게다가 고급 승용차를 몰면서부터는 자기

신분을 상승시키려는 시도가 곳곳에서 진행된다. 기름 한 방울 나지 않는 나라가 석유를 펑펑 때가면서 소비를 부추긴다. 곳곳에 백화점들이 본·지점을 확대했고, 이곳에 문전성시를 이루는 쇼핑객들이 붐비면서 세상은 흥청거리기 시작한다. 지금은 장기적인 불황의 늪에 빠져 있다고 야단들이지만 우리도 한 때 그런 호 시절이 있었다.

그들은 건국 초, 좌우갈등 속에서 어수선한 세상에서 가난하게 살아야 했고, 이어서 6·25 전쟁이 터지자 목구멍에 풀칠하기 조차 어려웠었던 기억들을 가지고 있다. 그랬던 그들이 마침내 괄목할만한 경제부흥에 편승하게 된다. 물론 그들이 졸부가 될 수 있었던 데는 험난한 뒤안길이 있었다. 서독광부와 간호원이 있었다. 중동 파견 근로자도 있었다. 월남 파병도 있었다. 공순이와 공돌이 아니, 버스 차장이나 가정부를 하면서 고향에 돈을 내려 보내 가계를 돕거나 동생들의 학비를 대는 눈물겨운 헌신도 있었다. 하지만 그중에는 불로소득으로 일확천금을 한 자者도 상당수 있었다. 아무튼 그 어려웠던 상황들을 마침내 극복하고 우리나라는 불과 반세기만에 믿을 수 없는 경제적인 부를 쌓았다. 그 바람에 '한강의 기적'을 즐길 수 있게 된 것이다.

우리 역사를 돌이켜보면 일부 왕권 세력이나 양반층의 문화 수준이 높다는 자긍심을 가지고는 살았다지만, 실제로는 수준 있는 대중문화의 기반을 가지고 살아오질 못했던 민족이다. 늘 배 고프고 권력에 짓눌려 살아온 서민들은 어디를 가서도 기를 펴고 살았거나 좋은 음식, 좋은 옷을 입어본 경험이 없었다. 더구나 질 높은 문화나 정신적 풍요를 누릴 수 없었다. 그랬던 그들이 믿을 수 없는 경제적인 부를 이루자, 눈이 뒤집혔다. 너나할 것 없이 명품을 찾았다. 그러잖아도 해방 직후,

물 건너온 외제품이라면 사족을 못 썼던 그들이었는데, 이제는 스스로 명품 증후군에 휘말려 막춤을 추게 된다. 결국 일부 국민들까지 편승해 우리나라는 어느 날부터 국제적인 명품 호갱으로 전락한다.

경제적인 부는 정신적인 문화수준에 맞춰 점진적으로 발달해야 정상이다. 유럽에서는 이 과정을 수세기에 걸쳐 이루어냈다. 그에 비해 우리나라는 대충대충 생략된 채 압축 성장을 한 탓에 전통적인 가치관이 무너졌고, 정신적인 공황이 올 수밖에 없었다. 세계적인 명품은 물론, 대통령이 구입한 옷이나, 지고지순한 예술인 또는 유명 연예인들이 사용했던 물건들까지도 날개 돋친 듯 팔려나가는 이유는 뭘까? 저명인사나 유명인이 즐겨 쓰는 물건이라면 명품이라 단정하며, 그들과 동일 시하고 싶어 하는 마음이 강해졌기 때문일 게다. 아니, 명품족으로 편입될 수 있다는 자아도취감이 작용한 때문이 아닐까?

참으로 안타까운 일이다. 그러나 명품으로 자신의 신분을 결코 상승시킬 수는 없다. 이왕이면 멋있고, 양질의, 게다가 실용성까지 갖춘 물건에 관심을 가지고 구입하는 것은 당연하다. 그러나 고가의 명품 구입만으로는 자신의 신분까지를 세탁시킬 수 없다는 사실을 깨달아야 한다. 다들 요즈음 세상 살기가 팍팍하고 힘이 든다고 한다. 절대적인 빈곤에서는 벗어났지만 상대적인 빈곤이 심화 되면서 박탈감을 느끼는 이들이 점점 늘어나고 있는 추세이다. 그런데도 가진 자로서 호기를 부리며 여전히 명품에 절대가치를 두고 있는 이들이 있어 우리를 안타깝게 한다. 저성장·저금리의 늪에서 헤매고 있는 국민들이 많은데, 신문지상이나 방송 매체를 통해 종종 들려오는 이 명품에 관한 소식이 끊이지 않고 있다.

이런 보도를 접하노라면 씁쓸하기만 하다. 명품 상품 증후군에 빠지지 말고, 자기 몸을 명품화 하는 값진 삶과 함께, 고매한 인격을 갖추면서 정신적 풍요를 누리며 의연하게 살아갈 수는 없을까? 어느 새 12월, 한 해가 저물고 이제는 세밑에 바짝 다가왔다. 옷깃을 여미는 자세로 자성自省하기를 바라는 마음이 간절할 뿐이다.

# 민주노총위원장은
# 세상으로 나와야 한다

　정치적인 위압에 의해 생사의 기로에 처해 있거나 사상을 달리 하다
가 위기에 빠진 이들이 흔히 망명을 신청한다. 그 망명자들은 신변 보
호를 위해 국외로 탈출하거나 국내 종교 시설을 찾아 몸을 숨기는 것
이 일반적이다. 국외로 망명할 경우 상대국에서는 그 요청을 받아 주
는 것이 관례이다. 국내에서는 주로 성지로 일컬어지는 종교계의 본산
이 되는 곳에 몸을 숨기는데, 이때도 사랑과 자비를 베풀어 준다. 단 이
때, 망명에 대한 명분이 확실해야 한다. 망명자가 범법자여서는 안 된
다. 정치 또는 사상적인 탄압에 저항하는 이로서 정의의 편에 서야 하
고, 민중의 지지를 받을 수 있어야 한다.

　그러함에도 불구하고, 최근에 우리나라에서 노조 활동을 하며 민중
궐기대회 시위를 주도 하다가 지명수배를 받고 있는, 민주노총 위원장
이 종교 시설인 조계사로 도피를 했다. 그는 국가질서와 안녕을 훼손
하고 있는 범법자이다. 그런데도 조계종의 총 본산인 조계사에서 그를
받아들였다. 전에도 그는 쌍룡 노조위원장으로서 강력 투쟁하는 과정

에서 결국은 회사를 망하게 하고, 그 쌍룡을 마침내 외국 기업에게 팔아넘기는데 일조–助를 한 전력前歷을 가지고 있다.

바로 그가 지난 11월 14일 민중총궐기대회라는 이름으로 서울 집회에서 10만 참가자들의 시위를 주도하고는 궁지에 몰리자 조계사로 잠입했다. 뿐만 아니라 그는 다시 오는 12월 5일 시위를 앞두고, 조계사의 비호를 받으며 주도면밀하게 집회 계획을 수립하면서 전국에 흩어져 있는 참여자들을 불러 모으려고 한다. 이 일련의 사태를 바라보면서 필자는 국민의 한 사람으로서 우려를 금할 수가 없다. 박대통령도 외유에서 귀국하자마자 테러분자들까지 합류해 공권력을 무참히 짓밟고 있는 이 사태를 좌시할 수 없다며 국가 질서와 국민들의 안위를 위해 강력하게 조치하겠다는 의지를 표명한 바 있다.

우리가 국민소득 4만불 시대를 향해 가고 있는 중에 여러 가지로 좌초에 부딪히고 있지만 지역 갈등, 계층 간의 충돌, 정치적인 혼란과 함께 불법노조가 큰 걸림돌 이라고 한다. 그런데도 조계사는 지명수배자인 민주노총의 총수를을 보호하고 있다. 오히려 그들은 공권력의 개입 가능성을 내비친 김진태 국회의원의 여의도 사무실을 항의 방문한 바 있다. 이해할 수 없는 일이다. 불교도 국가가 안정되어야 발전한다. 더구나 우리나라 불교는 예로부터 호국불교를 지향하며 국난이 있을 때마다 의연하게 봉기해 왔다. 그런 불교가 지명수배 된 범법자를 보호해서는 안 된다.

우리나라는 민주주의를 지향하고 있는 국가이다. 누구나 어느 단체나 자신의 의사를 표명할 수 있는 집회 결사의 자유가 보장되어 있다. 그러나 자신의 의지를 펼칠 수 있는 자유, 그리고 스스로 행복해질 수 있기 위한 권리라 해도 종국에 가서는 그 행위들이 국가 발전에 기여를 해야 한다. 우리나라처럼 계층 간 대립이 심한 나라도 없다. 분열과 갈등 속에서 상대적 박탈감이 심화되고 있는 나라도 찾아보기 힘들다. 그런 속에서도 남북대립이라는 정치적인 상황에서 산업화와 민주화를 함께 이룩하며 인권을 누리고 있는 나라 또한 찾아보기 힘들다. 이제는 갈등과 상대적 박탈감에서 벗어나 누구나가 이웃과 함께 소통하고, 국민화합과 결속을 다지면서 어서 빨리 선진국으로 진입해야 한다.

그런 뜻에서도 노총 위원장은 조계사에게 부담을 주지 말고 스스로 세상으로 나와야 한다. 그는 더 이상 IS처럼 복면을 쓰고 국가 기물을 파괴하거나, 젊은 청년 진압대인 의경들을 부상하게 해서는 안 된다. 투쟁도 항의도 다 우리가 선진국가로 가기 위한 차원에서 이루어져야 한다. 그는 민주노총위원장으로서 노동권 보장을 외치고 있다. 이를 관철하려면 조계사에서 더 이상 숨지 말고 어서 빨리 나와 좀 더 떳떳하고 의연하게 대처해야 한다. 자신들은 정당한데 정부에서 과잉진압을 하고 있다고 주장만 하지 말고, 우선 법을 존중하고 법치에 따라 순응해야 한다. 그런 후에 민주적인 방법으로 평화 시위를 하면서 자신의 주장을 관철할 수 있는 지혜를 발휘하라고 당부한다.

조계사에 숨어 있는 것은 비겁한 일이다. 이제는 밖으로 나와 국정교과서 반대, 박대통령의 퇴진 등의 주변 시위는 제발 그만 멈추고, 노조 활동의 본질인 노동개혁에 초점을 두어 건전하게 투쟁을 해야 한다. 노사정위원회가 현재 합의 된 사항에 플러스 알파할 수 있는 방안을 제시할 수도 있다. 그 길만이 노동단체를 살리고, 국가 안정도 되찾을 수 있으며, 나아가서 국민 모두가 행복해질 수 있는 길이다.

# 대중문화를
# 선도하는 TV극에 바란다

최근에 인기리에 방영된 TVN 드라마 '응답하라 1988' 시리즈가 종영되었다. '1987' 에 이어 방영된 이 드라마가 잔잔한 감동을 주었다는 평들이다. 드라마 속의 이야기기는 아주 평범했지만 인기가 치솟았고, 극 중에서 누구와 결혼하느냐 하는 퀴즈까지도 전 국민에게 관심을 고조시켰단다. 이 시점에서 드라마 '응답하라 1988' 이 왜 우리에게 화제의 대상이 되었는가를 생각해본다.

요즈음 하루에도 수없이 많은 드라마가 제작되어 다양한 채널을 통해 시청자들에게 파고든다. 이들 드라마들은 시청자에게 아니 전 국민에게 관심의 대상이 되고 있다. 드라마는 원래 긴박한 구성에 재미까지 있어 누구든지 즐겨 시청을 하도록 제작되기 마련이다. 따라서 TV채널을 통해 무차별적으로 가정에 파고든다. 제어장치도 없다. 이 많은 드라마 중에 지상파 방송도 아닌 이 한 편의 TVN 방영 드라마 '응답하라 1988' 이 잔잔한 감동을 준 이유는 뭘까? 정규 방송 못지않은 시청율을 점유하면서 화재의 대상이 된 데는 역시 이유가 있을 것이다.

　요즈음 방영되는 TV극의 아이콘은 한결같이 막장이다. 좀 더 자극적인 방법을 동원하고 있는 이 드라마들은 불륜, 복수, 출생의 비밀, 폭력 등을 소재 삼아 시청률을 높이기 위해 무한 경쟁을 벌이고 있다. 그러함에도 불구하고 이 드라마들은 시청자에게 재미와 감동을 주기보다는 오히려 무리한 구성으로 시청자의 공감대를 주지도 못하고 비난을 받고 있다. 아니 이 드라마들은 엉뚱한 유행을 전파시키고, 게다가 시청자들의 가치관을 속되게 전도시키고 있어 문제가 된다. 이러한 때에 신선하게 나타난 '응답하라 1988시리즈' 가 한 시대 전, 보통 이야기를 가지고 와 우리에게 잔잔한 감동을 준 셈이다. 그곳에는 복수도 없고 진한 에로티즘 없다. 물론 출생의 비밀도 없었다.

　보통 방영되는 드라마마다 몇 가정을 설정해 그들이 가정과 회사 또는 학교 등 제한된 공간적인 배경 속을 오가며 스토리(사건)가 펼쳐지기 마련인데 이 드라마들은 서로 인물 간에 시기하고 질투하면서 갈등을 고조시킨다던지 복수의 칼날을 들고 화면을 지배하는 장면, 시청율을 의식한 에로티즘의 일상화, 폭력과 성추행 등이 여과 없이 드러나는 연기로 대중들의 정서를 크게 해치고 있다. 우리에게 삶에 대한 방향을 향해 주제 있는 시사점을 제시하기보다는 보다는 우스꽝스런 신조어나 오버된 연기로 삶을 희화화 시키면서 오르지 시청률에 목매달고 있다.

　얼마 전에 방영된 모 드라마에서는 별스럽지 않은 상황을 두고는 '6·25때 난리는 난리도 아니야.' 라는 대사를 계속 되풀이하게 했고, 방송 매체에서는 그걸 마치 신조어인 양 크게 보도하는 한심한 작태를 보인 적도 있었다. 6·25가 우리 민족에게 얼마나 깊은 상처를 주었는데 이따위 말장난으로 그 아픔을 희석시키고 있는지 TV극이 방영되는 동안 필자는 내내 울분이 터질 수밖에 없었다. 이뿐만이 아니다. 방영되는 TV마다 전쟁과 같은 비상 사태도 아닌데 웬 보육원 출신이 그리 많은지 모르겠다. 공감대가 가지 않는 출생의 비밀 투성이다. 또한 드라마마다 현실에서는 거의 볼 수 없는 겹사돈 관계로 갈등을 제고 시키는 내용 또한 다반사이다. 아들 딸 들이 바꿔 가면서 연애질을 하게하고, 기업(회사)을 통째로 삼키려는 기업사냥꾼으로서의 야욕에 불타는 드라마도 흔하다.

아들딸과 부모, 게다가 조부모까지 합치면 세 두세대 또는 세세대 가족이 함께 시청을 해야 하는 TV드라마의 속성을 무시한 채 참아 눈뜨고는 볼 수 없는 애정행각을 다루는 드라마는 우리에게 또 무얼 전해주려는지 모르겠다. 드라마를 쓰는 작가나 제작자들은 오래전 시청자들이 이런 드라마에 식상을 하고 있다는 사실을 모르고 있는 모양이다. 시청자의 수준이 어디에 와 있는지 모르고 계속 저질과 폭력으로 얼룩진 드라마로 시청자를 우민화하려고만 있는 것 같아 안타까울 뿐이다. 드라마가 활자문화에 비해 대중성이 강하고 직시적적이라는 걸 모르는 바는 아니다.

그러나 이런 제작 태도는 작가나 제작자 그리고 작품을 직접 진두지휘해 드라마를 찍는 감독들이 모두 반성해야 할 일이다. 드라마는 바탕이 되는 글이 있어야 하고, 음악·미술·조명·무대장치·효과 거기다가 연출력이 뛰어난 감독, 연기를 해야 하는 배우들이 함께 만들어내는 종합예술이다. 이러한 한편의 드라마를 제작하기 위해서는 많은 노력과 재정적인 뒷받침을 해야 한다.

이 어렵게 만들어지는 드라마가 우리의 삶에 희망과 용기를 주고 시청자에게 시사점을 제시해주기를 바란다 '응답하라 1988' 의 종방을 보면서 TV극의 방향을 다시 설정해 거듭나주기를 바라는 마음이 간절할 뿐이다.

# 대전효문화진흥원의
# 산뜻한 출발을 기대한다

대한민국의 효 문화를 이끌어 갈 대전효문화진흥원이 드디어 준공되어 오는 10월 대전 중구 뿌리공원에서 문을 연다. 연면적 8342㎡, 지하 1층에 지상 3층 규모로 지어지는 대전효문화진흥원은 국비와 시비를 합쳐 245억원이 투입되었는데 8월 중에 이미 완공되었다. 현재 대전시에서는 대전효문화진흥원의 효율적인 운영을 위한 인적조직을 포함하여 정관 개정 등 전반적인 운영 시스템에 대해 최종 점검을 하고 있다고 한다.

이번에 개원되는 대전효문화진흥원은 2007년 제정된 「효행 장려 및 지원에 관한 법률」에 따라 설립된 기관이다. 고령사회로 진입하고 있는 현실에서 국가적인 효행 장려와 지원은 물론 젊은이와 노인 세대 간의 통합과 조화를 이룰 수 있도록 그 역할을 총괄적으로 관할할 전담기관이자 효를 국가브랜드화하기 위한 전국최초의 효 문화진흥 전문기관이다.

대전시에서는 지난 5월 27일 대전국효문화진흥원 운영·관리를 위한 관련 조례 정비와 시설운영을 위한 사업비를 이미 예산에 반영했고, 조직 신설에 따른 <대전복지·효 재단>에 관한 정관 변경을 시작으로 내부 운영규정을 정비하는 등 개원을 위한 행정절차를 밟고 있는 중이라 고 한다. 이 대전효문화진흥원에서 자원 봉사를 할 40명의 자원 봉사자는 이미 선발되었다.

효를 백행지본으로 생각하며 인간이 지켜 나아가야할 할 최고의 덕목으로 삼으며 살아온 우리 민족이었다. 이 효가 산업화·현대화·도시화 되는 과정에서, 극단적인 개인주의와 이기심으로 인해서 참담하게 허물어져가고 있었다. 이래서는 안 된다며 모두들 안타까워하고 있었는데, 만시지탄의 느낌은 있으나 이제라도 대전효문화진흥원을 개원하고 우리나라의 효 문화 사업을 관장한다하니 참으로 다행스러운 일이다.

앞으로 대전효문화진흥원이 수행해나갈 효 문화 진흥사업에 거는 기대는 크다. 우선 가시적으로 효에 관한 체계적인 연구는 물론 효 전시와 체험 교육을 주관하고, 효 콘텐츠 발굴 및 효 문화 인프라 구축하는 사업이 진행될 것이다. 여기에 그치지 않고 효행장려 및 효사상의 현대적 치원에서 '헌신과 희생' 만을 강요하는 옛효가 아닌, 모든 세대가 공감하는 '현대 효' 문화를 창출하는데 선도적인 역할을 할 것으로 본다. 나아가서 효 문화 진흥에 관한 통합정보망 구축 및 각종 정보를 제공하는 사업도 추진하리라 기대한다. 또한 우리 대전 지역특성에 맞는 효 특화사업을 발굴하여 전국화·일반화 될 수 있는 효 수범사례를 내세우는 등 국가적으로 효 문화를 선도하고, 확산하는데 효문화진흥원은 큰 축으로서의 역할을 할 것이다.

필자는 대전효문화진흥원 개원의 시점에 즈음하여 효의 계승 발전과 효 문화 확산 그리고 합리적 운영을 위해 두 가지에 대해 제안하고자 한다.

첫째로 효 문화 진흥 사업을 위해서는 인적구성이 가장 중요하다. 불과 개원을 두 달 앞두고 있는 시점에서 대전효문화진흥원을 이끌어갈 능력 있는 원장의 확정이 시급하다. 대전시에서는 현재 원장과 간부직원을 동시에 공모하고 있다고 하는데 이는 지양되어야 한다. 효 문화에 대한 확실한 철학과 전문성에 리더십을 갖춘 CEO가 먼저 선정되어야 한다. 원장에게 효 문화를 진흥시킬 수 있는 밑그림을 그리게 한 후에 그에 적절한 사람을 인선하는 자율성을 주는 것이 수순이라고 본다. 적어도 간부 인선에 관하여 원장이 직접 참여할 기회를 주어야 한다. 원장을 시에서 임용하는 효문화진흥원의 얼굴 마담으로 전락시켜서는 결코 효 문화 진흥을 기대할 수 없다.

둘째로 대전효문화진흥원의 이사진 구성 문제이다. 업무를 담당하고 있는 주관부서가 가 형편상 시청 조직에 의해 보건복지여성국이라 해도 복지재단 중심의 이사회 구성은 지양되어야 하다. 대전효문화진흥원의 운영의 방향성을 제시하면서 기획업무 등에 대해 좌지우지 할 수 있는 이사진의 구성이 100% 복지전문가로 구성되고 있다는 후문인데 이게 사실이라면 시정되어야 한다. 효 문화 확산은 글자 그대로 효 진흥에 관한 사업이지 노인 복지 사업은 아니다. 그럼에도 불구하고 주관과가 노인보육과라 해서 효 문화 사업에, 효에 관한 전문가가 배제된 상태에서 '복지전문가만의 마당' 이 된다면 대전효문화진흥원 설립의 원뜻에도 맞지 않는다.

효가 넓게는 병약하거나 소외된 노인이나 장애를 가지고 있는 노인의 복지 문제도 포함해야 한다면 효 전문가 중심 체제에서 복지전문가를 동참시킬 수는 있다. 그러나 현재는 주객이 전도되어 있다. 원대한 뜻을 가지고 설립된 대전효문화진흥원이 시작부터 인맥에 의해서 밥그릇을 먼저 차지하려는 일을 벌여서는 안 된다. 대전효문화진흥원의 진정한 발전을 위해서 산뜻한 출발을 기대한다.

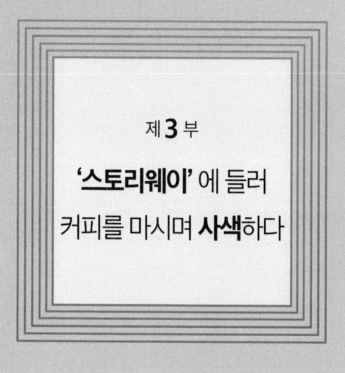

제**3**부

'**스토리웨이**'에 들러
커피를 마시며 **사색**하다

순수한 한글 말뿐만 아니라 우리 것은 점점 사라지고, 자기 정체성을
버린 채로 남의 것에 춤을 추는 허깨비 세상이 우리의 현실이다.
문화도, 종교도, 학문도 남의 것이 판을 치고 있는 사태를 바라보면
마음이 착잡해진다. 누구는 외래문화에 대한 수용성이 높은 것은
우리만이 가진 강점이며 그 유연성으로 휘어질듯 부러질듯하면서도
지금까지 지탱해왔고, 지금은 단군 이래 최대의 부를 누리고
살고 있다고 말한다. 그 말이 맞는 것인지 검증을 해보지는 않았지만
오늘따라 '스토리웨이'에서 사 마시는 커피 한 잔의 맛이 쓰기만 하다.
그럼에도 불구하고 여정을 마악 시작하려는 필자의 마음을 그나마
청정하게 해주려는지 시월의 하늘은 그저 높푸르기만 하다.

# '스토리웨이'에 들러
# 커피를 마시며 사색하다

필자는 요즈음에 여행을 할 때 열차를 주로 많이 이용한다. 한국문인협회이사회에 참석을 할 때도 그렇고, 더러 가족 나들이를 할 때나 주말에 일상을 벗어나가고 싶을 때도 열차를 이용한다. 전에는 자가 운전을 하거나 고속버스를 이용했는데 열차를 타보니 여간 편한 것이 아니다. 안전하기도 하고 마음에 여유가 생기는 것 같아 열차를 애용한다. 오늘도 대전역으로 나간다.

역 대합실을 빠져나와 표 검사도 생략되고 있는 개찰구를 통과해 계단을 밟고 내려가면 플랫홈이다. 그곳에는 언제나 어디론가 떠나려는 수많은 승객들이 설레는 마음으로 열차를 기다리고 있다. 필자도 그들과 섞여 서성이고 있지만 바로 그곳에는 어김없이 눈에 들어오는 매점 하나가 있다. 바로 'story way'이다. 영문자로 되어 있는 이 현판은 마음껏 멋을 낸 자형字型과 붉은색 디자인을 뽐내면서 잠시 머물고 있는 승객들을 유혹하고 있다.

전에는 홍익회라는 이름의 매점이 지금은 스토리웨이가 되어 자리를 잡고 있는 셈이다. 그곳에는 과자, 커피를 비롯해 그밖에도 어묵꼬치 등 각종 인스턴트 식품이 진열되어 있다. 필자는 오늘도 그 곳에서 한 잔의 커피를 사 마신다. 지금 필자는 홍익회에서 따끈한 우동을 팔던 그 시절을 떠올리지만, 그보다 필자의 가슴을 에는 듯 파고드는 것은 스토리웨이라는 이니셜화한 영문자이다. '파발마' 나 '버들아씨 가게' 또는 '보부상' 등의 상호로 대치하면 더 좋았을 텐데 하고 생각하니 마음이 허젓하기만 하다. 그러나 필자 자신도 지금 '금강 칼럼' 이라는 이름으로 쓰고 있는 짧은 글 속에 외래어 투성이니 할 말은 없다.

세상 이치가 다 강한 쪽에서 약한 쪽으로, 높은 곳에서 낮은 곳으로 줄기를 타고 흘러가게 되어 있지만 문화현상도 이를 벗어날 수는 없다. 수천 년 동안 한자문화권에서 살아온 탓에 우리 본래의 우리말은 거의 사라지고 한자어로 대체된 지는 이미 오래, 아주 오래 전 일이다. 일제강점기의 아픈 상처로 인해 건설 계통이나 패션 쪽에서는 아직도 일본어 잔재가 남아 있다지만 지금은 점점 영어 등 다른 외래어의 홍수 속으로 흡수되어가고 있다.

'80년대까지만 해도 교육계나 학계에서는 아니, 국가 차원에서도 '국어사랑 나라 사랑' 이라는 케치프레이즈를 내걸고 모국어 속에 민족혼을 담으려는 노력이 있었다, 그러나 지금은 세계화에 떠밀려서인지 그 누구도 우리의 곱고 아름다운 말을 살려 쓰려는 노력을 하지 않고 있다. 모두들 우리글 우리말에 대한 이야기는, 마치 꿀 먹은 벙어리가 된 듯이 입을 꽉 다물고 있다. 영어 아니면 대안이 없다는 식이다.

거리에 나서거나 백화점에 들르면 모두 국적 불명의 외래어 현관이요, 상호이다. 알 수 없는 외국말로 된 상호를 끌어드려야 뭔가 있는 것

같고, 수준이 높은 브랜드를 갖는 것 같게 포장이 되기 때문에 매출이 신장된다는 것이다. 바로 이것이 문화적인 사대주의이다. 언어뿐만 아니라 많은, 아주 많은 내 것을 다 내던지고 미국풍이, 프랑스풍이. 이태리 풍이 자리를 잡고 있는 것이 우리의 현실이다.

문화뿐만 아니라 종교 현상도 역시 마찬가지이다. 수천 년 동안 시대가 바뀌면서 불교가 판을 치고, 유교가 흥하더니, 지금은 개신교나 천주교가 대세를 이루고 있다. 게다가 종교적 신앙이 생활화되어 선한 마음으로 서로가 서로를 사랑하며 따뜻하게 살아가는 것이 아니라 생활이 종교화되어 남의 나라 종교에 미쳐버린 세상이 되었다. 종교적 이기주의에 빠져 집단화하고, 남을 배척하고, 교회 이익만을 추구하고 있다. 구원파라는 이름의 종교현상이 바로 그를 잘 대변해주고 있다.

순수한 한글 말뿐만 아니라 우리 것은 점점 사라지고, 자기 정체성을 버린 채로 남의 것에 춤을 추는 허깨비 세상이 우리의 현실이다. 문화도, 종교도, 학문도 남의 것이 판을 치고 있는 사태를 바라보면 마음이 착잡해진다. 누구는 외래문화에 대한 수용성이 높은 것은 우리만이 가진 강점이며 그 유연성으로 휘어질듯 부러질듯하면서도 지금까지 지탱해왔고, 지금은 단군 이래 최대의 부를 누리고 살고 있다고 말한다. 그 말이 맞는 것인지 검증을 해보지는 않았지만 오늘따라 '스토리웨이'에서 사 마시는 커피 한 잔의 맛이 쓰기만 하다. 그럼에도 불구하고 여정을 마악 시작하려는 필자의 마음을 그나마 청정하게 해주려는지 시월의 하늘은 그저 높푸르기만 하다.

# 아동문학은
# 문학의 본류이다

동화 · 아동소설 · 동요 · 동시 · 동극 등 아동문학 작품은, 꿈과 희망을 가꾸며 미래를 이끌어갈 성장 발달기에 있는, 어린이를 주 독자 대상으로 하여 창작된다. 이 아동문학 작품은, 모태로부터 부여받은 인간의 본마음(동심)을 바탕으로 하여 빚어진다는 특징을 가지고 있다. 그리고 미분화상태의 어린 독자의 영혼을 감동으로 적셔줄 뿐만 아니라 인간의 순수성을 지키게 해주는 역할을 한다.

아울러 예술적 쾌락과 함께 가치관을 형성할 수 있게 해주는, 교시적 기능도 크게 강화시키는 문학이다. 또한 이 아동문학 작품은, 어린이뿐만 아니라 동심을 회복하고 싶어 하는 어른들의 영혼을 맑게 해준다.

또한 아동문학은, 세계 문학사의 흐름에서 볼 때도 문학의 지류가 아닌 본류로서의 문학이다. 서정과 서사, 극으로 분화하기 이전 신화나 전설의 양태를 그대로 보존한 채 전해진 문학이기 때문이다. 아동문학이 원시 시대부터 인간의 감성과 꿈의 세계를 다루는 형이상학적 판타지에 근거하고 있다는 점이 이를 잘 대변해주고 있다. 중세기를 거치면서 신본주의에서 벗어나 인간의 지혜가 점점 발달하면서부터 서정이 시라는 다른 이름으로 자리를 잡게 되었고, 서사가 소설로 고정되었으며, 극이 희곡으로 정착되었다고들 말하고 있다.

그 후 시에서 동시·동요가 파생되었으며, 소설은 동화, 아동소설이란 지류를 만들어냈고, 희곡에서 동극이라는 이름의 하위 장르가 갈라져 나온 것으로 되어 있지만 그러한 이론은 수정되어야 한다고 본다. 천지 창조 신화나 건국 신화 또는 전설, 민담 등을 고찰해보면 그 자체가 인간의 순수함을 다룬 원시문학이고, 서정과 서사와 극의 요소가 함께 동거同居하면서 분화 이전의 문학의 원형을 발견할 수가 있기 때문이다. 바로 신비성과 순수성에 근거한 신화, 전설, 민담이야말로 문학 장르 분화 이전의 총합적인 형태의 문학이라 할 수 있고, 이런 점에 비추어 볼 때 이들 태초의 이야기들은, 아주 자연스럽게 판타지에 바탕을 둔 '아동문학성'을 획득하게 된다. 따라서 아동문학은 문학의 본류라는 명분을 획득할 수 있다.

한국의 문학사에서도 아동문학은 근대문학의 시원이 되고 있다. 1908년 최남선의 잡지 〈소년〉과 그에 수록된 시 「海에게서 소년에게」를 보면 잡지명 자체도 아동문학에 근접하고 있고, 게다가 게재된 시가 동시의 형태로 나타난다. 최남선은 이 땅의 소년과 소녀들을 주 독자 대상으로 하여 그들에게 꿈과 희망을 주기 위해 잡지를 만들었고, 그들을 일깨우기 위해서 문학 작품 선보이고 있다.

다만 문학 이론 면에서 일반(성인)문학에게 선점당하는 바람에 아동문학이 밀린 듯한 인상을 주고 있지만 이제는 그 이론이 수정되어야 할 때가 아닌가 한다.

그 후 방정환 시대를 거치면서 당시의 시대가 그랬듯이 아동문학은 선각자에 의한 계몽주의와 교화주의에 의해 주도된 바는 있다. 이는 아동문학이, 당시 어린이를 인격체로 다뤄주지 않았던 조선시대의 사고와 그러한 유교적 문화 배경으로 인해서 한 때 '아동문화 운동'으로 변질되는 양상을 보이는 듯했지만 일제 저항기를 거치면서 오히려 당당하게 문학 장르로서의 위치를 확고히 하면서 현대에 이르기까지 더욱 공고하게 다져 왔다.

그럼에도 불구하고 2016년 2월 3일 국회에서 통과된 문학 진흥법을 보면 2조 1항에 "'문학'이란 사상이나 감정을 언어로 표현한 예술작품으로서 시, 소설, 희곡, 수필, 평론 등을 말한다." 라고 정의 되어 있다. 아동문학이 배제되고 있다. 이에 대해 아동문단에서는 "문학 진흥법에 성인문학 장르는 들어 있는데 아동문학은 빠졌다." 고 지적을 하고 있다.

또한 "아동문학은 발달과정에 있는 어린이를 대상으로 하는 특수성 때문에 일반문학과 엄연히 구별되어야 한다." 고 말하고 있는데 이는 문학 진흥법이, 문학의 본질 면에서나 그동안 우리나라에서 아동문학이 어떻게 시원始原했고, 예술적・교시적 기능 면에서 어떻게 기여하면서 이 땅에서 역할을 담당했으며, 어떻게 정착했는지를 간과한데 대한 반론이라 할 수 있다.

아동문학은 결코 문학의 지류가 아닌 주류이다. 인간의 발달단계와 독서단계 맞춰 어린이를 주독자로 해 집필된 독립된 장르의 창작물이다. 8월 4일부터 법 시행에 앞서 시행령을 만들고 있는 중이라고 한다.

정부는 이제라도 아동문학을 독립된 장르로 인정하여 이 땅의 어린이들로 하여금 유소년 시절에 동화, 동시 등 아동문학 작품을 읽으면서 상상력을 키우고 창의력을 길러 우리나라의 미래를 이끌어갈 창조적인 인간으로 성장할 수 있도록 도와주어야 하겠다.

# 북한동포 인권,
# 이제는 확실하게 말해야 한다

'인간은 태어나면서부터 존엄하다.'고 우리는 배웠다. 그리고 절대
적인 왕권 시대에도 백성을 존중하는 민본 사상을 국치國治의 근간으
로 삼은 것을 잘 알고 있다. 그 왕권시대로부터 벗어나 모든 권력은 국
민으로부터 나온다는 절대 명제를 부르짖으며 1789년 프랑스가 시민
혁명을 일으킨 이후, 오랫동안 피의 대가를 치르기는 했어도 지금은 많
은 나라들이 자유민주주의를 표방하면서 인간의 존엄을 바탕으로 하
여 나라를 다스리고 있다. 어떻게 보면 소수가 독점하던 권력을 다수
의 국민이 누릴 수 있도록 하기 위한 투쟁이 되풀이 되었던 것이 인류
의 역사라 말할 수 있다.

우리도 외세에 의해 왕권이 붕괴되고 35년간의 일제저항기를 보내면
서 빼앗긴 독립과 자유와 인권을 되찾기 위해 수없이 많은 선혈을 뿌려야
했다. 건국이후 한국전쟁을 치르고, 다시 군사독재를 거치는 동안도 민
주화를 위해 많은 어려움을 거쳐야 했다. 그런 노력으로 좌우 이념의 틀
에 갇힌 채지만 우리는, 오늘날 이만큼의 자유와 인권을 누리게 되었다.

그런데 아직까지도 북한은 모든 인민의 존엄이 아니라 오직 한사람만의 '최고의 존엄'을 외치고 있다. 사회주의 이론은 만인이 공평하게 사는 것을 추구하는 것으로부터 시작되었다. 그래서 왕권에 시달리던 많은 이들의 공감대를 형성했고, 러시아 혁명도 마침내 성공할 수 있었다. 그러나 그런 이상과는 달리 국민을 행복하게 할 수 없는 현실에서 공산주의는 그동안 몰락의 길을 걸어왔다.

온 세계 사람들이, 북한의 종주국인 중국이나 러시아까지도 그 체제를 차츰 벗어나고 있다. 그런데도 우리는 인권을 상실한 채 아직까지 수많은 인민이 자유를 잃고 속박당한 채 사는 북한 동포들을 바라보아야 한다. 게다가 빈곤까지 겹쳐 견디지 못한 동포들이 목숨을 담보로 하면서 탈북사태가 계속되고 있음을 안타깝게 생각하고 있다.

북한에는 지금 수많은 동포들이 갖가지의 죄목(?)으로 인권을 유린당한 채 요덕수용소를 비롯해 여러 수용소에 갇혀 고통을 당하고 있다. 공정한 절차의 재판도 없이 공개처형으로 목숨을 빼앗는 만행이 지속되고 있는 곳이 북한이다. 한 사람의 존엄을 위해. 그리고 그를 따르는 소수의 집단의 권력 유지를 위해 북한 동포들의 인권은 없다. 절대 권력의 조선 시대에도 찾아볼 수 없었던 인권 유린이 지금 북한 곳곳에서 자행되고 있다.

유엔에서는 마침내 북한 인권 결의안을 절대적인 다수국의 지지표를 얻어 통과시켰다. 안전보장이사회의 거부권이 문제가 되고는 있지만, 그 안에는 김정은을 국제사법재판소에 제소한다는 내용이 포함되어 있다. 그밖에도 많은 나라들이 그리고 그보다 더 많은 인권운동가들이 북한 동포들을 걱정하고 있다. 그러함에도 불구하고 남북대치 이후 우리의 정부, 우리의 국회에서는 북한 동포의 인권 문제를 아직도 구체화하지 못하고 있다. 아니다. 못하는 것이 아니라 북한 인권 문제는 북한 내부의 문제이고, 내정간섭이라면서, 국회에서는 그에 대한 결의안을 채택하지 않고 있다. 요즈음 남북대치의 상황 속에서도 오히려 처처處處에 좌경화 세력이 깊숙이 뿌리박고 있다는 말들을 우리는 공공연하게 한다. 북한에 불법 잠입해 만세를 외치고 오면 우리나라에서 오히려 영웅시 하는 집단이 있다. 그들을 어느 날 갑자기 국회에 입성할 기회까지 주는 나라가 바로 대한민국이다. 그래서 국민들은 우리나라를 걱정스러운 나라라고 말하고 있다. 그런데 더 큰 문제는 그러한 우려를 하면서 우국충정을 발휘하려 하면 '보수 꼴통'으로 몰아붙인다는 사실이다. 이것이 바로 남남갈등이다.

북한에서는 우리 대한민국이 자유 민주주의 체제라는 점을 아주 잘 이용해 대남 전략을 짜고 있다. 생각이 자유롭고, 말할 수 있는 권리는 있어야 한다. 그러나 수천 년을 한반도에서 살아오면서 자주 분열했고, 제 민족의 살을 베어 먹었던 전철을 계속 밟아서는 안 된다는 점은 명심해야 한다. 지금이라도 우리는 북한의 실태를 바로 직시하고 북한 동포를 긍휼히 여겨야 한다. 대한민국이 북한 동포의 인권조차 말할 수 없는 세상이 되어서는 안 된다. 인권부재 상태에서 고통과 굶주림에 허덕이는, 그들을 구하기 위해서는 향후에 우리가 어떻게 해야 하고, 남북은 어떻게 공조를 해야 하며, 나아가서 국제적인 정치상황을 어떻게 잘 활용해야 통일의 길로 갈 수 있는지 연구를 해야 한다. 결국은 통일이, 한사람의 '최고의 존엄'에서 벗어나 모든 북한 동포의 인권을 회복할 수 있는 가장 확실한 길임을 알아야 한다.

# 우리에게 비전을 줄 지도자가
# 아직은 보이지 않는다

　우리의 역사를 뒤돌아보면 지도자를 잘 만난 시대에는 크게 흥했고, 그렇지 못한 경우에는 혼돈과 쇠락의 길을 면할 수가 없었다. 그만큼 지도자는 나라 융성에 큰 영향을 주는 절대적 존재였다. 역사를 이끌어온 우리들의 지도자가 많지만 그 중에서도 손꼽을 수 있는 최고의 지도자로는 정복의 위업을 달성해 국운을 번성케 한 고구려의 광개토대왕, 신라의 진흥왕, 백제의 근초고왕이 있다. 그리고 성군聖君으로 치면 국방과 함께 과학·문화 창달을 이뤄낸 조선 시대의 세종과 탕평책으로 개혁정치를 시도한 정조를 꼽을 수 있겠다. 반대로 나라를 어지럽게 하거나 몰락의 길로 가게 한 지도자로는 신라시대의 진성여왕, 고려 말의 우왕, 창왕, 공양왕과 조선 시대의 연산군, 광해군, 그리고 다듬어지지 못한 왕재王才의 몸으로 등극해 한 시대의 제물이 된 강화도령 철종을 들고 있다. 그들은 혼군昏君으로 지칭되는 불명예를 안고 있다.

　물론 절대 권력이 허용된 세습왕조 시 국운의 번성이나 백성의 행복을 오늘날과 단순 비교할 수는 없다. 하지만 국가나 민족이 어떤 지도자를 만나느냐에 따라 그 명운이 크게 달라진다는 것은 예나 지금이나 다를 바 없다. 북한의 세습 체제 속에서의 폭정으로 인해 인민이 불행해 지고 있는 모습이나, 지금 대한민국이 불통으로 일관해 오던 대통령이 최순실의 치마폭에서 벗어나지 못하고, 결국은 탄핵 사태를 자초하고 있는 모습을 바라보면서 지도자의 역량이나 철학이 얼마나 중요한가, 그리고 국민의 삶의 질에 어떤 영향을 미치고 있는지를 깨닫게 된다.

최근 각종 여론 조사의 결과를 보면 차기 대통령에게 바라는 덕목 중 '소통'이 으뜸을 차지하고 있다. 두 번째로 '도덕성'을 원했고, 세 번째가 '리더십'이었다. 절대 권력이나 권위 중심의 리더십은, 이젠 오래 전 유물이 되어버렸다. 한 국가를 이끄는 지도자에게 국민은 도덕성을 유지하면서 소통의 리더십을 발휘해 줄 것을 원하고 있다. 즉, 현재는 반대 세력까지도 끝까지 설득하면서 상호 간에 소통을 원활하게 할 수 있는 봉사와 헌신하는 자세로 국민에게 다가오는 지도자를 원하고 있는 시대이다.

절대 군주시대는 백성의 대부분이 무지하고 민도가 낮았으며 소박했다. 따라서 배를 채워주고, 따스한 옷을 입히면 되었고, 다리를 편히 뻗을 수 있게 할 정도면 되었다. 하지만 그런 시대에도 어진 임금은 그 백성들을 하늘로 여겼고, 끝까지 애민정신으로 그들과 소통하면서 나라를 다스렸다. 그러한 군주는 현군賢君으로서 후세에 이르기까지 칭송을 받고 있다. 그에 비해 백성을 가볍게 여기고, 충성심만을 강요하면서 정치권력을 제멋대로 휘두른 군주는 폭군으로서 역사에 씻을 수 없는 오점을 남기는 지도자가 될 수밖에 없었다.

이런 역사적 교훈을 잘 알면서도 오늘날의 지도자가 국민과 소통을 하지 않고, 공권을 사유화 하면서 무소불위의 권력만을 휘두르려 한다면 당연히 그는 몰락의 길로 갈 수밖에 없다. 연산군이 장록수의 치마폭에서 놀아났고, 광해군은 김개시라는 여인에게서 벗어나질 못했던 것처럼 지금 박근혜 정부에서는 최순실이 등장해 잘못된 역사의 전철을 밟고 있는 현실이 우리를 절망하게 한다.

우리는 지금 북쪽에선, 아예 왕정시대의 절대 권력이 세습화 되고 있고, 남쪽에서는 그동안도 내내 화합하고 소통하기보다는 이념간의 갈등, 계층 간의 불협화음과 혼란을 야기하면서 국정을 혼미하게 하고 있는 상황이 지속적으로 되풀이해 왔었다. 그게 우리 한민족이 처한 현실이었다. 그러니 대통령만이 정국을 혼미하게 한 것은 아니었다. 일례로 수학여행 중에 일어난 교통사고인 세월호 사태를 여야가 지혜롭게 수습하지 못하고, 정치 이슈화해 정치 발전에 발목을 잡은 것은 정치적으로 아주 큰 오류를 범한 행위였다. 그랬었는데 이번에는 최순실 사태가 터지자, 때는 이때다 하면서 갈등을 고조시키며 세상을 뒤집겠다는 듯이 태극기 부재不在의 광화문 촛불시위를 벌려왔다.

그들의 정체성이 의심스럽다. 이제는 법 이론에 맡겨도 될 텐데 굳이 헌법재판소 앞에까지 나와 아예 재판관들의 판단을 흐리게 하겠다는 몸짓으로 촛불시위를 벌이고 있는 중이다. 만약에 이 사태를 주도하고, 선동적인 언행을 계속하고 있는 지도자가 있다면, 그는 우리에게 비전을 주는 지도자가 결코 아니다. 그런 이는 제거되어야 한다.

정권 탈환에만 눈이 어두운 지도자는, 자신이 정권을 쟁취했을 때, 눈 아래 국민은 없고 소통은커녕 권력만 휘두르는 상황을 다시 연출할 수도 있다는 사실을, 우리는 간과해서는 안 된다. '잠룡'이라는 이름으로 꽤 많은 이들이 국민들 앞에 나타나 군웅활거하고 있지만 아무리 둘러봐도 우리에게 확실한 비전을 줄 지도자가 아직은 보이지 않는다. 그게 문제이다.

# 향후 대전 100년을 내다본다면
# 역시, 트램은 아니다.

필자는 권선택 대전시장이 지난 6일 시청 중회의실에서 열린 확대간
부회의에서 도시철도 2호선 '트램(노면전차)' 착공을 앞당길 것을 주문했
다는 소식을 접했다. 그러나 향후 대전 100년을 내다본다면 '트램, 이
건 아니다.' 라는 생각으로 고심 끝에 펜을 든다. 이미 오랜 논의와 함
께 여러 차례의 여론 조사 및 공청회 등을 거쳐 확정된 노면 트램 안案
에 딴지를 걸고 넘어지는 것 같지만 다시 한 번 생각해야 한다는 충정
으로 호소하고자 한다.

우리가 살고 있는 이 세상 것들은 우리 거 같지만 사실은 우리 것이
아니다. 우리가 만들어 가는 정신문화나 물질문명도 우리 것은 아니
다. 하나 뿐인 자연 유산은 물론 이런 것들이 모두 조상님들에게 물려
받은 유산이니 고마운 마음으로 누리고 살다가 후손에게 잘 전해주어
야 한다. 그 걸 모르는 사람은 없다. 그런 뜻에서 보면 트램이 당장 예
산이 절감되고 공기를 단축할 수 있는 장점이 있다지만 재고되어야 한
다고 본다. 대전은 중부권 최대 도시이다. 청와대를 비롯한 국회, 대법

원 등의 세종시 이전을 몇몇 예비 대선주자들로 표방되는 잠룡들이 선거 공약으로 내세울 추세이다. 명실공이 행정수도로서의 면모를 갖추겠다는 것이다. 도시철도 3호선도 청주국제공항에서부터 청주시를 거쳐 우리 대전을 통과해 계룡시로 이어지는 계획안이 이미 확정되어 있다. 또 기존 1호선은 반석역에서 세종시로 연장될 것으로 알고 있다.

대전의 지하철은. 150만이 살고 있는 도시의 인구만을 운송하는 교통수단이 아니다. 지금 당장도 대전시 도로가 좁아 가로수를 뽑으면서 노폭을 넓히고 있는 실정이다. 이 좁은 길 한 가운데로 시속 3, 40㎞의 트램이 승용차의 홍수 속에 묻혀 교통신호 체계의 틀 안에서 헉헉 거리며 달린다 생각하면 아찔하다. 예산이 좀 더 들고 공기工期가 길어진다 해도, 먼 훗날 5호선까지 완공되면 환승의 역할을 하게 될 막중한 임무를 띠고 있는 순환선인 제2호선은, 지하화 되어야 한다. 이웃 도시 광주는 시 규모가 우리보다도 작은데 이미 지하철 2호선을 원안대로 시행하고 있는 중이다. 노수협 대전시 대중교통혁신추진단장은 "트램은 경제적이면서 교통약자를 배려할 수 있는 친환경 교통수단으로 시대적 대세이기 때문에 중앙정부와의 협의는 순조롭게 진행될 것으로 생각한다."고 말하고 있지만 참으로 걱정스럽다.

그뿐만이 아니다. 대전시는 그동안 주요 도시철도 역사에 유럽 도시들의 트램 사진 전시회를 개최하면서 시민들에게 그 타당성을 홍보하고, 계몽시키려고 하는 노력을 경주한 바 있다. 트램이 완공되면 나름대로 교통 편의를 제공한다는 가시적 성과가 없는 것은 아니겠지만 우리의 후손들과 대전의 미래를 위해서 이 노면 트램 건설은 역시 재고되어야 한다. 중앙정부의 재정지원이라는 전제 때문에 곤혹스러워 한다는 걸 모르는 바는 아니지만 한 번 착공되어 노면 트램이 계획대로 완공된다면, 그 때는 돌이킬 수 없을 뿐만 아니라 우리 대전 발전의 걸림돌이 될 수도 있다는 사실도 함께 기억해야 한다.

그런데도 대전이 타 도시에 앞서 트램을 건설하고, 트램 교통 문화를 선도하면 많은 도시들에게 일반화 될 거라고 하고 있으니 안타깝기만하다. 또한 우리 대전이 유럽의 트램 교통 문화를 수용하는 선도 도시가 될 거라고 홍보하고 있지만 그곳과는 도로 사정도 전혀 상반될 뿐만아니라 이미 유럽에서는 이 트램이 사양화 되고 있다는 사실을 주목해야 한다.

다시 말하지만 우리 대전은 세종시와 청주시 그리고 군사도시인 계룡시를 벨트라인으로 하는 중부권 최대 도시로 거듭나고 있는 중이다.앞으로도 이 세 도시의 배후 도시로서 정치, 국방, 과학, 경제 사회, 문화 등 각 방면에 걸쳐 허브 역할을 하게 될 것이다. 그 미래를 생각한다면 지독한 병목 현상을 초래할 트램 건설 계획은 지금이라도 수정되어야 한다. 졸속한 상황 판단으로 인해 우리의 후손들이 고통을 당하게해서는 안 된다. 그들에게 원망을 받아서도 안 된다. '참으로 고마운 유산을 물려주어 감사하다.' 고 말할 수 있게 해야 한다.

이미 착공 단계에 와 있는 이 시점에서, 이런 때 늦은 지적을 할 수밖에 없는 필자의 진언이지만 경청해주기 바란다. 이 글을 쓰기 위해서필자는 참으로 많은 이들의 의견을 청취했다. 그리고도 오랫동안 고심을 했다. 그러다가 마침내 펜을 들고만 심정을 다시 밝히고자 한다. 향후 대전 100년을 내다본다면 역시, 트램은 아니다.

# 문학은
# 문학이어야 한다

누군가가 나에게 '당신은 왜 문학을 하느냐?'고 물으면 그 때마다 늘 대답은 하나였다. '글을 쓰면 가슴이 뜨거워진다. 나아가서 독자의 마음을 덥힐 수 있다. 그래서 나는 문학을 한다.' 대답은 늘 이렇게 한결같았다. 그렇다. 내가 문학을 하는 이유는 나의 가슴과 독자의 가슴을 함께 덥히기 위한 시도였다.

문학은 언어를 통한 작품을 매개로 하여 작가와 독자가 의사소통을 하면서 종국에 가서는 감동의 나락으로 빠질 수 있게 하는 문화 양식이다. 나는 작가로서 활동을 시작하면서부터, 아니 습작기 때부터 글을 쓰지 않으면 우선 자신의 가슴이 답답해지면서 삶의 의미가 퇴색됨을 일찍이 자각한 바가 있다. 나에게 문학은 나를 표현하는 수단이었고, 나 자신을 실현하는 데 아주 적합한 최선의 길이이었다. 뿐만이 아니다. 이 세상에 소설이나 동화나 시와 수필 등 문학작품이 없으면 읽을거리가 빈곤한 독자들의 가슴도 빈 들에 선 것처럼 황량해질 거라는 걱정이 앞섰다. 감성을 일깨울 수 있는 문학 작품이 없는 세상은 매마를 수밖에 없지 않은가! 그래서 나는 이 양자兩者를 치유하고 충족시키기 위해 감히 문학을 한다고 자부해왔다.

그렇다. 역시 문학 작품은 인간의 가슴을 뜨겁게 하면서 정서를 순화시키는 동시에 미적 가치나 감각을 키우는 구실을 한다는데 의의가 있다. 그 뿐만이 아니다. 문학은 인간의 삶을 풍요롭게 하고, 나아가서 삶의 질을 높은 가치로 부양시켜준다. 게다가 인지적으로는 해결할 수 없는 상황도 문학은 이를 쉽게 용해시킬 수 있다. 문학작품은 머리로는 도저히 용납되지 않을 경우나 애증이나 갈등 아니, 분노까지도 용서하게 하고 화해시키면서 마침내 감동의 세계로 이끌어 멱을 감게 한다. 그것이 문학이 갖는 마력이다. 그래서 문학은 지식·정보를 이해하게 하는 글이나 논리적으로 타인을 설득하는 글보다 한 차원 높다고들 말한다. 창의적인 언어로서 작품 내용을 빚어내면서 진성성이 내재된 인간 세계를 펼쳐내고 있기 때문이다.

따라서 문학은 인간 본체를 대상으로 할 수밖에 없다. 타인을 따뜻하게 배려할 수 있는 가슴을 간직하게 하고, 아름다움을 아름다움으로, 착함을 착함으로, 진실 됨을 진실 됨으로 더욱 정제하며 승화시켜 맑은 영혼을 불러일으킬 수 있게 하면서, 사람을 더욱 사람답게 다듬어 나갈 수 있게 하는 구실을 하는 것이 바로 문학이다. 그래서 문학은 사람이라는 바탕을 떠나서는 존립할 수 없다. 이에 대한 믿음은 내가 문학을 시작하던 때나 지금이나 한결같다. 즉 문학의 목적은 인간의 영혼과 육신의 내재적 안식과 쾌락을, 그리고 더러는 대리만족을 위해 존재한다는 말이다. 이것이 바로 문학이 갖는 예술성이다.

그런데 원초적인 이야기이지만 문학의 또 한 기능은 이 예술성과 함께 교시성에 있다고 본다. 어쩌면 이 교시성은 예술성보다 오히려 근본적일 수도 있다. 인간은 혼자 살 수 없고 모듬살이를 하기 때문이다. 이 세상은 신이 부여해준 본마음을 바탕으로 하여 인간이 보다 도덕적이고 윤리적인 범주 안에서 그 걸 수용하며 더불어 살아가고 있다. 이 때 휴머니즘에 입각하는 문학의 교시성은 예술성과 함께 양대 축을 이루고 있다. 이 두 축을 바탕으로 하여 인간성의 함양과 함께 예술혼을 불러일으키도록 작품을 형상화하는 작업이 문학이며, 독자 편에서는 그 '작품들을 읽는 독서라는 수단' 으로서 감동을 얻는 것이 아닌가 한다.

그러함에도 불구하고 우리 주변에는 문학을 하는 목적을 문학에 두지 않는 경우가 더러 있다. 보통 작가는 인간 세상에서 일어나는 다양한 삶속에서 소재를 취해 작가의 경험, 상상력을 동원하여 스토리를 구성하거나 언어를 형상화 시키면서 사상과 감정을 이입시켜 작품을 만든다. 그러나 이러한 작품 내용들은 오르지 인간의 삶 속에서 담아져야 하고 형상화시켜야 진정성이 엿보인다. 그들이 안고 사는 현실을 담는 동안에 고뇌하고 번민하는 문제를 안고 살아가는 인간들을, 때로는 긍휼히 보면서 더러는 그들의 삶을 찬미하면서 그 삶을 탐구하고 추적하는 과정이 문학 창작이다.

그런데도 작가나 시인들이 그렇지 않은 경우가 종종 있어 우리를 슬프게 하는 일이 있다. 즉 작가나 시인은 작품으로 승부를 걸어야 하는데도 작품외적인 일에 더 몰두한다는 말이다. 문학을 한답시고 '문학' 을 닭벼슬처럼 이마에 붙이고는 문단 정치를 하는 이들이 판을 치는 세상을 보면서 난 문득 비애를 느낀다. 문단도 사람들이 모여 형성되는 것이니 서로 화합하고 정도 나누면서, 창작을 돕고 서로 문학성을 인정해주는 일 등은 얼마든지 있을 수 있다. 그러나 그러한 모든 일은 아름답게 진행되어야 한다.

　문학을 순수문학과 참여문학으로 구분하기도 하지만 어느 쪽의 작가나 시인에게서 나온 작품이든지 작가 자신이 먼저 마음이 더워져야 한다. 또 그 작품을 읽는 독자의 영혼이 맑아져야 한다. 그러기에 작품을 떠나서 작가는 존재할 수 없다. 독자 역시 작가의 작품 속에서 내재되어 있는 의미를 발견하면서 환희에 젖을 때 비로소 독자의 소임을 다할 수 있고, 존재의 의미도 찾을 수가 있다. 그러함에도 최근 우리 대전문단에 노벨 평화상을 받은 '엘리 위젤'이 수상 연설에서 말한 "침묵은 결과적으로 괴롭히는 사람 편에 서는 것이다. 때로는 간섭해야 한다. 인간의 목숨이, 인간의 존엄성이 위협 받을 때는 나서야 하고 소극적인 태도를 버려야 한다."는 말을 빌어 작금에 벌어지고 있는 일련의 사태와 아픔을 지적하며 용기 있게 나서는 문인이 있음을 바라본다. 참으로 다행스럽다. 하지만 한 편으로는 우리 대전문단이 왜 여기까지 와야 하나를 생각하면 마음이 슬퍼진다. 요즈음 같아서는 문학을 하는 자로서 존재감보다는 상실감이 앞선다.

　그러나 다시 말하지만 문학은 인간을 정화시키고, 아름다운 영혼을 불러일으킬 수 있으며, 정제된 카다르시스를 느낄 수 있는 작품을 창작해내는 작업 그 자체가 목적이어야 한다. 문학이 어떤 목적을 이루기 위한 수단으로 전용되어서는 안 된다. 더구나 문학이 이러한 문학의 본질에서 벗어나 문학 외적인 정치적 욕망이나 사업의 방편으로 이용되어서는 결코 안 될 일이다. 그러니 나는 이런 현실을 바라보면서 지금 다시 문학을 왜 하느냐고 물어온다면 한결같이 또 같은 대답을 할 수밖에 없다. '글을 쓰면 나의 가슴이 뜨거워진다. 독자의 마음을 덥힐 수도 있다. 그래서 나는 문학을 한다.' 라고, 그 외에는 다른 목적이 있을 수 없다 라고…

# 3·8민주의거
# '국가기념일' 지정 이후의 과제

1960년 3월 대전에서 일어난 3·8민주의거가 59년 만에 국가기념일로 지정되어 지난 3월 8일 대전시청 남문광장에서 국가규모의 첫 기념행사를 치렀다. 문대통령을 대신해 이낙연 국무총리가 임석했고, 당시 의거에 동참했던 분들과 일반시민, 학생 등 1600여명이 참석해 뜻 있는 기념식을 가졌다. 거리 행진도 하면서 당시 민주의거 상황을 재현했으며, 국가기념일 지정 이후 지난해 말 새로 명명된 '3·8민주의거 둔지미공원'에 세워져 있는 기념탑에서의 헌화식, 그리고 대전고등학교에서의 별도 기념행사까지 가졌다. 참으로 경축할 일이다.

대구의 2·28, 마산의 3·15의거와 함께 4·19혁명의 단초를 제공해 주었던 대전의 3·8의거가 뒤늦게나마 국가기념일로 지정되고, 보훈청 주관으로 치러진 이번 기념식을 바라보는 대전시민들은 감개무량할 수밖에 없었다. 참석자들은 모두 눈시울을 적셔야 했다. 우리나라 민주화에 초석이 되었던 그날의 함성이 들려오는 듯했기 때문이다.

돌이켜보면 그동안 3·8의거가 국가기념일로 지정되기까지는 많은 분들의 수고가 있었다. 대전시청을 비롯해 국가보훈청의 노력은 물론 3·8민주의거기념사업회를 이끌어 온 김용재, 김종인 공동의장 등 많은 분들의 노력이 컸다. 배후에서 국가기념일 개정안을 수정 발의해 국회통과를 할 수 있게 한 이명수 의원, 이장우 위원 등 대전·충청권 국회의원들의 노력도 컸다. 게다가 해마다 한 번도 거르지 않고 기념행사를 시행했고, 3·8정신을 계승하기 위한 학생백일장, 푸른 음악회, 시 낭송회와 그 당시를 회상하는 증언록 발간 및 문집 간행을 하는 등 부단한 노력들이 결실을 본 것이다. 최근에 들어서는 국가기념일 제정을 촉구하는 심포지엄, 국회 포럼을 개최하는 등 활동 영역을 넓히기도 했었다. 그 결과로 드디어 역사적인 성과를 올릴 수 있게 된 것이다.

그러함에도 불구하고 3·8민주의거기념사업회가 앞으로 추진해야 할 과제는 많이 남아있다. 국가기념일 지정이 끝이 아니다. 이제부터 또 다른 시작이 요구되고 있고, 풀어야 할 과제가 산적해 있는 것이다. 이들 중 시급한 현안 과제를 좀 더 구체적으로 들여다보기로 한다.

그 첫째 과제가 3·8민주의거를 널리 홍보하는 일이다. 4·19혁명의 단초를 제공해준 3·8의거를 일반 국민은 물론 대전 시민들도 잘 모르고 있다는 사실이다. 3·8민주의거 정신을 바로 아는 일은 참으로 중요한데도 그 3·8민주의거 자체를 잘 모르고 있으니 안타깝기만 했었다. 아니, 아예 잊혀져가고 있는 상황이었다. 참으로 가슴 아픈 일이다. 이번 국가기념일 지정을 계기로 하여 3·15의거와 4·19혁명처럼 3·8의거가 대전시민은 물론 국민들의 가슴 속에 파고들어야 한다. 그러기 위해서는 영상물 제작, 홍보책자 간행, '3·8 의거 둔지미공원' 처럼 3·8과 관련된 대고오거리, 목척교 등에 3·8의거를 상기할 수 있는 새로운 명명식을 통해서라도 시민들의 가슴에 각인시킬 필요가 있다.

둘째 과제는 3·8민주의거기념관을 건립하는 일이다. 서울의 4·19혁명기념관은 말할 것도 없지만 마산에는 3·15의거기념관이 있고, 대구에도 2·28민주의거기념관이 건립되어 있다. 이 기념관에 상주하는 직원들은, 민주의거 정신을 계승 발전시키는 제반 업무를 추진하고 있다. 그런데 우리 대전에는 아직도 3·8민주의거기념관이 없다. 이 문제는 이번 기념식에 참석한 이낙연 국무총리와 허태정 시장도 언급을 한 바 있다, 참으로 다행스럽다. 이참에 서둘러서 3·8민주의거기념관을 마련하고, 3·8정신을 계승해나가는 사업을 펼쳐나가야 하겠다.

셋째로 숨어있는 3·8의거 유공자를 발굴하는 일이다. 3·8민주의거를 일으킨 이들의 공훈을 따져서 격에 맞는 보훈이 이루어져야 한다. 4·19와 3·15 그리고 2·28의거와 걸맞은 차원에서의 3·8민주의거 유공자가 발굴되어야 한다고 본다. 그들의 의로운 행적이 역사의 뒤안길로 묻혀서는 안 되기 때문이다.

넷째로 3·8정신을 더욱 계승 발전시키는 일이다. 1960년 당시 3·8의거 참여자는 70대 후반의 나이로 접어들고 있다. 이미 세상을 뜬 이들도 많이 있다. 그러나 분명한 것은 3·8의거나 그 정신은 당시의 참가자 그들만의 것은 아니라는 점이다. 민주와 자유를 되찾은 시민정신으로서 영원히 이어져야 한다. 하지만 이제 자연의 순리에 따라 당시 참가자들은 머지않아 이 세상을 뜰 수밖에 없다. 그러나 분명한 것은 그들의 사후에도 그들이 남긴 정신을 계승 발전시켜야 한다는 것이다. 그러기 위해서는 후계구도가 확실히 구축되어야 한다. 그런 의미에서 이미 지난 2월 23일 3·8정기 총회에서 공동 대표 및 3·8기념관 설립

추진위원장 등의 임원진을 대폭 개선해 새롭게 출발한 바 있다.

필자는 3·8의거가 국가기념일로 지정되어 행사를 거국적으로 치르는 것을 옆에서 지켜보며 경축을 했던 한 사람이다. 그러면서도 당면한 이 과제를 풀어내어 3·8의거의 민주 정신이 대전에만 머물지 말고 전국적으로 확산되면서 더욱 계승발전 되어 영원한 시민정신으로 남기를 바라는 마음이 간절할 뿐이다.

# 3·8정신을 대전정신으로

3월이 돌아왔다. 1960년 3월 8일, 우리 대전에서 민주화의 횃불을 들은 의거가 일어난 지 올해로 57주년, 그 3월이 다시 돌아왔다. 그러나 대전 시민은 이 3·8의거에 대해 얼마나 아는가? 3·8 의거는 우리 현대사의 변곡점인 4·19를 촉발시킨 60년대의 민주화 운동이었다. 그런데도 올해 역시 대전시청 3층 대강당에서 조촐하게 의식행사만을 치르면서 별다른 의미 없이 지냈다. 대전정신으로 승화시키고, 충청인의 충절과도 맥을 같이 해야 할 3·8 의거인데도 점점 그 정신을 잊은 채로 역사 속에 묻히는 것만 같아 아쉽다.

3·8의거의 고장인 우리 대전이 보통시로서 충청과 맥을 같이 하며 발전해오다가 광역시로 자리 매김을 한 지 29년째 접어들고 있다. 예전에도 대전은 충청의 도청소재지로서 지방정치, 문화예술, 산업경제를 이끌어 왔다. 3·8의거도 그런 맥락에서 의식 있는 대전고등학교와 대전상업고등학교 학생들을 중심으로 하여 분연히 일어난 민주화 운동이었다. 이제 우리 대전은 인구 150만이 넘는 도시로서, 충청권을 넘

어 행정복합도시 '세종시'를 품은 배후도시로서 전국을 선도하는 역할을 하고 있다. 그러함에도 도시 세勢에 비해 더욱 강화·계승되어야 할 3·8 민주정신은 마산이나 대구에 비해 매우 빈약하다

대전은 역사가 깊은 도시이다. 일제 항쟁 기에 도청을 대전으로 옮기면서 발달한 근대도시로만 알고 있지만 둔산 신도시를 개발할 때 발굴된 월평동의 선사유적지, 노은동의 역사박물관 그리고 도안신도시 개발과정에서 나타난 뿌리 깊은 역사 흔적에서 보듯이 대전이 그냥 신생도시만은 아니다. 삼국시대는 백제·고구려·신라가 충돌하는 요충지였고, 조선시대 이후에는 송시열·송준길·박문수·신채호·권이진 등을 낳은 충효정신의 요람지요, 선비정신의 산실이었다. 역사와 함께 충과 효가 숨 쉬는 고장이다. 3·8민주화 의거가 대전에서 우연히 일어난 것이 아님을 알 수 있다.

근래에 들어와서도 대전은 주목을 받은 도시였다. 박정희 대통령의 첨단과학 프로젝트에 의해 1973년에 착공해 1978년도에 문을 연 대덕 연구단지 개발로 인해 일약 창조과학의 요람지로 성장했다. 우리나라의 기초과학에 관한 연구뿐 만아니라 우주과학, 국방과학, 원자력 개발을 선도해온 도시였다. 그만큼 우리 대전은 자랑스러운 곳이며, 대전 시민은 자긍심을 가져도 좋을만한 곳에서 살고 있다.

게다가 대전은 국토의 중앙에 자리를 잡아 사통팔달하는 교통의 중심지인지라 호남과 영남을 수도권과 잇는 요충지요, 물가가 전국에서도 저렴한 곳이라서 시민들의 삶은 그만큼 편안한 곳이라는 장점을 가진 도시이기도 하다. 그런 탓에 지방색이 엷어져 호남과 영남에 비해 특징이 없어졌고, 바탕이 워낙 순박해 물에 물탄 듯 술에 술탄 듯한 성

품이라는 말을 듣기도 한다.

그런 탓인지는 몰라도 최근에는 수도권이나 영호남에 비해 정치적으로 무 대접, 아니 푸대접을 받는 것이 아닌가 하는 일면이 있어 유감스럽기도 했었다. 그 중에서도 우리 대전이 자긍심을 갖고 있는 3·8 의거에 대한 평가와 그 인식 면을 살펴보면 서운한 게 한두 가지가 아니다. 다시 말하지만 대전의 3·8의거는 대구의 2·28의거, 마산의 3·15의거와 맥을 같이 하며 이 땅에 자유와 민주주의의 횃불인 4·19 혁명을 오게 한 단초가 된 의거였다. 우리나라의 근대사를 바뀌게 한 의거요 올곧은 민주 정신의 표출이었다. 그럼에도 불구하고 아직까지도 확실하게 조명이 되지 못하고, 관심도 약하다는 것은 이해가 되지 않는다. 국가 수준의 기념일로 확실히 자리를 잡는 것도 아니고 마산과 대구에 비해 행사 규모나 예산 지원도 매우 열악하다. 3.8민주 정신이 국민들에게 확실히 각인된 것도 아니다. 대전 시민 특히 정치인이나 관료들이 각성해야한다고 본다.

기념식 당일 권선택 대전시장께서도 축사를 통해 '3·8민주화 정신을 대전정신으로 승화시키자.' 고 말한 바 있지만 이 3·8정신은 대전의 충효와 선비 정신 그리고 첨단과학을 선도하는 창조과학 정신과 함께 융합되어야 한다. 3·8민주의거 기념관도 서둘러 세워져야 하고, 대구의 2·28공원과 같은 규모의 민주 항쟁과 나라사랑 정신을 기릴 공간도 조성해 향후 대전을 이끌어가야 할 대전정신으로 이어가야 한다.

# 이 소중한 한 표,
# 누구에게 던질까

내일이 제19대 대통령을 뽑는 날이다. 사상 초유의 대통령 탄핵사태를 초래하고 치러지는 이번 조기대선에 임하는 필자의 마음은 그 어느 때보다 착잡하다. 그런데 15명(2명 사퇴)이나 되는 후보들이 난립하는 과열 현상을 보이고 있지만 정작 마땅히 찍을 후보는 없다. 좌 우, 중도 보수 후보 등 다양한데도 후보자가 많은 그만큼 한 표를 누구에게 던질지가 오히려 더 망설여진다. 사전 투표율이 26.06%를 넘어섰다하니 더욱 곤혹스럽기만 하다.

동족상쟁의 6 · 25를 일으킨 북한과 마주한 상황에서 그 북한을 주적으로 보지 않는 좌파 대통령에게 한 표를 던질 수도 없고, 고해성사였다고 고백은 했지만 해서는 안 될 막말을 하는 후보는 미덥지 못하다. 그렇다고 중도 우파를 표방한 후보라지만 실은 좌파 원조인 상왕들을 모시고 있으니 그를 찍기도 어렵다. 그렇다고 자당自黨 대통령의 과오를 스스로 정제하지 못하고 뛰쳐나와 배신의 정치를 펼치고 있는 후보에게 한 표를 줄 수도 없다. TV 토론에서 논리를 펼치며 인기가 상승하고 있는 듯 하지만 여성 대통령에게 실망한 국민의 한사람으로서 그것도 정치적 영향력이 미미한 당의 여성 대통령후보에게 표를 던지기도 난망하다.

내일 투표장으로 가긴 가야하는데 국민들의 삶을 바꿔 줄 후보가 보이지 않는다. 그게 답답하다. 중국은 그 옛날 종주국의 입장에서 조공을 받던 미몽에서 깨어나지 못한 채 아직도 한반도를 바라보는 듯한 시선을 가지고 있는 현실이다. 게다가 미국을 믿지 말라는 말을 우리에게 다시 한 번 각인시켜주고 있는 트럼프 미 대통령의 사드 비용 10억불 발언이 우리를 분노하게 하는 이 마당에서 뽑아야 하는 대통령인데 그 누구도 확실한 비전을 주지 못하니 그게 안타깝기만 하다.

한 국가나 민족에게 그들을 이끌어 갈 지도자는 참으로 중요하다. 애급에서의 노예생활을 청산하게 하고 젖과 꿀이 흐르는 가나안 땅으로 유대 민족을 인도하면서 꿈과 희망을 준 모세와 여호수아가 그랬고, 로마대제국에서 회자되는 아우구스투스에서부터 카이사르에 이르는 지도자들도 그랬다. 해가 지지 않는 대영제국을 건설한 빅토리아 여왕도 이 마당에서 기억되어야 할 지도자이다. 시선을 안으로 돌려 한글창제를 비롯해 과학·음악 등 문화 융성과 자주국방의 틀을 견고하게 한 세종대왕과 같은 현군을 만날 수는 없을까 하는 필자의 마음이 오늘따라 간절해진다.

지도자가 지녀야 할 품성 중 으뜸 덕목을 꼽는 다면 덕치를 할 수 있는 온화한 인품과 냉철한 판단력을 갖춘 리더십이다. 게다가 국민과 소통을 하면서 분명한 비전을 가지고 국민을 행복하게 하면 금상첨화이다. 무소부지의 권력을 휘두르면서 백성 위에 군림해서는 안 된다.

우리는 지도자를 잘 못 만나 불행한 삶을 살고 있는 이들을 바로 옆에 두고 있다. 백두혈통을 자칭하는 그들은 3대를 이어 세습 왕조를 이루면서 인민들의 인권을 유린했고, 백성을 굶주림 속에서 허덕이게 하고 있다. 잘못된 지도자의 리더십은 국민들을 이렇게 참담한 지경으로 빠지게 할 수밖에 없다는 그 전형을 바라보고 있는 듯하다.

이런 저런 와중에서도 우리는 내일 새 대통령을 뽑으러 투표장에 나가야 한다. 마땅한 지도자가 보이지 않는다고 기권을 할 수는 없다. 현대사를 돌아보면 억압과 속박 속에서도 우리는 어렵게 민주화를 이루어왔다. 다행히도 한 때 지도자를 잘 만났고, 또 근면 성실하게 살아온 국민의 덕으로 이만큼 부를 축적하기도 했다. 이제 마땅한 지도자가 없으면 국민의 힘으로라고 만들어 세워야 할 수밖에 없다. 미래학자 앨빈 토플러는 국민의 수준이 정부의 수준을 만든다고 말했다. 지도자의 수준은 절대적으로 국민 수준에 의해 결정된다는 말이다. 물론 수백 년이 걸려야 할 민주화나 부의 창출을 단기간에 이룩하다보니 가치관에 혼란이 오는 바람에 진통을 앓을 수밖에 없었지만 우리 민족은 역시 위대하다. 역사적으로 봐도 둘러싸고 있는 주변국들의 침략과 압박 속에서도 끈질기게 살아남아 지금 우리는 풍요로운 삶을 구가 하고 있는 중이다. 그것은 우리 국민의 자긍심이자, 단결된 힘이 표출된 결과이다. 내일 투표장에 나가서 소중한 한 표로 지도자를 세우자. 그리고 그가 지도자로서의 덕목이 부족하다면, 우리가 먼저 추앙하고 받들면서 그가 리더십을 발휘할 수 있도록 국민의 응집된 힘을 발휘하자. 이제 우리 국민 수준도 이쯤에 와 있지 않은가!

# 새로운 대한민국,
# 다함께 갑시다

'새로운 대한민국, 다함께 갑시다.' 이 문안文案은 문재인 대통령이 당선된 직후에 전국 방방곡곡에 걸어놓았던 현수막에 쓰여 있던 문장이다. 정말 있어서는 안 될 대통령 탄핵이 현실화되었고, 국정농단이라는 이름으로 박근혜 전 대통령을 비롯해 많은 이들이 재판 계류 중에 치러진 선거에서 다수의 후보들이 나오는 바람에 과반수는 크게 미치지 못했지만, 오히려 그들을 쉽게 제치고 41.08%의 지지를 얻어 문후보가 대통령으로 당선되었다.

이 선거결과를 바라보면서 국민들 중 한 쪽에서는 민주주의 위대한 승리라 외쳤다. 게다가 문대통령을 중심으로 점차 국정이 정상화되는 과정에서 여론조사 지지율이 84.1%까지 치솟자 추종자들은 크게 만족해했다. 그들은 지금 문재인 대통령에게 큰 박수를 보내고 있는 중이다. 하지만 다른 한 쪽에서는 강대국에 둘러싸인 지정학적 위치에서 핵과 미사일을 들이대면서 맞서고 있는 북한과의 관계가 앞으로 어떻게 진행될 것인가에 대해 큰 우려와 긴장 속에서 걱정스런 눈길로 문대통령을 바라보고 있다.

우리는 일제 저항기에서 벗어나자마자 남북이 갈라졌고, 좌우의 갈등 속에서 많은 우여곡절을 겪으면서 70년을 넘게 살아온 대한민국 국민이다. 6·25라는 민족상쟁의 전쟁을 겪으면서 현실적으로 나라는 통일이 멀어졌고, 그 상황에서 이승만 독재와 4·19혁명, 5·16 군부 세력의 등장, 민주화 투쟁, 경제 발전 등 우리의 현대사는 참으로 영욕으로 얼룩진 수난과 질곡의 역사였다. 그러는 과정에서 제일 골이 깊은 것은 역시 좌우의 대립이었다.

그 시점에서 국정농단이라는 이유로 탄핵된 우파 박 전 대통령은 역사에서 사라지고 문재인대통령이라는 새로운 구심점이 섰다. 문대통령이 당선 직후에 내건 '새로운 대한민국, 다함께 갑시다.'라 제시한 비전은 우리에게 매우 희망적일 수밖에 없다. 이념의 갈등을 비롯해 동서 분열, 빈부 격차, 세대 간의 벽, 의사소통의 부재를 안고 있는 국민들로서는 '다함께 가자'는 데 딴지를 걸 이유가 있을 수 없다. 진심으로 환영을 해야 할 지표이기 때문이다.

그러나 국민들 중 일부는 지난 5월 9일 대통령에 당선되어 취임 이후 국정을 수행하고 있는 과정을 바라보는 시각이 긍정적인 것만은 아니다. 이것이 정말 국민과 함께 가는 것인가 하는 의문점이 드는 것이 한두 가지가 아니다. 물론 권력이 이동하면 기존의 대립적 가치는 다 그 시효를 상실하고, 무산될 수밖에 없다. 민심도 변하고, 사람의 등장도 혁신적일 수밖에 없다. 하지만 성급하게 부른 광주 5·18 기념식에서의 임을 향한 행진곡 제창, 국정교과서의 폐지, 세월호 사태를 여전히 정치화하고 있는 일관된 모습, 땅이 쩍쩍 갈라지는 심각한 가뭄인데도 서두르는 4대강 보 개방, 국민의 소리를 듣는 다는 명분을 달고 행해지고 있는 광화문 광장에서의 발언들은 자기들만의 잔치를 벌이는 것 같아 걱정스럽다.

거기다 지속적으로 쏘아올리는 북측의 미사일은 우리를 더욱 긴장시키고 있다. 북은 좌파 정부가 들어섰는데도 오히려 지금 대한민국을 옥조이고 있다. 정치적 계산을 노리는 게 분명하다. 문재인 정부에게서 무엇을 얻어갈까 하는 속셈이 분명 있을 것이다. 그들은 과거 김대중 정부를 비롯해 역대 정권에서 인도적 차원에서 준 물자를 포함해 '햇볕정책'의 일환으로 건네준 천문학적 숫자의 돈으로 핵과 미사일을 만들어 지금 우리에게 총부리를 겨누고 있다. 그들이 문재인 정부에게 얻어가려는 것이 무엇이고, 문대통령은 그 북을 바라보며 어떤 생각을 하고 있는지에 대하여 국민들은 지금 몹시 궁금해 하고 있다.

우리 대한민국이 어서 1인당 국민소득 3만 불을 넘어 4만 불 시대를 열어 나아가야 하고, 통일을 앞당겨야 하는 이 마당에서 문대통령이 당선사례로 걸어놓은 현수막 글에서처럼 모든 국민들은 함께 새로운 대한민국을 만들어 가고 싶어 한다. 하지만 그동안은 정치인의 말을 국민이 신뢰할 수 없었다.

그들의 말은 오히려 말 따로, 행동 따로 이기 때문이다. 문대통령도 과거 말을 뒤엎은 적이 있다. 하지만 우리의 문재인 대통령은 이제부터 대한민국을 이끌어갈 최고의 지도자이다. 국민은 대통령의 말을 신뢰할 수 있어야 하고, 문대통령 입장에서 보면 국민들에게 존경을 받아야 한다. 넉넉한 지도자로서 거듭나기 위해서는 내 '편만' 과 춤을 추는 대통령이 되어서는 안 된다고 보는 것이 필자의 시각이다. 국민들도 앞에서 열거한 몇몇 조짐이 보여 불안하기는 하지만 아직은 승자로서 패자를 끌어안는, 다 함께 갈 수 있는 리더십을 발휘할 대통령이 될 거라는 기대를 버리고 싶지는 않을 것이다.

# 기업공개 신주공모
# 투자인가 투기인가

올 들어 상반기가 지나고 어느 새 하반기인 7월말이 다가오고 있지만, 증권가에서 기업공개에 관심을 가지고 신주 공모 사업에 응하고 있는 투자자들은 신명이 나질 않는다. 신주공모 사업에 동참하는 족족 대박은커녕 쪽박을 찬 채로 뒤통수만을 긁고 나와야 하기 때문이다. 수억 원의 자금, 혹자는 기 십억 원의 자금을 들고 이곳저곳 증권회사를 찾아 신주를 공모할 때마다 기웃거려보지만 영 신통치가 못하다.

어느 해인가 얼른 기억할 수는 없지만 신주 공모에 들어가기만 하면 대박이 터졌던 달콤한 추억을 가지고 있는 이들이 많은지라 그들은 미련을 버리지도 못한다. 그동안 직접 주식에 손을 대어 큰 손해를 본이들도 신주 공모는 그런대로 승산이 있던 투자처였다. 비교적 위험도가 높지 않아 안심할 수도 있었다. 그러나 요즈음 들어 영 가늠할 수 없는게 기업공개 공모주 시장이다.

기업의 건전한 공개는 우리나라 경제 발전에 기여할 수 있는 절대적인 부가가치가 될 뿐만 아니라 기업을 활성화하는데 큰 몫을 한다. 기업공개는, 한 기업이 창업을 한 이후 괄목할 만한 성장을 하면서 이제는 개인 사기업이 아니고 인정을 받는 기업으로서 다시 태어나게 하는 계기를 만들어 주는, 일종의 기업 '성년식'이다. 따라서 기업 공개는 아주 중요한 의미를 가진다. 즉, 이 기업공개에 국민의 투자를 직접 유도하고, 공개적으로 마련한 자금으로서 회사를 원활하게 운영할 수 있게 하여 국가 산업 발전을 위해 한 몫을 담당할 기회를 부여받게 되기 때문이다.

이 때 그 회사가 얼마나 건실하고, 자본력이 있으며 또한 앞으로 얼마나 유망한 기업이냐에 따라 공모가가 확정된다. 보통 5백 원짜리 액면 주식이 적게는 수천 원에서부터 많게는 십만 원을 훨씬 웃도는 가격으로 책정되어 공개된다. 금융감독원의 엄격한 심사를 거치게 되는데, 그 회사의 장래성에 따라 기관투자 예측 수요율도 높아지기 마련이다. 적게는 몇 십대 일에서 많게는 천대 일을 상회할 수 있는 수치가 공개된다. 공개되는 기관 투자 수요율은, 회사 운영에 관한 진면목을 속속들이 알 수 없는 일반 투자가들에게 신주공모에 참여할 수 있는 바로미터가 될 수밖에 없다.

물론 기존 코스피 또는 코스닥 주식 시장이 상황에 의해 그때마다 선호하는 주식의 유형은 달라진다. 일테면 바이오 주식이냐, 제조업 주식이냐, 그렇지 않음 금융 주식이냐, 화장품 주식이냐에 따라 그 인기 순위가 정해지고, 선호도가 높아지는 게 일반적인 경우이다. 기업공개 주식도 그때, 그때의 시장 분위기에 따라 가격이 평가 될 수밖에 없다. 여기에 투자기관이나 외국인 투자자가 얼마나 몰리느냐에 따라 경쟁률이 치솟는다. 하지만 상장되기 전까지 얼마나 건전하게 성장해 온 기업이냐, 앞으로 얼마나 장래성이 있는 기업이냐가 주식 가격을 결정하는데 결정적인 원인이 된다.

그런데 엄격한 심사나 금융감독원의 감독, 그리고 기업 경영의 건전성에 의해 결정된 신주의 공모가인데도 이를 믿고 들어간 투자가들에게 요즈음 큰 실망을 안겨주니 참으로 안타까운 일이다. 신주가 상장되는 날부터 공모가에 훨씬 미치지 못해 투자가에게 막대한 손실을 주는 일이 종종 일어난다. 반대로 저 평가되거나 경쟁률이 아주 부진했던, 그래서 미처 눈 여겨 보지 않았던 기업의 주식이 정작 상장일에 대박을 치기도 한다. 그게 문제이다. 확실한 정보를 얻지 못하기 때문에 갑자기 '투자' 가 아닌 '투기' 로 변하면서 투자자를 궁지에 빠지게 하거나 황당한 상황으로 몰아간다.

투자자들에게 이런 사태를 맞게 하는 것은 절대적으로 기업 또는 이를 감독하는 정부기관의 책임이다. 지난해부터도 그랬지만 요즈음 들어 더욱 이러한 상황이 자주 연출되어 투자자들을 황당하게 하거나 아예 큰 손실을 주는 기업 공개가 한두 건이 아니다. 이러한 사태가 빈번하게 일어나니 신주 공모에 대한 신뢰도가 떨어지고 관심도 식어갈 수밖에 없다. 그렇다고 신주공모가가 공모가에 비해 과도하게 높은 가격으로 상장되는 것도 바람직하지는 않다. 기업 공개가 투기를 유도하거나 불로소득을 창출하여 사행심을 조장하는 데 쓰인다면 이 역시도 바람직하지 않다는 말이다.

투자자들은 건실하게 성장하는 기업을 돕고, 그 기업이 공개 후에 재계에 공헌하면서 경제를 활성화 하게 하는데 그 일원으로서 참여할 수 있기를 바라고 있다. 그런 좋은 뜻을 가진 투자자들에게 재산상 손실을 끼치게 하고, 좌절을 겪게 하는 기업 공개 현상이 왜 오는 것일까? 이러한 기업공개는 지양되어야 한다. 기업이 바르게 성장할 수 있고, 함께 행복해질 수 있도록 투자자의 역할을 증대할 수 있는, 시장 분위기가 창출되기를 바라는 것이 필자의 마음이다.

# 안영리에 가면
# 〈대전효문화진흥원〉이 있다

대전시 중구 안영리(동) 뿌리공원 입구에 들어서면 〈대전효문화진흥원〉(원장 장시성)이 우리를 맞아 주고 있다. 지난 3월 31일에 일반시민들에게 공개하고 개원했으니 오늘로서 95일째로, 사람으로 치면 얼굴 윤곽이 확실해지고 뽀얗게 젖살이 오르는 백일을 앞두고 있는 셈이다. 2007년 국회에서 〈효행장려 및 지원에 관한 법률〉이 통과되어 법적인 근거를 갖게 된 이 효문화진흥원의 설립은 당시에 우리나라 여러 도시에서 치열한 유치 경쟁을 벌인 바 있다.

결국 우리 대전이 최종 낙점 되었다. 대전이 국토의 중심부에 위치한 이점도 있고, 이미 안영동 일대에서 대전시 중구청에서 운영하고 있는 효문화마을, 뿌리공원, 족보박물관이 있어 한국 효 문화를 선도하는 인프라를 구축했던 점도 크게 작용했다. 또한 〈대전효지도사 교육원〉 원장으로서 효운동의 선구자 격이었던 (고)오원균 씨를 비롯한 많은 대전 시민들이 효문화진흥원을 대전으로 유치하자는 100만 명 서명 운동을 벌리는 등 다양한 노력으로 결실을 맺었다. 정부로부터 122억을, 거기에 대전시 예산 123억을 편성해 총 245억을 확보한 것이다. 그 이후에 22,300㎡의 부지를 마련했고, 2015년에 발주해 2년여의 공기 끝에 지하 1층, 지상 3층 그리고 별관인 효체험실 1, 2층 등 연건평 8,342㎡의 초현대식 효교육 및 효체험 공간을 마련했다.

정부에서 이런 효문화 진흥을 위한 장을 확보하는 데는 당면한 이유가 있었다. 우리나라는 예로부터 동방예의지국으로 불릴 만큼 전통적인 유교적 가치관을 가지고 살아왔다. 대가족제도 속에서 효를 백행지본으로 삼은 것이다. 임금을 섬기는 큰 효(충), 보모를 섬기는 작은 효를 같은 개념으로 보면서 인의예지를 중히 여겨왔으며, 그중에서도 특히 부모를 섬기는 효 실천을 우리 삶의 기본 덕목으로 삼아온 것이다.

그런데 이러한 전통적인 가치관이 점점 허물어지고 있어 우리를 많이 걱정스럽게 했다. 급격한 경제 발전과 함께 핵가족화 · 도시화 · 현대화 되면서 기존 가치가 붕괴된 것이다. 정체된 농경사회에서 급속하게 산업 사회로 전환되었고, 지식 · 정보화 사회로 패러다임이 바뀌는 과정에서 미풍양속이나 유교적 가치가 크게 와해되었다. 거기다가 이기주의와 함께 극단적인 개인주의가 팽배하면서 아예 해체되는 가족도 생겨났고, 가족구성원 간의 대립과 갈등 또한 심화되었다. 게다가 점점 1인 가족화 되면서 공동체 의식이 사라져 남을 따뜻하게 배려하는 마음도 점점 엷어졌다.

더욱이 요즈음은 충효를 구시대적인 산물로 알고 있는 사람들이 많아지고 있다. 아예 이 충효에 관심조차 없는 신세대가 늘어나고 있는 것은 참으로 안타까운 일이다. 일찍이 인도의 시성 타고로는 우리나라를 가리켜 '세계를 밝히는 동방의 등불로 노래' 했는데 그 이유를 '긴 역사와 전통 그리고 대가족제도를 가지고 효를 실천하는 나라'이기 때문이라고 말했다. 20세기 최고의 석학 중 한 사람인 영국의 역사학자인 토인비도 '자신이 죽을 때 딱 한 가지만 가지고 간다면 효의 정신이 흐르는 한국의 가족 제도를 가져가고 싶다.'고 말했다.

그러함에도 불구하고 그동안 정작 우리는 오히려 효를 소홀히 한 것이다. 효사상을 유교가 만들어낸 구시대의 산물로만 보고 있는 편견까지도 있다. 하지만 그렇지는 않다. 기독교의 윤리도 십계명 중 사람에게 명하는 첫 계명에서 '너희 부모를 공경하라.'했고, 불교의 부모은중경에서도 '어머니가 열 달 동안 태중에서 자식을 간직해주는 은혜, 이 세상에 태어나게 해 진자리 마른자리 가려가며 키우는 은혜는 하늘보다 높고 바다보다도 넓다.'고 가르친다. 또한 우리나라에서만 효자·효녀를 칭송하고 있는 듯하지만 미국 제16대 대통령인 링컨의 효행, 자동차 왕 헨리포드의 효심, 세계적인 동화 작가인 안데르센의 효, 그리고 나폴레옹과 그 어머니와의 자모 관계는 우리에게 감동을 주는 효 이야기들이다.

〈대전효문화진흥원〉은, 무너지는 우리 한국의 효를 다시 일으키고, 인성을 바르게 하기 위해 설립된 공공기관이다. 점점 발달하고 있는 현대의 첨단과학과 인간의 지혜는 신의 영역을 넘보려 하고 있지만, 인간이 인간다움을 잃는 다면 이 지구는 결국 종말을 고할 수밖에 없다. 지금은 한국의 효가 세계화하기 되해 선도적 역할을 할 때라고 본다. 이 시점에서 효를 다시 일으키고 되살리는 데 〈대전효문화진흥원〉이 구심점이 되어 크게 기여해주기를 바란다. 그런 뜻을 담아 필자도 이번 주말에는 백일박이 〈대전효문화진흥원〉을 만나러 안영리에 들리려고 한다.

# 독서의 계절에 부치는
# 편지 한 장

독서의 계절이다. 오늘이 9월의 마지막 날이니 내일부터는 10월, 이제는 날씨도 점점 더 서늘해져 책을 가까이 하기에 딱 좋은 계절이다. 예전 같으면 문화체육관광부나 전국에 산재해 있는 각급 도서관에서 벌써 여러 번 독서행사를 치렀을 것이다. 책의 중요성도 각인시키고, 독서 감상문을 쓰는 축제도 했을 법하다. 독서의 계절이 따로 있겠냐마는, 우리는 유독 가을이 오면 독서의 중요성을 강조했고, 책에 관한 캠페인을 벌이면서 독서를 권장했던 기억을 가지고 있다.

그런데 요즈음은 각종 미디어 매체나 SNS를 통해 접하는 지식과 정보가 넘쳐흘러 활자문화가 뒷자리로 밀리는 듯하다. 주지하다시피 우리 인류는 지나간 수 천 년 동안 책을 통해 지식과 정보를 획득해왔다. 책속에는 많은 정보가 담겨 있고, 온갖 지식이 다 들어 있어서 체계적으로 학문을 익힐 수 있었기에 인류는 책을, 교육의 도구로 활용해 왔다. 책속에는 단순한 지식뿐만 아니라 사상과 철학이 있고, 사색할 수 있는 장을 제공하게도 했으며, 인간의 정서나 희로애락도 담겨 있다,

그러니 우리 인류는 책을 통해 학습할 수밖에 없었고, 그 책을, 물질문명과 함께 정신문화를 축적하는 가정 보편적인 수단으로 삼아왔다.

그동안 책처럼 인류에게 중요하게 인식된 문화유산도 없었다. '책은 인간이 만들지만 그 책은 인간을 만든다.' 는 말은 자연스럽게 받아들여졌고, 그에 이의를 걸 사람도 없었다. 책을 열면 생각이 자라고, 미래를 헤쳐 가는 힘을 얻을 수 있었기에 책은 중요성이 거듭 강조되어 온 것이다. 그런 뜻에서 교육문화를 아우르는 당국자들도 해마다 책을 대하기 좋은 이 가을이 오면 독서 행사를 벌이면서 국민에게 책읽기를 권장해오지 않았나한다.

그런데 바로 그 책의 의미가 달라지는 시대가 도래 했다. 지식·정보화 사회에 진입하면서 종이에 활자를 찍어 만든 책의 중요성이 줄어들고 있다는 말이다. 참으로 격세지감을 느낀다. 그동안 인류는 몇 번의 변혁을 거쳐 왔다. 수십 만 년 동안을 원시 수렵채취시대로 살아왔고, 그 이후엔 강 유역에 모여 농사를 짓고 사는 농경산업사회로의 패러다임의 전환기를 맞았다. 그러는 동안 인류문명이 발생해 문자를 만들었고, 드디어 죽간竹簡에 글을 써 제작된 최초의 책이 등장했다. 그 후 활자 발명에 힘입어 본격적으로 책이 출현되었으며 그 활자문화가 인류를 이끌어 온 것이다.

이런 패러다임이 산업혁명이후 자본과 기술이 필요한 산업경제 체제로 바뀌면서 세상은 엄청나게 변화하더니 마침내 지식정보화 시대를 맞게 되었다. 그러면서 책의 역할은 차츰 첨단과학 기기에게 자리를 내어주고 있는 중이다. 학교에서의 종합생활기록부가 전산화 된지는 벌써 오래 되었고, 요즘은 종이 증권 대신 전자증권을 홍보하고 있다. 서양에서의 소크라테스, 플라톤, 아리스토텔레스 시대부터의 철학서, 시론 그리고 동양에서도 공자, 맹자 이후 많은 사상서와 함께 했던 불경이나 도덕경이 담겨진 책까지도 이제는 전산화를 추진하고 있으니 종이책에 대한 신뢰가 옅어질 만도 하다.

이미 이 세상은 지식정보화 시대에 깊숙이 진입되어 있다. 제4차 산업사회로 치닫는 이 상황에서 인공지능의 등장이라는 엄청난 변혁을 겪으면서 인간이 로봇에게 자리를 내주며 살고 있는 처지가 되었다. 이런 상황 속에서 필자는 정말 종이 책이 사라지는 것일까 하는 물음표를 던져본다. 이제는 SNS 문화 현상 속에서 학문도 철학도 문학도 순간적으로 공유되고 있다. 인간의 생각과 느낌을 글로 써 책을 제작하고, 이 책이 독자에게 전달되는 데는 많은 시간이 필요하다. 그러던 것이 이제는 생산되는 즉시 대중(독자)에게 바로 접속된다. 놀랍다.

그러나 여기에 여러 가지 문제가 제기된다. 우선은 익명성이다. 생성된 지식과 정보에 대해 누가 책임을 지려고 하지 않는다. SNS에서는 가짜가 판을 쳐도 나무랄 수 없고, 더구나 윤리성이 보장되지 않는다. 엄청나게 재미를 주기는 하지만 SNS에게 이 세상을 발전시키는 원동력이 되는 상상력의 확대나 창의성은 크게 기대할 수도 없다. 게다가 SNS에서의 선정성도 큰 문제이다. 첨단과학의 힘에 의해 도래한 SNS 시대 문화가 아무리 편리한 세상을 가져다준다 해도 인간이 인간이기를 포기하면 그땐 재앙이 온다. 이 지구는 결국 망할 수밖에 없다. 인간이 존재하는 한 인간성은 지켜져야 한다. 이게 SNS시대에 독서의 계절을 맞아 기대를 부풀게 하면서도 한편으로는 우리를 우울하게 하는 이유이다.

# 책을 펼치면 생각이 자란다,
# 미래가 보인다

　인류는 원시생활을 했던 그 때부터 지금까지도 의사소통을 하려면 직접 면 대 면하면서 대화를 나눈다. 그러다가 차츰 인지가 발달하면서부터 문자를 발명해 책을 만들었고, 그 속에 글말을 담았다. 우린 바로 그 책을 통해 오늘날과 같은 찬란한 문화를 만들어 냈다. 만약에 인류가 사상과 감정을 담아 펼쳐낸 책들이 없었다면 요즘처럼 살기 좋은 세상을 만들어낼 수 있었을까? 어쩜 불가능했을 지도 모른다. 그래서 우리는 책을 읽으면 생각이 자라고, 미래가 보인다고 굳게 믿으면서 서로서로 책읽기를 권장했다. 그 뿐만이 아니다. 책 속에 담긴 글을 통해 체계적인 교육을 해왔다. 그만큼 우리는 '사람은 책을 만들지만 그 책은 사람을 만든다.' 고 믿어 왔다.

　인간이 다른 동물에 비해 만물의 영장이 될 수 있었던 것은 생각할 수 있는 힘이 있고, 언어를 구사할 수 있었기 때문이라고들 말한다. 필자도 이에 절대적으로 동의한다. 그러나 입에서 입으로 전해지는 구어口語만으로는 오늘날과 같은 물질문명을 이룩할 수는 없었을 것이다. 생각을 담을 수 있는 문자를 발명해 책을 만들었고, 그 속에 경험과 생각들을 담아서 의사소통을 하고, 더 좋은 세상, 던 좋은 미래를 만들기 위해 지혜를 모았기 때문에 가능했다고 본다. 그렇게 보면 볼수록 책은 인류 문화를 발전시킨 원동력이었다.

그러함에도 불구하고 요즈음에 우리들은 이 중요한 책읽기를 소홀히 하고 있다. 책을 가까이 하지 않는다고 생각하면서 스스로도 반성하고, 후진들에게도 책 읽기를 적극적으로 권장하고는 있다. 책은 정말 중요한 것이라고, 그 속에는 많은 생각이 담겨 있고, 많은 경험이 내재되어 있으며, 지혜를 담아 놓은 보고寶庫라고 가르쳐 오면서도, 실제로는 우리 국민들의 독서 수준이 선진국에 비해 많이 떨어지고 있으니. 그게 걱정이다.

더구나 요즈음 첨단과학의 발달로 인해 영상 매체가 범람하고 스마트폰 기기가 판을 치는 세상을 맞으면서 국민의 독서열은 곤두박질치고 있다. 그 때문에 출판 업계는 장기 불황 속에서 허우적거리고 있으며, 글을 쓰는 많은 사람들은 울상을 짓다 못해 자존감이 떨어져 펜을 내동댕이칠 상황에 이르렀다.

우리는 이 시점에서 경각해야 한다. 지금 영상 매체가 판을 치면서 지식과 정보를. 신속하고도 편하게 전해준다. 게다가 즐거움까지 제공하고 있다. 하지만 그 기기들이 인간에게 쾌락을 줄지언정 사고력을 신장시키는 데는 한계가 있다. 인간의 사고력은 상상력이 우선되어야 한다. 상상력 없이 창의력은 신장될 수 없다. 그 상상력은 글말을 담은 책에서 온다. 즐거움을 쫓는 영상 매체에 비할 바가 아니다. 그래서인지 혹자는 문학적 상상력이 과학을 선도한다고 말한다.

우리는 책을 통해 정보를 전달받고, 정서를 함양하며, 서로가 서로를 설득하고, 또 상호 작용하면서 인류문화를 창출해왔다는 사실을 다시 한 번 인지해야 한다. 전술前述한 바와 같이 오늘날의 영상 매체나 스마트폰이 정보와 함께 쾌락을 동시에 누리게 하고 있는 것은 사실이다. 하지만 그런 기기들은 오히려 인간과 인간의 상호 언어소통을 단절시키고 있다는 사실을 깨달아야 한다, 즉, 영상매체는 생각을 가두어 버릴 수도 있다는 사실도 직시해야 한다. 유난히도 더웠던 여름이 지나가고 있다. 이제 나흘 후면 9월이다. 곧 아침, 저녁으로 찬바람이 옷깃을 여미게 하고, 생각도 다듬게 하는 가을이 성큼 다가올 것이다.

해마다 이 때쯤이면 독서의 계절이라고 해서 독서의 중요성을 강조하고 이벤트성 행사도 벌리면서 캠페인을 벌려왔었는데 올해도 어김없이 독서를 권장하는 행사가 펼쳐질 것이다. 그러나 이제 이런 이벤트성 행사는 접어야 한다. 1년 365일 내내 책과 함께 살아야 한다.

요즘 필자는 거리에서도, 버스고 지하철이고 대중교통 편에서도 한결같이 모두 고개를 숙이고 스마트폰을 조작하고 있는 모습을 바라보면서 안타까움을 느낀다. 필자는, 문자나 카톡으로 그렇지 않으면 게임 속으로 빠져들며 히죽거리는 그들에게 경고한다. 한 국가의 미래를 보려면 그 나라 젊은이들의 독서하는 모습을 보라고 했다. 다가오는 이 가을, 서늘한 날씨 청명한 하늘을 바라보면서 책을 읽을 수 있는 분위기로 전환되는 계절이 되기를 바란다. 좀 더 깊이 사색하고, 좀 더 높은 이상을 향해 자기 삶을 아름답게 구현할 수 있는 길이 어디에 있을까를 골똘히 생각하면서 이 가을에 책을 펼쳐보자. 더 좋은 생각을 키우고, 더 밝은 미래를 열기 위하여…

# 그 젊은이와 함께
# 고해성사를 하고 싶다

현실이 암담하다. 미래가 보이지 않는다. 제6차 핵실험도 모자라서 자고 일어나면 접하는 북한의 발악적인 미사일 발사가 일상화 되고 있는 이 엄청난 위기 속에서도 한 젊은이는, 딴 세상 사람처럼 일없다는 자세로 아니, 그저 취업준비생이라는 이름을 달고 오늘도 고시원에 나간다. 더러는 도서실이 아니면 소문난 족집게 강사를 찾아 나서기도 한다. 그가 안쓰럽다. 필자가 잘 아는 측근 자제인 서른세 살 젊은이의 이야기이다.

우리 주변에는 필자가 아는 이 청년 말고도 절망하는 젊은이들이 수없이 많다. 청년 실업 문제가 우리를 우울하게 하고 있는 게 현실이다. 청년 수당을 주고 있는 지자체도 있다고 한다. 하지만 이는 언 발에 오줌 눕는 일이며 오히려 청년을 비참하게 할 뿐이다. 50대 후반의 퇴직자나 조기 명퇴자도 곤고하기는 마찬 가지이다. 노후의 삶을 준비하지 못한 채 생계에 위협을 느끼며 그들은, 지금도 일자리를 찾아 헤매고 있다. 점점 노령화되고 있는 추세 속에서 재취업의 길을 모색해야 하는 처지가 참담하기만 한데, 슬하에는 아직도 자리를 잡지 못한 자녀들의 직강문제와 결혼 문제를 안고 있어 실의에 빠져야 한다.

이것이 단군 이래 최대의 부를 축적하고 있다는 우리의 현실이다. 부의 편중으로 가진 자와 가지지 못한 자의 대립이 점점 심화되고 있고, 농·어촌 문제나 노사 관계, 좌우 이념 갈등 거기다 혼자서 다 나라를 떠안고 가는 듯하지만 실은 국민들에게 실망과 배신감만을 주는 정치인들이 판치는 암울한 상황이, 지금 우리를 절망하게 하고 있다.

국민 소득 3만 불의 벽을 벌써 10여 년 동안 훌쩍 넘지 못한 채 경제는 밑바닥을 헤매고 있는데 일찌감치 샴페인을 터트린 국민들의 생활수준은 이미 높아져 있다. 험한 일을 기피하면서 급격한 근대화와 민주화의 격동기 속에서 경제 성장과 함께 우쭐거리기만 한다. 저들은 스스로 신분이 상승된 채 존재감만을 드러내며 너나 나나 할 것 없이 허세를 부리고 있다. 고급 주택과 고급차를 선호하면서 외식을 즐기지만 우리에게는 확실한 미래가 없다. 주택 융자금을 위시한 국민 부채도 수 백조를 넘어가는 상황에서 속은 텅텅 빈 강정이다.

게다가 지정학적인 위치로 인하여 유사 이래 강대국에 시달려온 아픈 역사를 가지고 있는 우리인데, 지금 현재도 앞날을 예측할 수 없는 게 주변 상황이다. 미국의 핵우산 속에서 한 때 배치되었던 전술핵이 사라진 후에도 미군철수를 외치며 소련과 중국의 묵인아래 핵 프로그램을 착착 진행해온 북한정권이다. 북핵이라는 위기에 대비하기 위해 사드를 배치하는 과정과 전술핵의 재배치가 다시 탁상에 오르면서 좌우 대립은, 주적인 북한을 앞에 둔 이들인지 아닌지를 가늠할 수 없게 한다. 패권주의를 지향하고 있는 중국의 횡포도 점점 우리를 작아지게 하고 있다. 그렇다고 미국도 자국의 이익이 우선이니 전적으로 믿을 수는 없다.

그런 우여곡절 속에서도 우리는 그동안 비전이 있는 삶이 없었던 것은 아니었다. 일제 저항기를 갓 벗어난 시점에 이 땅에 태어난 필자의 눈으로 봐도 혼탁한 좌우이념의 대립과 분쟁, 동족이 상쟁하는 전쟁을 치렀지만 그런 중에도 국민 정서는 '극일克日' 이라는 구심점과 '승공勝共' 을 키워드로 삼아 아픔을 참으면서 신생독립국으로서의 길을 나름대로 걸어왔다. 민주화 과정과 경제개발 과정에서 정치적 이슈를 드러내며 투쟁을 한, 극히 일부이기는 하지만 인권이 유린됐다는 그들 나름의 논란이 없었던 것은 아니었다. 허나 국민을 한데 묶을 수 있는 '극일' 이나 '승공' 은 확실한 구심점이 될 수 있었다. 지금처럼 허탈하지 않았고 무대책이지도 않았다.

특히 '우리도 잘 살아 보자' 는 현수막을 내걸고 살아왔던 그 시절에는 분명 내일이 있었다. 시골 외딴집까지 전기가 들어갔고, 가가호호 텔레비전 수상기로 정보를 접하며, 드라마를 즐길 수 있었던 시절, 냉장고에 신선한 음식을 가득 넣어 배불리 먹을 수 있는 세상을 맞으면서 우리는 들뜬 마음으로 꼭두새벽에 일어나 일하고, 별을 보며 퇴근을 했지만 불만이 없었다. 나름대로 행복해 했다. 그런데 자가용이 생기고, 고급 아파트를 향유했는데도 상대적 빈곤감에 시달리고 있으니 참 아이러니하다.

필자는 앞날이 보이지 않는 상황에서 무기력하게 세상의 미아가 된 채 의욕을 잃고 있는 한 취업준비생을 바라보며 문득 우리의 삶이, 현실이 까마득해진다. 그동안 필자 역시도 부산하기만 했던 삶을 살아온

것은 아닌가 생각하니 곤혹스럽기만 하다. 주말에는 젊은이와 함께 성
당에라도 나가 그동안의 삶은 무절제한 채 허세만 부렸었노라고, 국론
분열을 일삼았노라고, 남을 배려하지 않고 탐욕만 부리다가 오히려 선
진국 진입을 막았노라고 고해성사를 하고 싶은 심정이다. 그리고 그에
게도 현재의 삶을 반성하며 더 이상은 부모 품에서 캥거루가 되지 말고
독립해 진정한 국민의 한 사람으로서 조국의 통일을 내다보면서 비전
있는 새 삶을 모색해보자고, 권고하고 싶은 심정이다.

# 청소년,
# 그대들은 우리의 소망이다.

　지난 23일에, 뜻하지 않은 포항 지진으로 일주일 연기됐었던, 고3의 수능시험이 끝났다. 우리 한반도도 지진 발생의 위험에서 절대로 자유로울 수 없는 상황이 전개되고 있음을 바라보며, 국민 모두는 지금 바짝 긴장하고 있다. 그런 중에도 초등학교 1학년부터 12년간의 교육을 마치고 이제는 청소년기를 벗어나면서 새로운 삶에 대한 진로를 모색하고자 하는 그들에게 관심을 가질 수밖에 없다. 하지만 해마다 이때쯤에 그들 중에는 일탈하는 이들도 더러 있어 걱정스럽다. 일부 청소년들이 일상의 삶의 궤적에서 이탈된 채 해방감에 젖어 사회적인 문제를 야기하기도 하기 때문이다.

　언제부터인지 우리 사회는 청소년 문제로 커다란 벽에 부딪치고 있다. 아니, 요즘처럼 청소년들이 무서운 행동을 거침없이 하는 때도 없었다. 대부분이 부모와 스승 밑에서 순한 정서로 아름다운 청소년기를 보내고 있지만 그들 중 일부는 돌출행동을 해 우리를 걱정시키고 있다. 미혼모 출현, 흡연, 음주, 가출, 오도바이 폭주, 조직폭력 등에 얽혀

물의를 빚고도 있다. 사춘기는 인간의 생애 중에 겪는 피할 수 없는 과정이고, 건너야만 하는 강이지만 그 강을 건너기 힘들어하고 있는 이들이 의외로 많이 있음을 우리는 안다.

근대화 과정에서 정치, 경제, 사회를 비롯해 제 분야에서의 압축 성장으로 인해 빚어진 문제가 한 둘이 아니다. 전통적인 유교적 가치관인 충과 효, 그리고 예가 급격히 허물진 상황에서 지금 청소년들은 자기를 추스르지 못하고 있다. 준비도 없이 빨리 어른이 되고 싶어 하는 이들도 많다. 그들은 얼른 둥지를 탈출해 혼자 서고 싶어만 한다. 하지만 이렇게 된 데에는 어른들도 책임을 면할 수는 없다. 이 무렵에 있는 청소년들의 꿈과 이상이 일생을 통해 가장 원대한 때임을 같이 인식하면서 기성세대들은, 그들이 바르게 설 수 있도록 좀 더 따뜻하게 이끌어주어야 한다.

뒤돌아보면 필자의 경우에도 중2 때부터 시작해 고3에 이르는 그 시기에 꿈을 꿨던 이상은, 지금도 뛰어넘을 수 없을 만큼 컸다. 하늘을 찌를 듯한 힘과 원대한 야망도 있었다. 사람은 이 시기를 잘 다듬고 갈무리하면서 정진하면 인생이 행복해진다. 이 시기는, 자신에게 내재되어 있는 적성과 특기가 무엇인지를 발견해야 할 때이다. 따라서 자신이 하고 싶은 일을 찾아 자아를 실현하며, 일생을 행복하게 살 수 있도록 하기 위해 치밀하게 준비를 해야 한다.

이때 어른들은 청소년기에 있는 그들에게 섬세하고도 자상한 관심을 가지면서, 그들이 꿈꾸는 세상으로 갈 수 있도록 이끌어주어야 한다. 그중에서도 핏줄을 나눈 부모는 자녀들이 평소에 소망하고 있는 것이 무엇이며, 그들에게 잠재되어 있는 능력을 서둘러 발굴해줄 의무가 있다. 먼저 자녀가 가지고 있는 능력과 적성을 객관적으로 인식해야 한다. 절대로 과한 기대를 걸면서 과한요구를 하거나 질책을 해서는 안된다. 서로 다른 가치관으로 인한 갈등을 만들지 말아야 한다. 칭찬과 격려로 키워야 한다. 양파도 칭찬을 해주면 잘 자라고, 젖소도 칭찬을 해주면 젖을 많이 생산한다고 한다. 신의 은총, 아니 자연의 섭리가 인간을 성장시키지만 끝손질은 역시 먼저 삶을 살아온 어른들이 마무리를 해주어야 한다.

요즈음 버스나 전철을 타면 교복을 입고 가방을 멘 여학생들이 새빨간 립스틱을 짙게 바른 모습을 흔하게 바라볼 수 있다. 얼굴에 분칠까지 해댄다. 그 탱탱한 피부, 자랑스러운 젊음을 팽개치고 자신의 본 얼굴 그대로가 아름다운 꽃인데 그걸 모르고 화장으로 서둘러 어른 연습을 한다. 그뿐이 아니다. 남학생, 여학생 할 것 없이 한적한 공원에서 흡연을 하기도 한다. 게다가 소통은 하지 많고 스마트폰에만 매달려 희희낙락 게임만을 즐긴다. 앞날을 설계하는 꿈과 희망을 말하며, 시도 낭송하고 독서를 하면서 깊이 사색하는 장면을 찾아보기는 힘들다. 어른들은 청소년들에게서 자신의 끼가 무엇이고 어떤 일을 하면서 살고 싶은 지에 대해 토론하는 모습을 보고 싶어 한다.

W. 볼튼은 '사람이 살면서 미쳤다는 말을 들어보지 못했다면 너는 단 한 번도 목숨 걸고 도전한 적이 없었다.' 는 거라고 말한다. 사람은 청소년기에 자기가 좋아하는 일에 미쳐야 한다. 가치가 있는 일에 미치면 청소년 문제가 있을 수 없다. 사춘기의 진통도 없다.

필자는, 이제 수능을 끝낸 고3을 비롯한 청소년들의 삶에 대한 도전이 무한할 수 있기를 빌어본다. 아울러 그들을 돌보아 주는 어른들의

세심한 관심과 사랑도 함께 가득해지기를 바란다. 현실적으로는 지진
도 큰 무서움이지만 우리 앞에 닥친 현안들 중에는 지진만큼 크고도 아
픈 일들이 참으로 많다. 청소년들이 아름답고 바르게 성장해야 이 제
반 문제들이 치유될 수 있다. 아! 청소년 그대들은 우리의 소망이다.

# 세밑에 서서,
# 대한민국을 위해 기도한다

 필자는 송구영신하는 2017년 세밑에 서서 대한민국을 위해 기도한다. 한 해가 저무는 이 계절에 삼가 옷깃을 여미면서…. 우리 대한민국이 지금 어디로 달려가고 있는가? 정말 이 나라는 정상 궤도를 향해 달리고 있는 것인가? 묻고 또 묻는다. 잘 가고 있는데 나이를 먹어 삭아 버린 꼴통 보수의 덧없는 노파심이라고, 좌파성 젊은이들이 비웃을 수도 있다. 그러나 필자의 식견으로는, 철학으로는, 역사관으로는 아무리 곱씹어 생각해봐도 그게 아니다.

 정치지도자는 국민에게 비전을 주어야 한다. 희망을 주어야 한다. 하지만 여기저기 둘러봐도 내일을 향한 비전은 없다. 과거에만 집착하면서 미래를 보여주지 않고 있다. 개발도상국으로서 TV나 냉장고를 소유하고 싶었던 시절의 그 소박했던 비전을 보여 달라는 것은 아니다. 자가용을 소유하고 싶어 했던 그 시절의 미래도 아니다. 그 때의 지도자는 그걸로 역할을 다했다. 도로를 건설하고, 전기를 오지 산촌까지 향유할 수 있게 했던 꿈은 이미 지났다. 그러나 현재는 현재에 걸맞은 미래상이 있어야 한다. 진정한 의미의 복지 국가, 국민소득 3만 불이 넘는 선진 사회 진입, 문화 융성국, 민주 통일의 꿈이다.

그런데도 혁명의 제물이 되었다며, 익명의 사체를 발굴해야 한다며 광주의 땅을 파 헤치고만 있다. 역사를 바로 세워야 한다고 한다. 적폐를 청산하겠다고, 4대강 사업을 파헤치겠다고 올인하고 있다. 물론 역사는 바로 세워야 한다. 그걸 모르는 바는 아니다. 그러나 국민은 지금 미래를 위해 비전을 확실히 하는 정치를 더 원한다는, 그게 우선이어야 한다는 사실을 바로 인식해야 한다. 정치는 한풀이가 아니다. 조선 시대 사화가 있을 때마다 장안을 피로 홍건하게 했던 전철을 밟아서는 절대로 안 된다. 문정부 5년 내내 적폐청산에만 몰두할까봐 걱정이다.

도로를 확충하여 경제 개발을 꾀했던 시절의 고속도로 건설은 국토를 잇는 대동맥을 이루면서 부를 창출할 수 있었던 대역사였다. 그러나 오늘날의 고속도로나 지방까지 수도권 전철을 잇는 사업은, 서울공화국을 강화 시킬 뿐이라는 사실을 알아야 한다. 앞으로의 도로 건설은 심사숙고해야 한다. 지금 지방 소읍은 다 죽어가고 있다. 우회도로, 순환도로라는 이름으로 직선화된 도로는 지방 경제를 아예 소멸시키고 있는 중이다. 이웃과 만나 정도 나누고 물건도 구매하면서 아기자기하게 살았던 사람냄새 나는 시골 정서가 사라진지는 이미 오래 전이다. 아예 서울 쇼핑이 유행이란다. 주택 건설도 또한 마찬 가지이다. 농어촌은 폐허가 되어가고 있는데 수도권 개발만 힘쓰고, 대도시에 고급 주택과 아파트를 짓고 있을 뿐이다.

게다가 오르지 선거에서 이기겠다는 선심성 공약으로 인해 펑펑 내지른 국민 복지 때문에 지금 대한민국은 서서히 망해가고 있다. 근면 성실한 것으로 치면 세계 제일이었던 우리 국민을 게으르게 만들고, 공짜만을 바라는 몰염치한 인간으로 만들어버린 이들이 바로 정치인이다. 이러다가는 앞서 몰락한 세계 속 몇 나라들처럼 우리 대한민국도 복지 때문에 허물어져가는 것이 아니냐는 우려를 하고 있는 중이다.

또 하나 더 있다. 가장 무서운 상황이 우리를 옥조이고 있다. 북한의 핵이다. 미사일이다. 지금 그 위기 속에서 평창 올림픽을 치러내야 할 판이다. 일부 국가들이 이 긴장된 한반도에서 열리는 올림픽에 참가해야 하느냐 마느냐 하는 기로에 서 있다고 한다. 과거 역대 정부가 퍼준 돈으로 핵을 만들어 우리 가슴에 총부리를 들이대는 아이러니 속에서 우리 대한민국은 큰 위기를 맞고 있다. 미래를, 아니 당장도 예측할 수 없는 삶을 살고 있다.

그런데도 우리 정부는 국민에게 행복하게 살 수 있는 미래를 보여주지 못하고 있다. 적폐청산만 외치고 있다. 다시 한해가 저물면 이 정부가 쌓은 업적은 공과에 상관없이 역사 속에 묻히겠지만, 지금 이 순간부터라도 정치인은, 우리가 처하고 있는 현실을 냉철하게 바라보면서 진정으로 복된 나라를 만들 수 있는 비전을 보여 주어야 한다. 과거에만 집착하지 말고, 우리 후손들에게 부끄럽지 않는 나라를 물려주어한다. 필자는 이 순간도 한해를 마감하는 세밑에 서서 옷깃을 여미며, 비전이 있는 대한민국을 바라볼 수 있게 해달라고 간절히 기도하고 있는 중이다.

# 주식상장
# 기업공개 신중해야 한다.

요즈음 기업을 공개하기 위한 주식시장이 영 신통치가 않다. 많은 투자자들은, 신규 주식이 상장되는 날이 되면 많이 당황스러워 하거나 더러는 실의에 빠지기도 한다. 미국과 중국의 경제 정책 마찰로 인해 주식시장 분위기가 워낙 가라 앉아있기도 했지만 요즈음 같아서는 투자자들이 어느 신규 상장기업을 선택해 투자를 해야 할 지 참으로 곤혹스럽기만 하다. 그런데도 수많은 기업들은 여전히 기업 공개를 하기 위해 야단들이다. 자사自社의 주식거래를 활성화 시켜 기업의 부가가치를 높이려 하고 있기 때문이다. 기업을 공개해 외부 투자자를 유치함으로써 기업의 인지도를 크게 높이고, 스스로도 주식의 시세 차익을 실현함은 물론 기업에 대한 후광 효과를 창출해내기 위해서이다. 나아가서는 각종 세제 혜택까지 누리려고 하는 전략이 숨어 있다.

기업 상장이란 기업의 재무안정성, 성장가능성, 경영투명성 등이 일정 수준에 도달한 기업의 주식을 일반 투자자들이 쉽게 거래할 수 있도록 한국증권거래소에 등록하는 절차이지만, 결국 주식을 상장하는 목적을 한 마디로 요약하면 회사를 운영할 때 필요한 재원을 확보하는데 있다. 자금을 확보해서 자사 상품의 시장 점유율을 높이고, 기업 선도자로서의 입지를 공고히 하기 위해서라고 보는 것이다. 이때 필요한 자금을 확보하는 방법 중에 가장 확실한 것이 기업공개이니, 기업이 주식상장을 하려고 하는 것은 너무나도 당연한 일이다.

따라서 비상장 기업들은 기업공개를 목표로 하여 상장 요건을 충족하려고 안간 힘을 쓸 수밖에 없다. 이들 대부분의 기업은 평소에 기업경영을 건실하게 하여 상장에 필요한 기업공개 요건을 갖춘 후, 증권개래소의 심사를 거친다. 그런 후에 기업공개를 주관할 증권사를 정하는 수순을 밟게 되는데, 이때 주식 액면가의 확정과 함께 기업 공개 추진 일정도 공고한다. 물론 원매자들을 끌어들이고자 하는 계략도 숨어 있다.

그러니 이 시점에서, 투자자들이 신규 상장기업의 주식시장에 끼어들기 위해서는, 대상 기업을 세밀하게 주시하고, 분석할 수밖에 없다. 공개되는 기업의 가치를 정확히 알아야 이익을 창출할 수 있기 때문이다. 이때 현실적으로는 형성 되는 주식 가격이 가장 중요하다. 이를 잘 분석해내야 상장 당일 이익을 창출할 수 있다. 공개 당일 시초가가 액면가 대비 100% 이상 이익을 실현하는 기업이 있는가 하면 요즈음에 들어서는 이익은커녕 손절매를 해야 하는 상황도 초래되기 때문이다.

하지만 실상 일반 투자자들은 기업에 대한 정보가 안개 속일 때가 허다하다. 전문적인 지식이 부족한데다가 공개되는 기업에 대한 재무구조를 비롯한 부가가치를 잘 모르기 때문이다. 이럴 때 일반 투자자들은, 두 잣대를 통해 공개기업의 건실성과 미래 가치를 예단할 수밖에 없다. 첫째로 상장기업을 평가하는 기관수요 예측이다. 기관수요 예측 지수는 공개기업의 운영 상황이나 부가가치를 전문기관에서 파악해 내놓는 지표이다. 기관수요 예측이 1,000에 근접하는 기업도 있지만 어느 경우에는 50에도 미치지 못하는 기업도 있다. 둘째로는 기업에 대한 입소문이나 인지도가 영향력을 미치고 있지만, 그보다 기업공개 당일 경쟁률은 가장 확실한 바로미터가 된다. 이 경쟁률이 어느 기업의 경우에는 1,000 : 1을 상회 할 때도 있다. 하지만 기업에 따라서는 10 : 1도 채 되지 못할 경우도 있다. 그러니 일반 투자자들은 투자에 대한 의사 결정을 이 두 잣대에 의지할 수밖에 없다.

그런데 요즈음은 이 기준도 맞지 않으니 그게 문제이다. 기관수요 예측이나 당일 경쟁률도 높아 두 충족 조건에 부응했는데도 상장 당일 시초가가 액면가에 달하지 못하기도 하고, 그 반대로 경쟁률이 아주 낮을 경우도 더러는 이익을 실현하기도 한다. 그런 상황이 돌출되면 개미투자자인 일반 국민들은 황당할 수밖에 없다. 평범하게 살면서 정직하게 모은 자금으로 소박하게 투자한 귀한 돈을 기업이 잘라먹어서는 안 된다. 때문에 적어도 처음 공개하는 기업의 상장주식 가격은, 기관투자가와 인반 국민 투자자들에게까지 안정감을 주어야 한다. 그러기 위해서는 기업을 공개하는 기업이나 증권거래소, 그리고 주관사 역할을 하고 있는 증권사가 책임감을 가져야 한다. 필자는 이들이 보다 신중하게 접근해서 일반 개미 투자자인 국민들의 이익이 창출되길 기대하는 마음을 헤아려 줄 수 있기를 기대해본다.

# 대전 트램 건설
# '예타' 면제된 채로 확정됐다는데 …

요즈음 대전 도심으로 들어가면 온통 현수막 물결이다. 웬만한 사거리나 육교 위에는 현수막이 펄럭인다. '대전 도시철도 건설 트램 확정을 환영한다'는 현수막이다. 예비타당성 조사를 면제받았단다. 그러니 도시철도 2호선의 트램역이 예정되어 있는 곳은 더 민감할 수밖에 없다. 시내버스 광고판도 도배를 한 듯하다. 오랜 숙원이 일시에 해결되어 대전의 미래에 서광이 깃든 분위기이다. 언론 매체들도 트램 건설에 관한 보도로 지면을 가득 채우고 있다.

그러나 속내를 들여다보면 모두가 들뜬 분위기만은 아니다. 대전 시민들이 다 환영하는 것도 아니다. 트램 건설에 대한 의견이나 수용 정도가 다르기 때문이다. 숙원 사업인 대전도시철도 2호선이 확정된 건 다행스럽지만 대전의 미래를 위해서 트램은 아니라는 편도 만만치 않다. 그 이유는, 지금도 대전의 도로 사정이 열악해 교통 정체가 심각한데, 그 좁은 노폭을 트램 노선이 상하행선 두 차선을 잠식해버리면 상상할 수도 없는 교통 정체가 올 것이 불 보듯 뻔하기 때문이다. 그래서 언론 역시 일단은 환영할 일이지만 찬반론과 함께 문제점을 강도 있게 지적하고 있다.

이렇게 트램 건설에 대한 찬반양론의 향방이 두 편으로 극명하게 갈리고 있다. 트램 건설을 찬성하는 쪽은 정치인과 새로운 역세권을 형성해서 부동산 경기가 부양될 걸 기대하는 지역민이다. 반대하는 쪽은 대전의 미래를 생각하는 시민들이다. 우선 트램은 건설비가 지하철에 비해 많이 절감되고, 공사기간도 짧아 바로 시민들이 이용할 수 있다는 장점이 있다. 1996년에 지하철 2호선 건설 기본계획이 수립된 이후 지금까지 23년간이나 지지부진했었는데 트램은, 이를 단박에 해결해 2021년에 공사를 시작해도 2025년이면 완공되어 시민 곁으로 갈 수 있다는 것이다.

그에 비해 반대하는 쪽은 트램 건설이 대전을 교통지옥으로 몰아갈 수밖에 없다는 걸 이유로 들고 있다. 평균 시속 50km 이상 달리는 지하철의 쾌속성에 비해 노면 전철인 트램의 속도는 지상 도로 위를 달리기 때문에 느릴 수밖에 없다. 운행 속도가 시내버스와 거의 같다고 보면 된다. 프랑스 파리 트램의 경우 시속 17~18km란다. 중국 난징이 12~13km이고, 선양이 17~23km라고 한다. 현재 우리나라 시내버스 운행속도가 평균 20km 안팎이니 대전 트램의 속도도 이와 비슷하다고 보면 된다. 상습 정체구간인 테미 고개나 유천동 사거리, 그리고 도마동 사거리를 지나 진잠 쪽으로 교통정체의 비좁은 틈을 뚫고 헉헉 거리며 달릴 트램을 상상하면 숨이 막힌다.

우리가 도시철도를 건설하려고 하는 이유가 있다. 교통의 혼잡에서 벗어나서 쾌적한 현대도시로 거듭나 시민들에게 편리함을 제공해주기 위한 것이다. 그런데 트램으로 인해 오히려 불편이 야기된다면 다른 방법을 찾아야 한다. 지금까지 우리나라의 각 도시가 시도한 트램 건설에 대한 현실이 이를 잘 증명해주고 있다. 서울시의 경우 박원순 시장의 트램 건설 공약이 백지화되었고, 수원도 성남도 많은 문제점 때문에 트램 건설이 확정되지 않은 상태이다. 용인의 경전철은 지금 애물단지로 전락하고 말았다. 현재로서는 관광자원화 하려는 부산시의 '오륙도선' 만이 예비 타당성 조사에서 적합성을 인정받은 정도이다.

상대적으로 이번엔 자하철 건설의 모범 사례를 들어본다. 이웃도시 광주의 경우이다. 정치적인 상황이나 여건이 우리 대전과 같은 건 아니지만 광주는 지하철 2호선 착공을 눈앞에 두고 있고, 2023년에 1단계 구간이 완공될 예정이란다. 광주는 도시의 규모가 대전과 비슷하다. 인구수도 비슷하고, 시세市勢도 그만그만하다. 그러함에도 불구하고 대전은 도시철도 2호선을 지하화 하지 못한 것이다. 23년간이나 표류하다가 이제야 예비타당성이 면제된 상황에서 트램 건설의 첫 삽을 뜨려 하고 있다.

이미 대전 트램 건설이 확정된 이 마당에 뒷북을 치는 일이지만 대전의 미래를 생각한다면 다시 심사숙고해야 한다. 트램을 건설하려다 중단한 서울, 그리고 수원이나, 성남의 전철을 밟으려 하는가? 아니다. 광주 지하철 2호선을 벤치마킹해야 한다. 정말 대전의 100년 후의 앞날을 생각한다면 트램은 아니다. 자연이 우리의 것이 아니고, 잠시 빌려 쓰다 후손에게 물려주어야 하는 것처럼 대전도 우리 것만은 아니다. 후손에게 쾌적한 대전, 편리한 교통체계를 물려주어야 한다.

세계 제일의 트램 도시인 호주의 멜버른의 경우도 트램보다 메트로를 이용하는 시민이 34%나 많단다. 유럽형 트램을 얘기하고 있지만 그곳 역시 트램이 사양화되고 있는 실정이다. 일본도 트램을 기피하고 있다. 이렇게 효율성이 확인되지 않은 상태에서 트램 건설이 대전에서 강행된다면 그건 참으로 안타까운 일이다. 첫 삽을 뜨기 전에, 트램 건설이 대전을 위한 축복인지 스스로 재앙을 불러들이는 일인지를 다시 한 번 깊이 생각하면서 고뇌해야 한다.

# 정부의
# 주택정책 바로 가고 있나

요즘 퇴직 공무원이나 회사원들이 사회 적응을 위한 퇴직 연수를 위한 강좌가 매우 다양하게 개설되고 있다. 그 퇴직 연수중에 건강관리에 관한 강좌는 필수 과목이다. 이와 함께 빠지지 않는 과목이 하나 더 있다. 바로 부동산 강좌이다. 그런데 이 과목은 부동산 투자를 권유하는 내용이 아니다. 오히려 그 반대이다. 퇴직 후에 나이 들어 부동산 투자를 삼가라라는 것이다. 그 중에서도 아파트를 비롯한 주택에 투자하는 걸 금기시 하고 있다.

퇴직 예정자자들이 '묻지 마' 투자로 한 몫 잡았던 부동산 시대가 있다는 걸 모르지 않는데도 연수원 측에서 굳이 이 강좌를 개설하고 이유는 뭘까? 아마도 그들이 젊은 시절 부동산 투자로 재미를 보았던 기억이 각인되어 있는 이들이기에, 혹 판단 착오에서 오는 위험부담을 줄여주려는 배려 차원에서, 개설하고 있는 강좌인지도 모른다. 그렇다. 요즘 퇴직하는 이들은 대부분이 과거에 누렸던 재테크 수단으로서의 주택 투자에 대해 감미로운 추억을 가지고 있다.

그러나 이제 그 생각을 떨쳐버려야 할 때라는 것이다. 주지하다시피 그 옛날 부동산 투자에서 맛보았던 횡재의 시대는 갔다는 것이다. 주택이 재테크의 수단이 아니고 그저 주거 개념으로서 삶의 공간이라는 걸 인식하게 된지는 이미 오래 전이다. 그런데도 아직 주택 투자에 미련을 버리지 못하고 있는 시니어들이 있다면 얼른 벗어나야 한다. 그보다 정부나 지방 단체에서는 이 불확실한 주택에 대한 개선 정책을 구체적으로 국민에게 보여주어야 한다. 정부는, 급격하게 줄어든 출산율이 십수 년 이상 장기화 되고 있고, 향후 20년 · 30년 후의 주택 문제가 어떤 큰 재난으로 다가들지도 모른다는 사실을 간과하고 있지는 않나 싶다.

현재는 홀로 된 노인이나 미혼 남녀가 살고 있는 1인 가구의 확산 덕에 주택 문제의 위기 상황을 겨우겨우 면하고 있다. 당국은 이를 잘 알고 있다. 그러함에도 해마다 건축되는 아파트는 줄어들 기세를 보이지 않고 있으니 걱정이다. 아파트뿐 만이 아니다. 다가구 다 세대 주택은 그 보다 더 심각한 추세로 건축이 되어 지고 있는 중이다. 대학가는 물론 백화점과 대형 마트 등 유통 시설이 있는 주변은 말할 것도 없이, 이제는 일반 주택가도 주인 세대와 문간방 구조의 전통적인 헌 집이 헐리면, 바로 그 자리에 3, 4층의 다세대 공동 주택이 꽉꽉 들어차고 있다. 20여 세대가 살 수 있는 빌딩 수준이다.

다시 말하지만 앞으로는 수요에 비해 공급이 넘치는 이 주택들로 인해 사회적으로나 국가적으로 큰 어려움 맞게 될 수도 있다. 그런데도 정부는 장기적인 안목으로서 주택 정책을 세우지 못하고 있으니 그게 문제이다. 당장의 건축 경기가 경제 활성화에 미치는 영향을 고려해서인지 미봉책으로서의 주택 정책을 펴고 있는 것이다. 이 현상으로 인해 어쩌면 우리나라는 머지않아 큰 재앙을 초래하게 될 지도 모른다. 지금 이 순간에도 농어촌에서는 이어移魚·농農 현상과 인구 감소로 인해 폐허화 되어 허물지고 있는 가옥이 마을마다 한두 채가 아니다. 거기다가 전국적으로 보면 미분양 아파트가 지금도 심각한 문제를 제기하고 있다. 또한 대도시는 물론 중소도시의 대학가 곳곳에서는 원·투룸이 지금 급격하게 공동화空洞化되고 있는 중이다. 한 때는 흥청거렸던 그 대학촌 거리가 학생 감소로 인해 현재는 슬럼화 하고 있는 중이다. 우리 대전·충청권의 대학가 원룸 소유자들만도 해도 이 때문에 죽을상을 하고 있다.

일부 수도권이나 신흥 도시에서 부분적으로 신축 또는 재건축으로 해결해야 할 주택 건설에 관한 정책을 전국적으로 일괄 적용해 현재도 수없이 지어지고 있는 건축물이 아파트요, 다가구 주택들이다. '이 설움 저 설움 크다 해도 집 없는 설움이 제일 크다.'는 옛말이 있기는 하다. 그러나 이제는 이 주택 과잉공급이 오히려 큰 사회적 국가적인 재앙이 될 수 있다.

이웃나라 일본이 주택 경기의 장기간 하락으로 집값이 반 토막 났고, 불경기가 지속되었었던 사실을 우리는 잘 알고 있다. 이를 반면교사 삼아 지금이라도 주택 정책을 바로 세워야 한다. 퇴직을 앞두고 있는 이들을 향한 연수교육에서만 주택 투자를 삼가 하라고 권할 것이 아니다. 실제로 주택 정책을 입안하는 이들이 보다 장기적인 안목으로 앞날을 내다보면서, 수요와 공급에 적정을 기할 필요가 있다. 국민들도 서울과 일부 수도권에서의 부분적으로 이는 미세한 아파트 분양 과열에 혹 착시 현상을 느끼고 있다면 이를 얼른 수정해야 한다.

# 서대전 공원,
# 시민의 품으로 한걸음 더 다가오다

　참으로 오랜 동안, 우리를 불안하게 해왔던 서대전 광장이 드디어 대전 시민들 곁으로 한걸음 더 다가왔다. 지난 해 12월 28일 법원의 화해 조정 결정으로 토지 대금 570억 원을 지불하고 금년 1월 3일에 대전시가 소유권을 확보하게 된 것이다. 아직은 날씨 탓에 뜸하지만 이제 입춘도 지났고, 우수 경칩 이후의 새봄을 맞으면 공원으로서의 활용도가 크게 높아질 거라는 매체들의 소식을 접하며 필자는 우선 반가움과 함께 대전 시민의 한 사람으로서 환영을 한다.

　서대전 사거리에 위치한 이 광장은 오래 전부터 대전시민 공원으로 조성되어 시민에게 휴식을 제공해 왔다. 그밖에도 다양한 행사를 통해 시민들에게 즐거움과 편의를 제공해왔고, 특별한 정보를 공유하는 공간으로 활용되어 왔다. 더러는 체육행사나 환경 보호를 주창하는 NGO 단체의 모임 또는 대전시나 민간이 주도하는 문화제, 축제 및 시상식에 선거 유세까지 각종 집회를 통해 꾸준히 그 때 그 때, 이슈를 제공해 주기도 한 곳이다.

　서대전 시민 공원은 지하철 서대전역과 바로 인접해 있고, 호남선 철도 서대전역과도 가까워 교통이 편리할 뿐만 아니라 대전 시내 한 중앙에 자리를 잡고 있어 접근성이 뛰어난 곳이다. 또한 인근에 대량 유통단지와 금융 및 편이 시설에 먹거리 문화도 발달한 지역이라서 크게 선호하는 장소이다. 게다가 문화동 일대의 군부대가 철수하고, 그 자리에 대형 아파트 단지가 조성된 후부터는 대전 시민이 더욱 몰려들면서 시민들에게 큰 사랑을 받는 공원으로 자리를 잡아온 것이 사실이다.

그러나 애당초 공원 조성 당시부터 서대전 광장의 상당 지분이 개인 소유의 사유지라서 임대해 사용할 수밖에 없는 어려움이 있었다. 처음부터 상큼하게 출발하지 못하고 첫단추를 어렵게 끼워 불안하게 시작한 공원이었다. 그런 연유로 서대전 시민광장은 공원으로서의 개발을 제대로 할 수가 없었다. 그동안 헛소문도 많이 돌았다. 어느 해인가는 서대전 광장 자리에도 대단지 아파트가 들어선다는 풍문이 돌아 시민을 불안하게도 했고, 또 언제인가는 조성되어 있던 조류사나 비둘기 광장이 폐쇄되는 걸 보면서 공원이 아예 없어지는 것이 아니냐는 우려를 낳게 하기도 했다. 주변 환경이 정비되면 될수록 금싸라기 땅으로 바뀌는 서대전 광장은 시민들에게 점점 더 관심이 커졌지만 오히려 그만큼 불안을 준 것도 사실이다.

이런 불안이 지속되고 있는 상황에서 마침내 올해 초, 그 문제가 완전히 해소되고 마침내 서대전 광장이 영원히 시민의 품으로 안길 수 있게 되었다는 소식은 시민들을 기쁘게 할 수밖에 없다. 도시가 비대해질수록 점점 녹색 숲은 사라지고 회색 그늘에서 탁한 공기와 미세 먼지를 마셔야만 되는 우려 속에서의 서대전광장과 같은 녹색공간은, 사막에서의 오아시스와 같을 구실을 할 수밖에 없는 곳이다.

특히 대전은 광역단체 대도시로 크게 발전하고 있고, 150만 명이 넘는 시민들을 품고 있지만 우리 시를 푸르게 하고, 시민을 포근하게 감싸줄 녹색 공간인 도심 공원은 매우 빈약한 편이다. 세천 유원지, 보문산 공원, 계족산 휴양림, 계룡산 국립공원의 끝자락인 수통골, 뿌리공원, 금강로하스 대청공원 등 도시 외곽에서 나름대로 시민의 휴식처가 있다고는 하지만 도심에서 산소탱크가 되어 줄 공간은 지금도 절대부족이다. 기껏해야 소규모인 가양공원, 유림공원, 동춘당공원 등이 있을 뿐이다. 그것도 서대전 시민공원처럼 도심 한 복판에 위치해 접근성도 좋고, 시민에게 휴식과 함께 광장이 있어 각종 행사를 용이하게 치룰 수 있는 여건을 갖춘 공간은 전무한 상태이다.

이런 판국에 서대전 공원이 오랜 법적인 분쟁을 끝내고, 조정 확정을 통해 시민의 품에 안길 수 있다는 것은 정말로 환영할 만하다. 앞에서도 천명했지만 서대전 광장은 그저 단순한 공원이 아니다. 물론 일차적으로는 휴식을 제공하는 역할을 하고는 있다. 하지만 서대전 시민공원은 대전 시민들에게 휴식과 함께 건강을 다질 수 있는 공간으로서의 역할 뿐만 아니라 각종 문화를 즐길 수 있게 하고, 소통과 화합을 하게 하며, 정보를 공유할 수 있도록 하면서 더 큰 구실을 했던 곳이다.

필자도 앞으로 새봄이 되면 더 자주 서대전 광장에 나가려고 한다. 녹색 잔디밭에 서서 공원 곳곳에 자리한 우람한 소나무들과 상징적으로 서 있는 느티나무, 그리고 초록색 새 잎눈을 틔울 활엽수들을 의미 있게 바라보려고 한다. 시민들의 발걸음이 더욱더 잦아져 붐빌 광장 그 서대전 공원에 나가 문화를 향유하고, 녹색 공간을 즐기며, 시민들과 함께 갖가지 정보를 공유하려고 한다.

# 대전은
# 문화의 뿌리가 깊은 도시이다

우리는 대전을 문화의 뿌리가 깊지 않은 동네라고들 한다. 과연 그럴까? 하기야 대전은 1905년 경부선의 개통과 함께 형성되기 시작한 도시라는 면은 있다, 그 이후 그러니까 지금으로부터 86년 전인 1932년에 공주에서부터 충남도청이 대전으로 옮겨지면서 마침내 크게 도약을 시작한 근대도시임은 분명하다. 그러니 가까운 이웃인 청주나 전주와 비교해 역사성을 비추어 볼 때 도시의 형성이 아주 많이 늦은 것이 사실이다.

행정구역상으로 '한밭' 이라는 지명이 현재 '대전'으로 개칭 되어 재탄생한 것은 갑오개혁 무렵인, 1886년이다. '회덕군 대전리'로 처음 대전이라는 이름을 얻게 되는 것이다. 그 후 1910년에, 경부선이 확실하게 지나가는 대전 쪽으로 회덕군의 군청이 이전된다. 이렇게 형성되는 과정을 거치면서 1914년 진잠군(현)과 회덕군(현)을 합하고, 거기에 공주군(목)의 일부를 편입해 대전군이 처음 생기게 된다. 그러다가 1932년 도청이 이전되고 나서 3년 후인 1935년에 들어와서야 대전부府로 승격이 된다.

필자는 지금까지 대전의 발전사를 되돌아보았지만 1905년부터 쳐도 113년 밖에 안 되는 내력을 가지고 있는 도시이니 그야말로 일천한 역사를 가진 신생 도시라 할 수 있다 그러니 유서 깊은 도시도 아니고 더구나 문화의 뿌리도 짧다고 할 수밖에 없는 것이다. 더 거슬러 올라가면 삼국 시대에는 백제와 신라의 국경 지역으로 변방이었다. 서로 뺏고 빼앗기는 역사를 되풀이 했던 곳으로 추정되고 있으니 정치의 중심이나 문화의 중심에서 벗어날 수밖에 없다고 보는 것도 당연하다.

그러나 전혀 그렇지 않다. 우리 대전은 문화의 뿌리가 아주 깊은 동네이다. 그 중에서도 우선 조선 유학의 맥을 이어가는 기호학파의 큰 인물인 우암 송시열 그리고 동춘당 송준길을 배출한 도시이니 대전이 문화의 중심, 정치의 중심, 유학의 중심지라 할 수 있다. 그들 두 분은 1606년과 1607년에 연이어 태어난 친척이다. 율곡 이이에서 사계 김장생으로 이어져 온 유학의 기호학파는 우암 송시열에 와서야 완성된다고 할 만큼 송시열은 송준길과 더불어 대전이 낳은 큰 인물이다. 조선 시대 문신이요, 성리학자이며 주자학의 대가로서 송시열의 제자들이 큰 무리를 이루었고, 그의 문장 또한 압권이다. 그만하면 대전을 뿌리 깊은 동네로 칭찬할만하지 않은가!

하지만 이들 두 분 말고도 또 한 분이 있어 우리 대전 문화의 근원을 이루고 있다. 바로 1637년에 태어난 김만중이다. 한글 소설 구운몽과 사씨남정기의 작가로 알려 져 있는 효자 김만중은 대전의 자랑이다. 엑스포 아파트 앞 전민동 일대의 광산 김씨 문중의 종산에 자리한 김만중의 부모인 김익겸 부부의 묘소가 지금도 그 위용을 드러내고 있다.

다만 김만중의 무덤이 대전에 없고, 그의 문학도 유배지였던 남해문학관에게 빼앗긴 것이 지금으로서는 애석할 뿐이다.

이 세 분 말고 대전문화의 뿌리가 깊다는 또 하나의 증좌는 바로 규방문학의 효시를 이룬 김호연재의 문학의 산실이 대전이라는 점이다. 홍성 김씨가에서 당시 회덕현의 은진 송씨가에 시집을 와 자리를 잡은 김호연재는 1700년대 초에 우리 대전에서 규방문학을 활짝 열은 여류 시인이다. 황진이의 기방문학이 대중에게 많이 알려져 있지만 그에 비해 양반문학으로서의 여성문학의 장을 일궈낸 이가 바로 김호연재이다. 그녀가 있었기에 우리 대전의 인문학의 뿌리는 깊을 수밖에 없다.

그러고도 후세에 이르러 또 한 분, 우리 대전의 문화를 업그레이드 시킨 분이 바로 단재 신채호 선생이시다. 그는 앞에 분들과 함께 대전의 자존심이고, 자랑이다. 신채호는 대전을 한국 근대 문화의 중심에 서게 한 분이 아닌가 한다. 일제에 저항한 독립운동가요 언론인이며 사상가이다. 또한 사학자이고, 소설가인 단재 신채호 선생이야 말로 우리 대전의 기상을 드높인 분이다. 지금도 중구 어남동에 자리한 생가에 찾아가 그 분의 동상 앞에 서면 마음이 숙연해진다.

대전이 도시 생성의 역사가 짧고 더구나 근대화 과정에서 이민족에 의해 발전이 되었으며, 6 · 25 한국 전쟁에서 잿더미가 되었다가 다시 복원 되는 바람에 그저 신생 도시로서 문화의 뿌리가 깊지 않다는 오해를 받아온 것은 사실이다. 그러나 우리 대전에 터전을 잡고 살았던 조상님들은 최고의 지식인이었고, 그 분들은 각각 당대를 주름 잡았던 학자요, 문장가요, 정치인으로서 우리에게 자부심을 갖게 하기에 충분한 분들이었다. 우리는 대전 문화의 뿌리가 깊지 못하다고 하는 열등감에서 벗어나 대전을 바로 알고 우리 대전을 문화의 중심지로 거듭나게 할 마음의 자세를 단단히 해야 한다. 더구나 요즘 들어서는 우주에 인공위성을 쏘아 올리는 첨단 과학 문화의 중심에 서 있는 도시가 대전이다. 대전은 결코 문화의 뿌리가 깊지 않은 동네가 아니다.

# 북한은
# 왜 종전선언에 집착할까?

문재인대통령은 내일부터 20일까지 3일간 평양에서 김정은위원장과 제3차 남북정상회담을 갖는다. 김대중, 노무현 전 대통령의 회담까지 합치면 제3차가 아니라 제5차 회담인 셈이다. 문대통령은 이번에 정계, 재계, 문화·예술 체육계 인사와 취재기자단을 포함해 200여명의 대규모 수행원을 이끌고 북한을 방문한다. 전 국민이 이목을 집중하여 향후 남북은 물론 동북아 정세가 좌우될 이번 남북정상회담의 결과를 지켜볼 수밖에 없는 절체절명의 상황이다.

남북이 하나로 통일된 나라로서 번영을 이루는 것은 우리 7000만 민족의 한결 같은 소원이다. 통일은, 우리 민족이 언제인가는 꼭 이루어 내야 할 과업이다. 그러한 전제를 한다면 이번 문재인대통령과 김정은위원장의 회담은 쌍수를 들어 환영할 일이고, 반드시 성공해야 한다. 그러나 마냥 기대에 부풀어 있을 수 없으니 그것이 걱정이다. 김일성 이후 한반도를 적화하겠다는 한결같은 노선을 걷고 있는 북한과의 대화이기 때문이다. 대북특별사절단의 수석대표인 정의용 청와대 국가

안보실장에 의하면 김정은위원장이 한반도의 완전한 비핵화에 대한 확고한 의지를 재확인하고, 이를 위해 남북 간은 물론 미국과도 긴밀히 협력해 나가겠다는 의사를 표명했다고 전하고 있지만 그 약속을 액면 그대로 믿을 수 있느냐가 문제이다. 언론 보도에 따르면 이번 남북정상회담에서 협의할 의제는 첫째로 판문점선언 이행성 점검과 향후 추진 방향, 한반도의 항구적 평화정착과 공동번영을 위해 한반도 비핵화를 위한 실천적 방안 등을 협의하며, 두 번째로 김정은 위원장의 한반도 비핵화 의지를 재확인한다는 것이다. 세 번째는 군사적 긴장 완화와 상호 신뢰 구축을 위한 남북대화를 지속하며 현재 남북 간에 진행 중인 군사적 긴장완화를 위한 대화를 계속 진전시켜 나가고, 마지막으로는 남북정상회담을 계기로 하여 상호 신뢰 구축과 무력충돌 방지에 관한 구체적 방안에 대해 합의한다는 것이다.

이러한 의제로 정상회담을 해 한반도가 비핵화 되고, 상호간의 체제가 안정되게 구축되면서 북한이 개방되어 자유왕래를 한다. 남북이 신뢰 구축을 공고히 하다가 적절한 시기에 전쟁이라는 물리적 충돌 없이 독일처럼 평화통일이 된다, 마지막에 한민족이 하나가 되어 통일된 조국에서 번영을 누린다. 이런 가설을 세우고, 이번 회담에서 이를 확실하게 검증할 수 있는 계기가 마련된다면 그보다 더 값진 회담은 없을 것이다.

그러나 남북문제는 그렇게 단순하지 않다. 북한은 지금 시종 우리 남측과 미국에 한반도에서의 종전선언을 요구하고 있다. 자기네 체제 보장을 위해서란다. 전쟁이 없는 나라를 원하는데 그게 무슨 꼼수가 있느냐고 반문하겠지만 그렇지가 않다. 우리 남측의 여론을 오도하고,

남남 갈등을 조장시키기 위한 북측의 전술이다. 북한은 핵을 개발한 상태에서, 핵보유국의 자격으로 힘의 우위를 과시하면서 비핵화를 한다는 표면적 이유를 내세워, 아니 무기로 삼아 종전선언을 해줄 것을 요구하고 있을 뿐이다. 종전 선언의 이면에는 미군철수라는 복선이 깔려 있다는 걸 모르는 이가 있을까? 그 목표 달성이 바로 김일성을 거쳐 김정일과 김정은에 이르기까지 세습되어온 전략이다.

 문정부와 그를 따르는 세력들은 이번 남북정상회담에 환호하고 있다. 아니 아주 많은 대다수의 국민들이 모두 들떠 있다. 그러나 그 환호만으로는 북측의 전술·전략이 밑바닥에 숨어 있는 걸 눈치 챌 수 없다. 물론 문대통령은 국민이 뽑은 우리의 훌륭한 지도자이다. 이번 회담도 우리 민족의 통일을 앞당기기 위한 문대통령의 철학과 고뇌에 찬 결단이 있었기에 가능했다고 본다. 그러나 서둘러서는 안 된다. 회담을 할 때 서두르는 자는 지기 마련이다. 종전 선언을 서둘러 하고 이 땅에 전쟁의 가능성이 없으니 미군이 나간다(?) 그 후의 상황은 누구도 예측할 수 없다. 여기에 휘말려서는 안 된다. 미군을 붙잡고 싶어서 그러는 게 아니다. 미군철수 후, 북측의 전략이 걱정될 뿐이다.

# 지금은 보수우파의 몰락이
# 문제가 아니다

주지하다시피 지금부터 두 달 전인 6월 13일 치러진 지방 선거에서 보수우파는 참패했다. 당시에 누군가는 너무 가혹하지 않느냐, 민주국가의 규형 발전을 위해서는 그럴 수는 없다, 견제 세력은 있어야 한다는 동정 여론도 조금은 일었었지만 결과적으로 그들은 좌파에게 대부분의 지방단체 수장 자리와 지방 의원 의석을 헌납하며 무너졌다. 아니 유권자들이 진보좌파 쪽에 손을 들어줬다. 하지만 당시 선거 결과를 조금만 더 자세히 들여다보면 그들은 예정된 수순에 의해 자멸할 수밖에 없는 길을 자초해왔음을 알 수 있다.

이미 선거가 끝난 지 오래된 이 시점에서 사사성도 없는 이 묵은 이야기를 필자가 굳이 꺼내는 데는 이유가 있다. 선거 이후 두 달 가까이 보수우파가 하고 있는 꼴을 바라보면 속이 뒤집힌다. 역시 그들은 몰락의 길을 걸을 수밖에 없었다. 여와 야가 균형을 이루어야하는 민주주의 발전을 위해서 보면 답답할 뿐이다. 그래서 필자는 이렇게 붓을 들었지만 여러 번 당명을 바꾸어가면서, 종국에는 쪼개지면서 그들은 결국 참패했다. 돌이켜보면 보수우파가 몰락의 길을 걸어온 역사는 매우 깊다. 가깝게는 박근혜 정부의 소통부족과 국정을 수행할 리더십 부재로 집약되고 있지만 그들의 몰락은 벌써 오래 전부터 예정되어 있었다.

1990년 1월 22일, 3당 연합으로 유신정권에 항거해왔던 투사 YS를 끌어들일 때부터였다. 아니다. 얼마 전에 소천한 JP 빈소에, 현 대통령을 존재하게 해준 그의 영전에 직접 조문을 가야하지 않겠느냐는 여론도 있었지만 우파의 몰락은 역시 JP에서부터였다. 그는 자신의 정치철학을 구현하기 위한 내각책임제를 구상하면서 DJP 연합을 했다. 그러니 JP는 보수우파를 몰락하게 한 단초를 제공한 주인공인 셈이다.

당시 필자는, DJ가 자신과의 약속을 지킬 거라 믿은 JP라는 이가 과연 5·16을 일으킨 제2인자라는 게 믿어지지 않았었다. 그러나 JP말고도 공신들은 많다. 영남의 600만 표를 갉아먹으면서 DJ 대통령 당선을 도운 IJ, 그 후 5년 뒤 대선에서 막바지에 노무현 후보와 손을 잡은 MJ도 공신 중의 한 사람이다. 이게 다 본래의 뜻은 아닐지라도 결과적으로는 좌파정부를 탄생하게 한 셈이니까 말이다. 동서고금을 막론하고 역사가 아이러니컬하게 바뀐 적이 많았는데 바로 우리의 현대사에서도 그런 상황이 연출되었다.

거기다 한 술 더 뜬 이가 SH이다. 점심 무상 급식에 시장 직을 걸었다가 현 박원순 서울 시장을 등장하게 한, 그의 속뜻을 필자는 지금도 이해하지 못하지만, 당시에 자당 중진들도 모두 말렸었다고 한다. 그 때부터 보수우파는 급격하게 쇠락한다. 물론 그 중에서도 보수우파의 몰락의 길에 화룡점점을 찍어 준 이들은 자당 출신의 대통령을 탄핵

시키는데 앞장선 일부 보수우파 의원들이다. 그 밖에도 소위 옥쇄를 들고 잠적한 MS, 배신의 정치를 했다는 SM 등 공신들은 부지기수로 많다.

이런 시행착오가 누적 되었기에, 이번 선거에서 여론의 뭇매를 맞고도 진보좌파의 경기지사가 당당히 입성했다. 드루킹 파문 속에서도 유권자는 좌파 경남지사를 선택했다. 보수우파는 유권자들의 신뢰를 잃은 것이다. 그런데 이 처절한 상황 속에서도 그들은 아직도 정신을 차리지 못하고 있는 중이다. 석고대죄 하는 심정으로 보수우파는 거듭나야 한다, 이유를 달아서는 안 된다. 비대위원장이 누가 되느냐가 문제가 아니다. 지금처럼 못난 꼴을 계속 보인다면 2년 후에 치러질 총선에서도 똑 같은 경우를 당할 수밖에 없다.

우리는 남북 분단 속에서 핵 위기를 돌파하고 동족인 그들을 끌어안아야 하는 과제를 안고 있다. 그러기에 북미회담만을 먼 불 바라보듯이 관망해서는 안 되는 처지이다. 자유 민주주의를 지키면서 남북이 공동번영을 해야 한다. 그런 눈으로 바라보면 현재 우리의 정치 현실은 참으로 막막하다. 마음이 들지 않으면 회담장에서 막 바로 뛰쳐나올 수 있다던 트럼프 대통령이었는데, 지금은 오히려 북한의 로드맵에 끌려 다니는 듯한 느낌이다. 곤혹스럽다. 한미 군사훈련을 중단하고, 종국적으로는 미군 철수를 원하고 있는 북한이다. 이번 지방선거에서 싹쓸이를 해간 현 정부는 어떤 자세로 그들과 대응해야 하는가에 대해 심사숙고해야 한다. 아니 스스로 고뇌의 밤을 지새워야 한다. 종북을 해서는 안된다.

북한 김정은의 정치행보에 '통큰 결단' 을 내렸다는 미사여구를 늘어

놓고 있는 이들이 있잖은가! 내 심장을 겨냥하고 있는 이들에게 동족이라는 이유만으로 퍼주지 못해 안달이 난다면 우리도 언제인가 보트피플 신세가 되어 난민 대우를 받을 수도 있다는 가상 시나리오를 쓰게 될지도 모른다. 이 상황만을 문정부가 극복해준다면 국민들은 앞으로도 계속 현 좌파정부를 환영하고 지지할 것이다. 지금은 보수우파의 몰락이 문제가 아니다. 자유민주주의를 수호해야 하는 절대 절명의 처지에서 눈을 부릅뜨고 우리 현대사가 어디로 흘러가고 있는 지를 주시해야 할 때이다.

# 이 땅에서
# 보수우파가 소생蘇生할 수 있을까

지금 보수우파는 몰락의 길을 걷고 있는 중이다. 주지하다시피 보수는 바로 넉 달 전인 지난 6월 13일 치러진 지방 선거에서 참패한 이후 사양길을 걷고 있다. 당시에 너무 가혹하지 않느냐, 민주국가의 균형 발전을 위해서는 그럴 수는 없다. 견제 세력이 있어야 하지 않느냐 하는 등의 일부 동정론도 일었었지만 결과적으로 진보좌파에게 참패했다. 아니 유권자들이 좌파 쪽에 손을 들어줬다.

그런데 당시 상황을 조금만 더 자세히 들여다보면 그들은 예정된 수순에 의해 몰락할 수밖에 없는 길을 자초해왔음을 알 수 있다. 현재 자유한국당의 경우 BJ (김병준)비상대책위원장 체제로 수습을 한다고 하고 있지만 그 끝이 보이지 않는다. 이미 선거가 끝난 지 오래된 이 시점에서 시사성도 없는 이 묵은 이야기를 필자가 꺼내는 데는 이유가 있다.

보수우파가 몰락의 길을 걸어온 역사는 아주 깊다. 하루아침에 무너진 게 아니다. 직접적인 원인으로는 박근혜 정부의 포용력부재와 국정을 수행할 리더십 부재로 집약되고 있지만 그들의 자멸은 벌써 오래 전부터 예정되어 있었다. 보수가 JP(김종필)를 앞세워 1990년 1월 22일, 3당 연합으로 야당에 몸담아 왔던 YS(김영삼)를 끌어들이면서부터였다. 얼마 전에 소천한 JP이지만 우파의 몰락은 바로 그 때부터였다. 그 후 자신의 정치철학을 구현하기 위한 내각책임제를 구상하면서 DJP 연합을 했으나 그는 뜻을 이루지 못했다. 이렇게 보면 그는 보수우파를 몰락하게 한 단초를 제공한 주인공인 셈이다. 당시 DJ(김대중)가 자신과의 약속을 지킬 거라 믿은 JP라는 이가, 과연 5.16을 일으킨 제2인자라는 게 믿어지지 않았었다.

JP이후 우파의 몰락을 자초한 공신들은 많다. 영남의 600만 표를 갉아먹으면서 DJ의 대통령 당선을 도운 IJ(이인제), 그 후 5년 뒤 대선 막바지에 노무현 후보와 손을 잡은 MJ(정몽준)도 그 중의 한 사람이다. 이게 다 본래의 뜻은 아닐지라도 결과적으로는 좌파정부를 탄생시키게 한 셈이니까 말이다. 동서고금을 막론하고 역사가 아이러니컬하게 흘러간 적이 많다. 바로 우리의 현대사에서도 그런 상황이 재현되었다.

거기다 한 술 더 뜬 이가 SH(오세훈)이다. 초등학교 중식 무상 급식에 서울시장 직을 걸었다가 현 박원순 시장을 등장하게 했다. 그의 속셈을 지금도 이해할 수 없다. 당시에 자당 중진들도 모두 말렸었다고 한다. 그 무렵부터 보수우파는 급격하게 쇠락한다. 물론 그 중에서도 보수우파의 몰락의 길에 화룡점점을 찍어 준 이들은 자당 출신의 대통령을 탄핵시키는데 앞장선 당시의 일부 여당 의원들이다. 소위 옥쇄를 들고 잠적한 MS(김무성), 배신의 정치를 했다는 SM(유승민) 등 공신들은 부지기수로 많다.

이런 시행착오가 누적 되었기에, 도덕성 문제로 여론의 뭇매를 맞고도 진보좌파의 이재명이 경기지사로 당당히 입성했다. 드루킹 파문 속에서도 유권자들은 좌파 경남지사를 선택했다. 보수우파는 유권자들의 신뢰를 잃은 것이다. 그런데 이 기막힌 상황 속에서도 우파는 지금도 여전히 정신을 차리지 못하고 있다. 그들은 거듭나야 한다. 어떤 이유를 달아서는 안 된다.

우리는 남북 대립 속에서 핵 위기를 돌파해야 한다. 동족인 북쪽을 끌어안아야 하는 과제를 안고 있다. 때문에 북미회담을 관망만 해서는 안 되는 것이다. 자유 민주주의를 지키면서 남북이 같이 공동번영을 해야 한다. 그런 논리로 바라보면 현재 우리의 정치 현실은 너무나 막막하다. 마음이 들지 않으면 회담장에서 막 바로 뛰쳐나올 수 있다던 트럼프 대통령이었는데, 지금은 그 속내도 어떤지 알 수가 없다. 곤혹스럽다. 게다가 3차 남북정상회담 후 문정부의 UN에서의 행동반경, 아셈 정상 회동 그리고 교황을 찾아 북쪽의 입장을 전하는 외교를 바라보면서 국민들은 잘하고 있다는 편과 그렇지 않다는 편으로 쪼개지고 있다. 필자도 어느 쪽이 정말 한반도의 진정한 평화와 민주수호를 위한 건지를 헤아리는데 판단이 잘 서지 않는다.

북한은 종전선언 후에 전쟁이 종식되었으니 미군이 철수해야 한다고 주장할 것이 뻔하다. 그들은 일관성 있게 한반도를 적화시키려는 책략으로 일관할 것이다. 이런 상황에서 제 심장을 겨냥하고 있는 이들에게 동족이라는 이유만으로 덥석 끌어안으려고만 한다면, 언제인가 우리도 보트피플 신세로 전락해서 난민 대우를 받을 수도 있다는 가상 시나리오를 쓰게 될지도 모른다. 물론 현 정부가 이 상황을 극복해주리라 믿는다. 그럴 수만 있다면 국민들은 앞으로 계속 문대통령, 아니 좌파 정부를 지지할 것이고, 그 공로로 노벨평화상도 탈수 있을 것이다. 하지만 보수우파들의 시각은 다를 수 있다. 현 정부의 폭주를 견제할 보수 야당을 원하고 있는 이들도 있다. 진정한 보수 우파가 이 땅에서 자유민주주의를 수호해 줄 것을 원하고 있는 것이다. 그런 보수 우파가 이 땅에서 소생할 수 있을까? 그러나 지금 상황에선 역시 막막하다.

# 세밑에 서서 드리는
# 소小시민의 기도

세월은 흐르는 물과 같다고 하더니, 어느 새 또 한 해를 마감하려고 한다. 오늘이 섣달 열이레이니 올해도 열나흘이 남이 있을 뿐이다. 세월이 무정하기만 하다. 지난여름 그 유래를 찾아볼 수 없었던 폭염에 시달렸었는데 이제는 벌써부터 영하 10도를 오르내리면서 맹추위가 다가올 것을 예고하고 있는 중이다.

그러나 한해를 보내는 소시민으로서 필자의 마음은 그 폭서, 폭한에 못지않게 어렵고 착잡하기만 하다 우여곡절을 겪고 있는 남북문제가 내년에는 어떻게 펼쳐질까를 생각하면 더욱 그렇다. 국내적으로나 국제적인 정황으로 봐 이 나라의 남북문제의 향방을 예측할 수가 없잖은 가? 정부 측은 남북평화를 위한 로드맵대로 잘 진행되어 가고 있음을 국민에게 각인시키고 있는 중이다. 이에 찬동하는 이들도 많다. 하지만 생각이 다른 쪽에서는 정 반대의 생각을 하고 있다. 정말 이렇게 가다가는 결국 자유민주주의가 무너질지도 모르겠다면서, 북한이 의도한대로 끌려가고 있는 것이 아니냐며 국가의 존립을 걱정하고 있는 이들도 있다. 필자는 양측의 견해에 대해 종잡을 수가 없다. 판단력을 잃은 채 일 년 내내 그 와중에 서 있었는데 내년에는 어떤 상황이 전개될 것인가가 다시 걱정이 되는 것이다.

그러나 지금 겪고 있는 이 정황은 비단 우리 한반도만의 문제가 아니라는 것은 확실하다. 우리를 둘러싸고 있는 미·중·러·일이라는 네 강국強國의 위세 속에서 휘둘리는 국민들의 아픔인 동시에 동북아, 아니 세계적인 문제이다. 주지하다시피 외세를 배제하고는 스스로 설 수 없는 지정학적 위치를 가진 지역이 바로 우리 한반도이다. 그래서 옛날이나 지금이나 늘 대륙세력과 해양세력이 충돌할 수밖에 없었고, 그러기에 우리는 지금까지도 곤고한 삶을 영위하고 있다.

필자는 이 세밑에 서서 지금까지 이 땅을 지키며 살아오는 동안 우리 조상님들이 맞았었던 그때그때 시련의 역사를 되돌아본다. 원시 씨족 사회를 마감하고 부족 사회를 거치면서 나라꼴을 갖췄던 삼국 시대에 고구려와 백제, 신라의 쟁투는 결국 '통일신라'라는 형태로 마감된다. 필자는 그 당시에 전개되었을 상황을 유추해본다. 그 무렵 조상님들은 어떻게 국가를 경영했었기에 우리 후손들에게 지금까지 이 아픈 시련을 안겨 주고 있는지를 골똘히 생각하는 것이다.

당시 고구려는 연개소문 아들들의 다툼 속에서 내분이 있었고, 백제는 총명했었던 의자왕의 정신이 흐려졌다고 한다. 그 틈을 타 신라가 당이라는 외세를 끌어들인다. 한반도가 중국의 변방으로 추락한 것은 신라의 잘못된 외교 전략에서부터 비롯된다. 내분으로 중국과의 대등한 관계를 추락시킨 고구려인들의 책임도 결코 면할 수는 없다. 피가 터지든 코가 깨지든 삼국 중심의 통일을 했더라면, 그래서 그 광활한 중원 땅의 일부만이라도 지켜냈더라면 우리의 역사가 지금과는 크게 달라져 있을 것이다. 한 번 잘못 되어진 역사는 고려 시대로 이어져 몽고에게 어려움을 당하면서 강화도로 몽진까지 가야 하는 아픈 역사를 맞는다.

조선시대에 와서는 더욱 종속화 된다. 해양 세력인 일본이 일으킨 임진·정유재란 때에는 명나라와의 '조선 양분설'을 낳게 했고, 여진족인 청에게는 남한산성의 치욕을 당했다. 그리고도 정신을 차리지 못하던 조선은 영·정조시대에 이르러 '유학만 가지고는 나라를 강하게 할 수 없다. 양반도 일을 해야 하고, 과학과 실학을 발전시켜야 나라의 발전을 앞당길 수 있다.'는 조짐이 있었지만 그러나 이 절호의 찬스를 놓치고 만다. 결국 조선말 한반도는 다시 대륙 세력과 해양 세력의 투쟁의 장으로 전락하고 만다.

지금 우리는 남북이 하나가 되는, 통일이라는 대업을 수행해야 한다. 이 시점에서 우리가 어떤 통일을 이루어야 한반도에 진정한 평화가 오고, 우리 한민족이 번영할 수 있는가를 깊이 생각해야 할 시점에 서 있다. 우선 미·중·러·일의 막강한 배후 세력을 우리 국익을 위해 십분 활용할 수 있는 외교 전략을 펴야 한다. 국토의 대부분을 내주는 신라식의 통일을 한다면 또 다른 주종관계를 만들 수밖에 없다. 그런 전철을 밟아서는 안 된다.

그리고 자유민주주의를 수호하면서 우리 손으로 우리의 지도자를 뽑아 진정한 행복과 번영을 누릴 수 있는 통일이어야 하는지, 대를 이어 충성을 강요받는 그리고 사유재산을 인정받지 못하고 모든 것이 국가로 귀속되는 전근대식 통일을 해야 하는 지를 고민해야한다. 그렇다고 부익부 반익빈으로 치닫는 금수저 은수저 논란 속에서 부富가 세습되어서도 안 된다. 통일이라는 포퓰리즘에 휘말린 채 자칫 잘못된 선택을 했다가는 스스로가 불행한 늪에 빠질 수밖에 없다. 아니다. 우리는 스스로 선택한 거니 잘코사니 해도 싸지만 우리의 후손에게는 아니다. 그건 조상들이 그랬던 것처럼 후손들에게 씻지 못할 죄를 범하는 일이다. 참으로 걱정스럽기만 하다. 소시민으로서 한해를 보내는 마음이 이렇게 착잡한 것은 필자만일까? 두 손 모아 나라를 위해 기도하고 싶다.

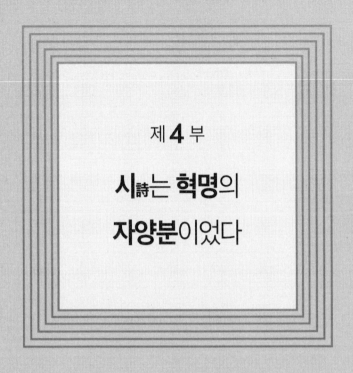

제 **4** 부

## 시詩는 혁명의 자양분이었다

필자는 청중의 한 사람으로서 이 행사에 참석했지만
우리나라가 민주화와 경제 발전이라는 두 마리 토끼를 잡을 수
있었던 것은 바로 4월 혁명이 그 바탕이 되었고,
시의 역할도 컸음을 인식할 수 있었다. 그러나 한편으로는 요즈음 세상 돌아
가는 걸 바라보면 문득 걱정스럽기도 하다. 주지하는 바와 같이
민주주의는 과거 절대왕조에게 편중되어 있던 권력을 국민이 함께 공유할
수 있는 자유 평등에 기반을 두고 있다. 그런 뜻에서 민주주의는
소중할 수밖에 없다. 그러함에도 불구하고 요즈음 우리 현대사를 돌아보면
민주화가, 좌와 우의 세력 다툼으로 변질되고 있으며 서로 간에
권력을 잡으려는 투쟁으로 비추어지고 있는 것이 현실이다.

# 대전문학관 기획전
# '한국문학시대를 말하다'

지금 대전문학관에서는 '한국문학시대를 말하다' 라는 주제로 기획전이 열리고 있다. 지난 3월 16일부터 오는 6월 30일까지 3개월 반 동안 개최되는 이번 대전문인총연합회(이하 대전문총) 소개전은 대전지역의 문인들은 물론 시민들에게 큰 관심을 모으고 있는 중이다.

대전시가 충청남도로부터 분리 승격되어 보통시에서 광역시(당시는 직할시)로 발돋움하던 1989년에, 지방자치 시대를 맞아 중앙문단 중심에서 벗어나 문학의 지방화를 부르짖으며 창립된 문학단체가 바로 대전문총이다. 1년간의 준비 기간을 거쳐 이듬해인 1990년 1월 12일에 84명이 모여 창립했으니 이제 내년이면 30년을 맞는다.

그동안 대전문총은, 설립 취지에 맞게 대전문학을 뛰어넘어 학국문학의 중심이 되고, 세계문학 발전에 기여한다는 목표를 세워 장족의 발전을 해왔다. 그 결과 84명으로 출발한 작은 규모에서 지금은 550명에 달하는 중부권 최대 문학 단체로 발돋움을 했다. 잡지 발간도 연간에서 반연간을 거쳐 현재는 계간지로 거듭나고 있다. 대전문총은 대전

문학을 한국문학의 중심에 놓기 위해 발간하는 계간 〈한국문학시대〉 말고도 대전시사랑선집, 대전수필사랑선집, 대전아동문학선집을 발행했고, 시비순례를 통해 대전 시인들의 문학성도 검증을 해냈다. 초기 문학을 이끈 권선근, 이재복, 권용두 문집을 기획 발간했으며, 문학의 세계화를 위해 계간 〈한국문학시대〉를 통해 지속적으로 영미문학을 소개했을 뿐만 아니라 대전시와 자매관계를 맺고 있는 미국의 시애틀, 캐나다 캘거리, 호주 시드니 시인들과 교류하면서 한영 시집 『시와 자매세계』를 발간해 시를 공유하기도 했다. 현재는 해당국가와 교류하면서 한중 및 한일시집을 펴내기 위해 기획 중에 있다.

이번 전시회는 대전문총의 창립 배경, 설립 목적을 알리는데 주안점을 두고 있다. 뿐만 아니라 대전문총을 이끈 사람들의 흔적 그리고 대전문총 구성원으로서 헌신적으로 활동하다가 먼저 작고한 문인들의 작품 전시, 우수작품상 수상을 통한 신인 발굴, 문학시대문학대상 수상자 현황 등을 한눈에 조명할 수 있도록 꾸미고 있어 대전문총의 발전상을 다 아우르고 있다는 평을 받고 있다.

대전문학관은, 2012년에 개관해 길지 않은 역사를 가지고 있지만 지금까지 이처럼 대전문인들의 구심점이 되어왔을 뿐만 아니라 대전시민들에게 문학을 향유할 수 있게 하는데 최선을 다해왔다. 공공문학관으로서의 역할을 공고히 하고 있는 셈이다. 개관 당시에는 위치상으로 좀 외진 곳이어서 접근성이 떨어진다는 지적을 받아 왔지만 최근 들어서는 이를 극복했고, 대전 문인은 물론 시민들에게 가깝게 접근해 삶의 질을 높이는 문화 공간으로 자리잡아가고 있으니 참으로 고맙기만 하다.

이번에 개최되는 기획전 '한국문학시대를 말하다'도 그런 차원에서 문인과 시민들에게 다가가고 있는 전시회라 할 수 있다. 이미 오는 5월에 대전을 찾는 한국현대시인협회 전국 회원들 150여명의 방문 예약을 받음은 물론 문학의 향기를 찾아 찾아오는 시민들을 맞을 만전의 준비를 갖추고 있다. 대전문학관에서는 그동안도 이렇게 의도적인 기획전을 꾸준히 열어왔다. 2층 전시관의 한성기, 박용래, 정훈시인과 최상규, 권선근 소설가를 모신 코너 말고도 1층에서 그때마다 원로문인 회고전, 작고문인 전, 중견작가전, 젊은 작가 초대전 등을 지속적으로 열어왔다. 또한 유명시인·수필가·소설가를 초청해 여는 문학 콘서트와 함께 작가 초청 인문학 강의는 초미의 관심을 보이고 있다. 현재도 매주 토요일에는 작가수업을 위한 문학 강좌 그리고 시민들을 대상으로 한 '문학과 놀자' 프로그램을 운영하는 등의 노력을 계속하고 있는 중이다.

이런 일련의 노력들이 그때마다 문인에게는 창작력 신장과 집필 의욕을 북돋아 작가로서의 자부심을 키우고 하고 있고, 일반 독자들에게는 보다 높은 문학적인 삶을 향유할 수 있는 계기가 되고 있으니 참으로 뜻이 깊다 하겠다. 그러잖아도 첨단기기의 활성화와 함께 지식·정보 사회의 도래로 활자문화가 퇴색되면서 영상문화로 빠져들고 있잖은가! 미래를 이끌어갈 청소년들이 컴퓨터 아니면 스마트폰에 매몰되어 무한한 문학적인 창의력을 잃고 있어 큰 걱정 중이다. 지금은 인간성 회복을 위해 고전을 찾아 독서하면서 작품에 심취하고 문학적 상상력을 되찾을 수 있게 하는 노력이 그 어느 때보다 절실한 상황이다. 바라기는 이번 대전문학관에서 얼리고 있는 '한국문학시대를 말하다' 가 질 높은 문학적 삶을 향유하는 계기가 되었으면 한다. 그런 뜻에서 다음 주말쯤에는 온 가족과 함께 대전문학관 나들이를 가라고 권해본다.

# 기해년 설날 아침에
# 희망 편지를 쓰고 싶다.

오늘은 2019년 새해를 맞은 지 스무하루 째가 되는 날이다. 그러나 음력으로는 아직도 무술년 섣달 열엿새, 양력으로는 한 해가 바뀌었지만 음력으론 설을 맞으려면 아직도 보름이 남아 있다. 그렇게 양·음력으로 두 번 새해를 맞다보니 그 텀이 한 달이나 된다. 해마다 되풀이 되는 거지만, 그 때문에 송구영신하는 기간이 그만큼 길어지는 셈이다. 물론 세월을 의식하며 초긴장하는 삶만을 살 수는 없지만 요즈음처럼 불확실한 세상에서 한 해가 바뀌는 시점에서의 하루하루는 걱정스럽기만 하다. 오히려 깊은 수렁에 빠지는 기분이다. 국내외적으로 우리를 염려스럽게 하는 일들이 너무나 많기 때문이다.

핵 폐기를 전제로 한 남북문제가 안개속이고, 북미나 북중 관계 역시 그 향방을 가늠할 수 없어 불안하다. 최저 임금이나 주 52시간의 노동 문제가 작년에 이어 올해 우리 경제에 끼치는 영향이 또 어떤 파장을 몰고 올 건지도 불분명하고, 미중 무역전쟁의 여파는 물론 중국의 IT·자동차 산업 성장 등이 몰고 올 경제 파장 역시 우리를 우울하게 한다.

다시 5·18 광주사태의 전말을 따지려는 문제도 야기되고 있어 아픈 상처를 건드는 것 같다. 거기다 해마다 되풀이 되던 지방 의원들의 외유문제까지 한몫 끼어들고 있다. 국민세금을 펑펑 써 대는 관광성 외유도 가당치 않은데 폭력과 성매매 등의 파장은 우리를 부끄럽게 하고 있다.

또한 한쪽에서는 남북 평화 무드가 조성되고 있다고 들떠 있지만 다른 쪽에서는 크게 염려하고 있다. 하지만 북한의 핵 폐기 문제는 단순하지 많다. 그리 쉽게 풀 수 있는 방정식이 아닌 건 분명하다. 여기다가 벌써 10년 가까운 세월을, 국민 소득 3만 불 시대에 확실하게 진입하지 못하고 우왕좌왕 하고 있는 상황 속에서도 노사 갈등이나 과잉 복지로 인해 심각한 문제를 드러내고 있다. 더구나 갈수록 심화되는 보수와 진보 간에 첨예하게 대립 되는 이 상황 속에서 우리의 일 년이 또 어떻게 전개될지 예측을 불허하게 한다.

한 해를 시작하는 기해년의 출발점이 보다 희망차고, 넉넉할 수는 없을까? 상호간에 사람으로서의 따뜻한 품성을 공유하고, 상대를 배려하면서 덕담을 주고받으며 한 해를 설계할 수 있는 설이었으면 참 좋겠다. 자기 동포끼리 합쳐지지 못하고 남북이 갈라진 채 주변국의 영향력에 휩싸인 채 70년이 넘게 새해를 맞는 것은 너무나 가슴 아픈 일이다.

통일된 조국에서 설날 아침 흩어졌던 가족이 한 자리에 모여, 조상님들을 추모하며 차례를 올리면서 가족 간의 화합과 동기간의 우애를 다질 수 있는 그날이 언제 올지를 유추하며 나름 시나리오를 써본다.

매스컴에서는 황금돼지해를 맞아 만복이 찾아오는 해라고 말하고 있고, 3·1 만세운동 100주년을 맞아 민족의 자주 독립과 정체성을 국민들에게 누누이 각인시키면서 새해를 뜻 깊게 맞자고 하고 있지만, 국정 문제가 산적된 상태라서 앞이 보이지 않는다. 이 시점에서 필자는 간절히 기도하고 싶은 제목을 세 가지를 정해본다.

그 첫째가 새해에는 국민을 한데 묶는 구심점을 세울 수 있는 정치를 펴주기를 바란다. 과거사를 바로 잡는다고 말하고 있지만 미래를 향하는 비전이 보이는 정치와는 상반되는 상황이다. 이러다가는 한 발짝 앞으로 나가는 정치보다는 내내 과거에만 머물고 마는 5년 임기의 문재인정부가 될까봐 걱정스럽다.

둘째로는 북한의 변화를 이끌 수 있는 남북관계를 조성해주기를 바란다. 북한의 변화된 모습은 도무지 보이지 않는데 남쪽에서만 큰 평화의 끈을 잡은 듯 들떠 있으니 그게 문제이다. 북한은 몇 수를 앞선 채 대한민국을 소리없이 흔들려고 하는데 우리 측만 무장해제를 한 상태라고 말한다면 심한 표현일까?

셋째는, 경제적으로 좀 더 개선되어지기를 희망한다. 살기가 점점 더 어려워지고 있다. 이러다가는 국가 경제가 거덜이 날 것 같은 위기감까지 느껴진다. 일자리를 서둘러 창출하고, 선심성 복지는 멈추어야 한다.

이제 보름 후면 우리 고유의 명절인 설을 맞는다. 가족이 모여 제사음식을 정성껏 만들고 떡국을 끓여 조상께 차례를 지내고 난 후에, 성묘도 하고 집안 어른들께 세배를 드렸던 유년의 추억이 아련하게 떠오른다. 못살고 배고프던 그 시절이었지만 요즘 같이 팍팍한 명절이 아니었다. 비전이 있었다. 음식을 먹으면서 덕담을 나누었고, 부모에게는 효도를, 나라를 위해선 충성을 한다는 덕목을 중히 여기면서 미래를 설계했던 설날이었다.

이번 설날에 소소한 행복을 누리며 희망찬 덕담을 나눌 수 있었으면 참 좋겠다. 보름밖에 남지 않았지만 나라를 이끄는 지도자의 결단에 찬 메시지가 있다면 불가능한 일도 아니다. 필자는 미래를 위한 희망 편지를 쓸 수 있는 설날이 될 수 있기를 간절히 기도해본다.

# 5월에
# 띄우는 편지 한 장

5월은 어린이에게는 희망의 계절이고, 청소년에게는 자신의 진로를 생각하면서 바른 가치관 정립을 위해 깊이 사유하는 계절이다. 그뿐만이 아니다. 가족 구성원 간에 서로가 서로를 소중히 생각하며 사랑을 확인하는 계절로 삼아왔다. 맞다. 우리는 맑은 햇살과 눈부신 녹색의 물결이 온 세상을 희망으로 가득하게 하는 신록을 바라보며, 그 어느 때보다 가족을 소중하게 생각해왔던 전통 속에서, 5월을 향유해왔다. 그런데 이 가정의 달, 5월을 즐길 새도 없이 어느 새 휙 하니 지나갔다. 아니, 걱정스러워 5월의 싱그러움을 느낄 수가 없었다.

현재 남북을 둘러싸고 있는 상황이 긴박하고 숨 가쁘기 때문이다. 효를 생각하고 가족의 안부를 물어볼 겨를이 없을 지경이다. 핵 폐기를 전제로 한 이슈가 남북은 물론 북미 간에 얽혀 있고, 세계가 이에 촉각을 곤두세우고 있다. 난 달 27일 판문점에서의 남북정상회담 이후 한미 정상회담, 북중 정상회담, 한중일 정상들이 회동을 하는 등 유사 이래 한반도를 둘러싸고 벌어진 사태로 인해 이런 격동의 세월을 보낸 적이 있었나할 정도이다. 그러니 다른 문제들은 다 묻혀버릴 수밖에 없었다.

때문에 우리는 최대의 관건이 달려있는 북미 정상회담에 한동안 긴장을 하고 있었다. 하지만 풍계리 핵 실험장 폐기와 상관없이 예정되었던 북미 회담을 열지 않겠다는 트럼프의 발언이 나왔다. 다시 지난 26일에 전혀 예상 못했던 남북정상 간의 만남이 긴급하게 이루어 졌다. 이러한 소용돌이 속에서 누군가는, 한가하게 효를 바탕으로 한 인성 타령에 가정을 생각하며 가족을 배려하는 마음으로 어린이나 청소년을 귀하게 여길 겨를이 어디 있겠느냐고 반문하겠지만 그렇지 않다.

사람의 본바탕은 어떤 경우에도 흔들려서는 안 된다. 사람으로 태어나 휴머니즘 정신으로 어른을 공경하고 아랫사람을 사랑하는 정신이 이어져나가는 것은 삶의 근본이고 기본이다. 바른 정치 실현이나 국제적인 우호도 다 국민이 행복한 삶을 영위할 수 있게 하기 위한 노력의 일환이고 절차이기 때문이다. 그런데 국가 권력을 잡은 이들이 국민의 안위를 지켜주기는커녕 지금은 국민이 그들의 정치 행위를 걱정하고 있으니 그게 큰일이다.

정부가 효 문화 진흥과 장려를 위한 법률을 제정하고 국회통과를 거쳐 시행한지도 이미 여러 해가 지나고 있다. 해방 이후 70여년에 걸쳐 지나치게 압축 성장을 한 결과로 우리나라는 여러 분야에 걸쳐 엄청난 성과를 이룩해냈다. 그러나 성장통 또한 만만치가 않았다. 서구 사회에서는 수 백 년에 걸쳐 이루었던 민주화를 단숨에 이루는 과정에서 국민 거개가 민주화 투사가 되어버렸다. 또한 세계적으로 유래를 찾아볼 수 없는 경제 성장으로 인해 다들 졸부가 되어 기고만장하고 있다. 게

다가 너나 할 것 없이 다 최고 학부에 진학해 모두가 설익은 지식인이 되었다. 그뿐만이 아니다. 정치문제, 노동문제, 환경문제 빈부문제 등에 걸친 NGO들이 투사가 되는가 싶더니 현실 정치에 참여하면서 떼지어 활보하고 있다.

그래서인지 전후좌우를 돌아보면 다 잘난 사람들뿐이다. 모두가 신분 상승이 되었다. 그 바람에 인륜이나 도덕을 존중하며 상호 간에 사랑과 존중, 배려로 살아왔던 전통이 다 허물어졌다. 전통가치를 소중히 여겨왔던 사고방식이나 어른을 공경하던 기존 질서가 사라진지는 오래이다. 부모와 자식 간의 충돌과 부부간의 갈등, 형제간에 빚어지는 충격적인 문제들을 비롯해서 남북 대치 상황에서의 이념갈등, 지역갈등, 빈부갈등 등으로 우리는 지금 혼돈의 길을 걸어가고 있는 중이다.

그로 인해 국민 소득 3만 불을 넘어서 선진사회로 진입하려던 우리의 희망은 멈칫 멈칫하고 있을 것이다. 정치꾼들의 개입으로 표를 인식한 복지와 노사문제, 특히 정치적 문제로 발이 꽁꽁 묶인 채, 이마저도 무너져 버릴지도 모른다는 위기 속에서 살고 있다. 지금 우리에게 비전이 보이지 않는다. 그런 어려움에서 벗어나기 위해, 인간이 인간다움을 유지하면서 살기 위해 마련한 법이 효행장려법이 아니었던가 싶다. 당연히 사람이 살아가는 데 꼭 필요한 예, 효, 정직, 책임, 존중, 배려, 소통, 협동 등 8대 덕목을 실현하기 위한 인성교육 진흥법 제정도 뒤따랐다. 그러나 인간성 회복은 아직 요원하기만 하다.

현재로선 북의 핵 완전 폐기와 체제 보장을 전제로 하는 6월 12일, 싱가포르 북미 회담 성사를 예측할 수 없다. 이 긴박한 상황 속에서 필자가 충효예나 인성 문제, 게다가 인간다움을 굳이 다지려고 하는 데는 이유가 있다. 사람이 사람다움을 잃으면 모든 것을 다 잃을 수밖에 없기 때문이다. 사람의 바탕인 '인간다움'을 잃지 않기를 바라며, 또 북미 회담이 성공적으로 개최되어 전쟁이 없는 평화를 누리고 싶은 간절한 마음으로 이 '5월의 편지'를 띄워본다.

# 한국효문화진흥원의
# 새 출발에 거는 기대

대전 중구 안영동의 효월드에 「대전효문화진흥원」이 일반시민에게 개원된 것은 2017년 3월 31일이었다. 2007년 효문화 진흥 및 장려법이 국회에서 통과되어 설립 근거를 갖게 된 후, 전국공모 절차를 거쳐 국비 125억 원과 시비 125억 원 모두 250억 원을 투자해 건립한 기관이 바로 「대전효문화진흥원」이다. 이 곳에서는 그동안 우리나라의 효문화 진흥 및 장려를 위한 연구, 홍보는 물론 허물어져가는 전통적인 효의 가치관을 바로 세우려는 노력을 해 왔다. 효 사상이 점점 엷어지는 현대사회에서 극단적인 개인주의와 함께 하루가 멀다 하고 빚어지는 가정과 사회의 부정적인 현상들을 복원하고, 바른 효를 정립하기 위해 부단한 노력을 기울여온 것이다.

장시성 원장을 비롯한 21명의 직원들과 32명의 효문화 해설을 하는 봉사자들까지 힘을 합쳐 헌신적인 노력으로 탄탄하게 자리를 잡아왔다. 그동안 「대전효문화진흥원」은 대전시민을 비롯해 국내외에서 찾아오는 방문객들을 맞았다. 또한 전국 문중들은 물론 유치원생에서부터 대학생에 이르기까지 거기다 군인들의 정신 수련활동의 장으로, 또한 효 체험장으로 활용되어온 「대전효문화진흥원」이다. 그래서 사계절 내내 붐볐다. 부모, 아들, 손주 3대가 함께 방문해서 효의 중요성을 알고, 시대의 변화에 따라 효에 대한 생각이 어떻게 변화해왔는지를 인식하면서 시대의 변화에 맞는 효 실천 방법을 모색하는 교육의 장으로도 거듭날 수 있었다.

여기에 그치지 않고 유교의 효에다가 불교의 부모은중경에서 제시하는 부모 공경 그리고 기독교의 십계명 중 다섯 번 째 계명인 '너의 부모를 공경하라.' 그러면 자손만대가 창성하리라는 경전의 말씀을 바탕에 깔고, 노인과 젊은이가 함께 조화를 이루며 살아가는 Harmony of Young & Old 라는 HYO 를 새로운 효 문화의 대안으로 제시하기도 했다. 또한 효 연구단을 직원 조직의 다른 한 축으로 세워 김덕균 단장의 주도하에 전국 방방곡곡을 찾아가 효 사례를 발굴·연구했고, 지방 자치단체의 재정적 협조를 얻어내는 실적도 거양했다.

그러던 중 지난 4월 26일 자로 명칭을 「대전효문화진흥원」에서 「한국효문화진흥원」으로 바꾸고 30일 새 출발을 다짐하는 기념식을 가졌다. 국회 보건복지분과위원장인 이명수 의원을 비롯해 대전시청·시의회와 교육청 관계자 그리고 「대전효문화진흥원」을 개원하기 위한 이론정립은 물론 전시물 내용을 구성하는데 큰 도움을 준 최성규 성산효대학원대학교 총장과 유림 등 수 백 명이 참석한 가운데 새로운 출정식을 가진 것이다.

첫 출범 때부터 정부 주도로 문을 연 기관이고, 한국 유일의 효문화진흥원이기 때문에 당연히 「한국효문화진흥원」으로 출발을 했어야 했다. 그런데 대전시 시의회의 조례규정에 묶여 당시 지방 규모의 국지적인 명칭인 「대전효문화진흥원」으로 개원된 것이다. 어찌 보면 앞날을 내다보지 못했던 지역 이기주의에 의해 졸속하게 붙여진 이름이었다. 한국의 효를 대상으로 하는 사업인데도 명칭으로 인해 사업추진이 어려웠고, 게다가 여러 경로를 거쳐 이름이 적절하지 못하다는 지적이 받아들여져 이제나마 전국의 효를 아우를 수 있도록 개명이 된 것은 참 다행스러운 일이다.

그러나 명칭만 바꾼다고 새 출발이 되는 것은 아니다. 「한국효문화진흥원」은 지난 2년 1개월간의 운영 상황을 뒤돌아보아야 한다. 즉, 나아가야 할 방향성을 분명히 해야 한다. 지엽적인 일에 눈길을 돌리지 말고 운영의 본질에 충실해야 하며 더 분명한 좌표를 설정할 필요가 있다. 지금은 안정이 되었지만 한때 직원 채용 문제로 경찰의 수사와 함께 언론기관에 노출 된 적도 있다. 자원봉사자들과의 봉사시간 문제로 인해 매듭이 생기기도 했었다. 금년 하반기부터 원래대로 봉사시간을 확보하는 약속을 받아낸 것은 그나마 다행스러운 일이다. 그러나 그동안 효자도사들의 관심의 대상이었던 '찾아가는 효 교육'은 기존의 공모사업에서 직영사업으로 전환된 상태이다. 나름대로 다 이유는 있었겠지만 아픈 기억들이다. 이 사례들은 효 사업 중 곁가지에 불과한 작은 일일 수도 있다. 하지만 새로운 효가 화합과 조화를 목표로 하고 있다는 면에서 보면 이런 잔바람도 일지 말아야 한다.

이번 「한국효문화진흥원」으로의 새 출발을, 관계자 모두는 심기일전하는 계기로 삼았으면 한다. 요즈음도 노사 간, 빈부 간, 그리고 지역 간 등의 갈등으로 인해 우리 사회가 내홍을 겪고 있는 중이다. 「한국효문화진흥원」은 이미 노인과 젊은이 간의 조화로운 삶을 효의 표상으로 정했고, 이를 상호간의 칭찬을 통해 이루어내야 한다는데 공감대를 세워 왔다. 부모와 자식 간의 효가 성장하면 궁극적으로는 이웃과 사회, 국가 그리고 인류가 서로 배려하고, 사랑하며, 함께 행복해지는 세상으로 거듭날 수 있다. 그래서 「한국효문화진흥원」의 새 출발을 바라보며 거는 기대는 더 클 수밖에 없다.

# 현대 hyo는 harmony of young & old
- 현대 효는 젊은이와 어르신의 어울림이다

전통적인 유교사회 속에서 우리가 으뜸으로 삼은 덕목 중의 하나가 '효' 였다. 사람이 살아가는데 있어서 어버이를 섬기는 효를 근본으로 생각했으며 자기를 낳아주신 은혜를 잊지 않고 부모의 마음을 기쁘게 하고, 편안하게 해드리는 이 효야말로 인간이 지켜야 할 도리로 여긴 것이다. 우리는 효를 실천하는 이를 효자 · 효녀로 칭송해 마지않았고, 조선시대의 임금님은 그 효자가 있는 마을에 정려문을 세워 효를 널리 알리고 오래도록 기려 주었다. 그러기에 효의 실천은 인륜도덕이 근간이 되는 대가족제도 속에서 최우선으로 지켜야 할 정신으로 계승되어 온 것이다. 우리는 이렇게 효의 실천을 귀하게 여기며 살아온 역사적 배경을 가지고 있다.

그러나 우리가 조선 말 국운이 다해 왕조가 몰락하고, 시대가 급격하게 변화하는 전환기를 맞게 된다. 더구나 광복 후, 근대화하는 과정에서 경제적인 부를 축적하는 노력과 함께 민주화를 이루어내는 과정에서 압축성장을 하는 동안에 기존 질서가 파괴되고, 가치관이 전복되는 혼돈을 거듭했다. 그러는 동안 효에 대한 기존의 생각도 많이 허물어졌다. 효의 실천은커녕 부모와 자식 간의 갈등과 혼인 관계의 신뢰가 엷어지면서 요즈음 들어서는 인륜이 파괴되고, 가정도 허물어지는 이혼이 예사롭게 되는 경우를 종종 보게 된다.

이를 안타깝게 생각하고 있던 차에 국회에서는 서둘러 효문화진흥법을 발의해 통과시켰고, 이를 홍보하고 실천하며 연구하는 기관을 서둘러 만들었다, 바로 대전에 세워진 한국효문화진흥원이다. 3년 전인 2016년 3월 31일이었다. 이 곳에서는 무너지고 있는 효를 복원하고, 심청이나 향덕처럼 희생과 섬김만 강요되어 오던 시대착오적인 효를 현대 효에 대한 생각의 흐름에 맞게 정립하고 있는 중이다. 어르신과 젊은이가 서로 어울려 칭찬을 하며 조화로운 삶을 살게 할 수 있는 방안을 강구하고 있는 것이다.

대전시 중구 사정동 일대에 건립된 이곳, 한국효문화진흥원에서는 정규 직원 21명과 함께 효지도사 자격을 가지고 있는 효사랑 전문 봉사단원 32명이 일심동체가 되어 대전에서부터 한국의 현대 효가 다시 정립될 수 있도록 하기 위해 혼신의 힘을 다 하고 있다. 벌써 20여 년 전부터 우리나라 성씨의 근원을 찾는 뿌리공원, 족보박물관, 효 문화마을을 운영하고 있던 대전시 중구청의 효 문화 운동을 바탕으로 해 한국효문화진흥원까지 들어서면서 이 일대가 지금은 〈효월드〉로 지칭되고 있다. 최근에는 여러 시설을 확장하면서 우리나라의 효 메카로 자리를 잡고 있는 중인데 이번에는 안동 권씨 종가가 있는 무수동 천하마을의 유회당과 중부권 최대의 동식물원인 〈오 월드〉를 연계해 숙박시설까지 갖춰 이 〈효 월드〉를 더욱 새롭게 구축하고자 노력하고 있는 중이라고 한다.

이러한 청사진을 꿈꾸게 될 수 있는 것은 대전시 중구청의 효문화마을을 선도적으로 운영을 하고 있는 노력과 함께 지난 3년간 임기를 마치고 물러난 장시성 원장의 공로가 있어 가능했다고 본다. 여기에 한국효문화진흥원의 직원들의 성실한 근무와 전문성을 가진 효문화지도사들의 헌신적 봉사가 있었기에 촉매제가 되었다. 효지도사들은 선발 당시부터 연령에 제한 없이 70대 후반의 노인들까지도 봉사를 허용해서 2.5:1의 경쟁을 뚫고 임용된 효 전문가들이다. 효에 대한 확실한 생각과 전문성을 가지고 있는 봉사단의 헌신적인 노력이 있었기에 효 사업 발전에 한몫을 했다고 생각하며 그들은 스스로가 자부심을 느낀단다.

거듭 말하지만 한국효문화진흥원에서의 현대 효는, 극한적인 희생과 섬김의 강요가 아니라 세상의 흐름에 맞게 젊은이와 어르신의 어울림이라는 현대적 의미인 'harmony of young & old' 의 정신을 발휘하는 효가 강조되고 있다 하겠다. 앞으로도 그들은 한국효문화진흥원에 근무하고 있는 직원들과 함께 선도적으로 효를 발전시키는데 공헌하겠다는 의지가 분명하다. 더구나 여기에 효지도 봉사단 구성원의 주축이 되고 있는 대전시효지도사협회의 역할이 더욱 크게 작용하고 있음은 참으로 다행스런 일이다.

돌이켜 보면 지난 3년간 운영상 부분적으로 잡음이 아주 없었던 것은 아니지만 한국효문화진흥원은 지금 이 초기적 현상을 마무리하면서 효를 선도하기 위해 노력해 나가고 있다. 필자는 지금까지의 시행착오를 청산하고, 한국 효 발전에 대한 새로운 가치관이나 모델을 정립한다면, 안영동 일대에 위치해 있는 〈효월드〉가 새롭게 거듭나리라고 본다. 이런 추세로 효 사업이 잘 펼쳐진다면 한국효문화진흥원이 추진하고 있는 '한국 효의 유네스코 세계문화유산 등재' 사업도 머지않아 결실을 볼 수 있을 것으로 본다.

# 현대의 孝(HYO)는
# Harmony of Young & Old 이다

5월은 녹색의 신록이 푸른 꿈으로 다가오는 계절이다. 또한 효孝를 강조하는 계절이다. 이 5월을 가정의 달이요, 청소년의 달로도 지칭하고 있다. 때문에 이 5월엔 한 번쯤 가정을 돌아봄은 물론, 미래를 향한 꿈을 가꾸며 성장하는 청소년들을 더욱 소중히 여기면서 효를 강조하는 달로, 누구에게나 인식되어 왔다.

우리는 전통적으로 효를 중히 여기며 살아온 민족이다. 효를 백행지본으로 삼았다. 그리고 더 큰 효는, 나라를 위한 충忠이라 여겨 왔다. 삼강오륜을 가장 큰 규범으로 삼아 마땅히 지켜야 할 덕목으로 삼아왔으며, 그중에서도 장유유서가 뚜렷해 윗사람을 공경하는 질서가 분명했다. 그런 까닭에 옛날의 효는 몸과 마음을 바쳐 부모를 섬겨야 하는 것이었다.

심청의 효처럼 강요당하고 희생하는 효가 소설 작품 속이 아니라 실제에서도 빈번하게 일어났고, 우리 조상들은 그를 효의 본보기로 삼아 장려해 왔다. 지금도 효 교육과 연계하면서 아직은 가치관이 분명하지 않은 채 성장 과정에 있는 어린이, 그리고 사춘기를 겪으면서 자아 형성 및 자기 정체성을 찾고 있는 인간 발달기의 청소년들을 보호하는데 최적最適하다고 생각하는 달을 5월로 여기는 게 아닌가 한다.

그러나 오늘날의 효의 개념은 변하고 있다. 농경사회에서 산업 사회를 거쳐 정보화 사회로 변하면서 효의 실천도 달라지고 있다. 대가족 제도 속에서 충효를 으뜸으로 삼는 유교 사상을 바탕으로 했던 전통적인 생각도, 핵가족화 되면서 가부장 중심에서 부부 중심 사회로 바뀌면서 변하고 있는 것이다. 더 분명한 것은 어린이와 청소년이 가정의 주축이 되고 있다는 점이다. 이런 상황에서 이제는 일방적으로 웃어른에게만 강요하는 효의 시대는 갔다. 현대 사회는 가족 간에 서로가 서로를 존중해주고 아끼는 관계를 유지하면서 칭찬하고 격려하며 상호 조화를 이루어야 하는 시대이다.

그러기에 현대의 효(HYO)를 Harmony of Young & Old 라는 새로운 패러다임으로 제시한다. 즉 오늘날의 효는, 옛날과 개념도 그 실천 방법도 다르다는 점을 확실하게 제시하고 있는 셈이다. 옛날에는 자손이, 보모나 조부모를 공경하고 섬기는 것으로 되어 있었다. 그러나 이제는 부모나 조부모인 어른도 아들이나 손자를 사랑함은 물론 아랫사람을 존중할 것을 원한다, 즉, 올리사랑과 내리사랑이 조화를 이루는 것이 현대 효의 개념이 되고 있는 것이다. 이런 효는 가족관계에 그치지 않고 이웃사랑, 국가사랑, 세계 인류 사랑으로 이어지면서 효의 개념이 확대된다.

그렇다면 우리는 이 현대 효의 실천 방법을 어디에서 찾아야 할까를 고민해야 한다. 그런데 가족과의 관계, 이웃과의 관계를 원만하게 하고 고양시키는 것은 상대를 존중해주고 인정하며 그 상대가 잘하는 걸 칭찬하는 것보다 더 좋은 방법은 없다. 칭찬은 고래도 춤추게 한다는 말이 있다. 양파도 칭찬을 하며 가꾸면 잘 성장한다. 물水도 칭찬을 받으면 부서지지 않고 육각수 상태를 그대로 유지한다고 한다. 밥도 칭찬을 받으면 더디게 상傷한다. 유년시절에 받은 칭찬이 계기가 되어 자기 인생의 진로를 바꾸고, 인류에게 위대한 유산을 남긴 사례는 아주 흔하다. 이제는 강요하는 효보다는 상대의 장점과 그의 노력을 인정하고 격려하며, 고양시킬 수 있는 칭찬을 통해 가정과 이웃 그리고 전 인류에게 기쁨을 주는 사람을 만들게 하는 것이 현대 효의 실천 방법이라 할 수 있다.

우리는 그동안 부모의 마음을 기쁘게 해드리는 것이 으뜸 효라고 배워 왔다. 사람은 예나 지금이나 다름없이 자신의 특기와 적성을 인정받음으로써 마침내 자아를 실현했으며, 그로 말미암아 입신양명을 할 수도 있다. 이 때 그를 낳은 부모의 마음은 어떨까? 그 누구보다도 기쁨으로 충만해질 수밖에 없다. 그게 바로 효이다.

따라서 우리는 이 5월에 어린이와 청소년에게 마음껏 꿈을 키우고, 재주를 키워나가도록 칭찬해 주어야 한다. 이제는 청소년 보호라는 케치프레이즈를 내걸고 외쳐대는 외화外華적인 부르짖음보다는 상호간에 진정성 담긴 한마디의 따뜻한 칭찬으로 노소老少가 함께 조화를 이룰 수 있게 해야 한다. 효의 현대적 실천 방법이 이렇게 달라지고 있음을 인식해야 한다.

# 대학입학
# 정원보다 고교 졸업생 수가 적은 나라

모 TV 방송국에서 방영하고 있는 프로그람 중에 '세상에 이런 일이'라는 제목으로 나가는 프로가 있다. 상식적으로 이해할 수 없는 기이한 일이나 특별한 상황을 기획·취재해 방영하는 프로이다. 이런 비상식적인 일이 우리 교육 현장, 그것도 바로 대학교 입학정원 문제에서 벌어지고 있다. 믿을 수가 없다. 고교 졸업생의 수가 대학 입학정원보다 적어진단다. 2021년이 되면 고교 졸업예정자는 500,126명인데 대학교 입학정원은 512,036명이다. 그중에 대학진학 희망자는 427,566명에 불과하다. 믿을 수 없는 일이 현실로 다가오고 있는 셈이다. 대학에 들어가기가 하늘에 떠 있는 별을 딸 만큼이나 어려웠었는데 이제는 누워 떡먹기가 되었다. 실제로 올해도 고교졸업 예정자는 598,298명이지만 대학진학희망자는 506,286명이라서 대학교 입학정원 512,036에 미치지 못하고 있다. 역조 현상이 이미 시작된 셈이다.

그래서 대학수학능력고사를 73일 남긴 오늘도 전국 여러 대학교에서는 신입생을 확보하기 위해 총력을 기울이는 학사 일정을 보낼 수밖에 없다. 하긴 이런 기현상은 벌써 여러 해전부터 있었다. 특히 지방 대학교에서는 해마다 가을철이 되면 고등학교 현장으로 직접 나가 입시 설명회를 하느라 수업이 정상적으로 이뤄지지 못할 정도였단다. 그러니 이젠 자생력을 갖추지 못한 대학교는 문을 닫을 수밖에 없는 심각한 상황에 당면하고 있는 셈이다. 대학들이 벌벌 떨고 있단다.

오늘 날 대학교가 이런 어려운 상황을 맞게 된 것은 여러 원인이 있겠지만 그 중에서도 두 가지 큰 이유가 있다. 하나는 출생율의 감소 때문이다. 다른 하나는 대학 교육정책의 부재 때문이다. 필자는 그중에서 먼저 출생율 문제를 짚어본다. 그리고 다음으로 대학 정책문제를 살펴보기로 한다.

우리나라가 아들딸 구별 말고 둘만 낳아 잘 기르자는 케츠프레이즈를 내걸고 가족계획을 시작한 1970년도 통계를 보면 부부가 일생동안 평균으로 4.53명의 자녀를 두었었다. 그 후 해마다 출생율이 낮아져 심각한 상황을 연출하더니 2018년에 나타난 통계수치는 0.98명이고, 이는 OECD 20개국 중에 최하위라고 한다. 이를 출생 신생아 수로 살펴보면 더 확실하다. 1970년에는 101만명의 신생아가 출생했다. 그 후 1990년에는 65만 명으로 줄었고, 그 추세는 계속되어 지난해는 33만 명에 불과했다. 결혼 연령이 높아짐과 함께 출산기피와 함께 아예 결혼 않고 혼자 살아가겠다는 싱글족 때문이란다.

이러한 출산율의 감소는 우리나라 평균수명 증가와 맞물려 노인 인구를, 기하급수로 늘어나게 했고, 산업구조에도 치명적인 악영향을 미쳤다. 앞으로는 정말 더 예상할 수 없는 최악의 결과를 낳을 수도 있다. 바로 이 출생률이 대학입학 정원과 맞물리게 된 셈이다.

다음으로는 대학 교육정책 부재 때문이다. 우리나라가 7, 80년대 개도국을 거치면서 경제가 급속도로 발전하는 과속 성장으로 인해 큰 부를 축척하기도 했지만 국민들이 넋을 빠지게 했다. 성숙하지 못한 채 너무 급하게 이룩한 민주화도 한몫했다. 사회는 압축성장으로 인해 많은 혼란에 빠졌다. 게다가 세계 제일의 교육열이 진학을 부추겼고 이를 틈탄 사학私學들이 관官과 적당히 타협하면서 몰지각하게 인가를 받는 바람에 우후죽순 격으로 대학교기 양산되었고, 입학정원이 늘어나 결국 오늘날과 같은 부실사태를 초래했다. 그 바람에 출산율 저하에 맞물리면서 대학 존폐문제는 지금 진수렁에 빠져버렸다. 너도나도 다 대학 졸업자요, 그만큼 학력 인플레를 초래했다. 모두가 화이트칼라가 되려는 꿈속에서 서성이는 바람에 정작 산업 현장 곳곳에서 일할 역군들이 없어 외국 노동자를 불러들이고 말았다. 한쪽에서는 고학력 실업자만 늘어나는 백수들이 차고 넘치는 기현상을 낳게 되었는데도 말이다.

그런데 이 상황에서도 지금 우리나라의 고등교육 정책은 부재한 상태이다. 정부는 젊은이들에게 비전을 주는 정책을 펴야 하는데, 대학을 대수술해야 하는데 기껏 한다는 짓이 청년수당이나 준다. 역대 정부도 그랬지만, 세월호 참사를 기폭제로 삼아 노조와 NGO로 지칭되는 참여단체들의 촛불시위에 힘입어 새로 태어난 현 정부 역시 젊은이들에게 비전을 주지 못하고, 교육 정책도 여전히 깜깜이 상태이다.

과거에 얽매어 적폐 청산을 외치며 잡아넣고 가두는 일만 할 뿐이지 국민에게 특히, 젊은이에게 새 세상을 한 치 앞도 보여주지 못하고 있다. 차기정권 유지에만 골몰한 채, 보편적인 복지만 펼치고 있을 뿐이다. 별의 별 수당 다 만들어주면서 성실하고 근면했던 국민들을 게으르게 만드는 이 짓을 이제는 멈추어야 한다. 젊은이들이 결혼을 할 수 있도록 하고 아들딸 낳아 행복한 가정을 꾸밀 수 있게 하는 세상을 만들어 주어야 한다, 정쟁에서 벗어나 국민을 주인으로 모시는 정치를 하면 가능하다. 고등학교를 졸업하면 누구나 우르르 대학으로 진학을 하는 세상이 왔지만 그게 복이 아니다. 재앙이 되어버렸다. 새로운 100년을 설계하면서 젊은이들이 꿈을 꾸며 살아갈 수 있는 세상이 언재 오려나? 그게 걱정이다.

# 새천년동이들에게
# 희망 편지를 쓰고 싶다

이제 곧 경자년이 밝아온다. 한 달여도 남지 않았다 서기로는 2020년이다, 벌써 희망찬 새해가 열린지 사흘째를 맞고 있다. 이 시점에서 문득 지난 20년 전 일이 떠오른다. 서기 2000년으로 접어들고 있던 그해, 우리는 참으로 큰 기대와 희망에 들떠 있었다. 새로운 천년이 열린다고 마냥 마음이 부풀어 있었다. 그 무렵 새천년에 대한 설렘을, 필자는 아직도 기억하고 있다. 그러나 그 설렘이, 그 기대가 우리 곁으로 얼마나 다가왔는가를 지금 묻고 싶지는 않다. 아니다. 우리가 바랐던 이상향은 다시 피안의 세계로 달아났고 곤고한 삶은 그때나 지금이나 마찬가지로 막막할 뿐이다. 곽곽할 뿐이다. 새천년이 열리던 그날 밤 0시에 쏘아 올렸던 불꽃들은 밤하늘을 찬란하게 수놓았었는데……. 하지만 그 밤을 떠올리면 떠올릴수록 우리의 정치 · 경제 · 사화 · 문화적 현실은 답답하기만 하다.

그런 와중에도 서기 2000년에 태어난 새천년동이들이 어느 새 만 스무 살, 성년이 되었다. 우린 그들의 삶에 주목할 수밖에 없다. 그들이 태어났을 때 온 국민은 축복해주었잖은가! 무탈하게 무럭무럭 자라나기를 바랐고, 넉넉한 환경에서 양육되어진 후에 한 사람의 몫을 다하면서 자기실현을 하라며 축복해주었다. 그렇다. 그들은 세월의 흐름이라는 자연의 순리를 타고 표면적으로는 풍요로움을 누리며 성장했다. 그들 중 일부는 벌써 고등학교를 졸업하고 사회에 진출한 초년생이 되었다. 그러나 대부분은 아직도 더 공부를 하면서 지식을 학문으로 체계화 시키고, 진리를 탐구하기 위해, 원하는 대학에 입학해서 지금 이 순간도 열심히 공부하고 있는 중이다. 타고난 저마다의 특기·적성을 살리기 위해 노력을 하고 있는 것이다.

물론 그들이 자라왔던 지난 20년 간 지식·정보화 사회를 향한 변혁이 가속화 되었고, 본격적으로 제4차 산업을 창출하기 시작한 것은 분명하다. 하지만 삶의 질이 피부에 닿을 만큼 향상되었는지는 의문이다. 우리 국민 소득은 아직도 3만 불을 넘나들 정도이고, 정규직으로 안정된 직장에서 일을 하기보다는 비정규직에 머물고 있는 이들이 적지 않다. 노사 갈등은 여전하고, 빈부의 격차는 더욱 심화되고 있다. 우리 국민들은 그때나 마찬가지로 분열된 채 편을 갈라 극한 대립을 하고 있다. 우리가 바라던 이상적인 새 천년은 20년이 지난 지금도 기대한 만큼 복되게 다가오지 못했고, 삶은 여전히 만만치가 않다. 그보다 새 천년동이 그들에게 비전을 주지 못하고 있는 것이 문제이다.

그런 탓에 그들은, 지금 청년 실업이란 벽에 부딪쳐 시름하고 있는 선배들의 모습을 보면서, 아파하는 청춘들을 바라보면서 자신의 앞날에 대한 불확실성 때문에 고심하고 있다. 게다가 어른들은 그들에게 유·소년기를 지나오는 동안, 고생을 모르고 자란 탓에 어려움을 참고

극기하는 힘이 부족해, 앞날을 개척해나갈 정신도 약할 거라는 기우를 하고 있다. 그중 극히 일부는 지식정보화 사회에 걸맞은 창의성을 발휘하면서 알차게 성장하고는 있다. 하지만, 대부분은 국내 정세나 국제적인 상황을 예측할 수 없는데다가 기성세대들의 분열과 대립 속에서 20년을 자라왔기 때문에 장래가 크게 밝은 것만은 아니니 그게 안타까울 뿐이다.

필자는 새해를 맞으며 성년을 맞은 새천년동이들을 위해 기도를 하고 싶다. 그들에게 좀 더 꿋꿋하게 살라는 희망 편지를 쓰고 싶다. 기대를 한 몸에 받으며 스무 해 전 태어났던 그들의 세상이 좀 더 밝게 펼쳐지기를 바라는 마음이 간절하기 때문이다. 스무 해가 지난 지금처럼, 다시 스무 해가 지난 후의 그때도 비슷한 상황을 맞아서는 안 되기 때문이다. 그들이 40이 될 때쯤에는 국민소득이 5만 불쯤 되는 세상이 오기를 바란다. 그때쯤 남북통일이 실현된다면 얼마나 좋을까! 그게 필자의 간절한 소망이다.

그런 날을 맞으려면 우리는 확실하게 탈바꿈해야 한다. 이대로 머물러서는 안 된다. 거듭나야 한다. 지금 이 상태로 나간다면 20년 후에도 또 똑같은 역사의 전철을 밟을 수밖에 없다. 그런데도 기성세대들은 여전히 서로 반목하고 분열할 수밖에 없는 세상을 만들고 있는 중이다. 이 짓은 여기서 멈추어야 한다. 새마을 운동으로 가난을 몰아냈듯이, 한강의 기적을 낳아 경제 강국이 되었듯이 또 한 번의 혁신을 꿈꾸어야 한다. 적폐청산이라는 이유로 과거만 들추지 말고, 이제는 미래를 향해 확실한 비전을 만들어내야 한다. 그러지 않고는 주저앉을 수밖에 없다. 우리는 새천년동이들이 마음껏 꿈을 펼치고, 희망을 노래하는 세상을 만들어 주어야 한다. 그 새로운 출발을 2020년, 올 해로 정하고 모두들 앞으로 전진 하자는 뜻을 담아 필자는 지금, 새해 벽두에 새천년동이들에게 아니, 질곡의 역사만을 빚고 있는 기성세대들을 향해 희망편지를 보내고 싶다.

# 시詩는
# 혁명의 자양분이었다

'시詩는 혁명의 자양분이었다.' 이 키워드 문장은 지난 11(목)일 여의도 국회도서관 지하 대강당 에서 개최되었던 심포지엄 기조 강연의 주제였다. 3·8민주의거기념사업회와 한국현대시인협회가 4·19의거 기념일을 앞두고 공동으로 개최한 이 심포지엄은 「4·19혁명과 열린 세계의 詩」라는 큰 타이틀을 붙여 눈길을 끌었다. 이번 행사는 혁명의 계절인 4월을 맞아 많은 이들의 관심과 기대 속에서 알차게 개최되었는데 아산출신의 이명수의원의 환영사와 대전 서갑 출신의 박병석 의원의 축사가 있어 무게를 더해주었다. 또한 국제펜 한국본부 손해일 이사장과 4·19혁명공로자회 유인학 회장의 격려사는 4·19의 의미를 강화시킬 수 있었다. 이어서 김철기 현대시협 상임이사는 조지훈의 시 〈터져 오르는 함성〉을 4월의 시로 선정해 낭송했고, 시낭송가이며, 대전문인총연합회 사무차장인 김종진은 김용재의 시 〈꽃보다 더 밝은 민주의 등불〉을 낭송해 민주항쟁의 분위기를 고조시켰다.

바로 뒤이어 본격적인 주제 발표가 있었는데, 3·8민주의거기념사업회 공동의장인 김용재 시인의 기조 강연이 끝난 후에 충남대 명예교수인 송백헌 평론가의 '4·19혁명과 시인의 함성, 그리고 그 이후'와 성결대부총장을 지낸 신규호 시인의 '4·19혁명 기념시와 역사적 증언의 힘'이라는 주제발표로 이어졌다. 세 번째로는 호서문학회장을 역임한 홍순갑 시인이 '「꽃의 민주주의」와 「내 오라버니의 3월」에 드러난 저항의 시 정신'이라는 발표가 있었다. 이 심포지엄의 좌장 역할은 선문대 교수를 지낸 이정희 수필가가 맡아 진행을 도왔다.

올해는 4·19의거가 일어난 지 59주년이며, 4·19의거의 단초를 제공해준 대전에서의 3·8 민주의거가 국가기념일로 지정된 첫 해이다. 이를 기념하면서 민주 정신을 함양함은 물론 이 정신을 계승 발전시키기 위해 개최한 이 번 행사에는 3·8민주의거기념사업회, 한국현대시인협회와 대전문인총연합회 회원은 물론 그 밖에도 많은 청중이 참석해 '詩가 민주 혁명의 자양분'이었음을 입증하는 기조 강연과 주제 발표를 경청할 수 있었다,

발표가 끝난 후에는 토론회도 아주 진지하게 열렸다. 지정토론자로는 한국현대시인협회 이사인 최재문 시인과 UPLI 사무총장인 김인영 문학박사 그리고 유원대 초대교수인 이주현 행정학 박사가 참여했다. 마무리를 짓는 종합토론으로는 한국현대시인협회 부이사장인 지은경 시인의 사회로 진행되었는데, '시가 민주화에 기여한 면면을 되돌아봄으로써 가슴을 덥힐 수 있는 자리를 마련했다.'는 평을 얻어냈다.

그런데 이번 심포지엄의 의미는 다른 때와는 달리 더 특별할 수밖에 없었다. 앞에서 이미 밝힌 바 있지만 대전에서 지역수준의 기념일로 치러오던 3·8민주의거 행사가 국가 기념일로 지정되면서 국지성에서

벗어나 전국 규모의 행사로 확대되었을 뿐만 아니라 바로 이 민주의거는, 앞에서 조지훈·김용재의 시낭송과 기조강연 및 주제발표에서 나타났듯이 바로 '시詩 정신이 혁명에 자양분을 주었다.'는 사실도 함께 입증하게 하는 심포지엄이었기 때문이었다.

필자는 청중의 한 사람으로서 이 행사에 참석했지만 우리나라가 민주화와 경제 발전이라는 두 마리 토끼를 잡을 수 있었던 것은 바로 4월 혁명이 그 바탕이 되었고, 시의 역할도 컸음을 인식할 수 있었다. 그러나 한편으로는 요즈음 세상 돌아가는 걸 바라보면 문득 걱정스럽기도 하다. 주지하는 바와 같이 민주주의는 과거 절대왕조에게 편중되어 있던 권력을 국민이 함께 공유할 수 있는 자유 평등사상에 기반을 두고 있다. 그런 뜻에서 민주주의는 소중할 수밖에 없다. 그러함에도 불구하고 요즈음 우리 현대사를 돌아보면 민주화가, 좌와 우의 세력 다툼으로 변질되고 있으며 서로 간에 권력을 잡으려는 투쟁으로 비추어지고 있는 것이 현실이다.

게다가 북한이라는 주적主敵을 가지고 있는 상황에서 오히려 종북 세력이 얼굴을 내미려는 모습도 엿보이고 있어 더 걱정스럽다. 우리에게 민주주의를 가져다 준 4·19의거나 대전의 3·8, 그리고 대구 2·28, 마산의 3·15민주의거는 극단적인 좌우 대립을 원하지 않는다. 이들 민주의거는, 국민이 나라의 주인이 되는 자유민주주의 체제에서 한반도가 통일국가로 바로 서서 모두가 행복한 세상을 만들기 위해서 목숨을 던진 투쟁이었다. 이번에 치러진 심포지엄이 이 민주정신을 바르게 고취시켜 주는 계기가 되었으면 한다.

# 향후 북미정상회담에
# 전략적인 대응이 요구된다

지난 달 30일, 북한의 김정은 위원장과 미국의 트럼프 대통령이 판문점 자유의 집에서 만났다. 66년 만에 처음으로 양국의 두 정상이 분단의 벽으로 상징되는 휴전선에서 남북 분계선을 오가며 만났다. 하노이 제2차 북미 회담 결렬이후 잠시 정체되었던 두 나라의 관계가 급진전하는 모양새를 보여 준 이번 만남에 대해 상상력을 뛰어 넘는 정치·외교적 결단이었다고 야단들이다. 한국 신문들은 두 정상의 회담을 연일 대서특필 했었고, 라디오 TV뉴스에서도 초점화해 보도했다. 여드레가 지난 오늘까지도 세계 여론이 이목을 집중하면서 북미정상회담 이후를 예단하는 뉴스들을 내놓고 있는 중이다.

물론 문재인 대통령이 팻싱 되었다는 부정적인 평가도 나왔고, 북한의 기본 노선인 '한국배제 미국 직접대화' 에 물꼬를 트는 일에 일조를 했다는 비평이 일고는 있다. 하지만 판문점에서의 두 정상의 만남은 역사적 평가를 받을 만하다. 누군가는 트럼프 대통령이, 재선이라는 고개를 넘어 서기 위한 전략이 아니었냐는 평을 하고 있다. 혹자는 금강산 관광, 개성공단 재개 등의 북한에 제재를 풀어주기를 원하고 있는 김정일의 다급함 때문에 서둘러 평양에서 판문점까지 내려 왔다는 지적을 하기도 한다. 그러나 일단은 문대통령의 주재로 만난 이번 정상회담은 획기적이어서 역사에 기록될 만하고, 역시 주목 받을 만했다.

그 뿐만이 아니다. 평화로 가는 로드맵에 날개를 달 수 있을 거라는 평과 함께 북한의 핵 폐기와 남북 평화의 길을 함께 모색하며 공동 번영을 추구할 수 있는 계기가 만들어진 거라는 이야기들을 하고 있는 중이다. 모두들 나름대로 북미정상회담에 의미를 두면서 아직까지도 들떠 있는 상황이다. 그렇게만 될 수 있다면 우리 한반도의 번영을 위해 얼마나 소망스러울 수 있을까를 생각하니 필자의 가슴도 설렌다. 그러나 남북관계가 그렇게 단순하고 소박한 셈법에 의해 풀어지는 것인가를 생각하지 않을 수 없다.

북한은 과거에 우리 대한민국과 땅위에서는 태연하게 평화 운운하는 회담을 진행하면서 땅 속에서는 땅굴을 파내려온 적이 있는 집단이다. 그 땅굴을 서울 한 복판까지 뚫으려고 했단다. 그 증거로 지금도 제1땅굴, 제2땅굴, 제3땅굴이 현존해 있는 상태이다. 그 현장을 필자도 답사한 적이 있다. 북미정상회담으로 모두들 들떠 환호하고 있는 지금 이 순간도 북측은 자기들만의 깊은 연못을 파면서, 어떤 모략을 설계하고 있을 수 있다.

차제에 대한민국 국민 중에 북한이 핵을 폐기할 거라고 믿는 이들이 얼마나 될까를 자문해본다. 오히려 핵을 더욱 공고히 해서 미국으로부터 핵보유국의 지위를 분명하게 얻으려고 하고 있다고 믿는 사람들이 더 많지 않을까? 미국 언론도 트럼프가 핵동결에 무게 치를 두고 있는

게 아니냐는 보도를 쏟아내고 있는 중이다. 그러나 한 반도가 통일이 되어야 하다는 대전제는 변할 수 없다. 그 날을 대비해, 그 때 우위를 점유하기 위해서 북한은, 인민의 복된 삶을 챙겨야 하는 민생을 저만큼 밀어두고, 인권은 아예 내팽겨 치면서 장애가 된다면 고모부도 기관총으로 처단하고, 이복형도 독침으로 없애 버리는 3대 세습의 독재정치를 하면서, 나라 경영을 해왔다. 그러면서 핵을 만들었다. 미사일도 쏘아 올렸다.

이런 상황에서 두 체제가 상호 평화 공존할 수는 없다. 그걸 우리는 우리의 역사를 뒤돌아보면 이내 알 수 있다. 신라가 고려 태조 왕건에게 나라를 헌납할 당시 이미 허물어진 상태였다. 천년 역사의 무게에 눌려 온갖 말기적 현상으로 인해 지탱할만한 힘이 소진된 상태이다. 고려 말 이성계의 위화도 회군으로 쿠데타를 일으켰을 때도 고려는 이를 막을 힘이 없었다. 결국 이성계는 신흥 세력을 등에 업고 고려를 접수했다. 그런고로 서로 힘이 팽팽한 상태에서의 평화 공존은 이상일 뿐이다. 완전한 허구다. 우리는 이를 분명히 인식해야 한다.

고대 왕권 국가에서는 군사력이 우위를 점한 쪽이 절대적이었다. 그러나 현대는 군사력도 중요하지만 정치, 경제, 과학, 사회, 문화적인 힘이 총체적으로 이루어졌을 때 강국이 될 수 있다. 우리 대한민국은 당시 보이지 않는 어떤 힘의 제제로 핵개발을 못한 거 말고는 북에 질 이유가 없다. 그런데도 요즘에 북에 끌려가는 느낌이 드는 것은 필자만의 생각일까? 우리는 지금 북한과 미국이 자기들 셈법에 의해 만난 판문점 제3차 북미회담에 환호하거나 들떠 있어서는 안 된다. 좀 더 냉철해져야 한다. 정치인은 정치인대로 일반 국민은 국민대로 자기 위치에

서서 자신을 돌아보는 성찰이 있어야 한다. 우리 대한민국이 자유민주주의를 지키면서 북한을 끌어안을 수 있기 위해서는 어떻게 대처해나가야 할지를 깊이 고민해야 한다. 생각 없이 들뜨기만 해서는 안 된다. 향후 북미정상회담의 진행 방향을 주의 깊게 살펴보면서 마음 다지고, 전략적인 대책도 세워야 한다.

# 방위 분담금을
# 대폭 증액하라는데…

미국이 주한미군의 방위분담금을 대폭 증액하란다. 지난해의 5배 수준인 5조 8000억 원을 내란다. 어이가 없다. 그동안 우리에게 당면했었던 현안은 조국 사태였다. 이 일로 인해 국론이 분열되었고, 나라가 뒤집힐 듯 출렁거렸다. 그나마 이 문제가 조금쯤 마무리되면서 국민들 곁에서 떠나 법원의 판단을 기다리고 있는 중인데 이번에는 지소미아와 함께 방위분담금 문제가 물밑에서 수면 위로 치솟아 올라와 국민들을 다시 걱정스럽게 한다. 이 요구는 조국 사태와는 본질이 전혀 다른 사안이다. 그러잖아도 우리는 그동안도 정말 어려운 여러 상황에 직면하면서 나라 걱정을 하며 살아왔다.

그런 우리에게 미국이 요구하고 있는 이 방위분담금 증액 건은 감당하기 쉽지 않은 압박이다. 미국이 군사정보를 공유하는 지소미아 파괴로 보복을 하는 것은 물론 아니겠지만 우리는 이 상황을 접하면서 나라 걱정을 할 수밖에 없다. 정부의 고심 끝에 지소미아 문제는 일단 한숨을 돌릴 수 있게 되었지만 팽팽히 맞서고 있는 한미관계는 돌파구를 쉽게 찾을 수 있을 것 같지 않다. 양국은 벌써 여러 차례 이 문제로 고위급 회담을 진행해 왔지만 좀처럼 간극을 좁히지 못하고 있다 한다. 그런 와중에 필리핀으로 건너간 에스퍼 미 국방장관이 기자 회견에서 '한국은 부자나라이니 방위분담금을 더 내야 한다.'는 말을 거침없이 해대며 으름장을 놓고 있다. 그 모습을 바라보는 우리의 심정은 착잡하기만 하다.

필자는 전통적인 양국의 우호 관계를 넘어 피로 맺은 미국과의 혈맹이란 점을 생각하면 이 방위분담금 요구를 무조건 거절할 수 있는 형편이 아니라는 걸 알고는 있다. 하지만 상식적인 선에서 생각해도 이건 너무 무리한 요구이다. 일본, 독일과의 방위비 분담도 협상해야 하는 미국의 입장에서 보면 고도의 전략적 접근이라는 생각이 들긴 하지만 이건 아니다. 게다가 명분이나 신뢰를 바탕으로 해 상식적인 선에서 협상에 접근하지 않고, 장사꾼 기질을 발휘하고 있는 트럼프 미 대통령의 입김이 이면에서 작용하고 있지 않은 가 한다.

물론 나라와 나라사이의 관계는 국익을 전제로 맺어질 수박에 없다. 그런 면에서 보면 개인과의 관계나 국가 간의 관계가 다를 바는 없다. 하지만 실리만을 따질 수 없는 게 국가 간의 외교라고 볼 때 이런 황당한 수준의 방위분담금 증액은 신뢰를 깨는 일이다. 솔직히 말해 미국이 평화를 위해 공동 번영을 추구하고 있다고는 하자만 미국의 패권주의를 배제할 수는 없다. 중국이나 러시아도 마찬가지이지만 미국 역시 세계를 자기 영향권에 두려는 속셈이 분명한 나라이다. 그러한 차원에서 보면 한 반도는 미국이 놓칠 수 없는 지정학적 위치에 자리한 요새이다. 중국을 견제 할 수 있는 교두보가 바로 한반도이기 때문이다.

6.25 전쟁이후 미군의 주둔을 통해 동서 양 진영간에 힘의 균형을 유지하기 위한 전략으로 활용하고 있는 것을 삼척동자도 알고 있다. 그걸 누구도 부인할 수는 없다.

그러한 미국이 속셈을 감추고는 방위비를 문제 삼아 실리만을 챙기려 하려는 걸 우리로서 얼른 납득하기 어렵다. 미군 주둔의 그 진짜 이유를, 그 속내를 드러내지 않아도 좋다. 그러나 과도한 분담금의 요구는 즉시 거두어야 한다. 적정한 선에서 협상이 마무리 되어야 한다.

우리에게는 이미 고전이 되어버린 말이 하나 있다. 당시 우리의 앞날을 위해서 걱정했던 말이다. 제2차 세계대전이 끝나 일본이 연합군에게 패망하고 제 나라로 쫓겨 가서 우리가 광복을 찾았던 시기에 국민들 사이에 회자 되었던 바로 그 말이다. 필자 역시 유년 시절에 뜻도 잘 모르고 이 말을 동요처럼 부르고 다녔다.

'소련사람에게 속지 말고. 미국 사람 믿지 마라. 일본사람 다시 일어선다. 조선사람 조심해라'

우리나라가 광복을 한지 올해로 75년째 되는 해이다. 적지 않은 세월이 흘렀다. 그동안 민주화도 되었고, 경제적인 여유를 갖게도 되었다. 단군 이래 최대의 부를 축적하고 있는 중이다. 그런데도 이 말이 새삼스럽게 떠오르는 건 왜일까? 역시 미국은 믿을 수 없는 나라라는 생각 때문이다. 일본이 벌써 오래 전에 일어서서 강국이 되어 있기 때문이다. 그런데도 조선 사람은 정신을 차리지 못하고 있다. 요즈음 세상 돌아가는 꼴을 바라보면 가슴이 답답하다. 상황은 조선말과 유사하게 돌아가는데 분열된 국론이 언제 봉합될지 그 기미가 보이지 않는다, 지역의 갈등, 세대 간의 갈등이 언제 해소될지 막막하기만 하다. 남북 관계는 또 어떠한가? 우리 정부는 미국이 오판할 정도로 과대 복지 정책을 펴면서 점점 게으른 국민을 만들고 있는 중이다. 북한에게는 퍼주지 못해 안달이다. 그러니 부자나라라면서 6조원 가까운 방위분담금을 내라고 요구하는 것이다. 정신을 바짝 차리고 주위를 살피면서 조심, 또 조심해야 한다. 이웃 열강들 틈에서 살아남으려면······.

# 호국보훈의 달,
# 유월을 보내며

오늘은 6월 25일, 동족상쟁의 비극인 한국전쟁이 일어난 지 68돌을 맞는 날이다. 1953년 휴전이 되었지만 아직도 전쟁의 상처가 깊었던 1956년 대통령령 제1145호에 의해 제정된 현충일이 들어 있는 유월, 이 유월이 어느덧 지나가고 있다. 그동안 해마다 유월이 오면, 다른 어느 때보다도 나라와 조국을 위해 몸 바치신 호국영령들을 기리며 그분들을 향해 삼가 옷깃을 여미어왔다. 우리가 이 땅에서 단군성조 이래 최고의 부를 축적하게 했고, 민주화 된 세상에서 행복을 누리며, 가족과 함께 평안한 삶을 살 수 있는 터전을 만들어주기 위해 몸 바치신 그분들을 추모하는 것은, 지극히 당연한 일이었다.

그렇다면 우리에게 호국영령은 누구인가? 그렇다. 멀게는 우리 한반도에서 반 만년동안 사력을 다해 나라를 지키면서 살아온 조상님들이시며, 일제 강점기에는 몸을 돌보지 않고 조국광복을 위해 목숨을 던진 애국 열사들이시다. 가깝게는 자유와 민주주의를 수호하기 위해 한국전쟁 중 산화하신 영령들이며, 더 가깝게는 지금도 일선에서 나라를 지키시다가 승화하시는 군인들과 치안을 유지하기 위해 일하시다 유명을 달리하시는 경찰, 그리고 재산과 목숨을, 화마나 수마로부터 지켜주시는 소방관을 비롯한 모든 분들이다. 이분들의 헌신과 희생 없이 우리에게 행복한 '오늘'이 있을 수는 없다.

그런데도 이번 유월은 그들을 추모하고, 보훈의 뜻을 전하는 마음들이 전만 같지 못한 느낌이 든다. 필자만의 생각일까? 박근혜 정권 탄핵 이후 문재인 정부가 들어서면서 북한과의 관계 개선이 예상되긴 했지만 지난겨울 평창 동계 올림픽을 계기로 마침내 봇물이 터졌다. 그러고 보니 그동안 경색되었던 남북관계가 크게 활성화 되는 바람에 세상 돌아가는 것이 너무 급박해져 호국영령들을 생각하며 추모할 겨를도 없다.

4월 27일 판문점에서 남북 정상회담이 이루어졌고, 지난 12일에는 싱가포르에서 북미 정상 회담이 열린 바 있어 대부분의 국민들 마음은 지금까지도 들떠있는 중이다. 하지만 앞으로 남북·북미회담에 따른 결과가 어떻게 전개될지에 대해선 아직도 혼돈의 와중에서 전혀 예측이 어렵다. 게다가 6·13지방 선거가 여당 쪽으로의 쓰나미 현상을 보면서 견제세력 부재가 염려도 되고, 이어서 6월 14일부터는 러시아에서 월드컵 축구대회가 개최되는 바람에 국민들이 맞이했던 이번 유월은 과거 그 어느 때보다 숨 가쁘게 흘러간 게 사실이다.

그러나 세상이 아무리 급박하게 돌아가도 잊어서는 안 될 분들이 바로 호국영령들이시다. 몇 번을 생각해도 그분들이 계셨기에 우리의 '현재'가 있기 때문이다. 그러나 국민들의 일부이긴 하지만 국가의 안위보다는 개인의 이익을 추구하고 있는 이들이 있다. 게다가 권력을 국민들로부터 위임받아 정치를 하고 있는 이들마저 현재의 영광을 누리게 해준 그분들 앞에서 옷깃을 여미며 추모의 정을 표하기는커녕, 자기과시를 하거나 당리당략에만 몰두하는 것 같아 걱정이 된다.

그보다도 호국영령들을 예우하는 기준이 역대 정권에 따라 달랐었다고 하니 그게 사실인지 묻고 싶다. 하기는 나라 위해 목숨을 바친 영령들에 대한 예우가, 수학여행 중 사망한 세월호 학생들의 보상에도 미치지 못했던 경우가 있었다는 말이 가짜 뉴스처럼 떠돌아다니는 현실을 바라보면 가슴이 아프다.

2002년 한일 월드컵 당시 북한과의 백령도 부근 연평 해전으로 전사자가 나온 국가 비상사태 속에서 그들을 그냥 버려두고, 국가의 최고 통치자인 대통령이 일본으로 축구 구경을 갔던 일도 떠오른다. 그런데도 지금까지 그분에게 존경을 표하고 있는 이들이 많다. 상대적으로 전사자에게는 적절한 예우를 하기는커녕 보상 수준에 낙담하며, 상처를 안고 외국으로 이민을 떠난 미망인도 있었다던데, 그것도 가짜 뉴스일까? 그 진위를 알고 싶다. 그러니 호국영령들을 대하는 잣대가 정권마다 다르다는 말이 나올 법도 하다.

우리 주변에는 꼭 기려야 할 호국영령들이 적지 않다. 다시 말하지만, 독립운동을 위해 몸 바치신 분이나 한국전쟁, 그리고 베트남 전쟁에서 전사한 분들에다가 민주화 과정에서 희생당하신 그 분들, 그들은 영원히 기억되어야 할 호국영령이시다 그 분들을 어떻게 편애할 수 있겠는가! 똑같은 기준, 똑같은 예우로서 기억되어야 하고 남아있는 유가족들에게는 위로와 함께 보상도 공평하게 될 수 있도록 배려해주어야 한다.

유월은 가지만 그분들이 남기신 나라사랑정신, 호국의지는 영원히 우리 가슴속 깊이 남아야 한다. 작금의 남북관계가 앞으로 어떻게 전개될지를 우려스럽게 관망하면서 유월을 보내고 있는, 필자의 마음을 여기에 적어본다.

# 3·8과 인연이 닿는 곳을
# 3·8이라 명명하자

　대전에는 3·8민주화 의거 기념탑이 서 있다. 갈마동에서 계룡로를 가로질러 대덕대로를 따라 연구단지 엑스포 공원 쪽으로 차를 달리다 보면 갤러리아 백화점 타임월드점에 닿는다. 여기서 조금 더 가서 둔산동 이마트 점 바로 뒤편에 위치한 둔지미 공원에 다다르면 하늘을 찌를 듯이 서 있는 3·8민주화 의거 기념탑을 만날 수 있다. 바로 1960년 3월 8일 이 땅에 민주화의 깃발을 꽂게 한 학생들의 의거를 기념하기 위해 여러 해 전에 세워진 기념탑이다. 국비와 지방비를 합해 총 8억여 원의 예산을 들여서 세운 의미 있는 조형물이다.

　그러나 이를 눈여겨보지 않고 지나치다보면 이 기념탑을 발견하기가 그리 쉽지 않다. 수목이 길길이 자라나 무성해진 공원 안에서 그 위용과는 달리 조용히 서 있어 눈에 띄지 않기 때문이다. 더구나 이 기념탑에 의미를 두지 않고 그냥 무심히 바라보면 무엇을 상징하는 지, 왜 이곳에 조형물이 서 있는지도 모를 수밖에 없다. 그러나 대전시민은 이 기념탑을 예사로 지나쳐버리면 안 된다. 이 땅에 4월 혁명을 가져오게 한 3·8민주화에 대한 깊은 뜻을 새긴 기념탑으로서 숭고한 정신이 담겨있기 때문이다.

우리 현대 정치사에서 이승만대통령의 독재에 항거하여 일어선 4월 혁명은, 5·16으로 이어지기는 하지만 민주화와 경제 발달이라는 두 마리의 토끼를 잡을 수 있게 한 계기요, 역사적인 전환점이었다. 그중에 대전의 3·8의거는, 대구 2·28과 마산 3·15의거와 더불어 4·19 혁명을 가져오게 하는 초석으로서의 한 축軸이다. 그러나 그 4월 혁명을 완성시킬 수 있었던, 그 첫 출발이 바로 우리 충청권 대전에서부터 비롯되었다는 것을 아는 사람은 그리 많지 않다.

대전의 3·8의거는, 충청의 자부심을 가져다 줄 수 있는 민주 항쟁이었다. 당시 대전고등학교와 대전상업고등학교 학생들을 주축으로 하여 일어난 이 의거는 민주화 투쟁을 전국으로 확산시킨 시작이요, 촉매제였다. 그러나 일부 관계자들의 노력에도 불구하고 오래도록 그저 명맥만 유지하고 있다가 2013년도에 이르러서야 비로소 국회 의결을 거쳐 기념일로 정해졌다. 그런 탓에 그 3·8항쟁의 정신이, 올해로 56주년을 맞는데도 전국은 물론 아직 충청권이나 대전 시민들에게까지도 각인되어 있질 못하다.

마산의 3·15이나 대구의 2·28 그리고 근래에 광주에서 일어난 5·18 민주화 투쟁을 일으킨 영·호남에서는 이날들을 법적 기념일로 정해 크게 기념하고, 그 정신을 계승·발전시키기 위해 온갖 힘을 쏟고 있는데 비해 우리 충청권에서는 미온적이다. 그 쪽에서는 기념관을 짓고, 예산을 확보하여 민주화 정신을 이어받기 위해 다양한 행사를 개최하고 있다. 그러나 대전은, 기념관은커녕 사무실도 없다. 겨우 3월 8일에 기념식을 개최하고, 자료집도 만들며, 그 정신을 계승하자는 취지의 학생 백일장을 열고 있는 정도이다.

차제에 필자는, 3 · 8민주화 기념탑이 서 있는 '둔지미 공원'을 '3.8둔지미 공원'으로 명명하자고 제언을 한다. 아울러 당시 민주의거 항쟁의 기점이 되었던 보문산 앞 '대고 오거리'를 '3 · 8대고오거리'로 명명할 것도 제안한다. 시의회 의결을 거친 후에 명명식을 한다면, 시민들에게 3 · 8의 의미를 각인시키고 홍보하기 위한 수단으로 이보다 더 효율적인 방법도 없을 것이다. 아울러 예산이 허락되는 대로 기념사업을 확대할 수 있도록 '3 · 8민주의거 기념관'도 하루속히 건립해야 한다고 제안한다.

당시 3 · 8 의거를 주도한 이들이 이미 70대 중반에 이르렀다. 벌써 세상을 뜬 이들도 있고, 이제 그들은 머지않아 유명을 달리할 수밖에 없는 나이에 들어서 있다. 그러나 그들이 세상을 떠난다고 해도 이 땅에 씨가 뿌려진 민주화 정신은 계승되고 발전시켜 나가야 한다. 우리 충청은 선비 정신이 강하고, 나라를 위해 목숨을 던진 충신열사가 많은 충절의 고장이다. 그러함에도 불구하고 현대사를 이어나가는데 있어서 역사적 전환점이 된 3 · 8 민주화 정신을 이어나가는 데는 소홀하다. 참으로 안타깝다.

당시 의거에 참여한 학생들은 이제 70을 넘긴 노인들이 대부분이고, 벌써 유명을 달리한 이들도 많다. 더 늦기 전에 국가기념일로 확정해서 3 · 8 의거 민주기념관도 건립하고, 3 · 8정신을 계승하는 행사를 확대하면서 대전을 비롯한 충청권에서 먼저 그 민주화 정신이 확실하게 자리를 잡은 후에 그 정신이 전국적으로 확산될 수 있게 해야 하겠다.

# 3·8정신을
# 대전정신으로 이어가자

1960년 3월 8일 우리 대전에서 일어났던 첫 민주화 운동인 3·8의거가 드디어 국가기념일로 지정되었다. 지난 10월 말 국무회의를 통과한 후에 11월 2일 대통령의 재가를 거쳐 공식 국가기념일로 선포된 것이다. 참으로 경하할 일이다. 금강일보를 비롯한 대전지역의 신문들은 이 사실을 일면 톱기사로 다루며 축하를 했고, TV, 라디오 등 방송 매체들도 앞 다투어 보도했다. 너무나 당연한 일이다.

그러나 3·8의거가 이번에 국가기념일로 선포되기까지는 많은 이들의 어려움과 함께 수고가 있었다, 3·8민주화의거기념사업회 김용재, 김종인 공동위원장을 비롯한 많은 이들의 노력이 있었음은 물론이다. 또한 아산 출신 이명수 의원의 발의로 3·8의거를 국가기념일로 정하는 법안인 「민주화운동기념사업회법 일부개정안」을 국회 의결 절차를 거쳐 통과 시킨 바 있다. 이를 위해서 이명수 의원, 박병석 의원, 이장우 의원을 비롯한 대전 충남 지역 출신 국회의원들의 협조가 컸음은 말할 나위도 없다.

주지하다시피 대전 3·8의거는 지금부터 58년 전 3월에 이승만 독재에 항거를 하며 장기집권에 대항하면서 대전고등학교와 대전상업고등학교 학생들이 주축이 되어 맨손으로 일으킨 민주화 투쟁이다. 바로 이 3·8의거는 대구에서 먼저 일어난 2·28의거와 함께 마산의 3·15의거로 이어졌고, 마침내 4·19를 촉발시켜 한국민주주의를 앞당기게 한 민주화 투쟁이었다. 4·19혁명의 초석이 되었던 3·8의거가 58년 만에 그 역사적 가치를 인정받으면서 국가기념일로 지정되었으니 기쁘지 않을 수 없다.

필자는 이번에 민주화의 초석이 된 3·8의거가 국가기념일로 지정된 역사적 평가를 재인식하며 3·8정신이 우리나라의 민주주의 발전을 위해 앞으로도 더욱 계승 발전해야 한다고 주장한다. 솔직히 말해 3·15 마산의거와 4·19혁명을 촉발하게 했던 우리 대전의 3·8의거는 대구의 2·28과 함께 지금까지 역사의 그늘에 가려져 크게 주목을 받지 못했었다. 그러던 중 지난해 대구의 2·28이 먼저 국가기념일로 지정되었다.

이에 3·8민주화기념사업회와 대전광역시, 대전지방보훈청이 서둘러 앞장을 섰고, 많은 대전시민들이 노력해서 마침내 우리 3·8의거를 국가기념일로 지정할 수 있게 되었다. 만시지탄의 느낌이 없는 것은 아니나 참으로 다행스럽다.

그렇다고 그동안 3·8민주화의거기념사업회가 잠만 자고 있었던 것은 아니었다. 지난 수십 년 동안 노력을 해온 것은 사실이다. 당시 3·8민주화 의거의 주역으로 참여 했었던 대전고등학교와 대전상업고등학교는 물론 그때 함께 동조를 했던 대전공업고등학교, 대전여자고등학교, 보문고등학교, 대전사범학교까지 공동 연대를 결성해 3·8의 가치를 인정받고, 정신을 계승하기 위한 노력을 꾸준히 해왔다. 해마다 3·8의거 기념 문집을 발간함은 물론 3·8의거 당시의 상황을 생생하게 증언하는 증언자들의 녹취록을 출간하기도 했다. 대전광역시 그리고 대전지방보훈청과 해마다 3월 8일이 되면 공동으로 대전시청 3층 대강당에서 기념식을 거행해 왔음은 물론이고, 4·19 & 3·8기념 시낭송회, 3·8민주화 의거 기념 백일장, 3·8기념 푸른 음악회 등을 열어왔다.

법적으로도 대전시의회의 의결을 거쳐 3·8의거를 지방기념일로 정한 바 있다. 2006년에는 국비와 지방비 8억 원을 확보하여 이마트와 대전보훈청 사이인 서구 둔산동 953번지에 위치한 둔지미 공원에 3·8민주화의거기념탑을 건립하기도 하면서 꾸준히 3·8정신을 이어나가려는 노력을 해온 것이다. 이미 '둔지미공원'의 이름을 '3·8민주화기념공원'으로 바꾸는 행정적인 절차를 마쳤고, 지금은 중앙정부의 승인을 기다리고 있는 중이다.

그러함에도 불구하고 문제는 그동안 정작 대전시민을 비롯한 충청도민들이 우리 충청 지방에서 일어난 3·8민주화 의거를 잘 알지 못하고 있고, 이 의거의 역사적 의의나 값진 희생을 거의 잊고 있었다는 사실이다. 실제로도 3·8의거가 뒤이어 일어난 3·15의거나 4·19혁명의 초석이었다는 사실을 전혀 알지 못하는 이들이 대부분이다.

국가기념일 지정으로 3·8의거는 민주화 정신을 계승 발전 시켜나갈 수 있는 법적인 근거가 만들어졌다. 이제 3·8의거를 일으킨 주역들이 70대 후반의 연령이 되었고 머지않아 이승의 삶을 마감할 수밖에 없는 상황이다. 그 나이에 장하게도 그들은 먼저 국가를 위해 산화한 영령들에게 떳떳할 수 있는 일을 마침내 해냈다.

그러나 남아 있는 과제는 있다. 주동했던 그들의 사후에도 대전시민 그리고 충청도민들이 3·8 당시의 거룩한 희생과 값진 민주화정신을 대전정신으로 이어나가야 하는 숙제를 안고 있는 것이다. 다시 한 번 3·8민주화의거의 국가기념일 지정 선포를 축하하며, 당면과제인 3·8 기념관도 서둘러 건립하면서 3·8정신이 우리의 대전정신으로 계승되도록 더욱 노력할 것을 충청인에게 당부해본다.

# 4월 혁명 씨앗이 된 3·8 민주의거

## - 3·8민주로를 걸으면 그날의 함성이 들린다

혁명의 계절 4월이 돌아왔다. 우리나라 현대사의 지평을 새롭게 연 4월 혁명, 그 계절이 다시 돌아왔다. 올해는 1960년 4월 19일 학생 혁명이 일어난 지 만 60년을 맞는 해이다. 그 후, 우리 현대사는 민주화를 위한 많은 우여곡절을 겪으며 변혁 속에서 발전을 거듭해왔다. 그런 뜻에서 4월 혁명 갑년을 맞는 올해는, 참으로 의미를 부여할 만한 해이다. 이 4월 의거가 기폭제가 되어 억눌린 주권을 회복하는 전환점이 되었지만, 우리 민족에게 두 마리의 토끼를 잡을 수 있게 한 결정적 계기를 마련해 준 혁명이다. 그 하나는 권력을 분배한 민주화의 쟁취이며, 다른 하나는 한강의 기적으로 일컬어지기도 하지만 괄목할만한 경제 성장이다.

6·25의 폐허 속에서 일어선 민족, 백성 구제는 상감마마도 하지 못한다고 믿었던 찌든 가난을 털고 도약한 나라, 유럽은 수백 년에 걸쳐 이룬 민주화를 단 60년 만에 성취한 민족, 국민 소득 3만 불로 개도국을 졸업한 나라, 우리 민족은 그동안 많은 수식어를 달면서 세계적인

주목을 받으며 성장해 온 것이 사실이다.

그 출발점이 바로 4월 혁명이었다. 그런데 놀랍게도 독재체제에서 벗어나고 각종 부정부패의 사슬을 끊어내었던 그 혁명대열의 선봉에 우리 대전의 두 고등학교 학생들이 있었다. 대전고와 대전상고 학생들, 그들이 정의롭고도 의연한 자세로 민주화를 위한 함성을 외친 이후, 우리나라는 4월 혁명을 맞게 된다. 그 후 5 · 16, 5 · 18 등 참으로 많은 격동의 세월을 맞으며 시련과 발전을 거듭해왔지만 말이다.

필자는 얼마 전에 새로 제정된 3 · 8민주로를 찾았다. 대중교통도 아니고 승용차도 타지 않은 채 온전히 두 발로 3 · 8민주로를 걸었다. 대고 교문 앞 3 · 8의거 진원지를 출발해 대고 오거리, 대흥동 네 거리를 지나 원동 네거리까지 1,15km이다. 자유 · 민주 · 정의를 외치던 60년 전 그날의 함성을 쫓아 경건한 마음으로 걸었다.

대고 오거리에 〈대전 · 충청권 최초의 학생 민주화 운동인 3 · 8민주의거 60주년을 맞아 학생들의 숭고한 정신을 이어받고, 시민과 함께 민주주의 소중한 가치를 꽃피우고자 이곳을 '3 · 8 민주로'로 제정합니다.〉라고 새겨 세운 도로명 제정 표시 비문을 읽으며 원동 네거리까지의 3 · 8민주로를 걷노라니 심장에서부터 흐르는 피가 더워진다. 맥박이 고동친다. 60년 전 그 당시 이 길을 걸으며 부르짖은 학생들의 3 · 8의거는 분명한 4월 혁명의 발화점이었다. 대전고등학교 학생들이 교문을 박차고 뛰어 나왔고, 이틀 뒤 대전상고가 화답하며 함께 외친 이 3 · 8민주의거가, 2 · 28대구 민주의거에 방점을 찍었으며, 다시 3 · 15 부정선거를 타도하자고 외친 마산 3 · 15의거로 이어졌다. 다음 달인 4월 19일, 마침내 서울에서의 4 · 19 민주혁명으로 완성된 것이다.

필자는, 그 4월 19일 중1 열네 살의 나이로 이 길을 걸으며 혁명 진압
군을 만나게 되는 개인적인 충격을 받기도 하지만, 정부는 이 4·19혁
명의 발화점이 된 3·8민주 의거를 공식화해 지난해 국가기념일로 선
포했다. 당시 이낙연 총리 주재로 범국가적인 기념식을 치른 바 있다.
올해는 코로나 19 사태로 사회적 거리두기라는 차원에서 아쉽게 행사
가 취소되었다. 그 대신에 대고오거리에서부터 원동 네거리까지 첫 시
위가 있었던 그날의 함성을 쫓아 3·8의거민주로로 확정하고 도로명
제정 표시 비를 세우는 행사를 가진 것이다. 허태정 대전시장, 김용재
3·8민주화기념사업회 공동대표, 설동호 교육감, 이병구 국가보훈처
차장 등의 요인이 참석한 가운데 조촐하게 치러졌지만 그 의미는 참으
로 깊다할 수 있다.

국가의 승인 절차를 얻어 대전시는 이미 지난해도 둔산동 이마트와
대전지방보훈청 사이 도로변에 위치한 둔지미공원을 '3·8의거둔지미
공원'으로 그 명칭을 변경한 바 있다. 이곳은 2006년에 지방비와 국비
를 합해서 8억 원의 예산을 들여 3·8민주의거기념탑을 세우고 해마다
헌화식을 거행해 왔는데, 공원 명칭까지 바뀌게 되어 새로운 대전의 명
소로 떠오르고 있다. 이제는 '3·8민주의거기념관'을 건립하는 과업이
현안 과제로 남아 있다. 이미 설계용역비 7억 원으로 기념관 신축 설계
를 끝내, 첫 발을 떼어 놓은 상태이다. 현재는 어느 곳에 기념관을 건립
할지 마땅한 부지를 물색하고 있는 중이다.

4월 혁명의 씨앗이 되었던 3·8민주의거가 일어난 지 60년 만에 이
루어지고 있는 이 일련의 행사나 기념물 건립은 지난 세월에 비해 너무
늦은 감이 있다. 그러나 이 땅에 민주주의를 이루게 한 도화선이며 출

발점이 된 3·8민주화 운동이 대전에서 시작되었다는 점에 대해선 큰 자부심을 가질만하다. 이 정신은 앞으로도 영원히 이어져야 한다. 대전은 예로부터 충절의 고장으로 일컬어지는 충청권역의 핵심도시이다. 필자는 이 4월, 혁명의 계절을 맞으며 틈을 내서라도 3·8의거민주로를 한 번쯤 걸어보길 시민들에게 권한다. 그 길을 걷노라면 심장에서부터 흐르는 피가 나라사랑하는 마음으로 더워질 수 있을 것이다. 분명 그날의 함성도 들려올 것이다.

# 대전 3·8의거,
# 그 민주화의 횃불

우리나라 현대사에서 민주화의 횃불하면 4·19의거를 떠올린다. 1960년 4월 19일 서울에서 이승만 독재정권을 향해 저항했던 학생들의 의거였다. 이 4월 학생 민주의거를 통해 마침내 이승만 독재정치가 붕괴된다. 결국 4·19는 이대통령을 하와이로 망명의 길을 떠나도록 했으며. 제1공화국의 종말을 고하게 하는 역사적인 계기를 만들었다.

그래서 우리는 4월을 민주항쟁의 달로 정해 4·19를 기리며, 이 4월 의거를 정의로운 혁명으로 인식하고 있다. 이를 기념하기 위해 지금도 4월이 되면 온 국민들은 당시 희생된 민주열사와 민주화를 위해 몸을 던지다 이제는 고인이 된 이들의 영령을 추모한다. 그러나 이 4월 민주화의 의거가 오기 전에 그 초석이 되었던 3월 항쟁이 있었다는 것을 국민(시민)들은 인식해야 한다. 물론 우리는 그 대표적인 항쟁이 마산 3·15 의거로 알고는 있다. 부정 선거에 반대해 분연히 일어섰던 김주열 군이 마산 앞바다에 익사체로 발견되어 그 파장이 전국적으로 확산되었음을 기억도 하고 있다. 그 3·15에 대해서는 국민들은 학습을 통해 익히 잘 알고 있는 것이다. 그러나 3 · 15에 앞서 일어났던 민주화 의거를 알고 있는 사람은 그리 많지 않다. 당시 전국적으로 많은 학교에서 시위가 일어났었는데 그 중에서도 가장 대표적인 예가 대구에서 일어났던 2 · 28의거와 우리 충청권 대전에서 대전고등학교와 대전상업고등학교가 함께 일으킨 3 · 8의거 민주화 의거였다.

대전에서의 3.8의거는 우리 고장에서 일어난 자랑스러운 역사적 사건이었고, 성스럽기까지 한 민주화 정신의 표출이었다. 이승만 정부의 독재 정치에 항거한 대전의 3 · 8의거는 마침내 전국적으로 확산되어 결국 마산 3 · 15와 서울로 번져가서 고려대학교 학생을 중심으로 한 4 · 18의거로까지 확산되었다가 이튿날 서울 전역에서 벌어진 4 · 19 혁명으로 발전하는 초석이 된 것이다. 그러니까 결국 1960년에 일어난 대구의 2 · 28의거, 대전의 3 · 8의거, 마산의 3 · 15의거 그리고 고대의 4.18의거들이 확산되면서 마침내 4 · 19로 승화된 셈이다.

그런데 이 민주 의거 중에 전국적으로 잘 알려진 3.15의거와 고려대의 4 · 18의거는 그렇다 쳐도 대구의 2 · 28의거까지도 이미 오래 전에 국가기념일로 정해져 그 날을 기념하며 당시 일어났던 사건 속에서 민주화 정신을 계승해왔다. 그리고 각각 해당 시 · 도에서는 의거가 일어난 날을 분명하게 기념했고, 기념관을 건립하였으며, 민주 혁명 정신을 이어받기 위한 행사를 다채롭게 추진해왔다. 이미 그들 민주화 의거는 역사적 표상이 되어 전국적으로 인정을 받아온 것이다.

그에 비해 대전의 3 · 8의거는 안타깝게도 많이 알려지지 않은 상태로 감춰져 있었다. 당시 참여를 주도한 대전고와 대전상업고의 학교 교내 행사로 이어져 왔을 뿐 그 정신이 축소된 채로 계승되어 왔다. 다행스럽게도 2000년부터는 본격적으로 대전에서 이 민주화 정신을 이어받자는 운동이 크게 확산되었다. 위 두 학교 출신의 민주의거 참가자들을 중심으로 3·8민주화의거기념사업회가 창립된 것이다. 그 후 2006년에는 둔산 둔지미공원에 국고와 시비 8억 예산으로 3·8민주화 의거기념비를 건립하는 성과를 이뤄낸다. 또한 지속적으로 3·8민주화 학술발표, 3·8민주화 기념문집 발간, 3·8민주화 정신계승 학생백일장 개최, 3·8민주화 증언 자료집 발간 등의 행사와 책자를 발간해왔다.

그러다가 마침내 저 지난해인 2013년, 아산 출신 이명수국회의원 발의로 3·8의거를 민주화기념일로 정하는 법안이 발의되어 드디어 국회 본회 통과를 하게 되었다. 정말 오랜 숙원이, 의거 53년 만에 이루어진 것이다. 하지만 아직도 당시 3·8의거 의거 상황은 물론 민주화기념일로 정해진 것도 알지 못하는 대전 시민들이 대부분이다. 4·19는 차치하더라도 대구의 2·28의거, 마산의 3·15의거는 해마다 예산을 수억씩 배정받아 각종 사업 및 민주화 정신 계승 행사를 벌이고 있다. 그에 비해 대전은 올해도 각계 인사들이 모여 대전시청 대강당에서 조촐하게 기념식을 가진 것 외에는 아직도 3·8민주화에 대한 인식은 시민화되지 못하고 있다.

이제 당시 의거에 참여한 학생들은 70을 넘긴 노인들이 대부분이고, 벌써 유명을 달리한 이들도 많이 있다. 더 늦기 전에 3·8 의거 민주기념관도 건립하고, 3·8정신을 계승하는 행사를 확대하면서 대전을 비롯한 충청권에서 그 민주화 정신이 확실하게 자리를 잡을 수 있도록 그래서 3.8민주화 정신이 전국적으로 확산될 수 있게 해야 하겠다. 그 것이 우리 대전시민이 안고 있는 과제이다.

# 글 속에 담긴
# 의미를 찾아내는 책 읽기

책은 작가가 독자를 염두에 두고 자신의 생각과 경험을 '의미'로 문자화해서 담아놓은 글 바구니이다. 독자는 이 글 바구니 속에 들어가 열심히 책을 읽는다. 그런 맥락에서 보면 글 읽기는 바로 '작가가 구축해 놓은 작가의 경험과 사상 즉, 작가가 전하려는 메시지(의미)를 찾아내는 작업'이다.

그런데 독자가 글 바구니 속에 들어가려면 우선은 재미가 있어야 한다. 글에서의 '재미'는 작가가 책을 읽는 독자에게 주는 최선의 서비스이다. 이 재미는 특히 동화나 소설 등의 서사적인 글이 가져야 하는 필요조건이다. 아니다. 문학적인 글 말고도 설명적이거나 논리성이 요구되는 글까지도 글을 읽고 싶게 하는 독서욕이나 호기심을 발동하게 해야 한다. 일단 재미가 없으면 독자는 글 속에 흡입되려 하지 않는다. 따라서 글은 반드시 재미가 있어야 한다. 그러나 크게 걱정하지 않아도 된다. 초급 독자라면 몰라도 고급 독자는 결코 책 속에서 재미만 쫓지는 않기 때문이다. 고급독자일수록 작가가 글 속에 담아 놓은 '의미'를 쫓는다.

이렇게 보면 책 속에서의 '의미'는 '재미'보다 더 중요하다. 그런 뜻에서 지은이는 꾸준히 독자를 위하여 글 바구니 속에 자신의 경험을 소재로 택하여 생각과 사상을 의미화하여 담아 놓는 것이다. 작가 입장에서 보면 이 내용을 생성하고 조직하며 주제를 설정하여 표출하는 작업이 바로 글쓰기이다. 이 때 작가는 독자를 배려하는 차원에서 재미성을 가미할 뿐이다. 다만 지식과 정보를 전달하는 글이나 논증적인 글보다는 문학적인 글 즉, 정서표현을 한 창작일수록 더 재미가 요구될 뿐이다.

어떻든 독자가 열심히 책을 읽으며 글 속에서 '의미'를 찾아내고 공감대를 형성하면서 작가가 생성해 놓은 주제를 찾는 일이 독서이다. 다시 말하지만 논리적인 글이나 설득을 위한 글뿐만 아니라 감동을 주는 문학적인 글에서도 작가(지은이)는 여전히 '의미'를 생성하는 사람이고, 독자는 그 '의미'를 찾아내어 내면화, 가치화 하여 감성이나 이지理智를 풍부히 하면서 삶의 질을 높여가려는 사람이다.

그러기 위하여 독자는, 작가가 기술해 놓은 내용을 정확히 파악하는 일을 먼저 해야 한다. 그 다음 단계에서 할일은 작가가 깔아놓는 생각 즉 '의미'를 찾는 일이다. 일테면 정서적인 글일 경우 작품의 시간적 공간적 문화적 배경이나 인물의 성격파악, 그리고 이야기의 흐름 속에서 시대정신을 찾으면서 작가가 담으려는 주제를 찾아야 한다. 그러는 동안 글쓴이의 정신세계로 몰입할 수 있다. 나아가서 작가가 생성해 놓은 '의미' 속의 진정한 주제를 찾아 자기 것으로 승화시킬 수 있는 것이다.

이렇게 사람은 책(글)을 통하여 글 속에 담긴 '의미'를 찾아내면서 인류 문화를 축적해왔다. 정보화 시대로 접어들면서 영상문자가 등장하고 머지않은 장래에는 글이 담긴 종이책이 사라질지도 모른다는 예측을 낳고는 있다. 하지만 적어도 수 세기 동안은 그런 염려는 없을 것으로 단정해도 된다고 본다. 영상문자가 재미는 있을지 모르나 작가가 생성해낸 '의미'를 찾는 일이나 글을 읽으면서 획득되는 '상상에 의한 창의력' 쪽은 종이책에 절대로 미치지 못하기 때문이다. 그렇기 때문에 독자는 책을 통해 지식과 정보를 획득하고, 창의력을 길러 미래 사회를 주도해 나가려고 이 '의미'를 찾는 글 읽기를 지속적으로 수행하고 있는 것이다.

# 읽기 과정 3단계를 고려한
# 독서지도 전략

학교 교육과정에서 독서 과정은 크게 3단계로 구분된다. 글을 읽기 전 활동과 글 읽기 활동 그리고 글을 읽은 후의 활동이다. 이 단계별 독서 활동은 수업자인 교사에게 독서지도를 할 때 부분적 접근을 가능하게 한다. 또한 학습자들에게는 독서 방법을 구체적으로 제시하고 있다. 즉, 독서 과정 별, 단계별로 미세하게 나누어 독서 활동을 하도록 그 방향을 양자兩者에게 알려 줌으로써 학습자 자신은 물론 지도하는 교사들이나 학부모들에게도 독서지도를 용이하게 한다.

그러나 그동안에 교육 현장에서는 글 읽기 활동에 대한 지도를 총체적으로 해 왔다. 글 읽기 준비 과정은 염두에 두지 않은 채로 글을 곧바로 읽고는 이내 독후 활동에 해당되는 독서 감상문을 쓰도록 강요했다. 이 '솥뚜껑으로 자라 잡는' 식의 독서 지도가 유·소년기에 있는 초·중학생들의 독서 기피현상을 초래하게 하는 직접적인 원인을 만들었다.

아직 신체적·심리적·지적 발달과정에서 볼 때 논리적인 사고를 할 수 없는 유·소년기의 초등학생들에게 단계나 과정을 고려하지 않은 채로 논리성이 요구되는 논증적 표현을 강요함으로써 '책은 잘 읽는데 독서 감상문은 못써요' 라는 하소연을 하게 한 것이다. 이러한 접근은 교육적으로 보면 커다란 '우愚' 를 범한 셈이다. 이를 뒤늦게 깨달은 이들이 구체적인 독서 방법을 교육과정으로 제시해주었다 그러나 현재도 이런 단계별 독서지도가 체계적으로 이루어지고 있는지는 의문이다.

아직도 고정관념에 사로잡힌 독서지도는 관행대로 이루어지고 있다는 사실이다. 일부 사교육 현장에서 그리고 학부모들 사이에 심지어는 공교육기관에서도 독서 지도를 옛날식으로 하고 있다. 초등학교 저학년에게 고도의 논리성이 요구되는 독서 감상문을 쓰게 하고, 이것이 수월식 교육인양 착각을 하고 있다. 이러한 지도 방법은 빨리 시정되어야 한다고 본다.

따라서 너무 성급하게 과정을 뛰어넘지 말고, 독서 입문기에 있는 저학년 어린이(학습자)들에게 우선 책을 선택하는 방법을 지도해야 한다. 차근차근 책의 제목과 표지, 차례 등을 보면서 전체적으로 내용을 예측해보게도 한다. 그리고 정신적 · 지적 발달 정도, 독서를 해낼 수 있는 수용능력, 독서 심리에 따른 독서 단계 등과 함께 배경지식이 어느 정도인가를 측정하면서 글 읽기 준비 단계를 면밀히 점검한다.

그 결과를 토대로 하여 제 2단계인 읽기 단계로 이동하는 것이 순리이다. 또한 막상 한 편의 글을 읽기 시작할 때에도 이글이 지식 정보를 전달하는 글인가 그렇지 않으면 논리적인 글인가를 구별할 수 있어야 한다. 물론 이 때 정서를 함양할 수 있는 글의 유형인가 친교를 위한 글인가도 파악해야 한다. 다시 말하면 현행 교육과정에서 제시해준 대로 독서 과정을 인식하게 하고 구체적인 방법을 제시하여 책을 읽게 해야 한다. 고학년부터는 글의 구조를 파악하면서 글을 읽어야 하며 스스로 질문지도 만들어 독서 협의나 토론 자료를 만들어보게도 한다.

이를 바탕으로 하여 독서 토론을 하게 하면서 작가가 독자에게 주고자 하는 주제 정신 또는 논리적인 글일 경우 논제가 제시하고 있는 의미 또는 논지를 파악하면서 글의 내용을 소화하게 한다. 나아가서 작품의 배경이나 글의 유형에 따른 지은이의 의중을 파악할 수 있으면 더욱 바람직하다. 그런 후에 독서 감상문을 쓰는 것이 순서이다. 이 때 작가의 생각에 자신의 생각을 넣어 '의미'를 재구성, 재창조하면서 글을 기술하는 것이 독서 활동의 마지막인 제 3단계이다. 이에 유의하면서 과정별로 미세하게 접근하면서 글 읽기 활동을 하도록 해야 한다. 작가의 고향이나 작품의 배경을 찾아 체험학습을 하면 금상첨화이다. 그런 기회를 주면 독서 의욕이 더 고취될 수 있고 독서력 향상에도 도움이 된다.

# 의미를 파악하는 글 읽기

초등학교에 입학해 문자(한글)를 해득하게 되면 어린이는 의기양양해진다. 글자를 인식하게 되면서 새로운 세계가 열리기 때문이다. 그래서 어머니 손을 잡고 거리에 나가면 빌딩에 걸려 있는 간판의 글씨를 보면서 큰소리로 읽는다. 텔레비전 자막만 나와도 자랑스럽게 읽는다. 그런 자식의 모습을 보는 부모의 마음은 흐뭇할 수밖에 없다. 최근에는 예전에 비해 문화적인 수준이 높아지고 잠재적 교육과정이 풍성하여 입학 전에 벌써 문자를 해득하는 추세이지만 일반적으로는 초등학교에 입학하면서 문자를 해득하게 된다. 이 문자를 해득하는 과정이 읽기(독서)의 전제이며 바로 '읽기'의 시작이다.

아이가 모태에서 열 달을 보내고 출생하여 영아기, 유아기, 유년기를 거치는 동안은 부분적으로는 미분화 상태가 지속된다. 문자가 아닌 그림을 통해 상황을 겨우 인식하는 시기이기는 하지만 물활론이나 유령설이 먹혀들어가는 이 미분화기를 벗어나면서 초등학교에 입학해 문자를 해득하게 된다는 것은 개인사적인 면에서 보더라도 획기적인 일이다. 인간은 말과 함께 문자를 통하여 자신의 사상이나 감정을 표출하거나 전달받기 때문이다. 그런 뜻에서 일차적으로 습득하게 되는 말과 함께 문자를 인식하고 해득하는 일은 아주 중요하다.

그러나 낱자 중심의 초보적 '읽기'는 진정한 의미의 글 읽기가 아니다. 이런 상태의 낱자 중심 글 읽기가 지속 되면 성장 후에도 텍스트(지문)를 읽고 이해하는 능력이 생기지 않는다. 글을 읽는다는 것은 글을 지은 이의 경험이나 사상을 이해하고 감정이 이입되는 과정이다. 따라서 지은이가 생성해 놓은 의미를 파악할 수 있어야 읽기의 일차적인 목표에 도달된다. 물론 읽기는 지은이가 주는 메시지 즉, 주제를 인식하고 설득시키거나 독자에게 감동까지를 주어야 읽기의 목적이 완성된다. 이러한 경지에 까지 이르려면 상당한 독서 훈련이 필요하지만 초보적인 독서 입문기에 있는 초등학교 저학년 어린이도 낱자 중심의 읽기는 읽기 활동은 결코 바람직하지 않다.

그러므로 읽기 지도는 처음부터 의도적이어야 한다. 교사나 학부모는 처음부터 낱자 중심의 읽기를 하며 의기양양 하는 어린이로 하여금 자족하게 하지 말고, 효율적인 읽기 방법을 제시해주어야 하는 교육적 배려가 필요하다. 작가(지은이)가 글을 쓸 때는 낱자 또는 낱말을 순서 있게 배열하여 최소의 의미를 창출하는 문장으로 기술한다. 이 때 지식정보를 전달하는 글이나 논리적인 글 그리고 정서 표현을 하는 문학적인 글이 크게 다르지 않다. 상호작용을 하는 친교적인 글도 예외가 아니다. 이들 문장이 앞뒤로 순서 있게 모여 논리적으로 배열되면서 단락 또는 문단을 만들며 이들이 모여 전체적인 의미를 담은 글이 완성된다.

따라서 글 읽기를 시작하는 입문기의 학습자는 글을 읽을 때, 낱자 중심이 아닌 문장 중심 또는 단락이나 문단 중심의 글 읽기가 필요하다. 그러면서 작가가 생성해 놓은 글의 전체적인 의미를 파악하는 훈련이 필요하다. 처음부터 이런 과정을 거쳐야 작가가 독자에게 제시하는 메시지를 바로 알게 되며 궁극적으로는 감동을 받아 가치가 내면화된다. 내면화된 가치는 행동화 인격화와 연관되기 마련이다. 이 점에 유의하며 글 읽기 차원의 독서 지도는 수행되어야 한다.

# 동화·동시 읽기를 통한
# 어른들의 '동심' 지키기

일생을 순수하고 아름답게, 그리고 착하게 사는 세상을 꿈꾸어본다. 인간 차별이 없고 평화로운 세상, 소외된 자도 없고 장애인과 비장아애인이 함께 하는 그런 세상을 그려본다. 그럴 수 있을까? 사람들이 맑고 깨끗한 마음 곱고도 순결한 마음, 과욕을 부리지 않으면서 서로가 서로를 아껴주는 인간적 휴메니티를 바탕에 깐 긍휼심으로, 서로를 배려하고 도와가며 산다면 가능하다. 즉 어린이가 어른이 된 후에도 '동심'으로만 살 수만 있다면 그런 세상을 열수 있다고 본다.

'동심'이란 뭔가? '동심'은 아이의 마음이다. 어머니의 모태에서 이 세상에 나올 때 신에게 부여 받은 인간의 첫 마음이다. 이 '동심'으로 일생을 산다면 개인도 행복하고, 또 성인이 된 후에도 그 '동심'을 잃지 않은 사람들이 많이 모이면 모일수록 세상은 밝고 평화스러워질 것이다. 그런 세상은 피안의 세계일뿐 이고, 이상향일까?

이 세상을 아름다운 눈으로 바라볼 수 있는 '동심' 부여는 신이 우리 인간에게 생애 최초로 부여한 은총이다. 어른들은 '동심'을 가진 아이들의 눈을 유심히 바라 본 적이 있는가? 그들의 눈을 바라보면 그 속에는 보석보다 빛나는 별이 살고 있음을 발견한다. 욕심을 부리며 세상을 사는 동안에 '동심'이 퇴색한 어른들일지라도 별처럼 빛나는 그들의 눈을 들여다보면 어느 새 아이의 눈빛을 닮아 자신도 하느님의 마음이 됨을 알 수 있다. 그 해맑은 '동심'이 점점 나이가 들고 욕심이 생기면서 변질되어 버렸음을 문득 발견할 수밖에 없다.

배고픔에서 벗어나고 싶고, 부끄럽지 않게 해야 하며, 또 위험으로부터 방어를 해야 하는 안전 추구 등의 욕구는 기본적인 인간의 욕심이라고 하자. 하지만 나이가 들면서 지나친 물욕과 명예욕, 그리고 성욕 등이 인간의 내면에서 꿈틀거리기 시작하면 그 때부터 인간은 탐욕스러워진다. 이런 사람들이 많을수록 이 세상을 어지럽게 하는 현상들이 자주 일어난다. 이 탐욕스러움이, 진선미를 추구하면서 자기를 실현하고자 하는 승화된 욕구를 추월할 때 이 사회는 혼탁해진다는 말이다.

세상 욕심을 부리며 사는 이들에게 아름다운 사랑이 무엇인지를 가르쳐 주고, 또 무소유의 삶이 어떤 것인지를 일러준 두 분 있다. 바로 김수환 추기경님과 법정 스님이다. 두 분은 진정한 사랑과 무소유의 삶을 분명하게 제시해 주신 후에 우리 곁을 떠났다. 김수환 추기경님이나 법정 스님의 귀한 삶이 우리 범인들의 삶에 시사하는 바는 크다. 아마도 그분들은 신이 부여한 첫마음으로 이 세상을 살다 우리 곁을 떠난 분들이 아닐까? 그래서 그 분들은 우리 곁을 떠났지만 우리들 가슴에 오래오래 살 수밖에 없다.

그렇다면 이분들만큼은 아니더라도 우리도 욕심을 부리지 않고, 인간의 본마음인 '동심'을 유지하고 살 수 있는 방법은 없을까 자문해본다. 고금동서를 막론하고 시공을 초월하면서 거슬러 올라가 살펴보면 위에 든 두 분과 같이 이 세상을 아름답게 이끌어가면서 귀한 삶을 산 이들이 적지 않다. 그렇게 볼 때, 길은 분명히 있다. 그들은 사사로운 세상의 욕심을 버리고 이 세상을 위하여 아름다운 마음으로 사신 분들이다. 그렇다면 그들은 유년시절 이후 삶을 어떻게 살았기에 신이 부여해 준 본 마음을 잃지 않고, 이 세상을 밝고 빛나게 하면서 널리 사람들을 이롭게 했는지 다시 궁금해진다.

어쩜 그들은 유년시절부터 다음 세상을 이끌어갈 꿈을 꾸면서 더욱 마음을 곱고 아름답게 가꾸는 일에 힘을 썼을 것이다. 인간은 성장 배경이 중요하다. 혹자는 인간이 일생을 살아가는 동안 많은 일을 해내지만 그 시작은 유년시절에 형성된 올곧은 인성과 바른 습관에서부터 시작된다고 한다.

그렇게 보면 유년시절의 삶이 더욱 중요하다. 그래서 그런지 요즈음 들어서 부모들은 어린 자녀들을 위해, 그들의 유년을 풍요롭게 하기 위하여 온갖 정성을 쏟아 부으면서 양육하고 있다. 그런데 여기에서 문제가 있다는 사실을 그들은 간과하고 있다. 이미 성장한 어른인 자신의 눈높이로 어린 자녀들에게 과욕을 부리고 있는 것이다. 맑고 깨끗한 심성을 길러주기보다 오히려 그 고운 마음을 훼손시키고 있다. 남을 배려하는 삶을 알려 주기보다는 일찌감치 어른이 갖는 범속한 욕심이 가득찬 세상으로 자녀들을 몰입시키려 하고 있다.

다시 말해서 '동심'을 상실하게 하면서 몰인간적인 인격으로 변질되게 하는, 시행착오를 스스럼없이 한다는 말이다. 바로 과욕 때문이다. 경전에도 욕심이 과하면 죄를 낳고, 죄가 장성하면 사망을 낳는다고 일러주고 있다. 그런 뜻에서 보면 여러 길이 있겠지만 유년시절에 고운 심성, 아름다운 꿈을 길러 이 세상을 바르게 이끌어가는 사람으로 양육시키는 데는 책읽기, 그 중에서도 특히 동화와 동시를 읽히는 것보다 더 좋은 방법은 없다고 본다.

사람은 책을 통하여 지식을 쌓고 정보를 얻으면서 교양도 넓혀나가는 동안 '사람 다운 사람'으로 다듬어진다. 그러는 중에 정말 자기가 추구하고 있는 가치와 상응되는 좋은 책을 스승으로 만날 때, 세상을 바라보는 눈이 확실하게 떠지는 것이다. 그러기에 인성이 형성되어지는 유년기에 인간의 본성을 잃지 않게 하기 위해서라도 아름다운 동화와 동시 숲에 들어가 그 희망 찬 삶과 만나고, 그 아름다운 세상에 들어가 멱을 감는 동안에 신에게 최초로 받은 마음인 '동심'으로 살아가야 한다는 걸 깨닫게 해야 한다. 아동문학의 산물인 동화와 동시야 말로 어린이에게는 꿈과 희망을 그리고 어른들에게는 잃었던 '동심'을 다시 일깨워주는 세계가 내재되어 있어 참으로 아름다운 세상이 펼쳐진다.

그러므로 어린이들뿐 만아니라 어른들도 바쁜 틈을 다시 쪼개어 자주 동화와 동시를 읽을 필요가 있다. 이 동화와 동시야말로 '동심'을 잃어가고 있는 어른들에게 마음을 가다듬고 거친 삶을 다듬어주게 할 청량제 역할을 해낼 수 있는 데 아주 적절한 텍스트가 될 것이다. 욕심을 버리면서 분수에 맞게 살 수 있게도 해주고, 순수한 마음으로 자기를 낮추면서 남을 위하여 봉사하는 삶도 가르쳐 줄 것이다. 그래서 더욱 유년 시절의 어린이는 물론 성인들도 '동심'을 지키기 위해서 동화를 읽고, 동시를 읊조릴 필요가 있다.

# 새로운 대한민국,
# 유토피아를 향해서 다함께 갑시다

'유토피아' 는 16세기 영국의 휴머니스트 토머스 모어(Thomas More)가 만든 말이다.

'유토피아(utopia)' 는 'u'와 'topia(장소)' 의 합성어로, 그리스어에서 'u' 는 '없다(ou)' 는 뜻과 '좋다(eu)'는 뜻을 함께갖고 있다. 그러므로 '유토피아(utopia)' 는 이 세상에 '없는 곳(outopia)' 을 뜻하지만, 동시에 '좋은 곳(eutopia)' 을 의미하기도 한다. 유토피아 개념의 다의성과 애매성은 바로 이 같은 이중적 의미에서 비롯된다.

이 유토피아는 우리말로 이상향, 이상사회, 이상국가 등으로 표현된다. 이상사회는 그 형태와 성격이 어떻든 간에 모두 현실에 대한 불만에서 잉태된다. 마르쿠제(H. Marcuse)에 의하면, 모든 불만과 불평은 물질적·사회적 궁핍에서 일어난다. 물질적 궁핍은 물적·인적 자원의 부족에서 비롯되고, 사회적 궁핍은 지위, 명예, 권력, 재산 등의 불평등에서 초래된다. 만일 이 같은 궁핍 상태에서 벗어나고자 한다면 다음 세 가지 경우를 상정할 수 있다.

첫째, 인간의 모든 욕구가 충족되고도 남을 정도로 자연적 조건이 풍족한 상태로, 이를 '코케인(Cockaygne, 歡樂國)'이라 한다. 둘째, 자연적 조건과 인간의 욕망이 조화와 균형을 이루는 상태로, 이러한 상태를 표현하는 개념으로는 '아르카디아(Arcadia, 樂園國)', '파라다이스', '황금시대', '천년왕국(Millennium)' 등이 있다. 셋째, 자연적 조건이 인간의 욕구를 충족시켜 줄 수 없어 어떠한 형태로든 인간의 욕구가 제한받아야 되는 상태로, 이 경우에는 두 가지 상태를 생각할 수 있다.

하나는 인간이 스스로 모든 욕망을 자제할 수 있는 '완전 도덕국가'를 실현하는 것이고, 다른 하나는 사회제도와 법을 통해 욕망을 통제·조정하는 사회, 즉 '유토피아'를 만드는 것이다. 전자는 개인의 도덕적 완성을 전제로 한 것이라면, 후자는 인간의 성선설을 부인하는 것은 아니지만 인간이 도덕적으로 불완전한 존재임을 전제로 하고 있다.

그러므로 유토피아는 여러 이상사회 중 한 유형에 불과하다. 코케인, 아르카디아, 파라다이스, 천국은 신화이며, 신화의 세계는 신과 자연의 주술적 힘이 지배한다. 이에 반해 유토피아는 비록 픽션(fiction)이라 하더라도 인간이 지배하고 통제하는 사회이다. 이 점에서 유토피아는 다른 신화들에 비해 현실적 성격이 강하다. 그것은 자연과 인간의 극적인 변화를 가정하지도 않고, 초자연적 힘의 해결에 기대를 걸지도 않는다. 자연계의 재화가 항상 풍족하지 못하다는 것을 인정하고, 천사도 동물도 아닌 인간은 선악 양면성을 지닌 다루기 어려운 존재임을 시인한다.

재화의 부족을 전제로 할 때 인간의 무한한 욕망은 충족될 수 없으며, 어떠한 형태로든 그것은 제약받아야 한다. 유토피아가 추구하는 것은 이 같은 외적 규제, 즉 법적·제도적 규제를 통하여 사회적 갈등과 불만을 해소하려는 데 있다. 따라서 유토피아는 인위적이고 조작적이다.

유토피아는 한 마디로 픽션(fiction), 즉 허구이다. 그것은 글자 그대로 '없는 곳(no-where)'이며 상상에 의한 가공의 세계이다. 우리가 바라볼 수 있지만 잡을 수 없는 거울 속의 세계이다. 유토피아가 다루는 것이 사실의 세계가 아닌 가능성의 세계라는 점에서, 그것은 문학에 가깝고 역사와는 거리가 멀다. 그러나 그 내용은 어떠한 문학작품보다 역사와 현실에 더욱 밀착되어 있는데, 이것은 유토피아의 비전이 현실에 대한 철저한 분석과 비판에서 도출되기 때문이다. 유토피아가 허구적·가공적架空的 성격을 갖고 있다 하여 환상과 같을 수는 없다. 유토피아는 그 나름의 역사성과 사회성을 지니고 있어 그 시대의 현실을 비추어 주는 거울과 같다.

유토피아는 분명히 현실 초월적 성격을 띠고 있으면서도 그 뿌리를 현실에 두고 있고, 허구적이면서도 사실에 바탕을 두고 있다. 이 같은 특성과 요소가 유토피아를 허구(no-where)에서 다시 현실로 돌아오게 만들며, 이 점에서 유토피아는 순수한 환상과 차이가 있다. 우리 새로운 대한민국이 유토피아 세계를 향해서 진입하는 꿈을 필자는 꿔본다. 세상이 하도 각박하니 피안의 세계가 자꾸 그리워진다.

# 문인들이 모인 단체는
# 범속한 사람들의 모임과 달랐으면 좋겠다.

사람은 누구든지 혼자 살 수 없다. 사람들은 어떤 분야에서 활동하든지 모두가 공동체를 형성하면서 살아가고 있다. 문인들도 사람이다. 따라서 문인도 다른 일을 하는 이들처럼 함께 어울려 창작 활동을 한다. 작가는 생활 경험을 바탕으로 하되 상상력을 동원하여 있을 수 있는 가능성의 세계를 형상화하는 작업을 한다. 이 때 사상과 감정을 이입시켜 이를 주제로 담아 작품을 빚어낸다. 이러한 일련의 과정을 거쳐 완성되는 창작 행위는 극히 개인적이다.

그런데도 문인들은 장르별로, 또는 범장르별로 단체를 조직한다. 작가나 시인들은 여기서 스스로의 문학적 역량을 키우고 연단시키며, 작품의 완성도를 높이기 위하여 합평회도 갖는다. 습작기에 있는 이들을 위해 도움도 준다. 또 서로 친교를 하면서 인간다운 품격을 유지하고 정을 나누기 위한 교류도 한다. 이렇게 서로가 서로의 작품을 인정해 주고, 고무해주면서 문학 발전을 위한 디딤돌을 삼기 위해 만들어진 모임이 바로 문학 단체이다.

이렇게 문인들은 극히 개인적인 활동인 창작 작업자임에도 불구하고 구심점을 같이하는 문인들과 함께 호흡하는 것이 일반적이다. 그 중에 시나 소설, 수필 또는 아동문학과 같은 하위 장르별로 10인 내외의 작가나 시인들이 모여 활동하는 '동인' 이 출발점이다. 문인은 이 활동을 통해 내적 욕구를 발흥시키거나 창작의욕을 높인다. 새로운 창작 기법이나 문학 사조를 표방하기도 한다. 그 뿐만 아니다. 더 나아가서는 'ㅇㅇ문학회' 라는 이름으로 일단의 조직력을 갖춘 단체를 만들기도 한다. 장르별 모임이 기본이지만 인원수가 점점 늘어나면서 모든 장르를 포괄하는 범 장르 문학 단체로 확대되기도 한다.

우리가 알고 있는 문학 단체로는 한국 문단을 아우르고 있는 '한국문인협회' 가 제일 큰 단체이다. 한국문인협회는 광역시·도 별로 지회를 둔다. 시·군·구별로는 지부도 두고 있다. 그 지회·지부 수가 상당하다. 회원도 2만명이 넘는다. 시, 시조, 소설, 수필, 희곡, 아동문학, 청소년문학, 번역, 평론 등 다양한 장르를 포괄하는 방대한 조직이다.

대한민국이라는 한 나라에 머물지 않고 세계적으로 모든 국가들이 다 참여하는 '국제펜클럽' 도 존재한다. 그 국제펜클럽은 물론 한국에 지부를 두고 있다. 이러한 조직의 출발점은 역시 문학에 뜻을 같이 한 '동인' 활동이 첫 시작이다. 이 동인 활동이 장르별 '문학회' 로 발전되고, 거기서 차츰 더 커진 것이 범장르 문인이 함께 참여하는 문학 단체이다.

우리 대전에도 문학 발전을 위해 형성된 문단 활동이 뚜렷한 곳이다. '대전시인협회' 를 비롯해 동일 장르끼리 모이는 단체들이 아주 많이 있다. 또 범장르 문학단체로는 한국문협 대전지회와 국제 펜클럽 대전

지회가 대표적이다. 자생적으로 모인 문인들의 모임 중 대전 지역에서 가장 역사가 깊은 문학회는 '호서문학회'이다. 올해로 60년의 역사를 가지고 있다. 대전의 웬만한 문인은 거의가 이 호서문학을 거쳐지 않은 이가 없을 정도이다. 금년에 제14회째로 호서문학상을 운영하고 있는 중이며, 역량 있는 신인들을 계속 배출하고 있다.

또한 대전이 충남으로부터 분리되어 직할시로 승격하는 시점에 맞추어 지방화 시대를 표방하면서 탄생한 '대전문인총연합회'가 있다. 장르를 모두 포괄하는 대전의 대표적인 문학 단체이다. 잡지 등록을 마치고, 반 연간이었던 기관지 '문학시대'를 올해부터는 계간으로 바꾸어 발행하고 있다. 여류중심으로 모이는 '여성문학'도 건재한 상태이다. 이들은 시, 수필, 시조, 아동문학 등을 주로 발표하는 것으로 알고 있다. 전·현직 공무원 출신 문인들이 만든 '공무원 문학회'도 활동을 하고 있다.

구성원이 반드시 대전 출생이거나 이 지역에 근거를 두고 있는 문인들에게만 한정된 것은 아니지만 주로 대전 및 충청권을 중심으로 한 '(사)문학사랑협의회'도 있다. 이 모임은 최초에는 '도가니'라는 이름으로 젊은 문인들을 중심으로 탄생된 문학단체였다. 중간에 '오늘의 문학회'라 칭하기도 했던 문학 모임인데 현재도 이 단체에 속한 문인들은 왕성한 문학 활동을 하는 것으로 알려져 있다. '상상의 힘'을 표방하고 있는 '한밭문학회'도 있다. 그들은 풋풋함으로 대전문단에 아주 신선한 충격을 주고 있는 문학단체이다.

이렇게 형성된 범장르 문인 단체들의 활동 목적은 분명하다고 볼 수 있다. 개인적으로는 문인들과 교류를 하는 동안 내적 동기유발을 통해 창작의욕을 높이는 담금질 역할을 해주는 일이다. 나아가서는 문인 상호간에 친목을 도모하고 화합하며 궁극적으로는 작품성을 인정해 주고 격앙시키는 아름다운 활동을 한다. 이들은 글자 그대로 문인이다. 말로 하지 않고 글로, 작품으로 승부를 내도록 고양해주고 조장을 해주고 있다. 먼 훗날까지 남을 수 있는 작품에 박수로 치고 찬사를 보내는 분위기를 창출한다. 또 그러한 작품이 나올 수 있도록 모두가 부단히 노력을 하고 있다.

그러함에도 문인단체가 변질되는 경우가 종종 있다. 글로 말하지 않고, 말을 앞세우면서 문단 지배구조를 형성하려고 한다. 단체를 이끄는 데에만 마음을 쓰면서 이권과 함께 명예욕을 채우는 수단으로 문학 활동이 변질된다면 그것은 참 슬픈 일이다. 세상에서 이룬 문학외적인 업적으로 문단에 들어와서 어깨를 으쓱거려서도 안 된다고 본다.

필자가 속한 '대전아동문학회'의 경우는 불문율이 있다. 모임을 이끄는 지도자, 즉 회장이 되려면 우선은 작품성이 높아야 한다. 다음으로 사무국에서 반드시 봉사를 하던지 임원을 거쳐야 한다. 그리고 문단 활동의 연륜이 깊어야 한다. 마지막으로 단체를 이끌어가는 지도력이다. 이 네 조건이 충족되는 분 중에서 회장으로 추대된다. 요즈음은 젊은 피가 수혈되지 않고, 게다가 문협 회장 선거라는 과정에서 보이지 않는 틈이 생겨 조금은 상처를 입고는 있지만 아직도 이 불문율은 지켜지고 있다.

문인도 사람이다. 욕심이 없을 수 없다. 그러나 문인의 욕심은 세상 사람들과 같은 류의 욕심이어서는 안 된다. 우리 문인은 이 세상을 선도하는 의식 있는 사람이다. 이 세상을 바꾸는 힘이 우리 문인들과 같은 의식 있는 엘리트들에게 있다. 범속한 명예욕이 판을 치는 사람들이 모인 단체와 똑 같은 곳이 문단이라면 그건 참 슬픈 일이다.

필자는, 우리 대전 문단이 내년 2월에 있을 선거에서 모시고 싶은 지회장상을 그려본다. 이미 현 문희봉 지회장께서 대전문단의 화합을 위한 대승적인 차원에서 임기를 1년 앞당겨 사임을 한다고 천명한 바 있다. 문지회장은 대전문인들 모두에게 그렇게 약속했다. 모母 단체인 한국문인협회에서도 불협화음을 제거하려는 과정에서 조정에 나선 바 있었고, 문지회장의 고마운 뜻은 그 쪽에도 보고된 사항이다. 그러니 내년 2월에는 선거를 통해 대전문협지회장이 선출되는 것은 확실하다.

차제에 필자는 이런 분을 지회장으로 모실 수는 없을까하고 기도도 해본다. 글을 잘 써 작품을 읽으면 저절로 머리가 숙여지는 분, 문단 경력이 깊고 인간성이 원만해 믿고 따를 수 있는 분, 그리고 우리 대전문협지회에서 봉사를 한 경험이 있는 분, 게다가 지도력을 확실히 갖추고 있어 우리 대전 문단에서 존경을 받을 수 있는 분을 지회장로 모셨으면 한다.

그런 분으로 합의만 된다면 선거라는 수단이 아니고 추대도 가능하리라 본다. 이런 지회장을 만나 개인 창작 활동의 활성화는 물론 나아가서 우리 대전 문단이 화합하고 결속할 수 있는 길은 없을까? 대전 문단이 거듭날 수 있기 위하여…. 그건 욕심일까? 필자는 내년 2월에는 글 쓰는 이들의 모임인 우리 대전 문단이 범속한 세상 모임과는 달라질 수 있기를 기대해본다.

# 작가는
# 독자들을 만나고 싶어 한다.

지난해 2월에 제정된 문학진흥법 제2조 1항에서 보면 문학 '인간의 사상과 감정을 언어로 표현한 예술'로 정의하고 있다. 그런데 이 문학 작품은, 작품을 생산하는 작가와 작가가 표현한 작품인 텍스트를 수용하는 독자가 만나야 비로소 생명력을 갖게 된다는 특징이 있다. 즉, 한 작가에 의해 인간이 가지고 있는 사상과 감정을 담아 글로 형상화되어지지만 그 속에 담겨진 의미를 수용하는 독자를 만나야 완성된다 말이다.

따라서 작가는 자신이 구축한 문학 작품 속에서 독자를 만나고 싶어 하는 욕구가 강하게 작용할 수밖에 없다. 일반적으로 문학 작품은 작가의 사적인 경험을 바탕으로 하여 창작된다. 거기에 상상력을 동원하고, 다시 작가적인 역량을 발휘하여 조직(구성) 되어 지고, 표현하는 과정을 거쳐 완성된다. 그 다음에는 독자의 몫이다. 그런 뜻에서 보면 최초에 작품이 형상화되는 순간까지만 그 작품은 작가의 것이다. 그 이후부터 작품은 주인인 작가의 품을 떠나 독자적으로 생존을 하게 된다. 때문에 독자를 만나지 못하는 작품은 외롭다. 아니 외로운 것이 아니라 고사枯死하게 된다. 그러나 독자와 공감대가 형성되어지면 그 작품은 갑자기 생명력을 얻게 된다. 점점 더 많은 독자를 확보하게 되면, 즉 시공간을 초월해 공감대를 형성하면서 독자들을 만나면, 그 때는 엄청난 파장을 불러일으키면서 고전으로 남게 된다. 그뿐이랴! 이때 독자가 많이 모여들면 들수록 그 작품의 의미는 확대된다. 그러니 작가가 작품을 통해 독자를 만나고 싶어 하는 것은 당연하다.

필자는 지난 해 소천하신 임강빈 시인께서 말년에 '나는 국민이 애송하는 시 한 편 변변히 남기지 못한 부족한 시인이다.' 라고 하며 쓸쓸해하시는 모습을 뵌 적이 있다. 임강빈 시인은 생전에 독자들의 정서를 순화시키고, 큰 감동을 느끼게 하는 시를 쓰시어 많은 이들에게 칭송을 받던 시인이셨다. 존경을 받던 분이셨다. 그런데도 임강빈 시인은 마지막까지 독자를 더 많이 만나고 싶어 하셨다. 이는 자신의 작품이 독자를 많이 만나 공감대가 커질수록 생명력이 커짐을 알고 계셨기 때문이었다.

문학의 본질은 보편성과 영원성이다. 이 양축을 본질로 삼아 보다 확실한 작품을 빚어낼 때 그의 문학은 빛나게 마련이고 작가는 독자의 가슴에 살게 된다. 지역 간, 계층 간의 벽을 넘고 또 남녀노소가 함께 소유하고 싶어 하는 작품, 공간의 벽을 넘어 세계의 각 지역에 살고 있는 모든 인류에게 감동을 주는 작품, 시간의 벽을 넘어 200년, 300년 아니 천년이 지나도 영원한 작품, 이런 문학작품은 '고전' 이라는 이름으로 남아 인류의 가슴을 적셔주고, 감동을 준다. 그렇게 보편성과 영원성을 누릴 수 있는 문학 작품을 쓰고 싶은 것이 바로 작가의 욕망이다.

그러려면 작가는, 작품 창작 시에 인간의 마음을 정화시키는 예술적 쾌락성과 인류에게 향하는 가치를 부여해줄 수 있는 교시성이라는 문학적인 두 기능에 충실하면서 작품을 빚어낼 수밖에 없다. 이를 간과하게 되면, 자칫 작품이 잡스런 이야기로 전락하거나 또는 한낱 에로티즘에 빠지는 자가당착과 함께 순수성을 상실한 대중예술로 전락해버리는, 그래서 문학성을 잃는 오류를 범할 수 있다. 지나치게 시대정신에 편승하면 독자에게 아부하게 되면 그 작품이 한쪽으로 편중될 수도 있고, 너무 꼿꼿하면 자칫 독자를 잃을 수도 있다.

지금 이 순간에도 이런 장벽을 넘어 임의의 언어인 기성언어가 아닌 창의적 언어로서 가치 있는 작품을 생산하고 싶어 하는 작가들의 고뇌는 계속되고 있다. 그들은 한결같은 마음으로 자신의 작품을 통해 그 속에서 문학적인 절대 가치를 향유하고, 나아가서 공감대를 형성하면서 작품을 수용해 주는 많은 독자들을 만나고 싶어 한다. 작가들이 이렇게 자기 작품이 영원성을 확보하기 위한 피나는 노력이 있는 한 우리 문학은 빛날 것이며, 이를 수용하는 독자들의 영혼은 맑고 아름답게 빛날 것이다.

그러나 요즈음처럼 문인이 양산되는 시대에 살면서 걱정 또한 크다. 우후죽순처럼 생기는 문학잡지들도 문제이다. 순수를 표방한 잡지들이지만 독자를 감동시키는 작품을 만나게 하고, 작가와 독자의 교감을 창출하는 교량 역할을 하기보다는 문단 세력을 확장하려는 의도나 문단 정치를 꿈꾸는 이들이 횡행하는 것도 문제이다. 하지만 그런 속에서도 묵묵히 문학의 보편성과 영원성을 추구하면서 빛나는 작품을 창작해내면서 독자들을 만나고 싶어 하는 작가들이 많이 있기에 문학은 여전히 우리에게 희망을 보이고 있다.

# 대전문화재단
# 지원금 지원의 방향성에 대해

대전문화재단 주최로 얼마전에 대전문화재단 지원금 지원의 방향성 설정을 위한 세미나가 개최되었다. 그동안의 지원금 운영에 관한 상황을 점검하고 새로운 방향을 제시하면서 이정표를 세우기 위한 자리였다. 두 발표자의 주제 발표가 있었고 토론자가 나서 이에 대한 토론을 한 후에 종합토론을 하는 일반적인 세미나 진행 형식을 취하했다.

또한 대전문화재단은 이 세미나에 이어 실제로 새해의 예산 집행에 관한 실수요자들의 의견을 청취하가 위한 10개 예술단체 단체장들과의 순차적인 간담회를 가진 바도 있다. 이러한 대전문화재단에서 노력에 대해 수혜자의 입장에 선 한 사람으로서 필자는 관계자에 대한 치하와 함께 그 노고에 대해 박수를 보낸다.

필자는 차제에 이 두 차례에 걸친 행사에 참여를 한 사람(문인)으로서 그 소감과 함께 의사표시를 하고자 한다. 이 번 행사는 주지하는 바와 같이 문학뿐만 아니라 음악, 미술, 영화, 연극 등 한국 예총의 10개 단체에 대한 지원의 새 방향성을 열기 위한 자리였다. 필자는 문인이다.

따라서 그중 이 지면에 문학 부문의 지원금 방향성에 대한 의견을 피력하고자 한다. 당시에 논의 된 사항들은 아주, 크게 의미를 부여할 수 있는 내용들이었는데 일별하면 다음과 같다.

첫째로는 문학 지원을 '창작' 과 '활동' 으로 구분해 지원금을 준다는 사업 내용이었다. '창작' 은 순수한 시, 소설, 동화, 또는 극본 등을 창작하는 쪽에 지원금을 지원한다. '활동' 은 창작된 문학 작품으로 직접 독자와 만나 대화를 하게 한다든지, 낭송회, 합평회를 하거나 창작된 작품으로 작품집을 만들어 독자에게 제공하는 등 다양한 활동을 할 수 있도록 동기 부여를 하는 쪽에 지원을 하겠다는 내용이다. 이 두 영역은 자로 재듯이 구별하기는 어려운 점은 있지만 앞으로의 기준을 세워 지원을 추진하로 한다는 것이다.

둘째로는 개인 신청과 단체(동인) 신청으로 구분하여 지원을 하되 점진적으로는 개인 창작 지원 쪽으로 강회를 하는 쪽으로 가고 있는 추세라는 것이다. 말 그대로 개인 창작은 개인이 시집, 소설집 또는 수필집 등을 발간하는데 필요한 발간비의 일부를 문화재단이 개인(문인)에게 지원하겠다는 것이고, 단체 지원은 문학단체의 기관지 또는 동인지를 발간하는 쪽인데 앞으로는 단체 쪽보다는 개인 쪽으로 점점 확대될 수 있다는 가능성을 시사하고 있었다.

셋째로는 문학 창작 활동을 지원하는데 문학 장르를 크게 두 영역으로 구분하려는 의도를 가지고 있다는 내용이다. 서정, 서사, 극, 에세이에 걸쳐 상위 장르가 있고, 다시 이를 하위 장르인 시, 시조, 소설, 수필, 아동문학(동화, 동시), 청소년문학, 극본, 시나리오, 번역(외국문학) 등 10여 장르도 넘는 문학 유형을, 대별해 문학 I 과 문학 II 로 나누어 형평성을 맞춘다는 취지였다. 주관자의 말을 빌리면 크게 서정(시) 서사 (산문)로 크게 나누어질 수 있도록 하는 것도 괜찮겠다는 것이다.

그 당시 세미나와 간담회에 참석한 문학 단체 대표들은 이에 대해 각각 다양한 의견을 제시하고 있었다. 필자도 나름대로 의견을 개진한 바 있다. 첫째, '창작' 과 '활동' 으로 구분하는 문제는 운영의 묘미만 갖춘다면 이상적일 것 같았다. 세 번째 문학을 두 영역으로 나눈다는 문제도 장르별로 치중되는 경향이 있었는데 나름대로 의미가 있다고 보았다.

그러나 필자는 그 중에서 둘째로 제시된 문학 단체 지원 쪽에서 점진적으로 개인 지원 쪽으로 추세가 옮겨가고 있다는데 문제점이 있음을 제시했다. 언뜻 보면 문학 창작이 극히 개인적인 활동이라서 지원도 개인에게 해야 한다는데 당위성이 있는 것 같지만 현실을 그렇질 않다.

주지하는 바와 같이 문학 시장은 외양에 비해 내용이 아주 열악하다. 우리나라에서 발행하고 있는 수없이 많은 잡지 중에 소정의 고료를 주고 원고를 청탁하는 경우는 극히 드물다. 대개의 경우 발행되는 서적 몇 권으로 고료를 대신하거나 그렇지 않으면 무료 청탁이다. 어떤 경우의 출판사는 식자비를 요구하며 청탁을 하는 경우도 있다.

개인 작품집은 발표지면이 활성화 되어야 창작이 확장된다. 순수문학의 시장성은 자꾸 좁아지는데도 현재, 열악한 조건으로 시작되는 잡지가 우후죽순으로 늘어나고 있다. 여기서 양산되는 시인과 작가들은 홍수를 이룬다. 그러나 영상 매체의 범람과 함께 스마트폰 시대의 도래로 독자들은 활자문화에서 점점 멀어지고 있다. 이러한 상황 속에서 동인별로, 문학회별로 더 크게는 전국을 커버할 수 있는 문인 단체들이 작품을 발표할 수 있는 지면을 넓혀 회원문인들에게 작품 발표 기회를 더 줄 수 있어야 한다. 그러기위해서는 장르별 동인 및 범 장르 별로 문인들에게 지원금을 확대하여 문학 활동에 힘을 실어 줄 필요가 있다.

이를 위해서는 전국에 있는 문화재단들이 각각 그 지방에서 활동하고 있는 문학 단체에게 특별한 관심을 가지고 지원금을 보조할 필요가 있다. 개인에게 지원금을 주는 것은 소수에게 한정되지만 문학 단체에 지원금을 주는 사업은 회원 모두에게 혜택을 넓혀 주어 창작의욕을 고취시킬 수 있는 방안이 될 수 있다.

바라기는 개인 창작 지원도 중요하지만 문단이 활성화될 수 있도록 단체 지원을 더 이상 늘려야 한다. 적어도 현상을 유지해야 한다. 그런 뜻에서 우리 대전문화재단도 더 많은 문화 진흥기금을 확보하여 우리 대전 지방에서 활동하고 있는 문인 단체들의 사기를 진작시켜줄 필요 있다.

# 문학이 탄탄해야 여타 예술이 발전하고,
# 인성도 따뜻해질 수 있다.

　인간의 저기 표현을 위한 예술행위는 언어 예술, 시각예술, 공간예술, 공연예술, 사진예술, 행위예술 등 다양하다. 그밖에도 더 자세히 살펴보면 현대사회에 걸맞게 더 다양한 종합 예술 형태로도 나타난다. 그 중에서도 문학은 인간의 경험을 바탕으로 상상력을 동원해 사상과 감정을 나타낸 언어 예술이다. 언어를 도구로 해 진선미를 추구해나가면서 예술적 쾌락과 교시성을 추구하는 게 문학인데 이 문학은, 모든 예술을 이끌어가는 기초 예술이다.

　문학의 하위 장르인 시詩가 있어야 노래가 완성되고, 희곡이 있어야 연극 공연이 가능하다. 시나리오가 있어야 영화가 제작되며, 극본이 있어야 드라마를 만들 수 있다. 뿐만이 아니다. 성서에 글로 나타난 장면을 표현하기 위해 회화나 조각 작품이 완성될 수 있었다. 그런 뜻에서 보면 문학은 모든 예술의 기초 예술로서의 역할을 하는 것이 확실하다.

　그럼에도 불구하고 요즈음 들어 문학이 문학으로서의 대접을 제대로 받지 못하는 듯해서 안타깝다. TV, 컴퓨터, 영화, 인터넷 등 첨단문화에 밀리더니 이제는 스마트 폰의 페이스북을 포함한 SNS, 유투브 등에 크게 뒤지고 있다. 지금까지의 언어소통은 물론 찬란한 인류문화를 이끌어온 활자문화가 책이라는 이름으로 안방을 차지해왔다. 그러나 첨단과학의 발달로 점점 활자문화가 쇠퇴해가고 있는 중이다. 그래서 그런지 독서 인구가 점점 줄고 있어 걱정이 이만저만이 아니다. 거리에서는 물론 열차, 지하철, 버스 등을 타보면 남녀노소를 불문하고 스마트폰 중독에 빠져 있는 듯하다. 책을 읽는 이를 발견할 수가 없다.

주지하다시피 인간은 언어로 의사소통을 할 수 있었기에 원시사회에 머물지 않고 산업과 과학기술이 발달시킬 수 있었고, 지식과 정보를 교류하면서 인류문화를 발전시켜 왔다. 거기에는 의사소통을 할 수 있는 언어가 있었다. 가장 기본이 되는 지식정보를 전달하는 언어가 있었고, 논증적 표현을 빌어서 지적인 충족과 함께 설득을 통한 공감대를 형성시킬 수 있었다. 그중에서 인간을 감동시킬 수 있는 문학은 이해와 설득의 수준을 넘어 인간의 정서를 순화 시켰고, 아름다움을 추구할 수 있게 하면서 삶의 질을 높여 왔다.

그러던 문학이 어느 때인가부터 푸대접을 받고 있어 문학인들을 슬프게 하고 있다. 독자층이 엷어져 시인이나 작가들에게 소외감을 주더니 요즈음에는 문화예술을 지원하는 정부나 행정관리들까지도 문학의 중요성을 인식하지 못하고 있는 듯해 속상하다. 아니, 점점 문학의 유용성이 잊혀져가는 것 같아 안타깝기만 하다. 공연예술이나 시각예술 등에 비해 가난한 지원을 받는 느낌까지 들어 참담해진다.

그러나 분명한 것은 문학의 기능이나 문학이 추구하는바 목적이 축소되거나 경시될 수 없다는 것이다, 과거나 현재나 미래사회에서도 문학의 역할은 절대불변의 가치를 가질 수밖에 없다. TV, 영화 컴퓨터 등 영상문화 또는 스마트 폰의 SNS , 유투브 기능을 가볍게 보아서가 아니다. 이런 첨단 기기들은 인간에게 많은 지식과 정보를 주고, 그보다도 매우 큰 즐거움을 선사하고 있지만 창의력을 확장 시키는 데는 좀 미흡하기 때문이다.

인간은 활자문화를 바탕으로 해서 지금처럼 찬란한 문화를 발전시켜 왔다. 여기에 인간다움을 잃지 않는 휴머니즘이 있었기에 서로 사랑하고 배려하면서 공존을 할 수 있었다. 그게 문학의 힘이다. 현 세상을 지배하는 듯한 첨단 기기들은, 우리에게 즐거움을 줄지는 몰라도 상상력을 통한 창의력을 산장시키는 데는 한계가 있고 매우 제한적이다. 더구나 인간성을 함양시키기는커녕 상실하게 해 드라이한 인간을 만들게 하는 촉매제라는 부적 기능도 가지고 있다. 이러한 현대문명 속에 오래 머물다가는 공존은커녕 자기에 갇혀버리고, 서로 불신하다가 아니, 인간성을 상실해 결국은 스스로 자멸할 지도 모른다.

문학 작품을 읽으면서 상상력을 통한 창의성을 기르고, 인성을 품부하게 신장시키려면 우리에게 많은 시가 있어야 하고, 소설이 있어야 하고, 동화가 있어야 한다. 그뿐이 아니다. 자신의 삶을 들여다보면서 사색할 수 있는 수필이 있어야한다. 인간의 삶이 극적으로 반전하는 희곡이나 드라마를 읽으면서 진취적이면서도 어려움에 도전할 수 있는 인간을 길러내야 한다.

그런 차원에서 볼 때 문학은 역시 존중되어야 한다. 모든 예술의 기초 예술로서 타 예술을 선도할 수 있는 역할을 계속해야 한다. 그런데도 현재 추세로 보면 종이 책이 사라지고 결국은 활자 문화가 소멸할 것만 같아 우려스럽기만 하다, 그러나 문학이라는 기초·기반이 없이는 여타 예술이 발전할 수는 없다. 문학이 탄탄해야 다른 예술이 발전할 수 있다는 말이다. 그런 뜻에서 이 현상을 잘 넘겨야 한다. 오히려 인간성이 상실되지 않게 하고, 정서도 함양시키면서 아름다움을 추구할 수 있는 문학작품이 과거 그 어느 때보다도 많이 창작되어야 한다고 본다.

# 대전문총은
# 한국문단의 중심이다

올 해로서 대전문인총연합회(이하 대전문총)가 서른한 번째로 창립총회를 갖게 된다. 오는 3월 25일로 모임이 예정되어 있다. 1989년 대전이 충남 일반 시에서 '대전직할시'라는 광역자치 단체로 승격되면서 그 해, 준비 과정을 거친 후에 이듬해인 1990년 1월 12일 창립 되었으니, 올해는 참으로 감회가 깊은 해다. 이미 서른 돌을 지나고, 이제부터는 서른한 살의 나이로 접어드니 말이다.

돌이켜보면 우리 대전문총은 그동안 발표 지면을 제공해 회원들의 창작 활동을 도왔을 뿐만 아니라 문학 정보를 공유했고, 문학이론에 줄기를 세웠으며, 대전정신을 문학으로서 구현했다. 회원들 간에 화합과 단결을 도모했으며, 타 문학단체와도 유기적인 관계를 유지해 왔다.

문단을 형성해 여러 유관단체들과 상호작용을 하면서 대전이란 지역을 넘어 한국문단에 중심에서서 문학단체와의 외연을 넓혀, 연계하고 상생하는 길을 걸어도 왔다. 여기에 그치지 않고 세계 문학 발전에도 크게 기여하는 역할도 해 왔다.

그동안의 실적을 구체적으로 살펴보면 참으로 괄목할 만한 족적을 남겼다. 우선 우리 대전문총은 대전문단을 대표하는 선두 주자로서 역할을 다 해왔다. 회원들에게 계간「한국문학시대」지를 통해 작품을 발표할 수 있는 지면을 제공했고, 세미나와 심포지엄을 개최하여 문학정보를 나누었으며 창작 이론과 실제를 연구하면서 근본적으로 확실하게 기저를 다지는 기회로 삼아왔다.

또한 이 땅에서 개화기부터 문학을 일군 선배 문인들의 작품 배경과 삶의 흔적 등이 묻어 있는 문학관을 찾는 기행을 통해 그들에게서 문학 열정과 문학정신을 배웠다. 작품세계도 탐구했다. 더 나아가서 창작 의지를 다지는 계기로도 삼았다. 회원들 간의 화합과 단결을 도모해 오면서 역량 있는 신인을 배출해 모임에 활력을 줌은 물론 문학인의 신구세대 간의 신지대사에도 이바지해왔는데, 지금까지 30년에 걸쳐 60여 명의 신인을 배출한 바 있다.

또한 대전사랑을 주제로 한 회원들의 시, 수필, 아동문학 등에 관한 기획 총서를 발행해 상호 공유함으로서 문학으로서 대전정신을 고양시키기도 했다. 뿐만 아니라 한국을 빛낸 문인들의 시비 및 문학비를 찾아 주기적으로 순례하면서 문학정신을 본받는 계기로 삼았다. 뿐만 아니다. 그 결과를 책자로 발간한 바 있으며, 직접 시민에게 시 읽기를 통해 문학을 접하게 하고, 시 정신을 몸으로 받아들이게 하기 위해 대전 지하철역을 비롯한 한 야외 공간 등을 확보해 시화전을 개최한 실적도 거두었다.

이 시 작품을 모아 시화집을 발간해 회원은 물로 이웃 문학단체 등 문단과 전국 도서관에 배포하는 실적도 쌓았다. 더욱 발전적인 사업으로는 권용두, 송석홍 등 이 지역의 선구자적인 시인·작가를 발굴해서 그 분들의 유작을 모아 작품집을 발간함으로서 대전 문학 발전에 기여함은 물론 독립운동가로서 애국 애족하는 정신도 고취한 바 있다.

그뿐만이 아니다. 한국문학을 국제화 하는데 앞장을 서는데 총력을 기울였다. 시를 비롯한 동화 등 한국문학 작품을 영역해 대전시의 자매 우호도시인 세계 25개국에 배포하여 국제화를 도모했고, 외국 시인들의 시를 한글로 번역하여 모은 작품집을 발간해 외국문학을 접하는 등 문학교류를 통해 국제화에 앞장을 서 왔다.

또한 시립 대전문학관과 연계하여 시 확산 운동, 중견작가 발굴, 아카이빙 사업에도 적극적으로 참여했다. 회원 중에 문학성이 높은 작품을 직접 시민에게 읽을 수 있는 기회를 제공하고, 중견 작기에게는 기획전에 나갈 수 있도록 적극 추천을 하기도 했다.

등단 30년 세상나이 71세 이상의 원로작가를 찾아서 영상으로 해당 작가의 문학을 조명하는 다큐멘터리 제작 및 방영 사업에 앞장을 선 것이다. 그 뿐만 아니라 우리의 활동 내용을 체계적으로 정리하여 대전 문학관에서 기획전시를 함으로써 대전 문총의 위상을 높인 바도 있다.

그 중심에는 대전문총이 발간하는 계간 「한국문학시대」가 가장 큰 큰 역할을 했다. 연간지로 시작해 반 연간지를 거처 계간지로 탈바꿈하는 장족의 발전을 통해 대전문총의 중심 사업으로 우뚝 설 수 있었으니까 말이다. 편집 면에서도 탁월성을 발휘해서 시, 시조, 소설, 수필, 평론. 아동문학, 번역문학 등 10개 장르에 걸쳐 균형 있는 장르를 고루 발표하게 했으며 그 때마다 이슈를 선도하는 화보 및 특집을 게재했다. 특히 세계 문학 발전을 위해 외국문학을 소개하거나 한국문학을 외국어로 전환하는 작업을 분기별로 수행하여 게재하는 실적도 쌓아왔다. 그렇게 보면 우리 대전문총은 한국문단의 중심에 확실히 서 온 셈이다

그동안 초기에는 송백한 평론가가 회장으로서 앞장을 서 그 기틀을 다졌고. 나아갈 바 방향성을 확실히 했다 다음으로 대전문총을 이끈 리더는 최송석 시인이었다. 최송석 회장은 강력한 리더 싶을 발휘해 대전문총을 이끌어 왔다. 그 다음으로 김용재 회장 체제가 6년 동안 이어졌다. 김용재 회장은 명실공이 대전문총의 중흥자로서의 역할을 했다. 잡지 발행을 계간으로 확충했으며, 신인상 제도를 확립했고, 뛰어난 작품을 발표하는 역량 있는 작가를 발굴해 시상하는 〈문학시대 문학대상〉도 제정했다. 그 뒤로 필자(김영훈)가 바톤을 이어 받아 대전문총 살림을 6년 동안 이끌어왔다.

이제 오는 3월 25일을 기점으로 대전문총이 또 한 번의 도약을 꿈꾸는 리더를 맞게 된다. 우리 대전 문총은 지난 30년간에 제시한 비전과 발전 모델을 바탕으로 해 앞으로도 한국문단의 중심에 서고, 세계문학 발전에 기여하는 과업을 묵묵히 수행할 것이다.

회원에게는 문학정보를 제공해주면서 작품 창작을 활성화할 수 있도록 그 장場을 확장시켜 줄 것이며, 이웃 문학단체들과는 상생과 화합의 길을 걸을 수 있도록 여건을 조성할 것이다. 궁극적으로는 회원들이 문학으로서 자기를 실현하면서 행복감을 느낄 수 있도록 할 것이다.

필자는 우리 대전문총이 앞으로도 대전 문인에게는 물론 한국문인들에게 영원히 기억되는 단체가 될 수 있을 것이라고 확신한다.

이제 이 시점에서 맡은바 임무를 내려놓으면서 한 걸을 뒤로 물러나

지만 지금까지 대전문총을 이끌어왔듯이 잎으로도 나름 역할을 하면서 헌신적으로 기여할 수 있는 회원으로 남을 것을 다짐하면서 글을 맺고자 한다.

# 두 사람의 죽음 앞에서

두 사람이 세상을 떠났다. 지난 9일, 10일 이틀 사이에 두 사람이 각 각 귀천했다. 한 사람은 박원순 서울시장이다. 9일 북악산 기슭에서 비 극적인 종말을 고했다. 미투 사건에 연관된 예순 네 살의 자살에 대해 연일 신문과 라디오·TV가 보도를 해 우리를 놀라게 했으나 결국 서울 시는 예우를 갖춰 서울특별시장禮을 5일장으로 치렀다. 또 한 사람은 대한민국 국군 창설을 주도했을 뿐만이 아니라 6·25의 영웅, 다부동 전투에서 혁혁한 공을 세운 그래서 전사戰史에 길이 남을 백선엽 장군 이다. 10일, 100세를 일기로 소천했다. 육군장禮으로 치러진 후에 대전 국립현충원 장군묘역에 인장되었다. 그러나 두 사람의 죽음은 우리에 게 많은 생각을 하게 한다. 또 깊이 논의할 주제를 던지고 있다.

사람은 한 번 태어나면 누구든지 이 세상에서 살다가 저 세상으로 가 게 되어 있다. 그래서 우린 죽음을 순순하게 받아들일 수밖에 없다. 그 러나 죽음 앞에서 사람은 저마다 의미와 평가가 다르다. 어떤 죽음은 남아 있는 사람에게 많은 슬픔을 준다. 못내 아쉬운 정으로 떠나보내며, 그를 흠모하고 명복을 빌며 공적을 치하하는가 하면, 어떤 죽음에 대해서 기억해주기는커녕 냉소를 던질 수도 있다. 주위 사람들의 관심 밖에서 처절해질 수도 있다.

그건 순전히 그 사람이 생전에 어떤 삶을 살았느냐에 달려 있다. 우선 사람은 성장과정에서 자신의 삶을 잘 갈고 닦으면서 최선을 다하고, 인격을 갖추는 것이 먼저이다. 자기가 타고난 적성에 따라 성취하는 삶을 살면서 세상을 이롭게 하는 사람이 되는 것이 그 다음이다. 나아가서 사람을 따뜻하게 품어주고 이끌면서 함께 행복한 세상을 만들며 인류공영에 이바지하는 삶을 사는 것이 마지막이다.

그런 면에서 본다면 며칠 전 귀천한 두 사람은 훌륭한 분들이다. 그런데도 이 두 죽음 앞에서 우리들이 지금 생각이 다르고, 해석도 다르다. 불편한 느낌을 받기도 한다. 필자는 그 까닭을 따져보고 싶다. 먼저 박원순 시장이다. 그는 열심히 살아서 사법시험에 합격을 한 변호사였고, 약자 편에 선 인권변호사로서 명성을 얻은 사람이다. 서울대학교 우 조교 사건을 승소로 이끌어 스타덤에 올랐다. 그가 오세훈 전 시장의 중도 사퇴 시, 당시 (현) 안철수 국민의 당 대표의 양보(?)로 서울 시장이 되었을 때 모든 사람들은 그를 가리켜 참 복도 많은 사람이라고 했다. 그 후, 잠룡 중의 한사람으로서 대선 후보로 영향력을 발휘하는 정치인이 되자, 그를 따르고 흠모하는 모임도 생겨났다고 한다. 그랬던 그가 하루아침에 추락해 싸늘한 주검이 되어 우리 앞으로 다가왔다. 인간은 너나 할 것 없이 이중인격을 가지고 산다. 안과 밖이 다르다. 그런 뜻에서 앞으로 박원순 시장의 사인은 반드시 밝혀져야 한다. '공소권 소멸'로 흐지부지되어서는 안 된다. 진실은 밝혀져야 한다. 그

리고 자기를 지키고, 사회 정의를 세우려 했던 고소인은 확실하게 보호
되어야 한다.

또 한사람은 백선엽 장군이다. 해방 이후 우리 대한민국 국군 창설의
중심에 섰던 이가 백선엽 장군이다. 다부동 전투뿐만 아니라 한국 전
쟁 중 서울 수복이후 북으로 진군했을 때, 유엔군보다 먼저 평양을 탈
환한 영웅이 바로 그였다. 미국에서도 그의 전공을 인정하는, 자타 공
인의 6·25 영웅이다. 그런데도 그가 사망 한 후, 국립현충원 안장에
대해 부정적 시각을 가지고 있는 이들이 있다. 그는 한국 최초의 사성
장군이다. 헌데 그것도 부족하다며 김영삼 정부에서는 그의 전공을 더
높이 사 원수로 추대를 해 별 다섯을 달아주려고 했었다. 하지만 결국
은 주변의 반대에 부딪쳐 뜻을 이루지 못했다. 그의 친일 행각 때문이
었다.

그는 일제 시 봉천군관학교를 나온 후 일제의 장교로서 조선독립군
을 잡아들이는 간도 특설대에 2년간 복무한 경력이 있다. 해방이 되면
서 우리 국군을 창설하는 중심 역할을 했음에도 그 흠으로 인해 '친일
반민족행위자' 명단에 올랐다. 그 이후 혁혁한 전공戰功과 함께 창군의
큰 위업에도 불구하고 우리 주변에는 백장군의 행적에 대해 불편하게
생각하는 이들이 생겼다. 그의 삶에서 공과 과는 그만큼 분명하다. 그
런데 최근 모 변호사가 '백선엽은 우리 민족 북北에 총을 쐈다' 는 엉뚱
한 발언을 해 우리를 경악하게 하고 있다, 그 발언을 한 종북 좌파를 생
각하니 아득해진다.

아무튼 두 사람이 살아 온 길은 전혀 다르다. 그러나 그 두 사람은 같
은 무렵 그것도 하루 차이로 운명을 달리 하면서 이 땅에 뜨거운 논쟁

을 불러일으키고 있는 중이다. 두 사람의 죽음이 그저 안타까울 뿐이고, 삼가 명복을 비는 마음은 간절하나 공과 과는 확실히 해야 한다. 필자도 옳고 그름을 분명히 해야 한다고는 생각한다. 정의롭지 못했다면 다시 정립해야 한다. 진중陣中 논리에 의해 덮어지거나 호도되어서는 안 된다. 그렇게 생각하면서도 지금 필자의 마음은 여전히 씁쓸하기만 하다. 어쩌다 이 땅에서 사는 우리는 지금 망자亡者에게 마음을 다해 명복을 빌며 추모하지 못하고, 좌우가 극단적으로 갈라져 아픈 논쟁에까지를 해야 하는지 그게 슬프다.

# 우봉 임강빈 시인
# 시비 조형물 제막식에 다녀와 쓰는 편지

지난 달 7월 16일에 대전 보문산 사정공원에서 의미 있는 행사가 열렸다. 바로 임강빈 시인의 서거 4주년을 맞아 그의 시비를 건립하는 「우봉 임강빈 시비 조형물(시비) 제막식」 행사였다. 평소에 그를 따르던 후배 문인들과 미망인, 장남 등 가족 친지들 100여명이 모여 시비 제막식을 가진 바 있는데 그 자리에서 시인의 시 정신을 기렸고, 아울러 다 함께 추모의 정을 보냈다.

문인은 글로서 이름을 남기기 마련이지만 임강빈 시인은 충청권이 배출한 걸출한 시인 중의 한 사람이다. 임시인은 1931년 공주시 반포면 봉암리에서 출생하여 공주사범대학교 국어교육과를 졸업했다. 그 후에 대전신흥중학교 교사로 재직 중이었던 1956년 약관 25세 나이에 박두진시인의 추천으로 〈현대문학〉지를 통해 문단에 나왔다. 그는 등단이후 문학성 높은 서정시를 꾸준히 발표해 주목을 받았다. 우리나라의 중부권에서 독보적인 입지를 굳히면서 많은 독자들에게 공감대를 사는 시를 발표했다. 또한 그는 평소에 절제하는 삶과 좌우로 치우치지 않는 선비정신으로 올곧게 살은 분이다. 임시인은 문학과 인생에서 크게 존경 받는 삶을 사시다가 85세를 일기로 2016년에 영면했는데, 생전에 독자에게 회자되는 13권의 시집을 발간하는 등 시선집까지 포함해 총 20여권의 저서를 간행한 바 있다. 생전에도 이미 그의 의사와 상관없이 전국에 걸쳐 몇 군데 시비가 세워져 있을 만큼 시인으로서의 문명文名을 널리 떨친 분이다. 요산문학상, 충청남도문화상 등 문학상 경력도 화려하다.

이번 시비는 생전에 교분이 두터웠던 최종태 서울대 미대 명예교수의 제작으로 이루어졌는데 그는 "시인의 인품과 시 세계가 소박하고 고요하고 단정하며 '고귀한 단순' 으로 보였다. 그것을 상징하기 위해 가장 한국적인 화강석을 취재키로 하였고, 돌의 물질성을 극대하게 살리면서 시인의 이미지를 <기도하는 사람>으로 형상화했다." 고 그 제작 취지를 밝히고 있는데 품격 있는 시와 탁월한 조각이 조화를 이룬 조형물로서의 임강빈의 시비는 그래서 더욱 돋보였다.

필자는 임강빈 시인과 사제 간의 연이 닿아 학생 시절부터 존경하는 스승으로 모셔 왔기에 더욱 시비 제막식에 참석하는 감회가 깊었다. 이제 임강빈 시인은 우리들 곁을 떠났지만 그가 남긴 시는 이 땅에 영원히 남을 것이다. 필자는 이번 시비 건립을 계기로 하여 시공을 초월하는 임강빈의 향기 나는 시가 앞으로는 더욱 더 독자들에게 읽혀지고, 공감대를 높여줄 수 있기를 바란다. 또한 남아 있는 후배 문인들에게 그의 시정신이 계승되어 시를 통한 문화 융성에 크게 이바지 될 수 있기를 간절히 빈다. 그런 마음으로 시비에 새겨진 시인의 시「마을」을 다시 한 번 읽어본다.

옹기종기/노랗게 살아가는 마을이 있다/기웃거리지 마라/곧게 자라라/가볍게/ 더 가벼워져라/서로가 다독거리며 사는/민들레라는 따스한 마을이 있다

위 시를 읽으며 필자는 삼가 고인을 명복을 다시 한 번 빈다. 차제에 임강빈 시비가 제작되어 대전 보문산 기슭 사정공원에 세워지기까지의 속사정을 밝히고자 한다. 첫째로 제작비 문제였다. 그러나 제작비의 대분인 3000만원을 유족이 쾌척해 일시에 해결되었다. 또한 그를 따르던 후배 문인과 제자들이 정성스런 마음으로 조금씩 보태었다. 그 과정이 참 아름다웠다. 둘째로는 어려운 점이 있었다. 시비를 세울 부지를 확보하는 문제였다. 대전광역시의 허가 문제가 생각보다 많이 어려웠다. 도시공원 관리에 관계되는 법령에 가로 막혀 사실상 거의 불가능했었다. 하지만 황희순 시인 등 후배 문인들의 힘을 모아 가까스로 해낼 수 있었다.

이제 앞으로 임강빈 시인의 시비가 사정공원에 세워져짐으로서 독자들은 그의 시를 자주 만나게 될 것이며, 또한 시민들의 정서 함양은 물론 문화 창달에 크게 기여하게 될 것이다. 다만 시비건립에 행정상 어려움이 따른다는 사실이 문인들의 사기를 한때 떨어지게 했었다는 점은 아쉬움으로 남는다.

임강빈 시인은 한 시대를 이끌어간 훌륭한 시인이었으며 앞으로도 오래오래 기억될 시인이다. 한용운, 김관식, 박용래 시비도 함께 만날 수 있는 그 사정공원에서 임강빈 시인의 시비가 건립되었음을 널리 알리고 싶은 마음과 함께 그의 시 정신을 기리고 싶은 뜻에서 필자는 이

글을 쓰고 있다. 바라기는 우리 대전 문단을 포함해 한국 문단 전체를 통해 더러는 문학 창작하는 일에 마음을 쓰지 않고, 문단 정치를 하는 흠을 보일 때도 더러 있다는 소식을 듣는다. 그럴수록 임강빈 시인의 삶과 시정신이 돋보이는 것만 같아 보문산 사정공원 쪽 그의 시비를 향해 삼가 머리를 숙인다.

# 김 영 훈
Kim Young Hoon

## 연 보

# 김영훈(Kim Young Hoon) 연보

## ◆ 기본 인적사항

- 성명: 김영훈(金榮薰 Kim Young Hoon)
- 아호: 솔뫼
- 생년월일 : 1947. 6. 5(음력 실제생일 정해생 정월 열아흐레)
- 본적: 충남 청양군 정평면 미당리 290
- 주소: 대전시 서구 배재로 106 401호, 솔뫼마을(도마동 113-1)
- 전화: 042-522-2083  스마트폰 010-2470-2848
- 본관: 김해 (시조 김수로왕)

      석성공파 (중시조 국보공 12대손)

      부 김선태, 모 조애연(본관 풍양)

## ◆ 가족 사항

- 1993년 1월 20일 결혼
- 처　　　이기(본관 전주 효령대군파 · 주부)
- 장남　　김창겸(농어촌공사 직원) - 손녀 재은(대전한밭초등학교)
- 자부　　강소라(본관 진주) - 초등학교 교사
- 장녀　　김소현(주부) - 외손자  이준서(충주교촌초등학교)
- 사위　　이명구(본관 한산) - 회사원
- 차남　　김준겸(대전시 서구청 소속 환경녹지과 합격 발령 대기중)

## ◆ 학력

- 1959. 03. 20  미당초등학교 졸업
- 1963. 01. 15  정산중학교 졸업
- 1967. 01. 20  공주영명고등학교 졸업
- 1969. 02. 14  공주교육대학 2년 졸업
- 1989. 02. 15  공주교육대학교 4년 졸업(교육학사)
- 2002. 02. 14  공주교육대학교 대학원 졸업(교육학 석사)
- 2008. 01. 15  중부대학교 대학원 졸업(문학 박사)

## ◆ 저서

- 1983. 10. 24  동화집『꿈을 파는 가게』발간
- 1986. 09. 25  동화집『달섬에 닻을 내린 배』발간
- 1988. 10. 10  장편 아동소설집『솔뫼마을에 부는 바람』발간
- 1990. 08. 30  동화집『바람과 구름과 달님』발간
- 1990. 05. 20  귀신동화집『공포의 유령대소동(공저)』발간
- 1990. 10. 30  과학동화집『생활 속의 발명이야기』발간
- 1992. 08. 01  동화선집『퉁소소리』발간
- 1995. 03. 06  동화집『호왕님의 생신날(공저)』발간
- 1995. 06. 05  환경장편동화집『공해는 정말 싫어요』발간
- 2001. 07. 07  동화집『아기토끼의 달님』발간
- 2004. 04. 09  아동소설집『우리들의 산타클로스』발간
- 2004. 04. 09  동화집『꿀벌이 들려준 동화』발간
- 2009. 04. 30  학술서『마해송동화의 주제 연구』발간
- 2009. 04. 20  아동문학평론집『동화를 만나러 동화숲에 가다』발간
- 2009. 05. 05  동화집『밀짚모자는 비밀을 알고 있다』발간
- 2009. 05. 05  동화집『별이 된 꽃상여』발간
- 2013. 07. 05  기념문집『솔뫼의 삶과 문학 이야기』발간
- 2014. 04. 10  소설집『익명의 섬에 서다』발간
- 2016. 09. 30  청소년소설집『장군님의 말씀』발간
- 2018. 09. 11  아동문학평론집『작가를 만나다 그의 작품을 읽다』발간
- 2020. 09. 05  김영훈 칼럼집『그 젊은이와 함께 고해성사를 하고 싶다』발간

## ◆ 문단 경력

- 1982. 03. 15~ 충남아동문학회 회원 사무국장, 부회장, 회장, 고문(현)
- 1982. 07. 30~ 한국아동문학회 회원, 부회장, 지도위원(현)
- 1983. 03. 01   월간 〈아동문예〉 신인상 당선(아동소설부문)
- 1983. 03. 01   한국아동문예 작가회 회원
- 1983. 07. 01~1988. 12. 31 충남문인협회 회원
- 1983. 10. 26~ 문학동인 「써레」 결성(이상배, 이영, 김영훈, 양점열, 김관식, 손기원, 이창건, 조명제, 송남선)
- 1985. 03. 01~ 호서문학회 회원
- 1987. 12. 24   중편 청소년소설 『달섬에 닻을 내린 배』 극화 방영(KBS 2)
- 1988. 10. 20   문화예술진흥원 출판기금 수혜
- 1989. 01.01~ 대전문인협회 회원, 이사(아동문학분과 · 1993) 역임
- 1990. 01. 12~ 대전문인총연합회 회원, 이사, 감사, 부회장, 회장, 명예회장(현)
- 1990. 70. 01~ 한국아동문학연구회 회원, 이사, 운영위원(현)
- 1991. 03. 15~ 한국문인협회 회원, 이사(역임)
- 1994. 03. 24~2005. 12. 31 사구문학회 회원, 시무국장, 부회장
- 1997. 07. 15~2009. 08. 31 대전교단문인협회장
- 2010. 11. 29~ 격월간 〈아동문예〉 편집 · 기획위원
- 2013. 10. 24~ 문학시대문학대상운영위원장(현)
- 2014. 03. 24~ 계간 〈한국문학시대〉 편집인 겸 발행인(역임)
- 2016. 10. 20   대전문화재단 출판진흥기금 수혜
- 2016. 12. 10~ 국제펜 한국본부 회원
- 2016. 10. 19~ 한국소설가협회 중알위원 겸 교육전문 위원
- 2018. 01. 01~ 한국 펜문학회 대전위원회 회원
- 2018. 09. 01   대전문화재단 출판진흥기금 수혜
- 2014. 01. 01   금강일보 칼럼리스트(현)

## ◆ 상훈

- 1984. 05. 25  해강아동문학상 수상
- 1988. 10. 27  통일원장관 표창(통일교육 글쓰기지도 유공-제8490호)
- 1993. 06. 05  한국아동문학작가상 수상
- 1993. 10. 09  한글날 기념 한글선양 유공 표창(대전시교육감)
- 1993. 11. 22  교육부장관 표창(교육연구 유공)
- 1993. 11. 22  푸른기장증 받음(현장교육연구 1등급)
- 1994. 03. 25  문화체육부장관 표창(독서지도 유공)
- 1996. 11. 26  공산교육대상(예술부문1996·동아재단)수상
- 1997. 06. 30  모범공무원증(상)(국무총리)
- 2006. 09. 29  대전광역시문화상(문학부문)
- 2008. 12. 16  호서문학상(소설)
- 2009. 08. 26  황조근정훈장(대통령)
- 2009. 11. 14  대한아동문학상 수상
- 2009. 12. 11  문학시대문학대상(아동문학평론) 수상
- 2010. 05. 08  김영일아동문학상 수상
- 2011. 04. 08  천둥아동문학상 수상
- 2016. 11. 23  전영택 문학상(소설) 수상
- 2019. 8. 20  박화목아동문학상수상

## ◆ 교단 경력

- 1969. 03. 01~1999.0 8. 31  반계초, 광신초 대전성남초, 대전유천초, 대전도마초, 대전대신초, 대전중앙초 교사
- 1990. 03. 01~1996.  6. 25  대전광역시 동부교육청 국어교과연구회장
- 1994. 03. 01~2009. 08. 31  대전교원연수원 및 공주교대 연수원 강사
- 1999. 09. 01  대덕초등학교 교감
- 2002. 09. 01~2013. 08. 31  공주교육대학교 외래교수

- 2004. 03. 01  대전동광초등학교장
- 2005. 03. 01~2008. 02. 28  중부대학교 외래교수
- 2007. 09. 01~2009. 08. 31  대전변동초등학교장 및 병설유치원장
- 2009. 08. 31  정년퇴직(40년 6개월)

## ◆ 일반경력

- 대전고등법원 조정위원(현)
- 법무부 복지공단 교육 전문위원(현)
- 대전대학교 지역협력교육원 자문위원(현)
- 대전효문화진흥원지도사(역임)
- 〈사단법인〉 대전국제문화교류단 자문위원(현)
- 한국효문화진흥원원 효 해설사(현)
- 대전광역시 효지도사 협회 부회장(현)

## ◆ 작품 심사경력

- 대전일보신춘문예 심사위원(동화부문)
- MBC창작동화대상 심사위원(동화부문 예심 · 본심)
- 〈월간문학〉 신인상 심사위원(동화부문 · 한국문인협회)
- 행정자치부 공무원문학상 심사위원(동화부문 본선)
- 농림축산식품부 공모작품 심사위원(수필부문 본선)
- 해양수산부 공모 작품 심사위원(수필부문 본선)
- 국가기록원 학생작품 심사위원(수필부문)
- 동서문학상 심사위원(매심 동서커피 공모 동화부문 · 예심)
- 대전지방검찰청 · 범죄피해자 예방 글쓰기대회 심사위원(본선)
- 공직문학상 심사의원(국무총리 조정실 인사혁신처 · 동화부문 본선)

## ◆ 문학상심사 경력

- 한국아동문학작가상 심사(한국아동문학회)
- 문학시대문학대상 심사(문학시대문학대상운영위원회)
- 김영일아동문학상심사(김영일아동문학상운영위원회)
- 천등아동문학상심사(천등아도문학상원영위원회)
- 대전문화상 심사원(대전광역시)

## ◆ 세미나 심포지엄 주제 발표 · 토론 경력

- 창작동화의 소재선택과 주제의식(1983 · 충남아동문학회세미나)
- 아동의 독서 실태와 동화작가의 사명(1990 · 대전충남아동문학회세미나)
- 동화 문학에서의 첨단과학 수용(1990 · 한국아동문예 세미나)
- 인성형성을 위한 아동문학의 역할(1994 · 한국아동문학회세미나)
- 인성과 창의성 개발을 위한 아동문학의 역할
  (2001 · 대전충남아동문학회세미나)
- 동화문학의 문제점과 새로운 창작 방향(2003 · 대전아동문학회세미나)
- 남북한 창자동화·소년소설의 교육적 수용 실태 비교 연구(2004 · 한국아동문학회세미나)
- 전승동화의 내용 생성과 주제 설정(2008 · 대전아동문학회세미나)
- 대전아동문단의 어제와 오늘 그리고 내일
  (2008 · 대전문인총연합회 심포지엄)
- 대전아동문단 현실과 미래(2011 · 대전아동문학회세미나)
- 학교 폭력 실태와 치유 방안
  (2012 동구포럼 · 대전대학교 대전시 동구청 공동 주최)
- 동화작품화 과정에서의 소재 선택과 의미 담기의 상관성 조명(2013 · 한국아동문예 세미나)
- 대전문학 뿌리와 호서문학 창간(2013 · 대전문학관 · 호서문회 심포지엄)
- 대전 소재 초등학교교가에 담긴 대전정신에 관한 연구(2014 · 대전문인총연합회 심포지엄)